金凤华庭

(上)

西子情 著

重庆出版集团　重庆出版社

图书在版编目（CIP）数据

金凤华庭 / 西子情著 . — 重庆：重庆出版社，2022.2

ISBN 978-7-229-16153-8

Ⅰ.①金… Ⅱ.①西… Ⅲ.①长篇小说—中国—当代 Ⅳ.① I247.5

中国版本图书馆 CIP 数据核字（2021）第 222203 号

金凤华庭
JINFENG HUATING

西子情 著

责任编辑：李　雯　刘星宇
责任校对：刘　刚
封面设计：九一设计

重庆出版集团
重庆出版社　出版

重庆市南岸区南滨路 162 号 1 幢　邮政编码：400061　http://www.cqph.com
重庆天旭印务有限责任公司印刷
重庆出版集团图书发行有限公司发行
E-MAIL:fxchu@cqph.com　邮购电话：023-61520646
全国新华书店经销

开本：710 mm×1000 mm　1/16　印张：33.25　字数：600 千
2022 年 7 月第 1 版　2022 年 7 月第 1 次印刷
ISBN 978-7-229-16153-8
定价：69.80 元

如有印装质量问题，请向本集团图书发行有限公司调换：023-61520678

版权所有　侵权必究

目 录

第一卷　醉花亭中坐，三载桃花色 /1

第一章　相看　　　　　　/1
第二章　孽缘　　　　　　/17
第三章　惊梦　　　　　　/36
第四章　进宫　　　　　　/54
第五章　陪着　　　　　　/72
第六章　招人　　　　　　/90
第七章　不行　　　　　　/107
第八章　不准　　　　　　/123
第九章　抢手　　　　　　/139
第十章　发作　　　　　　/155
第十一章　闭嘴　　　　　/171
第十二章　送我　　　　　/187
第十三章　交易　　　　　/202
第十四章　守灵　　　　　/218
第十五章　暗杀　　　　　/233
第十六章　活口　　　　　/249

第一卷　醉花亭中坐，三载桃花色

第一章　相看

四月桃花开，长公主广撒名帖，在千顷桃花园举办一年一度的赏花宴。

安华锦接了长公主托当今圣上放在兵部折子里的一道送到南阳王府的名帖，时间紧迫，跑断了两匹马的腿，才赶着正日子进了京城。

她一身风尘，灰头土脸地来到桃花园外，勒住马缰绳，瞅着排长队递名帖进桃花园门浩浩荡荡的长队，咋舌片刻，隔着闹哄哄的车马人群，看到矮胖的公主府管家带着奴仆逐一检查名帖核实身份，十分仔细认真的模样，一盏茶也放不进去几拨人。她躺在马背上望天歇了一会儿，喘了几口气，干脆地坐直身子，打马折回。

她累死了，没力气排队，反正她来过了，进不了门，那是因为人多，不怪她。

她刚掉转马头，公主府管家眼尖，隔着人群高喊："可是南阳王府的小郡主来了？"

安华锦放开缰绳的手一顿。公主府管家睁大眼睛瞅了瞅，又眯着眼睛瞧了瞧，然后嘿嘿一乐，立即快步跑了过来。

人群立即给他让出了一条道，无数车里马上的人都好奇地向安华锦看了过来。

长公主府的管家颤巍巍的胖身子一步三晃，跑过几十辆车马人群，汗流满面地来到了安华锦马前，虽累得喘不上气，但满脸褶子都笑开了。

安华锦瞧着他，心生敬佩，怪不得能做长公主府的管家多年屹立不倒，这眼观六路耳听八方，隔了这么远，他竟然还眼尖地发现了她，真是本事。

安华锦端坐在马上没动，手里晃着马缰绳把玩打圈，笑眯眯地歪头打招呼，模样看起来年少轻狂又不正经："老管家好啊，你眼神真好使，我这副模样，三年没见，竟然还让你认出了我。"

管家歇过气儿，连忙笑呵呵拱手，开口更是如抹了蜜一样，带着一股子亲近劲儿："哎哟，小郡主，奴才就算全天下的人都认不出，也不敢认不出您啊。长公主从月前将给您的帖子递给皇上走兵部折子，就见天儿地盼着您来京呢。今儿一早就嘱咐奴才，只要看到您来了，立马请进去见她。"

安华锦扬了扬眉，探了探身子，下马走了两步，俯身靠近管家耳边，笑着压低声音："是么？照您这样说，您连陛下哪怕认不出，也能认出我来？"

管家脸一僵，活活打了个寒战，转眼后背就湿透了，满脸褶子拧在了一起，抖着嘴角一时间接不上话来。

安华锦欣赏了片刻，哈哈一笑，用马缰绳敲了敲管家的肩膀，力道把控得极好，不轻不重："开个玩笑，天下谁人敢和陛下比？"

管家看着安华锦，心里骂娘，这个小姑奶奶哟，还是这么黑心黑肺，他今日脸都笑得炸开了迎接她，没得罪她啊，果然是个玩死人不偿命的主，三年不见，捉弄人愈发炉火纯青、道行高深了。好好一个小姑娘家，这样下去，还嫁得出去吗？

不，他不该怀疑，天下女子，谁嫁不出去，她也嫁得出去，南阳王府小郡主，排着队的人想娶。

长公主巴巴地盼着她来参加赏花宴，不就是为了替顾家说媒吗？生怕她拧着性子不来，还不了顾家的人情，担心了好几日；如今她来了，还是这副跑断了马腿似乎生怕错过赏花宴的邋遢样，可见，是不是也中意顾家的亲事儿？

还别说，顾家的七公子，那可真是天上没有地上只一个的人儿，不足弱冠，风姿毓秀，满腹经纶，谁见了不夸？就连陛下每年都会夸他几遭，他是从小被陛下夸到大的。普天之下，皇子宗亲子侄们都算着，也不及一个顾轻衍。

就这样的妙人儿，多少人想嫁，就连公主们都眼馋，可惜，谁都没份。

老南阳王慧眼如炬，早就把人定下了；陛下给老南阳王做脸，很是同意；顾家的老爷子也给老南阳王和陛下面子，对结两姓之好乐见其成，于是，今年开年小郡主过了及笄之礼后，顾家便托了长公主做媒。长公主见还顾家人情的机会到了，巴不得地痛快答应了，保这一桩亲事儿。

这不，就等着今日赏花宴二人借着春风桃花，闻着千顷桃花香相看了。

顾七公子自是没得挑，但这小郡主，实在是一言难尽。

真怕是白白可惜了顾七公子那么干净剔透的人儿。

管家心里酸甜苦辣地想了一遭，面上自然不敢表现出来，他是真怕这位小祖宗！三年前，她第一次进京，将京城搅了个天翻地覆，拍拍屁股走人了。皇后娘娘给她收拾了三个月的烂摊子，才拾掇干净，宗室里最跋扈的小王爷都敢打得去了半条命，她还怕谁啊？

管家脸上重新笑开了花："小郡主，您可别拿老奴开玩笑了，您开得起，老奴可开不起。长公主等着您呢，快随老奴进去吧！"

"行，走吧！"安华锦撒了怪他眼尖的闷气，也不再难为他，晃着马缰绳，跟着他在众人或羡慕或嫉妒或好奇或打量开出的道中间哒哒哒地骑着马慢悠悠地进了桃花园。

长公主对给顾家和南阳王府保媒这桩事儿十分热心肠，听闻安华锦来了，大喜，亲自迎了出来。

安华锦骑了几日马，下了马后，两股战战，走路竟与长公主府管家肥胖的身子走出了异曲同工之妙，也是一步三晃，似乎随时就要绊倒。

长公主远远瞧着，问身边的杜嬷嬷："这……是那小丫头没错吧？"

杜嬷嬷仔细瞅了瞅："回公主，没错，就是安小郡主。"

长公主顿时犯了愁："这丫头这副模样，怎么能相亲？顾轻衍能瞧得上吗？"

杜嬷嬷也觉得情况不容乐观："三年前，小郡主来京时，虽性情不讨喜，脾气大，但也是个一眼看去就水灵灵的美人坯子，这如今……赶路太累了吧。"

长公主立即拿定主意："嬷嬷，你命人快去吩咐仙绣坊的掌柜带着最好的小姑娘穿的成衣和胭脂水粉过来，这副模样可不行，得赶紧好好给她拾掇一番。"

杜嬷嬷点头，连忙吩咐了个腿脚勤快做事利落的人去了。

长公主重新换上如花笑脸，见安华锦走近，一把拽住了她手腕，热情得如青楼里哄姑娘的老鸨："小安儿，本宫总算把你盼来了。本宫算着日子，你应该早些天就来了才是，是路上出了什么事儿耽搁了？"

安华锦站稳身子，笑眯眯地看着长公主："路上倒没耽搁，只不过陛下送去的兵部折子五天前才到南阳。"

长公主一惊，脱口不敢置信："怎么会？兵部折子一个月前就发走了，本宫亲眼看着皇兄吩咐下去的。"

安华锦无辜地眨眼睛："事实就是五天前到的。"

长公主心想着，兵部折子就是这么拖延耽搁的吗？皇兄可知道？她压下震惊，面露怜悯："可真是难为你了，怪不得赶路赶得这一副模样。"

安华锦见长公主抓着她手腕不松手，她顺势拿起来长公主的手擦脸上的汗："长公主您的名帖，皇上又金口玉言让我必须来，不来就是抗旨不遵，我就算跑死了也得来啊，天下谁的面子不给，也必须给陛下和您面子。"

长公主感觉手蹭了汗淋淋的小脸，顿时黏腻腻的，身子一僵，看着安华锦灰头土面，一时失了言语。

安华锦拿公主的玉手擦了汗，见好就收，笑嘻嘻地趁机抽出了自己的手："长公主，我饿死了，有没有饭吃啊，再不吃饭我就要晕过去了。"

长公主回过神："你可不能晕过去。"话落，对杜嬷嬷说，"快，带着小郡主去吃东西。"

杜嬷嬷心想着这安小郡主还是昔日惯会折磨人的性子，长公主最讨厌汗，夏日里每日要沐浴三回，她竟然拿公主的手擦汗，不知是无心的，还是故意的。

杜嬷嬷立即掏出帕子，快速上前擦了擦长公主的玉手。

安华锦跟没看见似的，催促，声音软绵绵的："杜嬷嬷，快走啊，再不走我真要饿晕了。"

杜嬷嬷立即收了手："走走走，小郡主，您和奴婢来。"

安华锦上前两步，肩膀搭在杜嬷嬷肩头，整个人恨不得爬去杜嬷嬷身上，撒娇地用脸蹭了蹭杜嬷嬷肩背："嬷嬷，我要吃芙蓉水饺、脆炒玉兰、粉蒸排骨、葱油焖鸡、醋熘虹鱼、红烧乳鸽……"

地上跑的，天上飞的，水里游的，齐全了！

杜嬷嬷嘴角抽了几抽，狠狠心咬牙答应："老奴这就吩咐厨房去做，您先沐浴再垫补两口点心。"

"先垫补点心再沐浴。"

"也……行！"

二人说着话颤巍巍地走远。

长公主深吸了好几口气，才勉强没让自己暴走。她一点儿也不敢看自己的手，怕忍不住给剁了："快，备水，本宫要沐浴。"

千顷桃花园里不只种了千顷桃花，还修建了公主行宫、水榭亭台，随着安华锦踏进桃花园，行宫里便是一阵鸡飞狗跳的忙碌。

安华锦垫补了几块可口点心，又咕咚咕咚地灌了一气水，然后才任由杜嬷嬷带着人亲自伺候着沐浴。

刚进了浴桶里，安华锦便睡着了。

杜嬷嬷见浴桶的水在她进去后眨眼就黑了，想着这一路上她该是吃了多少土。即使小姑娘睡着了，她也不敢嫌弃造次，使了粗使婆子抱出安华锦，重新换水。

换了三次水，总算把人洗干净了，杜嬷嬷和伺候的人都出了一身的汗。

仙绣坊的掌柜是赶了一辆大车来的桃花园，车里装了所有仙绣坊小姑娘穿的成衣。

经过三年前安小郡主把京城搅得惊天动地那一场事儿，谁也不敢小瞧和得罪这位主。听说长公主是要她穿的衣裳，二话不说，全装车上送来了。

杜嬷嬷见了一车的衣服也不奇怪，面不改色地挑挑拣拣，挑出了几十件料子最好、颜色最好、式样最好、正适合安华锦穿且一件比一件贵的衣裳，又拿了十几盒最好最贵的胭脂水粉，之后对掌柜的说："都记长公主府账上，十日后去府中领银子。"

"好嘞！"掌柜的眉开眼笑，想着长公主对安小郡主真好，这一趟值了。

杜嬷嬷带着人给安华锦穿衣梳妆打扮，安华锦睡得跟猪一样，完全不知道被人摆弄着收拾。

杜嬷嬷心想着小郡主可真没心没肺啊，即便再累，也不能这样睡啊，这里可是京城，卧虎藏龙之地，阴谋诡计之地，阳奉阴违之地，见面含笑背后捅刀子之地，她怎么就一点儿防人之心都没有呢？也太赤诚了！

这般收拾了一个时辰，眼见天色就到晌午了。据长公主的安排是晌午让顾轻衍和安华锦在桃花园最好的风景地带醉花亭相见，二人一边赏花一边共进午餐，风吹桃花落，美人、美酒、佳肴、桃花舞，简直不能更有意境。

气氛有了，桃花酿喝了，那自然就人染桃花色，彼此越看越合心合意，风吹桃花动，也许就互相动情了。

至于动情到什么地步，就不是长公主能把握的了，虽然若是一不小心生米煮成熟饭，进展太快，有点儿伤大雅，但是亲事儿成了才最重要。她人情还了，南阳王府和顾家成了亲家，皇兄满意，皇嫂满意，几全其美。

长公主想得好，没想到安华锦成了睡不醒的人。

她也不敢让人掐她，更不敢用水泼她，反而怕顾轻衍来得太早。眼看晌午，当问了管家几次，管家都说顾七公子有事儿耽搁了，还没来时，她反而松了一口气。

既然顾轻衍还没来，那就……先让她睡吧！

正晌午时，顾轻衍进了桃花园。

长公主得到消息，看看更漏，怀疑他是掐着点儿来吃饭的，时间卡得正正好，她盯着安华锦睡得雷打不动的小脸，发了狠："嬷嬷，给我掐醒她！"

杜嬷嬷心里一哆嗦，有些不敢："公主，这……不能掐吧？"

她是真怕将安小郡主掐醒了，她这一条老命也活到头了。

长公主无奈："不掐醒，你说怎么办？"

杜嬷嬷也犯愁，怎么拾掇都不醒的人，连她自己点的美味佳肴搁在她眼前，闻着香味都不睁眼睛的人，有什么法子弄醒？

一名机灵的宫女这时给长公主排忧解难："公主，不如将安小郡主就这样送去醉花亭。"

长公主愣住:"这……能行吗?"

她是让两个人相看的,一个人睡得跟猪一样人事不省,怎么相看?顾七公子嫌弃的话,她这媒人岂不是失职?

"顾七公子聪明,定然有法子让小郡主醒来。"宫女觉得自己出的主意很好,"公主,您看,安小郡主长得多美,这么睡着,更是个睡美人,哪个男人见了不喜欢?"

长公主"哎哟"了一声:"还真是,三年前没长开,就是个小美人坯子,如今长开了,更是天下难找出能比她再美的小姑娘来,看看这眉眼,如画一般,看看这身段,真是玲珑有致,反正本宫是没见过谁比她更美了。"

论长相,安华锦从上到下,真是没有可挑剔的地方。

长公主痛快地做了决定:"行,就这么定了,嬷嬷,你带着人,赶紧地,趁着顾轻衍刚来,还没进醉花亭,赶紧先送过去。"

杜嬷嬷虽然觉得不大好,但也没有更好的法子,这里没人敢掐醒安华锦,包括长公主自己。她点点头,带着人,用轿子抬了安华锦,匆匆抄近路送去了醉花亭。

醉花亭今日被长公主封了,千顷桃花园别处任由宾客随便赏,唯独醉花亭不能进人。就连皇子公主们也不例外。

醉花亭外,聚集了不少逛到此处的人,听说不能进去,都有些遗憾。当今陛下的三皇女楚希芸,乃皇后所出,带着几个要好的世家小姐,逛到这里后,讶异醉花亭外竟然有守卫阻拦,上前询问原因。

守卫恭敬见礼:"禀三公主,长公主有令,今日这里不能观赏,还请三公主另去他处!"

"我问你原因!为什么封了这里?"

守卫摇头:"卑职不知,奉命行事。"

三公主蹙眉,回头对几名世家小姐说:"这醉花亭里的桃花品种最好,风景是桃花园里最美的。大姑姑不知道在搞什么,今日是赏花宴,竟然连本公主也拦着不让进。"

广诚侯府小郡主江映月扯了扯三公主衣袖,小声说:"我前几日听说,长公主要给顾家和南阳王府保媒。今年这赏花宴,来了这么多宾客,长公主始终没露面,连我们进来时去拜见长公主,长公主都没空见,想必,就是在忙着安排此事。今日这醉花亭,就是给人另外预备相亲的,估计不好让人打扰。"

三公主一听,脸瞬时变了:"安华锦进京了?"

江映月摇头："没看见。"

其余人也摇头，都没听说她进京。

三公主跺脚，气愤地说："顾七公子那样的人，如九天月色般，安华锦那个德行，粗俗无礼，莽撞无知，她怎么配得上顾七公子？真不知道顾家是怎么想的，竟然同意这门亲事儿。"

几人都点头，她们三年前都见过安华锦，着实没有半点儿女儿家的样子。骑马射箭比男人都厉害，蹴鞠玩得比男人好，撸胳膊挽袖子揍人狠得不得了，将善亲王府小王爷楚宸打得去了半条命，在床上躺了足足三个月。小王爷那张脸那么好看，只比顾轻衍差一点儿，她是怎么下得去手的？

"走，我们去那边坐，我倒要看看是不是大姑姑将他们安排在这里。"三公主转身走向不远处，"顾七公子若是真看上安华锦，就是眼瞎，我就再也不喜欢他了。"

江映月咳嗽一声："三公主，父母之命媒妁之言，这门亲事儿据说皇上很是同意，估计顾七公子不喜欢也会娶安华锦。"

三公主很生气："那安华锦呢？她会喜欢顾轻衍吗？"

一直没说话的荣德伯府小姐许紫嫣反问："公主觉得可能吗？"

三公主更气，怎么不可能！顾轻衍那么好，安华锦怎么会不喜欢！

她气得胸口疼："我诅咒他们，一定成不了。"

众女不说话，但心里很是认同，她们一起诅咒。

杜嬷嬷带着人跑了一身汗，终于赶在顾轻衍进醉花亭前将安华锦送了进去。

"你们快看，杜嬷嬷进了醉花亭，轿子里坐着谁？"许紫嫣捅捅与三公主说话的江映月。

江映月瞧了一眼："总不能是安华锦吧？她出门都骑马，怎么会坐轿子？"

"不会是顾轻衍吧？"三公主惊恐。

众人对看一眼，也都觉得可能是。同时脑补，顾轻衍不同意，被顾老爷子敲晕了，送给了长公主，让人用轿子抬来了。

顾轻衍太可怜了！

他怎么就生在了顾家！怎么就被善于打劫的脸皮厚的老南阳王瞧上了呢？

三公主瞪着那顶轿子进门，忍了忍，没忍住，腾地站起身，提着裙摆，快步冲了过去，不顾身份地喊："顾轻衍，顾轻衍你醒醒！"

她一路呼喊着奔来，震惊了杜嬷嬷。

杜嬷嬷立即摆手，很是随机应变地让人赶紧抬安华锦进去，自己守在门口，见三公主跑得太急险些栽倒，好心地扶了一把："三公主，规矩！您失了规矩，女儿家，不能大喊大叫，如此不成体统！"

三公主喘了一口气站稳，哪里还管规矩不规矩，急急伸着脖子问："嬷嬷，那轿子里的人是顾七公子吗？"

杜嬷嬷摇头："不是。"

"那是谁？"

杜嬷嬷犹豫了下，觉得还是让三公主死心的好："里面的人是安小郡主，今日她与顾七公子相看。"

三公主惊骇，瞬间跑题到了天边："安华锦竟然坐轿子！"

杜嬷嬷是长公主的得力助手，自然不会让三公主破坏这场长公主准备已久只等着主角到来的相亲。

她搬出长公主和皇上皇后施压，很是懂得让三公主怎么服帖地不捣乱并将之弄走。

三公主虽心里憋气得骂娘，但皇室规矩大于天，若是她今日真破坏了父皇、母后、长公主、顾家、南阳王府都撮合的相亲，她一定会死得很难看。理智回笼，她只能灰头土脸地又回到了远处的亭子里。

众女瞧着她回来，面上宽慰，心里都鄙夷：公主算什么？身份高贵管什么用？陛下的女儿也比不上手里有百万兵权的南阳王府小郡主！

人比人气死人！

杜嬷嬷没立即走，至少顾轻衍来之前她不能走，以防三公主再捣乱。她顶着大日头，站在门口当门神。

好在顾轻衍没让她等太久，没多一会儿就来了醉花亭。

杜嬷嬷即便年纪大了眼神没那么好使了，远远也能瞧见那缓步走来的少年公子，风姿毓秀，风骨清流，芝兰如画，一身墨色轻袍缓带，压了几分清艳，但也正是因为这份颜色，更平添了几许独有的玉华气韵。

杜嬷嬷心里道了一声好，这样的少年公子，天上地下唯独顾家有，也只有名门世家的顾家能养得出来。

她快步迎上前："顾七公子，安小郡主已等在里面了，酒菜都在醉花亭中，已布置好。"

顾轻衍点头，开口的声音如玉石相击："有劳长公主和嬷嬷了！"

杜嬷嬷打量他，见他唇角含笑，不像是不乐意的模样，心里松了一口气，面上更是笑逐颜开："小郡主今日刚赶进京，想必有些累，七公子一会儿见了人，体谅一二。"

顾轻衍眸光清浅，声音好听："好说。"

"七公子请。"杜嬷嬷让开门口，"为了让公子您和小郡主相处自在，长公主吩咐里面就不留侍候的人了，若是您和小郡主有什么需要，只管喊门口的守卫吩咐就是。"

"好！"顾轻衍笑着进了醉花亭。

杜嬷嬷见他进去，摆手让人关上门，又嘱咐了一番守卫，不准放人进去，任何人都不准。守卫郑重答应，杜嬷嬷才放心地离去。

顾轻衍一路踩着青石路面上飘落的桃花瓣，来到醉花亭，视线穿过几株桃树枝，看到了趴在醉花亭桌子上睡得昏天黑地的小姑娘。

小姑娘有一张极其漂亮的脸蛋，眉目如画，一身玫瑰红刺绣罗裙，繁琐华丽，颜色鲜艳，满头珠翠，一件比一件珍贵。手腕上戴着一枚绿得清透的没有一丝杂质的翡翠手镯，十指染着水红的豆蔻指甲，与唇上的胭脂相得益彰。脖颈纤细雪白，与露在衣袖外的手腕给人的感觉一样，似乎轻轻一捏就碎。因为熟睡，小脸红扑扑的成桃花色，白里透红，吹弹可破。

顾轻衍在亭子外三米处停住脚步，盯着安华锦看了片刻，伸手缓缓接了一枚半空飘落的桃花瓣，捏在指尖把玩，缓步进了亭中。

亭子里，桌子上扣了十几盘碗碟，摆了一壶酒，一壶茶，闻酒香是上好的、千金难求的桃花酿，茶水是上好的皇室御贡的雨前春。

顾轻衍挪开椅子坐下身，逐一打开扣着的碗碟，香味没了遮盖，瞬间席卷醉花亭。

他径自给自己倒了一盏酒，一盏茶，低缓道："安小郡主，既然醒了，就起来用膳，别糟蹋了长公主的一番美意。"

安华锦腾地睁开眼睛，盯准顾轻衍，先是瞳孔缩了缩，然后又眯了眯眼，刚睡醒的嗓音带了几分沙哑："顾七公子？"

顾轻衍点头："是我。"

安华锦彻底醒了，坐直身子，扭了两下脖子，捶了捶肩膀，慢吞吞地说："你是跟我在相亲？"

顾轻衍看了她一眼："你没理解错的话，应该是。"

安华锦嗤笑，身子重新懒洋洋地往桌子上一趴："名门世家的公子，风度翩翩，怎么只给自己倒酒倒茶？我还当见了假的顾七公子。"

顾轻衍似笑非笑："顾家家规清正，顾家男儿只伺候妻子，敢问小郡主同意嫁我了吗？"

安华锦心里骂了一声："顾七公子好重家规啊，顾家家规好像也有一条不得染指红粉巷陌吧？不知道顾七公子怎么看？"

她三年前在八大街红粉巷里遇到的人敢说不是他，她把自己脑袋拧下来！

顾轻衍扬眉，深深地看了她一眼："出了顾家，就不是顾家人了，何必守顾家规矩？只有是顾家人，才会守顾家规矩。"

安华锦气笑："原来在顾七公子这里，可以随时不是顾家人，受教了！"

顾轻衍轻笑："也可以随时是顾家人。"

安华锦撇嘴，重新坐直身子，伸手端过顾轻衍面前的酒，一饮而尽，仰脖的动作太大，头上一阵珠翠晃动，她才发现自己似乎被人大换样了。

她放下酒杯，瞧见桌子上放了一面镜子，拿起来对着自己照了照，镜子里的美人是她没错。

她放心地对顾轻衍问："我美不美？"

顾轻衍眸光流动："今日很美。"

安华锦扔了镜子，伸手抓了一只鸡腿，放进嘴里啃，侧过身子靠着椅背，腿抬起，搭在旁边的水榭栏杆上，姿态颇有些不正经的吊儿郎当："我这么美，可惜你娶不到。"

顾轻衍失笑，看着她："哦？"

安华锦三两下啃完鸡腿，拍拍手，看着他的脸说："三年前你若是从了我，今日还有得商量。"

顾轻衍递给她一块帕子，不否认地说："三年前你遇到我时，我不姓顾。"

"这是为你当年解释？"在顾家姓顾，出了顾家就不姓顾的神奇理论吗？不姓顾也改变不了他差点儿杀了她的事实！

顾轻衍点头。

"你可真敢这么解释！"安华锦接过帕子，擦了擦手，转眼干净雅致的帕子一片油污，她蹂躏完了又扔回给他，"我不跟险些杀了我的人做夫妻，怕半夜忍不住起来拿刀砍了你。"

顾轻衍目光落在她面前的酒盏上，陈述："你喝了我刚刚倒的酒。"

安华锦笑得邪气又无赖："是啊，喝了你倒的酒，还用了你的帕子，就是不嫁，又怎样？你再杀我一回？"

顾轻衍眯起眼睛，盯了安华锦好一会儿，在安华锦以为他要怒了时，他反而笑了："行，你不嫁，我也正好不用娶了！如此没规矩的女人，娶回顾家也是麻烦！"

顾家门楣清贵，家规严苛，家中子弟自小受大儒教导，家风清正。

顾轻衍说得没错，安华锦若是嫁进顾家，还真是与顾家格格不入，少不了麻烦。

她自己什么德行自己知道，就是不太明白她爷爷、陛下、皇后、顾家老爷子都怎么想的，合起伙来觉得这是天作之合。

安华锦亲手给顾轻衍倒了一盏酒，推到他面前："我不占你便宜，喝了你倒的酒，还你一盏；用了你的帕子，你扔了就是，反正你也不缺一块帕子。今日这一顿饭吃完，咱们俩的恩怨就一笔勾销了如何？"

"怎么勾销？吃完这顿饭你就不记恨我了？"顾轻衍问。

安华锦一本正经地看着他："只要你对长公主和陛下说你看不上我，咱们俩恩怨就一笔勾销，我就不记恨你当年差点儿杀了我了。"

顾轻衍低头，看着面前的酒盏。

安华锦瞧着他："反正，除了一力撮合咱们的人，也没人觉得你能看上我，这多正常，坏名声的是我，你又不吃亏。"

顾轻衍沉默片刻，抬眸："你打算一辈子不嫁？"

"那倒没有！遇到可心的人，还是会嫁的。"安华锦在心里补充一句，只要长得好看。

"这么说是不嫁我了？"顾轻衍挑眉。

"嗯，嫁不起！"她怕互相残杀。

顾轻衍端起面前的酒，一饮而尽："吃饭吧！一会儿饭菜凉了！"

安华锦点头，心想着跟聪明人做买卖就是痛快，三言两语便和谐了。

桃花、美酒、佳肴，再加上解决了一件大事儿心情好，安华锦胃口大开，吃得风卷残云。

顾轻衍不知怎的，也跟饿了三天似的，在安华锦手下抢了好几块肉，偏偏吃相还极其文雅。

二人虽辜负了长公主的撮合保媒，却没辜负这一桌子美食，一顿饭下来，扫食了大半。

饭后，安华锦打着哈欠摆手："你走吧，我再睡会儿。记得咱们俩一笔勾销了！"

说完，她起身轻轻一跃，跳到湖边一株桃树上，找了个舒服的姿势，躺在树干上闻着桃花香睡了过去。

顾轻衍在原地坐了一会儿，喝了一盏茶，对外面喊："来人！"

"七公子有何吩咐？"一名守卫立即跑进来。

"取笔墨纸砚来。"顾轻衍吩咐。

"是！"

这人动作迅速，很快就取来了笔墨纸砚，又退了下去。

顾轻衍提笔作了一幅画，完成后，搁在一旁晾干了墨汁，卷起来，放进了袖子里。然后，他又重新铺了一张宣纸，提笔写了一行字，晾干后来到安华锦所在的桃花树旁，用树枝夹了纸张，挂在了树上。

微风拂过，宣纸轻轻晃动，沙沙作响。

顾轻衍在树下静静地站了片刻，才转身离开。

三公主等人远远看着顾轻衍进了醉花亭，没人捆绑着押送着，自愿而来，芳心碎了一地。

众女掐算着时间，煎熬地等了一个时辰，才看到顾轻衍从醉花亭出来。

没看到安华锦跟他一起，三公主眼睛一亮，冲了过来，跑到顾轻衍面前拦住他："顾七公子，你不会娶安华锦的对不对？"

顾轻衍停住脚步，对三公主拱了拱手，温雅知礼："父母之命媒妁之言，我听祖父的。"

三公主脸顿时白了，眼眶发红："你……你就不为自己做主？"

顾轻衍摇头："顾家子弟，不做自己的主。"

三公主脸色一灰："你这么好，安华锦配不上你……"

顾轻衍笑了笑，行了个告辞礼。

三公主一大堆话卡壳，眼看着顾轻衍离开，明媚的阳光打在他身上，翩翩少年，夺了日月之色。这么好的人，怎么就便宜了安华锦？怎么就能便宜安华锦？

三公主终于气得哭了，对身后的江映月和许紫嫣问："他刚刚的意思，是不反对娶安华锦是不是？"

众女心里也不好受地点头。

"这破桃花赏的，我要回宫去问问母后，安华锦是她的亲侄女，我不是她亲生的女儿吗？怎么能如此厚此薄彼，我也喜欢顾轻衍啊，她怎么就能只顾着安华锦？"三公主抹了一把眼泪，跺着脚愤愤地向外走去。

其余众女没有当皇后的娘，也不像安华锦有个好爷爷，只能羡慕嫉妒恨了。

长公主一直派人盯着醉花亭，足足盯了一个时辰，才盯到顾轻衍出来，可乐坏了长公主。

若是相看两厌的人，一盏茶都待不住。一个时辰是什么概念？这是妥了啊！

所以，当管家禀报顾七公子求见时，长公主笑逐颜开："快，有请顾七公子！"

顾轻衍踏进行宫大殿，含笑对长公主见礼，举手投足间尽显清贵风华。

长公主笑着让他坐下，迫不及待地问："七公子，怎么样？小安儿可是合你心意？"

顾轻衍脸微红。

长公主瞧见他脸色大喜："男大当婚女大当嫁，别不好意思。你实话告诉本宫。"

顾轻衍低咳两声，耳朵也爬上了红霞，从衣袖内抽出一卷画卷，递给长公主："这是我方才一时兴起的拙劣之作，请公主赏鉴一二。"

"哦？"长公主连忙接过展开，她是爱画之人，也擅长画作，尤其是顾轻衍的画，可是无价之宝。他十岁那年画了一幅《山河图》，被陛下收了至今仍旧挂在南书房，也正是因为那幅画，被老南阳王瞧见后，当即拍板定了他为孙女婿。

八年过去，求画者趋之若鹜，踏破了顾家门槛，可是，他也只画了寥寥两幅，无一不是碍于人情。

一幅是《烟雨图》，送给了他的授业恩师、麓山书院的院首杜平山；一幅是《炊烟图》，送给了青云山法缘观了凡真人。

如今再见他作画，长公主激动得手抖，不错眼地看完一幅画，喜不自胜地说："这是《美人图》吗？"

顾轻衍红着脸笑："长公主觉得我画得可像？"

"像，太像了，像极了，栩栩如生，就如小安儿真人在我眼前一般。"长公主爱不释手，"七公子画作之工笔又精进了！小安儿一定喜欢死了。"

顾轻衍红着脸垂下头，低声说："她没瞧见，我偷着画的，她似乎对我颇有些误会，不太喜欢我……"

"呃？"长公主怀疑自己听错了，猛地抬头看着顾轻衍。

顾轻衍深吸一口气，站起身，拱手一拜："有劳长公主从中周旋了！"

长公主怀疑自己听错了，好一会儿才从凌乱的思绪中把自己的头脑择清晰。

顾轻衍时隔几年再执笔作画，还是画的《美人图》，显然对安华锦是合心合意，可是谁能告诉她，安华锦为什么看不上顾轻衍？

长公主再三确认:"七公子,你是不是弄错了?"

顾轻衍摇头。

长公主拿着画卷心里抖了一会儿,深吸一口气,这种情况她没料到啊,她只想着顾轻衍看不上安华锦该怎么办,没想过安华锦看不上顾轻衍啊。

她琢磨了一阵,斟酌着开口:"既然是有误会,解开了就是。"

顾轻衍一叹:"是个死结。"

长公主睁大眼睛:"这么严重,你仔细与本宫说说,本宫给你参谋参谋。"

顾轻衍挣扎片刻,摇头:"不太好说。"

长公主:"……"

顾轻衍想了想:"打个比喻吧,三年前她将楚宸揍得去了半条命,长公主可还记得?"

长公主点头,自然记得,没人会忘。

顾轻衍道:"我与她,她与楚宸,差不多。"

长公主:"……"

直到顾轻衍离开半个时辰,长公主还愣在原地。

她心中有着无数个问题想问。

三年前,楚宸和安华锦怎么结下的梁子,至今也没人知道。总之结果是安华锦把楚宸打了个半死,拍拍屁股走人了。楚宸是被抬着回善亲王府的,昏迷了半个月才醒过来。醒来后,无论谁问,哪怕是陛下亲自问,他也死活不说原因。善亲王要去南阳王府找老南阳王算账,被皇后好说歹说给拦住了。楚宸是善亲王府的独苗,善亲王气得大病一场。那件事轰轰烈烈地闹腾了三个月,才在陛下请了神医治好了楚宸后作罢。不过从此,善亲王就盯上了老南阳王,处处和老南阳王作对。老南阳王竟然也不觉得理亏,也没让善亲王讨到好处,就这样过了三年。

如今顾轻衍说他和安华锦与楚宸和安华锦差不多,长公主实在难以想象,这梁子结得有多大。

当年楚宸和安华锦闹得轰轰烈烈,没听过原来这里还藏着一桩不声不响不被人知的事。

长公主从顾轻衍嘴里再也问不出来什么,只能留下了画,放他离去了。

她要好好想想,她拍着胸脯和顾老爷子打了包票的这桩媒,可怎么再保下去?丢手是不可能的,她要面子,不丢手的话,她怎么才能让安华锦答应?

杜嬷嬷劝慰长公主:"长公主不必太过忧心,顾七公子喜欢安小郡主,这总有一人看对了眼不是？至于另一人，顾七公子这么好，安小郡主早晚会想开的。"

"也是。"长公主又高兴起来，继续赏画，"哎呀，这画画得真好，不愧是出自顾七公子之手，本宫若是年轻二十岁……"

杜嬷嬷吓了一跳："长公主，可不能胡说，万一被驸马听见，您就惨了。"

长公主立即打住话，四下看了几眼，拍拍心口："还好还好，他今日没来，没被他听见。"

长公主捧着画又欣赏了一个多时辰，才做了决定："嬷嬷，让管家备车，本宫要进宫去见皇兄。"

杜嬷嬷看看天色："长公主这时候进宫……"

"本宫想通了，本宫虽然保媒，但这件事怎么能是本宫一个人的事儿？皇兄、老王爷、顾家老爷子都有份儿。"长公主小心地卷好画卷，又找了个匣子妥帖放好，抱在怀里，"更何况，本宫迫不及待地也想皇兄欣赏这幅画。"

杜嬷嬷点头。

长公主出了桃花园，半个时辰后，来到皇宫，此时已日落西山。

皇帝正在御花园陪大着肚子的惜才人钓鱼。见长公主匆匆而来，皇帝很纳闷，今日赏花宴，她怎么还有空进宫？

长公主看了一眼惜才人，想着皇兄哪儿哪儿都好，就是有一点太好色，惜才人是去年冬刚进宫的采女，今年就大肚子了。

皇宫每年都叽里呱啦有皇子皇女降生，她每年都要送重礼，肉疼。

她很是怀疑，皇兄就是用不停地让女人生孩子来充盈自己私库的。

"皇妹有要事儿找朕？"皇帝让人扶着惜才人回去，由章公公伺候着净了手，坐进凉亭里。

长公主点头，将装着画卷的匣子放在桌案上："皇兄，今日顾七公子又作画了！"

"哦？"皇帝讶异，"若是朕没记错，他有四年没执笔作画了吧？今日刮了什么风？"

长公主神秘地说："您看看就知道了！"

皇帝瞅了长公主一眼，章公公上前打开匣子。

"我来！"长公主怕章公公给弄脏了，小心翼翼地打开匣子，拿出画卷，铺开在皇帝面前。

随着画卷展开，皇帝看到了一幅美人春睡图。画工巧夺天工，落笔十分有特色，正是顾轻衍的风格。

皇帝瞧了一会儿怀疑地问："这是小安儿？"

长公主抿着嘴乐："正是她。"

皇帝惊奇："能让顾轻衍给她作一幅画，小安儿能耐不小啊。这么说，他们的事儿妥了？"

长公主摇摇头："没妥。"

"怎么说？"皇帝看着她。

长公主将顾轻衍的原话复述了一遍，说完，她耸耸肩，摊摊手："据顾七公子说，如今是小安儿不乐意。皇兄知道她的脾气，她不乐意，这事儿还真难办。"

皇帝也惊了："竟还有这样的事儿。你问过小安儿了？"

"没有！"长公主摇头，"我着急让皇兄欣赏这幅画，便没管她，据说她还在醉花亭的桃树上睡着呢。这幅画是顾七公子偷偷画的，她还没瞧见。"

皇帝捋着胡须思索："朕知道了，这幅画留朕这儿，回头朕见了她问问，再去信给老王爷问问情况。"

长公主十分舍不得这幅画，勉强点头答应，趁机告状："皇兄，兵部是怎么回事儿？小安儿说跟您折子一起送到南阳王府的名帖，五日前才到。小安儿累死了才赶得上今日的赏花宴。这兵部也太拖延了。"

皇帝点头："此事朕知道，善亲王从中作梗，拖延了这封奏折。"

长公主怒了："善亲王是不是老糊涂了？兵部折子是能随便作梗拖延耽误的吗？若是误了皇兄您的事儿怎么办？"

"善亲王有分寸，那封折子无甚要紧，他就是为了折腾那丫头，给他孙子出气。"皇帝摆手，"朕今日一早已罚过他三月俸禄了。"

长公主依旧不满，三月俸禄也不过一件衣服钱，不过皇兄既然轻拿轻放，她也没法子再揪着不放。心想着善亲王这么坑小安儿，她歇够了犯起浑来，打上善亲王府，再把楚宸打得三个月卧床不起，有善亲王后悔的。

第二章　孽缘

　　长公主从皇宫出来，颇有些后悔，早知道皇兄会留下那幅画，她就明日再进宫好了，至少能多欣赏一晚上。

　　回到桃花园，天色将晚，宾客赏够了桃花，都散了去，长公主问管家："安小郡主呢？"

　　管家回话："小郡主还在醉花亭没出来。"

　　长公主吩咐："你去喊她，晚上了，园子里露水重，让她回屋睡。"

　　管家应了一声，立即去了。

　　管家在醉花亭找了一圈，没找着人，眼见天黑了，回禀长公主此事。

　　长公主皱眉："她能到哪里去？问看守醉花亭的守卫没有？"

　　"醉花亭的守卫说除了晌午后见顾七公子出来，再没见人从里面出来。"管家也是纳闷，"老奴带着人将醉花亭都翻遍了，也没人，奇了怪了。"

　　"再去仔细找找，估计在哪个犄角旮旯睡着了你们没发现。"

　　管家点点头，又带着人去了。

　　长公主去一趟皇宫出了一身的汗，迫不及待去沐浴了。

　　杜嬷嬷一边侍候长公主沐浴，一边猜测："公主，小郡主是不是离开了？没走醉花亭的正门，守卫才没看到。"

　　长公主疑惑："她不住本宫这里，去哪里了？"

　　"小郡主兴许是回安家老宅了，也兴许是进宫看皇后了，再兴许是白日里睡够了歇过来去街上玩了。"杜嬷嬷揣摩着，"小郡主是个闲不住的性子。"

　　"还真是。"长公主想想也对，"让人告诉管家，找不着人就不用找了。"

　　杜嬷嬷点头。

　　长公主沐浴完起身，忽然说："她不会去善亲王府找人算账了吧？"

　　杜嬷嬷一愣，额头冒了汗："还真没准。"

　　善亲王从中作梗延误了兵部的折子和长公主的名帖，让安华锦累成那副模样赶进京。她那个性子不是个吃亏的，睡醒了歇够了有力气了，能不去找人算账？

　　长公主越想越有可能。

果然如长公主猜测，安华锦的确是去善亲王府了。

她睡醒后，看到了挂在桃花枝上的宣纸，懒洋洋地拿起来一看，顿时火冒三丈。

宣纸上写着一行俊秀飘逸的字："在下思来想去，觉得还是不想与小郡主一笔勾销，所以，我是不会说看不上小郡主的。"

落款顾轻衍。

字很好看，言语却气死人。

安华锦瞧着，咬牙切齿，不想与她一笔勾销不早说，若是他早说了，她还睡什么觉？

好个顾轻衍，竟敢耍她！

她将信纸揉来揉去扔进湖里，跳下树，想着顾轻衍先靠后，她先去善亲王府算账。

她利落地翻墙出了桃花园，她骑来的那匹马正围着墙根吃草，见到她撒个欢嘶叫一声。她拢了缰绳翻身上马，直奔善亲王府。

善亲王府内，楚宸听闻安华锦进京了，连赏花宴都没参加，干脆躲在了府中不出去了。

善亲王看着他的窝囊劲儿直来气，骂他："没出息的东西，一个小毛丫头而已，你怕她什么？"

楚宸很是哀怨地看着善亲王："爷爷，她太可怕了，我怕见了她我的心怦怦地跳出胸口。"

"什么？"善亲王拔高音。

楚宸摸着胸口："听说她进京了，我这心就开始跳，扑腾扑腾的。爷爷，不信您摸摸。"

善亲王怀疑地看着他，脸色难看："你脑子没坏吧？"

"没有，就是心跳得厉害。"

"你是被她吓的。"善亲王下定论，"你这叫一朝被蛇咬，十年怕井绳。"

楚宸委屈："爷爷，你说她在京城要待多久啊？不会她在一天，我这心就狂跳一天吧。"

善亲王气愤："她要嫁进顾家，以后就在京城待着了。"

楚宸嗷地一声："那我怎么办？"

善亲王看着不争气的孙子，没好气地说："有两个法子，一、搅了顾家的婚事儿，让她哪儿来的回哪儿去。二、你滚出京城去，把地盘让给安华锦。"

楚宸瘪起嘴角："顾家的婚事儿不好搅和吧？爷爷你让人费了多大的力气拦了长

公主的名帖,不还是让陛下吩咐人盯着掐着点儿送去了吗?陛下撮合南阳王府和顾家的婚事儿,那是吃了秤砣,铁了心的。"

善亲王吹胡子瞪眼:"我今日被陛下罚了,你当为了谁?还不是为了你这个不争气的东西?三年前若是你把安华锦揍得三个月卧床不起,你爷爷我至于没面子?"

楚宸咳嗽,小声说:"爷爷,不好吧,她是女孩子,宁愿我挨揍,也不能让她挨揍啊。"

善亲王差点儿气死,伸手指着楚宸,喘不上气:"你……你……你是要气死我吗?"

楚宸顿时闭了嘴。

善亲王吃了两颗养心丸,才缓过气来,正要抓着楚宸教育,外面有人禀报:"老王爷,不好了,安小郡主气势汹汹地过来了!"

善亲王腾地站起身:"安华锦竟然敢找上门?"

"是……气势汹汹地上门了!"

"岂有此理!"善亲王大踏步往外走,"集合府兵,给我拿下她!看我今日怎么收拾她!三年前让她跑了,今天她别想再跑了!"

他正往外冲,眼前人影一闪,一个人比他冲得还快,转眼就跑去了他前面。

善亲王睁大眼睛才看清楚,大喊:"楚宸,你干什么去?"

楚宸头也不回,也不答话,很快就没了影。

善亲王着急:"快,赶紧跟上,别让他再吃亏!"

这个兔崽子,他不是怕安华锦吗?不好好在屋里猫着,跑出去做什么?还跑那么快,也不等等他。

安华锦骑马冲进善亲王府,吓坏了府内一众人等,安静的善亲王府顿时鸡飞狗跳。

安华锦才不管,她今日就是来出气的。善亲王找了南阳王三年麻烦,以前没找到她身上,也就罢了,反正爷爷闲着发霉,不如跟善亲王过招打发时间。可是这回,找到了她身上,累死她了!这口气不出不行,她总要吓吓这位把孙子当命根子的老头子。

楚宸脚程很快,把善亲王抛得老远,来到前院,一眼就看到了骑在马上的安华锦,他眼睛一亮,冲到她面前,一把抓住她的马缰绳,小声说:"跟我走!"

安华锦居高临下地看着楚宸挑眉:"为什么?"

"你不是想吓吓我爷爷吗?还有什么比绑走他孙子更能吓到他的?"

"也对!"安华锦伸手将楚宸拎上马背,扬声道:"善亲王听着,楚宸我带走了,蹂躏够了再给你送回来！"

丢下一句话，安华锦又打马出了善亲王府。

楚宸坐在安华锦身后，摸着心口，欢喜地说："我见了你后，心不跳了哎！"

安华锦回头瞥了他一眼："心若是不跳，你就死了，有什么可高兴的。"

"真的不跳了哎！"楚宸激动不已，如飞出牢笼的鸟儿一般欢快，凑近安华锦耳边，语气显而易见地兴奋，"那个……你要怎么蹂躏我？"

楚宸的语气表情太期待，差点儿让安华锦将他扔下马背。

她咬牙切齿："摔死你信不信？"

楚宸立即伸手熊抱住了她的腰，脑袋在她纤细的后背蹭了蹭，撒娇："别嘛，我三年前的旧伤还没好……"

他话音未落，安华锦抬起腿往后一踹，手中的马缰绳同时抽向他的手臂。楚宸"啊"的一声，摔下了马背。

他功夫很好，本是倒栽葱头沾地，一个鲤鱼打挺，稳稳地站在了地面上。

"行啊，这三年功夫长进了！"安华锦勒住马缰绳，打着马围着他转圈。

楚宸扶着发冠控诉地看着安华锦："你真要摔死我啊？你忘了咱们俩有过命的交情了？"

"是要命的交情，你别弄混了。"安华锦冷眼看着他，"谁让你抱我了？怎么没摔死你？"

楚宸瞪着眼睛："就抱一下都不行？你还没嫁进顾家呢，就开始守顾家媳妇儿的规矩了？"

安华锦烦闷："别跟我提顾家。姑奶奶没守他家的规矩，就是不乐意让你抱。"

"我长得挺好的呀，你看不见吗？"楚宸往前走了两步，站在安华锦面前，"你好好瞅瞅，你是不是对我这张脸有什么误解？我不比顾轻衍差多少吧！你不是喜欢美人吗？抱一下你又不吃亏。"

安华锦拿鞭子抽他："看到你这张脸，我就想起来差点儿被你害死。你说我吃不吃亏？"

楚宸恍然大悟："原来你对我有心理阴影了。"

安华锦不置可否。

楚宸挠挠脑袋，苦思冥想片刻，出主意："走，咱们去八大街红粉巷喝花酒，把你心里落下的阴影就着花酒喝了它。"

"这是什么逻辑？"

"不管什么逻辑，管用就行，哪里跌倒的哪里爬起来。"

安华锦成功被劝服："行，那你上马，不准再抱我了，否则我对你不客气。"

"好说！"楚宸又上了马，这回规规矩矩坐在马后，只沾了个安华锦衣服边，要多乖有多乖。

安华锦满意，双腿一夹马腹，座下马驮着二人去了八大街的红粉巷。

安华锦与八大街红粉巷的孽缘起于三年前。

彼时，安华锦十三岁，恰逢当今陛下四十寿诞，她代表南阳王府进京给陛下贺寿。她自小生活在南阳军中，老早就听闻京城繁华，军中的士兵闲坐在一起聊天时，都说若是京城繁华占天下七分，那京城的八大街红粉巷就占七分里的六分，另一分自然是至高无上的皇宫，那是天下繁华之最。

士兵们插科打诨时讲起段子，十句有九句不离八大街红粉巷的美人们。无论男女，据说都是香膏玉粉养成，倾国倾城，见之销魂，一亲芳泽后便浑然忘我。

安华锦彼时年纪小，暗暗想着，有这么夸张？有机会，她去见识见识。

所以，三年前，当老南阳王觉得她到了该历练长见识的时候，让她独自一人进京给陛下贺寿时，她二话不说就痛快答应了。

临行前，老南阳王耳提面命："你年纪还小，只进宫贺寿就行，不必去拜访顾家。若是遇到顾家人，和气些。"

她听话地点头，有好玩的地方谁会去顾家啊！诗书传家的顾家，规矩最多，她才不乐意去，爷爷想多了。

至于和气，只要不惹她，就好说。

所以，她进京后，给皇帝贺寿完，便迫不及待地去了八大街红粉巷。

八大街红粉巷的确如士兵们说的那样，真是繁华中的繁华，不过美人嘛，还没她美呢，真是百闻不如一见。

她百无聊赖地喝了两壶胭脂醉，欣赏了一会儿歌舞，便觉得没滋没味，还不如听兵营里的士兵讲段子来得提神，但花了银子，她又不想浪费，于是，便在红粉巷里四处溜达。

好巧不巧，被她瞧见了一个美人！

月华流水姝云色，玉落天河青山雪。

美！天下怎么会有这么美的少年？

跟她一样美！

八大街红粉巷果然名不虚传！

她顿时来了精神，刚要上前打招呼，都想好了搭讪的说辞了，那少年转眼就进了一道门内。她赶紧跟了进去，里面就跟迷宫一样，七拐八拐，找了半天，也没找着人。她泄气地靠在墙上，看着四周暗影幢幢，哪里都一样，有些不甘心。

什么破地方！

正在她犯愁之际，一柄软剑破墙而出，架在了她脖子上，她一惊，想躲开已晚了。

"你是什么人？"墙后缓缓打开一道门，好听的声音如玉石相击。

安华锦转头，便看到了她要找的少年缓步从门内走出，清隽毓秀，玉骨清然，负手而立，站在了她面前，而用剑架着她的另有其人。

安华锦睁大眼睛，盯着少年："你先告诉我你的名字，我再告诉你我是谁。"

她没什么陷入危险的自觉，觉得这么美的少年，一定很好说话。

少年把玩着玉扳指，漫不经心地盯着她看了一会儿："你已是我菜板上的待宰之鱼，你觉得你有讨价还价的余地？"

安华锦一噎，深刻地反省了一会儿："那我告诉你我的名字，你就放了我？"

"看情况，看你值不值得我放。"

安华锦深吸一口气，人为刀俎我为鱼肉，她能屈能伸地报出大名："安华锦！"

少年把玩扳指的手一顿，猛地盯紧了她。

安华锦瞧着他，疑惑："你这是什么表情？认识我？"

不可能啊，她不认识他！

"不认识！"少年恢复漫不经心的神色，淡漠地吐出两个字："看你该杀！"

安华锦心怦怦怦跳了几下，觉得情况不太妙，解释："那个什么，我是在外面转悠时，看你长得美，才跟过来的，我不是刻意闯进这里的……"

她话没说完，远处有个声音急声说："公子，楚宸发现了这里，找过来了！"

少年蹙眉，神色清冷地吩咐："让人拦一会儿。"

那个声音应是。

须臾，不远处传来打斗声。

少年站在原地又盯着安华锦看，看得安华锦的心提了起来："你不会真想杀我吧？我这么美，你也这么美，都说美的人心也善……"

"闭嘴！"少年低斥一声。

安华锦闭了嘴。

少年似乎终于下了决定："给她喂一颗'百杀散'，留在这里挡楚宸，所有人都撤！"

说完，他凝视安华锦："今日能不能走出这里，就看你的命够不够大了。"话落，他干脆利落地转身走了。

背影清雅脱俗，风度翩翩。

安华锦正想着"百杀散"是个什么玩意儿，用剑架着她的人便掰开了她的嘴，塞了一颗药丸给她。

吞下药丸后她终于明白了"百杀散"是什么，那是让人吃了功力增加十倍，以一敌十，无论是杀人、打人、揍人，都超乎寻常十倍发挥的东西，也是让人吃了发挥完身体最后一点儿力气累死的药。

楚宸就这样被她揍得三个月卧床不起。她也没得了好，撑着一口气放出求救信号，惊动了南阳王府在京城的暗桩，被救回南阳后，也在床上躺了三个月。

往事不堪回首，回首碎一地枯枝烂叶！

这是安华锦跟谁都不愿意提及的血淋淋的过往，也是楚宸不管陛下和善亲王怎么逼问，都死活不说的当年他被打的真相。

安华锦没脸说她去逛红粉巷遇到人家长得美，勾搭人家不成险些丢了小命，楚宸也没法解释他跑去红粉巷做什么。

善亲王这三年盯着南阳王府不放地给楚宸报仇，老南阳王也不知道当年害他孙女同样躺了三个月的人，是他早就看中眼疾手快地订下的孙女婿，也一直以为是楚宸得罪了安华锦该打，所以，毫无愧疚地见招拆招，与善亲王斗个不可开交。

安华锦死里逃生后命人查了两年，才查到那个人是顾轻衍，顾家七公子，她的……未婚夫！

她是有多想不开，才会嫁给他？

让他做梦去吧！

安华锦驭着楚宸来到八大街红粉巷，入眼处："人间红粉，十里繁华。灯红倒影，酒巷烟花"。她勒住马缰绳，对楚宸说："下马！"

楚宸探头瞅了一眼："不是要去当年你我相遇的烟雨巷吗？这路还远得很，不骑马了？"

"不骑了，走过去。"当年她就是从这里开始转悠的。

楚宸下了马，袖口一抖，拿出一把折扇，扇了两下，"啪"地合上："走吧！"

安华锦松开马缰绳，走了两步，发现裙摆太长有点儿碍事儿，干脆弯腰低头，动作利落地将裙子掀起在腿上系了个蝴蝶结，满头珠翠随着她动作碰撞得叮叮脆响。

楚宸瞧着她的动作，嘴角抽了又抽，连忙弯下身阻止她："姑奶奶，你快打住吧！这里虽是红粉巷，你当街露腿，也太……"

安华锦偏头看他："我里面又不是没穿裤子，哪里露了？"

楚宸看着她的一截小腿，的确没露肌肤，但这比露还厉害。他二话不说地伸手将她系好的蝴蝶结解开："总之不行。"

安华锦瞪眼："要你管！"

楚宸用扇子敲她的头："你弄得穿着怪异，来往路过的人都看你了，还让不让人家红粉巷的姑娘有活路了？"

"什么意思？"

"夸你美呢！"

安华锦作罢，算是被说服："行吧，我是长得挺美的。"

楚宸："……"

二人样貌实在是太好，走在八大街上十分引人注目。八大街美人虽多，但也鲜少见这样一对少年男女。

安华锦循着记忆走了两条街，问楚宸："当年你去烟雨巷做什么？"

"你呢？"

安华锦翻了个白眼："我先问的你。"

"你问我，我若是实话实说，我问你，你也实话实说？"楚宸眨眨眼睛。

"行啊！"跟别人不能说，她和楚宸拥有共同的秘密，还是能说的。

楚宸痛快地说："当年我去堵人。"

"堵谁？"

"八大街背后的人。"

"堵到了吗？"

"你说呢？"楚宸挑眉。

安华锦自然知道没堵到，因为顾轻衍黑心地给她喂了"百杀散"，她吃了药后，替他拦住了楚宸："你堵他做什么？"

"纯属好奇，想知道掌控这京城八大街红粉巷背后的人是谁。查不出来，只能靠堵了。"

"那你后来没堵到人，三年了，可查出来了？"

"没！那人藏得太深，当年之后，他再没踏足红粉巷，我当年没看到他的脸，后来再盯着红粉巷也找不到他。"楚宸看着她，眼睛晶亮，"我知道你知道那个人是谁，你当年定是见着了他。我回答了你这么多问题，不如你告诉我。"

安华锦琢磨着她要不要把顾轻衍卖了。若是今天白天他与她一笔勾销了，他若是对长公主和圣上说没看上她，她跟他没了婚事的牵扯，她还能痛快地卖了他，如今嘛……

好歹是未婚夫，哪怕她不同意，没让爷爷取消婚约前，也还是未婚夫！

对比顾轻衍和楚宸，眼前这个家伙才是个外人。

她亲疏远近分得特清楚地想了一通，一本正经地对楚宸摇头："当年我来红粉巷纯粹为了长见识，后来莫名其妙着了道，没见着什么人。"

楚宸切了一声，不相信地说："小安儿，你不诚实哦，说谎话的女孩子会变丑的。"

安华锦理直气壮："你也没诚实到哪里去，当年你只是好奇那么简单？据我所知，当年那件事儿后不久，张御史弹劾大皇子，私造兵器案轰动朝野。大皇子私造兵器案的据点就在烟雨巷。你糊弄谁呢？"

楚宸一噎，幽怨地看着她："小安儿，女孩子太聪明招人厌，你知道不知道？"

"知道，不遭人妒是庸才。我也没打算让人人都喜欢我，尤其是你。"

楚宸被气笑了，伸手指着她，半晌没说话。

安华锦也不理他，慢悠悠地又走了一条街。来到烟雨巷，她站在巷子口望着里面。与其他街巷不同，这里没了昔日的繁华，老旧破败，贴着封条，已荒废无人迹，封条被风吹雨打已变得发白，昭示着时间的痕迹，但依旧还牢固地贴在老旧的巷子口。

安华锦看了一会儿，抬脚往里走。

楚宸一把拽住她："你不要命了？没看见这里封着吗？陛下早就下旨，大皇子私造兵器案一日查不清楚，一日就封着这里，任何人不准踏足，否则，以谋逆罪论处。"

安华锦摸着下巴："大皇子如今还圈禁着吧？"

"可不是。"楚宸啧啧一声，"天子脚下，他即便是大皇子，你说谁借给他的胆子敢私造兵器？还不是八大街背后的人给他吃了熊心豹子胆！可惜，我没抓住那个背后的人。"

安华锦若有所思。

"你不会真要进去吧？看看得了，可别惹麻烦，尤其是你南阳王府掌管着百万兵权，这种沾染了私造兵器案的地方，更该绕着走。"

"那你早先还建议我来？"安华锦斜眼瞅楚宸。

楚宸憋屈："我这不是想从你口中套出那人是谁吗？谁知道都过了三年了你还嘴严不说！"

安华锦转过身："这破地方，谁非想进去了？走，你请我喝酒，去揽芳阁喝胭脂醉。"

"行！"楚宸立即跟上她，"今日不醉不归。"

揽芳阁是八大街红粉巷最大的花楼酒坊，门口一排大红灯笼，画着惟妙惟肖的仕女图，仕女图下，小二哥乐呵呵地送往迎来。

楚宸和安华锦来到门口，小二瞧着安华锦"咦"了一声，语气似乎很欢喜。

安华锦挑眉："你咦什么？看我面善？"

小二连忙拱手："姑娘，您是不是三年前来过？您的名字有个锦字？"

安华锦一愣，上下打量了他一番，笑着点头："不错。"

小二欢喜地说："那就是您没错了，有一位公子三年前在小店留了一样东西，说是给您的，您若是再来，就让小的交给您。小的一等就是三年，您总算再来了。"

"哦？"安华锦扬眉，"什么东西？"

"您随小的来。"小二抬脚往里走。

安华锦迈步跟上他。

楚宸也好奇了，凑近安华锦："稀罕事儿啊，谁要给你东西这般拐弯抹角？"

"我哪里知道。"安华锦摇头，三年前，她在这家揽芳阁听过曲子喝过酒，除了胭脂醉不赖外，没见到令人惊艳的美人便走了。

难道是哪个唱曲的公子看上她了？

跟着小二上了楼，来到雅间，小二说了句"姑娘稍等"，便匆匆去了。

安华锦坐在靠窗的软榻上，从楼上往下欣赏着夜晚的街景，当年她眼光真不赖，这揽芳阁是八大街红粉巷里赏景的最佳之地。

楚宸坐在对面，瞧了她一会儿，忽然说："小安儿，你还真挺美的。"

安华锦嗤笑："你三年前眼瞎地骂我丑丫头，如今眼疾终于治好了？"

楚宸一噎："我那时候不是气得口不择言嘛！"

安华锦哼了一声。

楚宸看着她："咱俩打个商量好不好？"

　　"商量什么？"

　　楚宸难得地扭捏了一下，在安华锦目光转过来看他后，他微微不自然地红着脸说："你看，你长得好，我也不差，要不然，你跟你爷爷说说，别嫁顾轻衍了，嫁我吧！"

　　安华锦怪异地瞪着他："你疯了吗？"

　　"没有！"

　　"我看你是疯了！你是想报当年我打你的仇，把我娶进门，好让你爷爷天天给我立规矩吗？"

　　楚宸："……我没这么想。"

　　安华锦轻嗤："你若是敢这么想，现在我就揍死你，让你爷爷来收尸。"

　　楚宸："……"

　　安华锦转过头，警告："别打我主意，顾轻衍就够我头疼的了。"

　　楚宸面露哀怨："当年的事情是个误会，若是我告诉爷爷……"

　　"你敢吗？"安华锦翻白眼。

　　楚宸闭了嘴，他还真不敢。在张御史弹劾大皇子私造兵器案之前他跑去烟雨巷，背后的目的一旦说出来，善亲王府得赔进去，估计会吓死他爷爷，比他跳腾着找安华锦报仇严重多了。

　　小二拿来一个匣子，递给安华锦："姑娘，就是这个，不过那位公子说了，让您背着人自己看，这东西外人可不能随便看。"

　　他这样一说，楚宸更好奇了："什么破东西，这么神秘？"他偏不信邪地说，"小安儿，现在就打开，我瞧瞧，你可是有未婚夫的人，可别稀里糊涂地收了别人的东西与人私相授受。"

　　安华锦本来也不信邪地想当着楚宸的面打开，被他这样一说，反倒是住了手，将匣子收进了袖中。

　　楚宸瞪眼。

　　安华锦反瞪他，对小二说："匣子我收下了，你去弄一桌好酒好菜来，要最有特色的菜，最好的胭脂醉，最好的琴师舞娘。"话落，对楚宸伸手一指，"都算他账上，他是善亲王府的小王爷楚宸，有钱得很，不会赖账。"

　　楚宸的脸顿时黑了。

　　小二讶异地瞅了一眼楚宸，连忙应了一声是，转身去了。

安华锦夺过楚宸手里的十二骨扇给自己扇风,悠闲惬意地靠着椅背半躺着说:"揽尽群芳无颜色,胭脂流水指间金。你善亲王府金山银山,这一顿饭也就花个千金,至于黑脸吗?"

楚宸咬牙:"我出来时太急,没带多少银子,你这不是明摆着告诉我爷爷带我来这里喝花酒了吗?"

安华锦"哟呵"一声:"看不出来啊,你善亲王府的规矩也挺大嘛,不次于顾家家规。"

楚宸憋气:"不嫁就不嫁,少挖苦人。善亲王府虽素来不成体统,但也比顾家强,一日三省吾身,须行止得体云云。你嫁进顾家,有你受不了的。真不知道你爷爷是怎么想的,只一个顾轻衍,就能盖过整个顾家的规矩了?"

安华锦瘪瘪嘴:"是呗!顾轻衍还真是……挺好看的。"

楚宸扭过头,气个半死:"好看也不能当饭吃。"

"对着好看的人,最起码能多吃一碗饭。"她今天中午就吃撑了。

她不嫁归不嫁,但也不能昧着良心说顾轻衍不好,除了容貌外,别的也是无可挑剔。也就名门世家顾家的几百年底蕴能养得出来他。

哎呀,她当年没跑到红粉巷,没恰巧遇到他就好了;否则,今日长公主安排在醉花亭的赏花宴,桃花、水榭亭台、美酒、佳肴、美人……她被表象迷惑,还就非他不嫁了。

安华锦深深地叹了口气,颇有些惋惜。

楚宸瞅着她,不客气地说:"你疯了!"

"你比我好不了多少。"刚还想娶她呢,与他半斤八两,没资格说她。

楚宸憋闷,小二恰巧端来菜品酒坛,他没好气地说:"喝酒!"

安华锦瞧着俊秀的琴师被美貌的舞娘簇拥着进来,她将顾轻衍丢在一边,心情又好了起来:"好,喝酒,满上。"话落,对琴师点曲,"就弹你们揽芳阁最著名的《人面桃花》。"

琴师点头,摆放好琴,优雅而坐,调试了几个音节,一曲《人面桃花》流泻而出。

人面不知何处去,桃花依旧笑春风。

安华锦一连三盏酒下肚,浑身暖洋洋地舒服,笑着对楚宸说:"春风不许留人醉,桃花十里笑风情。想不想听段子?我能给你从天黑讲到天亮。"

楚宸觉得他跟她生气就是对牛弹琴,吃亏得很。于是,他不气了,点头:"好啊,你讲。"

他倒要听听她会什么说书段子！

安华锦看着他，眼底闪过几丝狡黠，当真讲了一个段子。

楚宸聪明，听完目瞪口呆，他看着安华锦，只见她一本正经，他却倏地红透了脸，伸手指着她："你……"半天没说出话来。

安华锦看着他呆傻的模样哈哈大笑："怎么样？还要继续听不？"

楚宸额头冒汗地摇头，半晌才憋出一句话："你还是不是女人！"

这哪里是说书段子？这分明就是市井黄段子！亏她一个女儿家面不改色心不跳地当着他一个男人的面讲出来！

她小祖宗是敢说，天不怕地不怕，他可不敢听了。

安华锦看着他退避三舍的模样撇嘴："善亲王府原来还算是一股清流了。"

楚宸掏出帕子擦额头的汗，端起酒杯给自己压惊，仿佛没听出她话语里对善亲王府的奚落："你……打哪儿听来这样的段子？"还从天黑讲到天亮？

"你管呢！"安华锦给自己倒了一盏酒。

楚宸瞪着她，刚要再说话，外面忽然一阵喧闹，动静极大，他皱眉："外面怎么这么吵？"须臾，他想起了什么，惊道，"不会我爷爷找来了吧？"

这也太快了！

安华锦慢悠悠地端起酒，不当大事儿："是呗！在这京城，我没躲没藏地带着你来了这里，你爷爷若是不这么快找来，也太废物了。"

楚宸："……"

善亲王心惊肉跳、担惊害怕、火急火燎地追查了一个时辰，才找到安华锦和楚宸的下落。当得知楚宸被安华锦抓来了八大街红粉巷，几乎气炸了肺。

他的乖乖好孙子，善亲王府孙子辈唯一的一棵独苗，自小善亲王将他看管得跟眼珠子似的，从来不允许他被红粉沾身坏了性子，煞费苦心地教导。楚宸也听话，从来不违背善亲王让他学好的意愿，半步不踏足不该踏足的地方，素来洁身自好，如今被安华锦破了例。

善亲王觉得安华锦真会往他心口捅刀子，哪儿疼扎哪儿，气得他见了安华锦，发誓今天一定要将她扒皮抽筋，就算皇后娘娘来了也不管用。

琴师弹着《人面桃花》，舞娘跳着桃花舞，胭脂醉浓浓酒香，将雅阁里包裹得金粉铺陈，入眼实在是奢靡之极。

善亲王带着人气势汹汹地找到了揽芳阁，一脚踹开房门，看到的便是这样一幅画面。他气得吹胡子瞪眼，伸手指着安华锦，怒吼："给我拿下她！"

府兵们听从善亲王号令，一窝蜂地冲进揽芳阁，团团围住了安华锦，齐齐用剑指着她，因安华锦和楚宸挨得近，顺便也把他们的小王爷围起来了。

楚宸趁机一连喝了三盏酒压惊，转眼将自己喝了个半醉。他看着善亲王喷火的脸色，觉得今日这事儿怕是不能善了，想立即晕死过去，又怕弄成不可收拾的地步，于是借着酒劲，脑中飞快地想着法子。

怎么才能将他爷爷哄走，怎么不让安华锦吃亏。

善亲王是那么容易被哄走的人吗？不是！

安华锦是个乐意吃亏的主吗？自然也不是！

楚宸酒虫上脑，头有些疼了。

安华锦才懒得费脑子想那么多，今日她就是要找善亲王的茬，所以，如今善亲王带着人找来，她才不怕。她一把拽过楚宸，手按住他肩胛骨，让他动也不能动，懒洋洋地挑眉，似笑非笑地看着善亲王："老王爷拿下我想做什么？"

善亲王想说"我要对你抽筋扒皮"，但眼看着楚宸在她手里，看那模样，动也不能动，乖得跟进了笼子里的兔子似的，他气得憋住，改口怒喝："安华锦你又对楚宸做了什么？"

在善亲王的认知里，楚宸虽乖，但绝对不好欺负，他是有功夫的，而且，还不差。偏偏安华锦三年前将他揍得三个月下不来床，显然她功夫更好，三年过去，楚宸功夫长进，安华锦自然更长进了。如今看这模样，安华锦又拿捏住楚宸了。

安华锦"哈"地一笑："老王爷觉得我把他绑来这里，待了这么久，会对他做什么？"

这话含糊有深意。

这里是京城最出名的红粉地温柔乡，在他找来之前，他们已一起待了一个时辰，善亲王顿时气得哆嗦，伸手指着安华锦："你……你身为女子……恬不知耻……有辱……"他说着，忽然顿住，想着南阳王府哪里有什么门楣，就是莽夫土匪窝，气得口不择言，"不愧是出身南阳王府的毛丫头，一身匪气，没有半丝羞耻心，跟你爷爷一个德行……"

安华锦翻白眼，最不耐烦听的就是女子如何如何，南阳王府如何如何。她伸手"啪"地一拍桌案，桌案哪里受得住她的掌风，"砰"的一声，应声而碎。

她拽着楚宸腾地站了起来，面沉如水地看着善亲王："老王爷自诩门楣贵重，看不起南阳王府，可别忘了，你善亲王府受的是皇亲国戚的祖荫庇护，吃的是朝廷俸禄供养，子孙几代，连战场都没上过，没保家没卫国，没真刀真枪和蛮夷打过，有什么资格瞧不起南阳王府？我南阳王府先祖是土匪又如何，太祖揭竿起义，我南阳王府陪着打的天下。南阳王府往上数三代，子孙十几人都战死沙场，我爷爷白发人送黑发人，儿孙辈如今只我一个黄毛丫头又如何？他的儿孙为国捐躯时他没号叫一声，一副副的棺材抬出去一声不吭地埋了。你孙子如今好好活着，你善亲王府安享富贵，常年待在京城繁华地，我揍他两下你哭爹喊娘，这就是你善亲王府的高贵？笑话谁呢？"

善亲王没想到安华锦突然这般发怒，一时脸色青白交加。他想反驳，奈何安华锦说的是事实，他一时下不来台，只能恼羞成怒，指着安华锦气得直哆嗦："你……你……"

安华锦哼笑，善亲王这三年来不依不饶，前三年是她觉得爷爷太闲，给他找点儿事情做也好。如今爷爷年纪大了身体不好，没啥精神头应付善亲王了，善亲王再找麻烦那就是真的麻烦。而她如今来了京城，若是总被他找麻烦，还怎么有功夫处理和顾轻衍的婚约？

所以，这一桩陈年旧案也到了该了的时候了。

楚宸怕她在善亲王府闹大了不好收拾，特意将她引出善亲王府，如今在这里解决也行。

她干脆将楚宸往善亲王近前一推，拍拍手说："老王爷不是一直觉得我欺负了你的宝贝孙子吗？如今我就给你一个机会，让你报仇！"话落，她转向善亲王府手持刀剑的府兵们，"来，你们一起上！"

楚宸被她轻轻一推，在善亲王面前站稳，伸手扶住善亲王气得随时要倒的身子，咳嗽一声，赶紧小声说："爷爷，别听她的，我们人多势众欺负个小姑娘，传出去多丢人啊！"

善亲王转头去看楚宸。

楚宸眨眨眼睛，露出委屈状："爷爷，本来是我们俩的事儿，我被揍，是我没本事，只会丢我自己的人。您如今若是以大欺小，以强欺弱，以多欺少，传出可就是丢您和善亲王府的人了。"

善亲王不说话。

楚宸头脑转得灵活，再接再厉："这丫头是故意激您，想坑您呢。您想想，今儿若是真打起来，明天您就会被无数人笑话了。堂堂善亲王，欺负个小丫头，太不光彩了。没准御史台得到消息会弹劾您，陛下知道了也会训您没长辈的雅量。"

善亲王对着楚宸委屈的脸，看了好一会儿："口齿清晰，头脑清醒，看来没喝醉。"

楚宸："……"

善亲王又道："身上没脂粉味，看来没沾染不干净的东西。"

楚宸："……"

善亲王大手伸出，猛地一拍楚宸肩膀，楚宸站得稳，半丝没动，他又道："身体结实，武功尚在，不虚力。"

楚宸："……"

"走，跟我回府！"善亲王撤回手，不再看楚宸，转身出了揽芳阁。

楚宸："……"

他回身去看安华锦。

安华锦冷哼一声，压下心里的讶异，善亲王还没糊涂到家，这么三两句话就被楚宸说服了？她懒得再想，爱如何如何，痛快走了也好，对他摆手："滚吧！"

楚宸瞪着她，什么叫滚？她嘴里就不能对他说一句好听的话？

"还不走？磨蹭什么？"善亲王停住脚步恼怒催促。

楚宸无奈，不打起来就好，他就知足。他转身，同时对府兵命令："赶紧的，都跟我回府，还待在这里做什么？等着小郡主请你们喝酒吗？"

府兵们连忙收了刀剑，跟在楚宸身后，出了揽芳阁。

不多时，揽芳阁静了下来。

安华锦慢慢地坐下身，给自己重新倒了一盏酒，喝了一口，才跷着腿对着屏风后慢悠悠地开口："顾七公子，好戏看够了吗？没看够的话，你出来，我们接着演。"

顾轻衍是什么时候来的？安华锦不知道。

她只知道在善亲王带着楚宸离开后，房间静了下来，她从满室的酒香中隐隐约约闻到了熟悉的冷冽梅香。

这气息她从三年前就深刻入骨地记着，今日晌午在千顷桃花园的醉花亭里，满园的桃花香也没能盖住冷冽梅香，所以，在他踏入醉花亭的第一时间，无论她睡得有多沉，还是顷刻间就醒了。

这冷冽梅香她从小到大只在一个人的身上闻到过，那就是顾轻衍。

若是三年前她没险些死在他手里，她今日见了他一定很疑惑，这么温润雅致的一个人，怎么气息如此冷冽？

如今她丝毫不怀疑，他那个知书达礼、温润雅致的外表背后，藏着的血都是冷的，连气息都是冷的也就不奇怪了。

她话音落下好一会儿，屏风后才有了动静，顾轻衍缓步走了出来，笑看着她："隔着一面墙，你都能知道我来了，看来小郡主对我真是……"

"我对你恨之入骨，你化成灰我都能认得出，何况如今这么个大活人待在这儿。"安华锦接过他的话，看着他翩翩风采，一如三年前在这红粉巷相遇时，让她惊艳的少年模样，哼笑一声："今儿七公子是唱的哪出戏？戏耍人好玩吗？"

顾轻衍轻笑："戏耍？小郡主是指……"

安华锦磨牙："在醉花亭，你也说不想娶我，免得麻烦，后来又留书一封，不对长公主和陛下说看不上我，什么意思？"

她正要找他算账，他倒是送上门来了。

顾轻衍站在安华锦面前，隔着桌子对她瞧了一会儿，胭脂醉真是好酒，小姑娘浑身散发着酒香，脸颊的胭脂如晕染了桃花色。他浅笑："我说你不想嫁，我正好也不用娶了，免得麻烦。是不用，而不是不想。"

安华锦瞪眼："有区别吗？"

"有！"顾轻衍坐下身，"你说的话，当时我并没有同意。是你理解错了。"

安华锦气笑："你的意思是，当时我觉得你默认了，其实你并没有，只是没有反驳我而已。事实是你虽然嫌弃娶我麻烦，但还是看上我了？所以……不与我一笔勾销，而是要相害相杀到死？"

顾轻衍轻咳一声，温润无害："不一定要相害相杀。"

安华锦看着他，三年他除了长高了外，岁月并没有让他有别的改变，她当年见了他脑中冒出的那句"月华流水姝云色，玉落天河青山雪"，搁到如今，依旧适用，甚至她觉得，无论到什么时候，也没有比这句更能形容他了。

这样的一个人，这样的一个人……

安华锦腾地站了起来，隔着桌子，伸手一把拽住了顾轻衍衣领，探身凑近他的脸，看着他如画的眉目，她眯了眯眼睛。

顾轻衍身子猛地一僵，眼前同样是小姑娘放大的脸，吹弹可破的肌肤，丽色天成的眉眼，一双眸子虽眯着，但清凌凌地透着冷。

安华锦眯着眼睛看了顾轻衍一会儿，伸手化掌，搁在了他脖颈的静脉处。

顾轻衍微微低头："要杀了我？"

安华锦瞳孔缩了缩，狠狠地在他脖颈处比了比，见他身子经过刚刚一瞬间的僵硬后，突然放松下来，似浑不惧怕，她声音发冷："杀了你会如何？"

"你偿命？我在黄泉路上等你一会儿一起走？"顾轻衍面色含了三分笑。

安华锦冷哂，突地松开了手。

顾轻衍身子轻微地晃了晃，站稳，瞧着她，似万分遗憾地理了理衣领的褶皱："不杀了？"

安华锦坐下身不想说话。

顾轻衍低笑，也重新坐下身："是怕杀了我偿命，还是怕跟我一起走黄泉路？"

安华锦端起酒盏晃了晃，酒水似要在琉璃盏里晃出几朵花来。她心中重新恢复平静，嘴却不客气地冷声说："你怎么就不猜我是舍不得杀你？"

顾轻衍一愣。

安华锦哼笑一声，瞧着他说："别想得美了，顾七公子的桃花太多，我只不过是怕被桃花吐唾沫星子淹死而已，这死法太难看，我才不要。"

顾轻衍垂眸，又抬起，哑然失笑："是吗？"

"是啊。"安华锦抬手给他倒了一盏酒，放在他面前，不掩藏心思地套话，"你今天与长公主是怎么说的？"

顾轻衍抬眼看了看她，漫不经心地端起酒盏，晃了晃，酒水在酒盏里荡起光圈，层层叠叠，也似开了一朵又一朵花，他温声说："刚刚我与你如何说的，就与长公主如何说的。"

安华锦看着他："只要我不点头，这婚约……"

顾轻衍截住她的话："你我的婚约，不是你我两个人的事儿，是安家和顾家结姻，是陛下乐见的，无论是对安家还是对顾家，都好。你不点头，这婚约只能拖着，也作不得废。"

"拖着就拖着。"安华锦忽然不生气了，无所谓地说，"反正有你这样的未婚夫，我也有面子，就是你，挺没面子的。毕竟，我名声不好，也做不来三从四德的大家闺秀。你要是不怕麻烦，那咱们俩就这样耗着也行。"

顾轻衍眉眼忽深。

安华锦看着他："南阳王府父辈、孙辈左右只我一人，我爷爷白发人送黑发人送得多了，不在乎子孙传承不传承。你顾家，你爷爷子孙十几人，估计更不在乎你早娶晚娶，那咱们俩的账算起来也简单。"

顾轻衍沉默不语。

安华锦眨眨眼睛："怎么？看你这样子，你还真想与我百年好合，缔结连理？那当初怎么就狠得下心杀我呢？别告诉我'百杀散'死不了人，当我好糊弄吗？"

顾轻衍终于开口："当年，你进了不该进的地方，且不该遇到我，我喂你'百杀散'已经是手下留情了。"

安华锦拉长音笑："是啊，你背后牵扯大皇子私造兵器案，这等见不得光的事儿，被我撞见了，可不是得封口？我得感谢我爷爷早早就给我定下了你，看在未婚妻的面子上，没立马一剑捅了我，不过是换个杀我的方式而已。我的好未婚夫，我该谢谢你是吧？"

顾轻衍无言。

安华锦撇撇嘴，似很欣赏他被堵住了无话可说："就因为这，陛下彻查大皇子私造兵器案，轰动朝野，我也没供出你，也算还了你的手下留情。至于婚约，死结已经结下，你就别想着咱俩能解开了，一辈子也不可能。"

顾轻衍沉默，似不知说什么了。

安华锦又欣赏了他一阵，既然他说拖着，她也觉得没什么好说的了，站起身："我与楚宸说好，今日这酒水他结账。既是你的地盘，就给那家伙多算点儿。让人找上门去要账，最好气得善亲王三天不想吃饭，别拆我的台。"

说完，她打了个哈欠向外走，准备回去睡觉。

她刚走两步，顾轻衍忽然说："当真舍不得对我下手？若是让你杀我一回，这死结也许就能解开了。"

安华锦脚步一顿，回头看着他。

顾轻衍转过头神色认真。

安华锦歪着头瞅了他一会儿，撇嘴："我是对你下不去手，死结还是结着的好。"

第三章 惊梦

月华流水姝云色,玉落天河青山雪。

顾轻衍是安华锦的一见倾心,哪怕恨得要死,哪怕他给她个杀他的机会,她也对他下不去手。

安华锦自觉自己没多大出息,所以,很有自知之明。

她出了揽芳阁,打算回安家老宅。

长公主府暂时是不能去了,免得长公主抓住她一个劲儿地劝说让她嫁给顾轻衍,同时觉得她不知好歹,眼瞎心瞎连顾轻衍都敢看不上。

她哪里是看不上?她是太看得上了!

在不知道他是谁的时候,看见了他的脸,她擅长丹青也没一纸画作将他的画像送到陛下的玉案前,告他牵扯大皇子私造兵器案。在知道了他是谁后,恨得牙痒痒,也没想将他如何。

安华锦抿唇,似身上也沾染了他的冷洌梅香。待她还想仔细嗅一番时,夜晚一阵凉风吹来,将她周身的热度吹散,同时也将冷梅香的余韵吹散了个干净。

她蹙眉,在凉风中站了一会儿,才狠狠地甩了甩袖子,翻身上马,出了八大街红粉巷。

顾轻衍在安华锦离开后,坐在原地,久久没动。

直到一人从屏风后出来,轻声提醒:"公子,夜深了。"

顾轻衍点点头,端起面前的酒慢慢喝尽,才温声开口:"善亲王将楚宸带回府后,都做了什么?"

"善亲王将楚宸关进了祠堂,让他静思己过。"

顾轻衍笑了一声:"善亲王也是有意思,小瞧他了,能留在京城过活的王爷,且过得如善亲王府这般滋润的,本身就该刮目相看。"话落,他站起身,"她刚刚说的话都听到了吧!明日让人拿着单子去善亲王府,让善亲王亲自按个手印结今日的账。"

"是!"

"真是不能得罪她。"顾轻衍又笑笑,须臾,笑容收起,揉了揉眉心,"若是早知道她这个脾气,当初……罢了,走吧,回府。"

夜深人静,不适用于八大街红粉巷,这里是不夜的繁华地,茶楼酒肆依旧红火热闹。

更鼓敲响,京城陷入了沉睡,也不包括八大街红粉巷,这里依旧灯火通明,笙歌奏乐。

顾轻衍出了揽芳阁,沿着暗路回到了顾家。

几百年的世家古宅透着浓浓的厚重底蕴,古松古柏在深夜里遮天蔽月,深宅大院,处处是幽静深沉。

顾轻衍沿着青石路走向自己的落雪阁,推开院门,一眼看到了站在廊檐下的顾老爷子,他脚步顿住,喊了一声:"爷爷!"

顾老爷子已两鬓花白,但人很强健精神,背着手看着顾轻衍,语气慈和:"怎么这么晚才回来?"

顾轻衍对老爷子行了一礼,温声道:"有些事情耽搁了,爷爷找我有事,让人知会一声就是了,夜深露重,您怎么这么晚了还等在这里?"

"今日安家那小丫头来京,你与她相看,我左右等你不回来,反正也睡不着,便来你院子里走走。"顾老爷子看着顾轻衍,"今日你与那小丫头见着了?"

"见了。"

"如何?"

顾轻衍淡笑:"很好。"

顾老爷子仔细地看了顾轻衍两眼,面上露出讶异:"这么说,你同意这门婚事?"

"嗯。"

顾老爷子一时无言,片刻后道:"那小丫头自小在军营里长大,当不来大家闺秀,脾气也不好,连楚宸都敢打得三个月下不来床,我还以为你见了她会不乐意。"

顾轻衍面色温和:"顾家太安静了,如一潭死水,进来个她热闹热闹,也未尝不好。"

顾老爷子挑眉:"这么简单?"

顾轻衍笑,月色下容颜如玉,眉眼落了清风月华:"爷爷,你想要我如何不简单?"

顾老爷子看着他,忽然笑骂:"混账东西,长大了,心眼更多了,连我也想糊弄过去。行,你说简单就简单,反正,这门婚事,需得尽早落定。你既然同意,那就尽快些,别拖着。"

顾轻衍低咳一声:"爷爷放心。"

顾老爷子颔首,对于顾轻衍,他是放心的,这孩子从小到大,就没让人操过心:"明日请小郡主来府做客,爷爷也见见她。"

顾轻衍摇头:"明日怕是不行。"

"嗯?"

"她还没进宫拜见过陛下和皇后娘娘,先来家里不太妥当。"

"也是,那就等几日。"顾老爷子见天色已晚,不再多待,"既然你中意,爷爷也没什么可说的了,早些休息吧!"

本来,若是孙子不同意,他是要劝劝或者想想法子怎么帮他的,如今省心了。

"爷爷也早些休息。"

顾老爷子转身走了两步,忽然又顿住,对他问:"你刚刚突然脸红什么?"

顾轻衍:"……"

顾老爷子笑看着他:"看来那小丫头挺得你心意,让你的脑瓜子里装进了风花雪月,这样我就放心了。"

顾轻衍:"……"

深夜里的安家老宅如顾家老宅一样幽深安静。

安华锦纵马来到安家老宅,刚叩响门环,老管家便带着人迎了出来,满脸激动:"小郡主您回来啦?老奴就猜到您今夜会回老宅来,特意等着给您开门。"

安华锦将马缰绳递给门童,笑看着老管家:"孙老伯您老猜得真准,可以摆摊算卦了。"

老管家笑得满脸慈爱:"老奴哪里能摆摊算卦?是命人打听了一番,得知您已经离开了长公主的桃花园,就猜测您今夜会回来老宅。"

安华锦抬步往里走:"这么说您将我的屋子都收拾好了?"

"都收拾好了,您进府立马就能歇下。"老管家笑呵呵地说,"您又去喝酒了?"

安华锦点头:"揽芳阁的胭脂醉,让人一念三年,今日喝了个尽兴。"

老管家笑道:"您爱喝胭脂醉,赶明儿派人去给您多买些搁在府中。"

"不要!胭脂醉还是要在揽芳阁喝才有滋味。"安华锦摆手。

老管家呵呵笑:"听您的。"

二人说着话,老管家一路陪着安华锦进了老宅,来到她的枫红苑。

对比老宅里处处空空荡荡,她的枫红苑里种有一片红枫树,初夏时节,夜风吹得枝叶摇摆,轻轻唰啦作响。

安华锦打着哈欠困倦地说:"我是累死了,这就歇了,您也去歇着吧。"

"好嘞。"老管家点头,小郡主从小长在军中,不喜人伺候,他也不再多言,转

身走了。

老宅里本就没几个人，夜里尤其寂静。

安华锦进了屋，掌了灯，宽衣梳洗。一个匣子从袖子里掉了出来，她一愣，这才记起揽芳阁的小伙计给她的东西。

她弯身捡起来，匣子巴掌大，很轻，没多少重量，若是不掉出来，她都将它忘了。

匣子落着锁，小伙计没给她钥匙，大约是没钥匙，不过没钥匙也难不住她。她从头上拆下一支簪子，对着锁扣捣鼓了一会儿，锁"啪"的一声打开了。

匣子里面用帕子裹着一样东西，她打开帕子，是一枚玉佩。玉佩晶莹剔透，是一块古玉，触手温润温滑，一面雕刻着山水祥云，一面刻着一个"衍"字。

帕子是一块青色的丝锦帕子，绣着几株竹叶，跟今日她在醉花亭里用的帕子一模一样。

毫无疑问，这送给她东西的人就是顾轻衍了。

帕子已有些陈旧，若说已有三年，还真像。

她心中忽然生起恼怒，他三年前拐着弯地给她玉佩是什么意思？

她将玉佩扔回匣子里，玉佩砸进匣子底部，发出"叮"的一声响。她蹙眉，又拿出玉佩，拿起匣子，对着底部看了一会儿，从底部的底层里抽出一片金叶子。

金叶子很薄，同巴掌一样大。她将灯挪近，仔细瞅了瞅，发现上面用细针刻了密密麻麻的人名，其中，她看到了大皇子楚贤的名字以及十几个她熟悉的朝廷官员名字，几个南阳军中将领名字，几十个她不认识的人名。

能上这个名单，显然这些人都是人物。

她看得倒吸了一口冷气，没想到大皇子私造兵器案牵扯了这么多人。

这份名单若是拿出去，陛下估计得气得驾崩。

她默然地看了半晌，恨恨地扔了金叶子低骂："顾轻衍，你个王八蛋！"

安华锦这一夜没睡好，翻来覆去，脑中全是牵扯大皇子私造兵器案的名单。那些她认识的、不认识的人名在她脑子里翻来覆去地转。

鸡叫三声，她干脆从床上爬起来，披衣下床，跑去院外练武。

自小在军营里长大，这个时辰军营里每日晨练，她也养成了早起练武的习惯。

她挥汗如雨地练了一个时辰，天已大亮。

老管家已早早醒来，见她在练武，便在一旁候着。等她练完，才走上前，笑呵呵地说："小郡主您的这一套剑术十分精妙，却不是咱们自家的武功路数，不知从哪里得来的？"

安华锦收了剑："一年前，南阳山的清风道长给了我一本古剑谱，这套剑术就是来自那本古剑谱。"

"原来是清风道长给您的剑谱，怪不得如此精绝。"老管家恍然，"南阳山的藏书阁，收录天下古书名谱。这套剑谱出自清风道长之手，怪不得不同寻常。"

安华锦用袖子擦了擦额头的汗："他给我的古剑谱是残缺的，南阳山收录天下古书，也有收不齐全的。他知道我痴爱剑术，给我这古剑谱藏有私心，让我帮他修补。"

老管家大悟："清风道长知道小郡主绝顶聪慧，才会如此。"

安华锦嗤笑一声："论聪慧，我哪里及得上某人。"

老管家一怔："小郡主，您指的是谁？"

安华锦自然不愿意说出那个让她恨得牙痒痒的人，打了个哈欠："孙伯，我再去睡个回笼觉，早饭不吃了，你们吃吧！"

老管家瞧着她的黑眼圈："您昨晚没睡好？房间搁久了返潮，还是住不习惯？"

"回到自己家里，哪里会住不习惯？我是昨日太累了，梦魇了。"

老管家点头，小郡主纵马奔波进京走了五日，自然是累着了："这么说，您今日不进宫了？"

"不进了。"

老管家不再打扰安华锦，出了枫红苑。

皇帝下了早朝后，本以为安华锦今日会进宫，问身边的张公公："小安儿在皇后那儿？"

张公公摇头："回陛下，小郡主今日没进宫。"

"嗯？"皇帝偏头，"她去了哪里？"

张公公知道陛下在等着安小郡主进宫，一早就命人去打探了："小郡主昨日宿在了安家老宅，据说连日来骑马奔波进京累坏了，昨日没睡好，梦魇了，今日没能起来，还在睡着。"

皇帝呵呵笑："那小丫头还知道累？她从小就精力旺盛，昨日还打去了善亲王府绑走了楚宸，去了八大街红粉巷喝酒，气得善亲王追去了八大街。依朕看，她是喝得宿醉，才起不来，哪里是梦魇？"

张公公跟着笑："小郡主贪玩，陛下说的是。"

皇帝收了笑："既然如此，就让她睡醒了再说吧。朕就不去皇后宫里了，去庆喜园看看惜才人。"

张公公应"是"尖着嗓子高喊:"摆驾庆喜园!"

与此同时,皇后也得到了消息,对来给她请安的七皇子楚砚说:"本宫不便出宫,皇儿稍后去一趟安宅。小安儿只身一人进京,安家老宅只几个看守宅子的仆从,估计又累又乏昨日没能安置好,才梦魇了。本宫不放心她,你去看看,她这一趟进京来得急,可别给折腾病了。"

楚砚点头:"儿臣这就去。"

皇后想了想,还是道:"你带上一名太医,她没病也给她请个平安脉。"

楚砚颔首:"好。"

安华锦的回笼觉睡到了日上三竿,这一觉睡得好,醒来后神清气爽。

她摸着饿扁的肚皮,走出房门,刚要喊人端饭菜来,便看到了坐在外间画堂的七皇子楚砚。

对比三年前,楚砚抽条了一截,绛紫色轻袍穿在身上,颇显华贵,身形颀长,因是皇后的亲生儿子,样貌随了安家人几分,眉眼俊逸,怎么看怎么养眼。

安华锦眨眨眼睛,靠着门框站定:"七表兄,姑母让你来的?"

楚砚看着安华锦,小姑娘显然刚睡醒,披散着头发未梳洗。对比三年前,长大了,拔高了。站在那里,如柳条一般,亭亭玉立,眉眼如画。只看她这副容貌,实在难以想象她怎么有本事惹出那么多祸,打得楚宸三个月卧床不起。

皇室宗亲里,楚宸的武功,那是出类拔萃,众所周知。

他点点头,没什么情绪地说:"是母后让我来的,听说你梦魇了,母后担心你,让我带了一名太医过来看看你。"

安华锦笑:"等了多久了?"

"一个时辰。"

安华锦扬眉:"是不是如果姑母不吩咐你,你才不想见到我?这么耐心地等了我一个时辰,不像是你的做派啊。"

楚砚不答,对外面摆手:"去前厅请陈太医过来。"

"是!"一名小内监应声而去。

安华锦离开门框,走到桌前坐下,趴在桌子上对外面喊:"孙伯,我饿了。"

"哎,小郡主,您稍等,老奴这就去厨房吩咐。"孙伯答应一声,匆匆去了。

安华锦把玩着头发,等着孙伯带着人来给她投喂。

楚砚皱眉："去梳洗。"

安华锦歪头："七表兄，你管我啊？"

楚砚眉头拧紧："不梳头洗脸，如何吃饭？"

安华锦坐着不动："能吃啊，我经常这样。"

楚砚站起身，伸手一把将她拽起，态度强硬："去梳洗。"

安华锦："……"

她被拽着走了两步，怀疑地看着楚砚："你是我的七表兄吧？三年不见，你怎么……不是瞧不上我的德行，懒得管我吗？"

楚砚脸色微沉，一言不发地将她推进了里屋，顺便"砰"的一声关上了房门。

安华锦跟跄了一步站稳，看着紧紧关闭的门，有点儿怀疑自己没睡醒。

楚砚是谁？陛下的第七子，当今皇后唯一的儿子，嫡出皇子，虽排行第七，但生来就高一众皇子皇女一等。因他的身份，其他皇子皇女不论年纪大小，都敬着他，加之他有个执掌百万兵权的外祖家，更是尊贵凌驾于一众皇子之上。

身份使然，荣贵加身，并没有将他养废，只是将他养得寡淡、冷漠无趣。

在安华锦的认知里，他是个寡言少语的人，也是个并不喜欢多管闲事的人。尤其是管她没梳洗就吃饭这样的小事儿，更是八竿子打不着他。

她还记得三年前，她第一次进宫，在皇宫里迷了路，转悠了半个时辰，也没找到姑母的凤栖宫，恰巧遇到他，表明身份，让他带路，他理都没理就走了。等她好不容易找到了凤栖宫，发现他还在，明明顺路，又是他亲表兄，知道她是谁，也不带她，任她四处转悠，气得她跟他结下了梁子。

后来，她在京期间，他更是理都不理，显然是瞧不上她的德行。

不知他如今是转了性子，还是抽了什么风？

安华锦快速囫囵地梳洗完，又走出房门，只见孙伯已带着人摆上了饭菜，太医院的陈太医正在与楚砚说话，陈太医说三句，楚砚点一下头，应一句。

见安华锦出来，楚砚抬头看了他一眼，没说话。

安华锦对他翻了个白眼，与陈太医打招呼，笑吟吟地说："陈太医好啊。"

陈太医连忙站起身见礼："小郡主好。"

安华锦摆摆手："陈太医若是没什么急事儿，让我先吃饭再把脉？"

"小郡主请便，下官不急。"陈太医连连点头。

安华锦坐下身，拿起筷子，一阵狼吞虎咽。

楚砚看着她，一直没说话，待她吃完放下筷子，对她道："明日你去我府上住。"

安华锦刚端起茶喝了一口，险些喷出来，看着楚砚，眼睛睁大："七表兄，你脑子没病吧？"

楚砚沉下脸："外祖父这些年对你放养太过，让你不懂得闺仪礼数，没有半点儿女儿家的样子。你去了我的府上，我会请几名教养嬷嬷对你好好教导一番。否则你这副模样，怎么嫁进顾家？"

安华锦松了一口气，如今依旧嫌弃她的德行，可见这人真是楚砚。她果断地拒绝："我不去。"

楚砚眯起眼睛："我会让父皇对你下一道圣旨，你总不能不遵圣旨吧？"

安华锦："……"

她看着楚砚，人还是那个人，七表兄还是七表兄，她发现她还是喜欢三年前不理她的七表兄。

她无语片刻，当没听见地转向陈太医，伸出胳膊："劳烦陈太医了。"

陈太医连忙用红绳系在安华锦手腕上，捏着红绳为她请脉。

片刻后，陈太医道："小郡主睡眠似不大好，时常惊梦，这症状似乎已有两三年了。从脉象上看，一直未曾用药调理。时常惊梦不是小事儿，不能等闲视之，否则时日太久，久病成疾，恐影响寿数。"

安华锦托着下巴："这么严重？"

陈太医点头："小郡主您年岁虽小，但不能不当回事儿。否则一旦久病成疾，身体被拖垮，想救已晚了。"

安华锦"唔"了一声："那怎么办？我是时常做噩梦。"

隔三差五惊梦，还是因为三年前，顾轻衍喂她吃了"百杀散"，自此她时常不是梦见他拿着剑架在她的脖子上，就是跟楚宸打打杀杀，久而久之，也就成了她的梦魇。

要说她胆子也不小，不知怎的，就梦魇至今，脱不开了。

楚砚在一旁看着，皱眉："陈太医你只管开方子，不吝惜好药，哪怕是宫里御药房的药，只要能治她的惊梦之症，你只管开。"

陈太医点头，捋着胡须道："回七殿下，下官倒是能给小郡主开一服对症的药方子，但要彻底根治惊梦之症，还是得从源头上根治。一般来说，惊梦之症，必有原因。"

楚砚看向安华锦："你为何会时常惊梦？"

安华锦自然不会说实话，摇头："我也不知。"

楚砚眉头打成结:"梦里都是什么场景?"

安华锦懒洋洋地说:"乱七八糟的,记不清。"

楚砚沉下脸:"实话实说,不准糊弄。"

安华锦:"……"

七表兄很聪明嘛!

她看着楚砚,神色无辜:"七表兄,你做梦梦到什么,都能记得清?我真记不清,只觉得梦中很害怕,一觉醒来就忘了。"

楚砚盯着她看了一会儿:"你天不怕地不怕,会怕什么?"

安华锦耸耸肩:"怕鬼你信不信?"

楚砚转向陈太医:"先开药方子吧!"

陈太医应"是",立即提笔给安华锦开了一张药方子,递给了楚砚。

楚砚接过药方子,看罢,也不给安华锦,径自揣进了袖中,对她说:"你现在就随我过府。"

"我在老宅里待得挺好。"安华锦坐着不动。

"你真想让我进宫去请父皇下旨?"楚砚沉着脸看着她,"父皇三年前就觉得你该学规矩了,一旦我去请旨,他定然会痛快下旨。父皇对你虽宽容,但金口玉言,届时你还是得听从,不如如今乖乖跟我走。"

安华锦有些恼怒,虽然不怕他这位七表兄,但他真冷起脸,冷漠无情,请了圣旨,再动用他府中的府卫将她抓进他的皇子府,她还真是拿他没辙:"这么多年,我爷爷都不管我,就算你是我亲表兄,也管得太多了吧?我这副模样怎么了?再说,我也不一定嫁入顾家,你教我学规矩也太早了。"

楚砚眯起眼睛:"你与顾轻衍的婚约是自小订下的,怎么就不一定嫁入顾家?"

安华锦瘪嘴:"安家子孙,婚事自主,到我这里,爷爷趁我不记事时给我订了婚约,本就不公平。我以前不知道,如今知道了,只要我不点头,这婚事就不成。"

楚砚挑眉:"昨日,在大姑姑的桃花园,你与顾轻衍相看。他为你作了一幅《美人图》,你们相安无事地相处了一个时辰,你跟我说你不同意这门婚事儿?"

安华锦一噎,蒙了蒙:"《美人图》?什么《美人图》?"

"你在醉花亭睡觉的《美人图》,顾轻衍昨日所作,被大姑姑看到后留下了,又呈递给了父皇。如今那幅《美人图》就在父皇手中。"

安华锦睁大眼睛,片刻后,她怀疑地说:"假的吧?"

楚砚冷漠道:"是真的,顾轻衍的亲笔画作,昨日我在父皇的南书房看到了,父皇大为赞赏。"

安华锦:"……"

她腾地站起身,震怒,咬牙切齿地骂:"顾轻衍这个混蛋到底想做什么?我这就去找他算账。"话落,她一阵风似的冲出了房门。

楚砚伸手,没拽住她,转眼间,她人已经没了影。

楚砚皱眉,对外吩咐:"竹影,跟上她,她若是闯去顾家,拦住她。"

"是!"

安华锦虽然想找顾轻衍算账,但她还没被气得会闯去顾家找茬。

若是她今日闯了顾家,不出一个时辰,京城就能传遍她和顾轻衍的笑话。

她虽然素来不着调,但里外还是分得很清楚。她和顾轻衍的事情,如今婚约在身,还是私下里解决的好,不想给别人看笑话,尤其是京城里多的是闲得发慌、喜欢看笑话的人。

最起码,楚宸那家伙和善亲王一定乐意看。

她虽然气得要死,但怒气冲冲地出了安家老宅,也不过是在楚砚面前做做样子,躲开他将她抓去他府上找教导嬷嬷教导。

毕竟,她还真拿楚砚没辙,她能揍楚宸,却不能揍楚砚。揍了楚砚,不说陛下和姑母,她爷爷也饶不了他。不过,既然是做样子,还是要去顾家门前转一圈。

于是,她骑着马穿街而过,不多时就来到了顾家门口。

顾家几百年的世家大族,门口两尊石狮子都显得颇有岁月的沧桑感。

她勒住马缰绳,瞧着顾家的门楣,在门前走马转了转,然后果断地调转马头。

就在这时,大门忽然从里面打开,一辆挂着顾家车牌的黑色马车驶了出来,车厢帘子未落,里面坐着一个人,正是顾轻衍。

安华锦打马的动作一顿。

顾轻衍也瞧见了她,微微扬眉,含笑开口道:"小郡主这是……"

"路过!"安华锦板着脸,语气硬邦邦。

顾轻衍吩咐车夫停下,缓步下了马车,来到安华锦面前,一把拽住了她的马缰绳,笑问:"过家门而不入?"

安华锦挣了挣,没挣开他的手,沉着脸看着顾轻衍:"我为什么要入你家门?"

顾轻衍浅笑,眉眼温和:"爷爷昨日夜晚还与我说,让我请你今日来家里做客。

我正要出门去请你，不想刚出了门口就见到了你。"

安华锦冷笑："鬼话连篇！"

她昨日对他那般态度，她就不信他爷爷今日请她来顾家做客，他会不帮她推托？他今日要出门，绝对不是请她。

顾轻衍扬眉："你不信我是要去安家老宅见你？"话落，他伸手一指，"你看，我车里放着许多礼物，就是要去安家老宅拜访的。"

安华锦顺着顾轻衍的视线，看到了他马车后还有一辆马车，的确装了满满一车的东西。她皱眉，怀疑地看着他："你给我送礼？"

"是拜访。"顾轻衍叹息，"看来你对我一点儿都不相信。"

安华锦冷哼一声，觉得这么站在顾家门口与他算账不太好，保不准一会儿就将顾家里面的人都引出来了，她一点儿都不想踏进顾家。

她俯下身，对顾轻衍低声说："你若是想我相信，你现在就松开我的马缰绳，当没看见我，让我走。"

顾轻衍拽着马缰绳不松，仰着脸瞧着她。小姑娘肌肤晶莹剔透，吹弹可破，常年待在军营，依旧白皙无瑕，一点儿也不黑，与昨日相比，少了酒色晕染。他眼眸微动，也压低声音说："我已看见了你，不可能当作没看见你。"

安华锦磨牙："顾轻衍，今日你不松开我，我们的账又多了两笔。"

顾轻衍垂眸："你说死结已经结死了，多一笔两笔，也不打紧。"

安华锦气笑："顾轻衍，你怎么这么无赖？"

尤其是比她还无赖！

顾轻衍抬起头，凝视着她："进不进顾家？"

"不进！"安华锦收了笑，"谁出来请我也不进，包括你爷爷也不管用。"

顾轻衍"唔"了一声，想了想："今日也的确不太合适，那你下马，与我一同坐车，回你安家老宅？"

安华锦刚要反对，顾轻衍看着她又说："你今日不是路过吧？根本就是来顾家想找我算账的，只不过觉得不想被人看笑话，才到家门而不入。这样，你上马车，有什么账，咱们马车里慢慢算，如何？"

安华锦琢磨了一下，她的确要跟他算账。看了一眼他的马车，帘幕厚实，马车也很宽大，不张扬的黑色。若是摘了"顾"字的车牌，谁也看不出这是名门世家顾家的马车，更不该是名扬天下的顾七公子出行的马车。

她收回视线，不情愿地点了一下头，翻身下马，快速地上了他的马车。

顾轻衍眉眼微弯，笑着将她的马缰绳拴到了自己的马车前，也缓步上了马车。

马车内果然宽敞，很是整洁，与它质朴低调的外形相比，车内简直是另一个天地。摆放着上等的茶具橱柜，有琴棋书画一应所用等摆设，铺着貂绒软垫，很是舒适。

安华锦的鞋子今日没沾土，但这么干净华贵的马车，她还是没忍心踩上去。她两脚担在鞋垫上，身子斜靠着车壁，占了车前小小一块地方。

顾轻衍上了马车后，瞅了她一眼："车内宽敞，可以容纳四五人，你往里坐些，能坐得开。"

"还是算了，怕脏了你的马车。"安华锦觉得她和顾轻衍的差距，是家世也不仅仅是家世。

安家虽及不上顾家几百年的门楣底蕴，但从太祖建朝起也荣华了一百五十多年了。顾家历经三个朝代，安家只这一个朝代。其实，她虽然怼善亲王怼得义正词严、毫不客气，但心里也清楚，善亲王也不算骂错，安家就是土匪出身，哪怕过了一百五十年，成了当朝重兵在握、举足轻重的家族，可与顾家齐名，但满门从军，常年操练兵马，不重视诗书礼仪，依旧改不了骨子里的匪气。

顾家是诗书传家的世家，底蕴深厚。天下大学，顾家为首，每一代都会出几个当世大儒，门生遍布天下。

而安家，若是刨除这一百五十年的将门荣耀往前推算的话，顶多算几代土匪山大王，不烧杀抢掠为恶的那种。

总之，和顾家，没法比。

顾家几百年世家底蕴养成的子嗣，出生以来从骨子里就养成的东西，不只安家，也是其他家比不了的。一言一行、一举一动，吃穿用度，无不讲究。尤其顾轻衍是顾家最拔尖的子孙，他将顾家的底蕴更是诠释得淋漓尽致。

安华锦生于南阳、长于南阳，三岁以后，就不怎么在南阳王府内待着，而是常年待在军中。她虽然不觉得自己配不上顾轻衍，但觉得两个人之间的差距真是天地之别。

就比如，她有一块草地就能睡个昏天暗地，顾轻衍恐怕需要躺在金屋华帐里熏着安神香才能入睡。

若是没有三年前的死结，她昨日在春风桃花里，一眼瞧中顾轻衍，大约义无反顾地欣然笑纳了婚约，一头扎进顾家门，以后是好是坏，全然不管了。但如今嘛，她根本就不用多琢磨了，他们没可能。

顾轻衍看着安华锦，眉头轻蹙，似对她的话极其不赞同，伸手猛地一拽，便将安华锦拽进了马车的最里面，鞋子脱离了鞋垫，踩上了华贵的貂绒软垫。

安华锦一怔："你做什么？"

顾轻衍松开手，漫不经心、满不在乎地说："不过是一辆马车而已，哪里就怕你弄脏了？"

安华锦瞅了瞅自己的脚，有些无言。

顾轻衍慢慢地坐下身，瞧着她，眉眼重新染上笑意："说吧，你要与我算什么账？是三年前留给你的那块玉佩，还是别的？"

安华锦顿时气不打一处来，恼怒地坐直身子："那个匣子是怎么回事儿？你为何要给我，还如此颇费周折等着我再去揽芳阁？"

若是昨天在揽芳阁时早些打开，知道是他的话，她昨天就找他算账了。

顾轻衍低声说："当年事后，我以为你会很快就再来京城找我算账，所以，特意留了信物在揽芳阁，没想到你三年都没进京。"

安华锦："……"

这么说她费力气地命人查了两年，白辛苦了？只要她进京，就能知道他是谁？

她气得半天不想再说话。

顾轻衍看她气得脸都青了的模样："当年是我不对，但也没有别的法子了。若是我的人拦住楚宸，势必会暴露我的身份，恰巧遇到你，便正好拿你顶用了。"

安华锦撇开头。

顾轻衍低咳一声："我不为当年之事做辩解，再来一次，也许我还会喂你'百杀散'。毕竟大皇子私造兵器案着实牵扯得太大，你今日既然来找我，想必已看到那份名单了。"

安华锦烦闷地又扭回头："你将你的玉佩和名单给我做什么？是想我告发你？"

顾轻衍眨眨眼睛："只是想告诉你我的身份而已，让你来找我算账。我知道你是不会告发我的，你天资聪颖，脾气又烈，若是想告发我，三年前撑着一口气不回南阳，也会进宫告发了。"

安华锦冷哼一声，从袖子里掏出匣子扔给他："给你，你的东西我不要。"

顾轻衍不接："给你了就是你的。"

安华锦翻白眼："还是算了吧，我可要不起。"

顾轻衍拿起匣子，重新塞回她手里："你若是要不起，这天下便没人能要得起了。"

话落，按紧她的手，"你就不想知道为何这么多人牵扯到大皇子私造兵器案？"

安华锦挣脱的手一顿。

顾轻衍温声说："你收了这个，我就告诉你。左右你我如今是有婚约在身，若是他日婚约真的解除了，你再还我也不迟。"顿了顿，又补充，"拿着我的玉佩，能做很多事情的。"

"嗯？比如？"安华锦看着他。

"比如，在八大街红粉巷，你可以拿出玉佩给任意一家掌柜的，他都会随你吩咐。你还可以指使我为你做事情。"

安华锦眯眼："你？再比如？"

"比如我可以出面帮你摆平七皇子，让他不要给你请教养嬷嬷管教你。"

安华锦瞪着他："这你也知道？"话落，她警醒又危险地看着他，"是不是你给楚砚出的主意？让楚砚管我？"

顾轻衍摇头："没有，我只不过今早得了消息，七皇子从凤栖宫出来后，询问宫里可有哪个教养嬷嬷如今在闲养，猜测他是给你找的。"

安华锦古怪地看着他："顾轻衍，你不会是要造反吧？是不是宫里哪个贵人的一句话、一个风吹草动你都知道，且能猜测出背后的意思？"

这个人实在太可怕了！

顾轻衍轻笑："顾家若是想得天下，不必等到今日。"

安华锦点头，也是，顾家盘踞了三个朝代，从来没有问鼎天下的想法，否则也轮不到当今的楚家。

她干脆地收回了匣子，从中拿出玉佩，揣进了怀里，然后将匣子连带那枚金叶子扔回给他："这个我不要，你拿回去。"

这祸害人的东西，她才不想留着。

顾轻衍见她只收了玉佩，弯了弯嘴角，痛快地将匣子和那枚金叶子收了，压低声音说："你一直生活在军中，可知道这几十年来，为何你安家但凡上战场，虽然打了一场又一场的胜仗，却埋骨一人又一人？"

安华锦不语，只看着他。

顾轻衍叹息一声："是因为兵器陈旧。先皇和当今陛下重以文治国，朝廷虽养百万兵马，却对兵器监不重视。大皇子几次请谏陛下重建兵器监弓弩坊，陛下不准。大皇子无奈，在八年前，玉雪岭一役后，联合了几人，私造兵器监。"

安华锦脸色笼上一层云雾,八年前,就是玉雪岭一战,她父兄三人埋骨,她娘悲伤之下,一病不起,拖了半年,撒手人寰。

玉雪岭一战惨胜,成了南阳王府最大的沉痛。

爷爷七天没说一句话,也病了大半年。她娘去了后,他终究是挺了过来。

那时她八岁,扶着父兄的棺木,一直送到安家墓地入葬,脑中想的是爷爷常对她说的话:"善兵伐谋,忠魂埋骨,安家的战场永远不在朝堂,而是在边疆。"

彼时,她的两位兄长,一位议亲订了婚约,一位尚年少,都没留下子嗣。

她娘闭眼前拉着她的手说对不住她,她下去照顾她父亲兄长了,就将她托付给她爷爷了。幸好她是女儿,无论如何,都不用上战场,她放心得很。

也就是那一年,南阳王府安家上上下下,只剩下了爷爷和她,她成了南阳王府唯一的一棵苗。

她的长兄曾经在京中为大皇子做过伴读,交情极好,大皇子据说也病了三月。

她一直知道军中兵器陈旧,朝廷不着手改进。她曾问过爷爷,爷爷只是叹息,什么也没说。

如今,她才知道,原来是陛下不准。

她沉默着,顾轻衍看着她,目光落在她脸上,眼底也跟她一样笼了层云雾。

过了许久,安华锦轻声问:"富国强兵,才能让四方蛮夷朝贺,陛下为何不准改进兵器监?"

顾轻衍抿唇:"强将与强兵,一门都是将才,威名赫赫。即便没有反心,但执掌百万兵马,你说先皇与陛下,可能安枕?"

安华锦心中生起愤怒:"这就是让忠臣良将因陈旧兵器埋骨的理由吗?如今安氏一门,老的已满头白发,少的只我一个女儿家。如今陛下放心了?"

顾轻衍一叹:"所以,在玉雪岭之后,老南阳王进京,与陛下商议兵权之事,恰好看到了我的那幅《山河图》,最终想出了一个婚约的法子,让安家与顾家联姻,一文一武守卫江山。"

安华锦总算懂了:"原来如此。"

怪不得爷爷破例为她定下顾轻衍,怪不得陛下一力促成,怪不得长公主做媒毫无压力,怪不得这一门婚事儿顾轻衍说对安家和顾家都好。

顾家没有争皇权之心,天下有目共睹,皇帝也相信顾家。

安家只她一人,顾家舍出顾轻衍。

两全其美，山河可固。

"这就是皇权，陛下也不易。"顾轻衍拿起桌案上的茶壶，为安华锦倒了一盏热茶，终结这个话题。

安华锦一瞬间泄了所有的愤怒和力气。她不是三岁小孩，不知江山皇权重任，姑母当初不比爷爷、大皇子病的时日短，就连陛下据说也病了一个月。

她端起茶盏，捧在手里，慢慢地喝了一口，嫌弃："这茶水真烫。"

顾轻衍瞧着她，小姑娘聪明透彻，一点就透，大是大非面前，有愤怒却无怨恨。明白安家既是忠臣良将，就做忠臣良将该做的，哪怕忠魂埋骨，满门只剩她一人。

他目光温和："这水是出门前放在暖壶里的，凉凉再喝。"

"我偏喝。"

顾轻衍笑："非要喝，不听劝，偏偏还嫌弃烫，好难伺候。"

安华锦哼了一声，将一碗热茶喝尽，将杯子一推，质问："《美人图》是怎么回事儿？别告诉我你真看上我了！"

她与顾轻衍除了三年前她的一见倾心外，昨日是第二次见，她不相信顾轻衍能瞧上她。若是瞧上她，就不会差点儿杀了她，看上一个人是没有理智的，哪里舍得让她受半分苦？

以己度人，就如她对顾轻衍，嘴里心里喊打喊杀，见到他却下不去手。

顾轻衍低下头，似斟酌用词，片刻后，抬起头看着她浅笑："以安陛下和长公主的心，咱们两个人，总得有一个人看上另一个人，这婚约才能让他们觉得有望。"

安华锦点头："七表兄在安家老宅，你既然是要去安家老宅拜访，就继续去吧！正好你与他说说，我不喜欢学什么闺仪礼数，哪怕嫁入你顾家，也不学，让他死了心，别管我了。"

既然他说收了他的玉佩能指使他做事情，那正好，楚砚就交给他了。

她说完，掀开帘子，转身下了马车。

顾轻衍伸手去拉，没拉住，挑开车帘子看着她已转眼骑在了自己的马上，对她问："你要去哪里？"

"皇宫，我来京还没去见过陛下和姑母。"安华锦丢下一句话，双腿一夹马腹，向皇宫而去。

顾轻衍看着她一人一骑如风一般远去，鲜衣怒马，与京中的所有闺阁女子都不同，张扬鲜活，明媚飞扬。他慢慢地落下帘幕，揉揉额头，哑然失笑。

这指使他做事情，来得可真快！

竹影尾随安华锦到了顾家，不敢跟随得太近。小郡主自小练武，十分敏锐，怕她发现。他远远见顾轻衍从顾家出来，与安华锦说了几句话后，安华锦弃马上了顾轻衍的马车，之后马车走出一条街，安华锦又从马车中出来，纵马去了皇宫。

竹影犹豫片刻，还是没再跟上安华锦，而是回安家老宅禀告楚砚所见。

楚砚听闻竹影的禀告，微微沉思："这么说，她当真与顾轻衍相处得不错了？"

竹影点头："小郡主与顾七公子没有打起来。"

对于安华锦的脾气来说，没有与人打起来，就是与人相处得极好了。

不多时，老管家前来禀告："七殿下，顾七公子来了，说是给小郡主来送些胭脂水粉。听闻您在，想见见您，替小郡主说两句话。"

楚砚点头，站起身："我去前厅见他。"

老管家连忙带路。

顾轻衍第一次踏进安家老宅，对比顾家老宅的几百年底蕴，一砖一瓦，都极其讲究，一百五十年的安家老宅就是一个空壳子。府内虽十分干净，但空荡荡的，只有几个奴仆。

武将之家的会客厅，也不同于文官之家的会客厅，摆放着各种兵器，墙上挂着军事图。

唯独一幅不是军事的画作，笔法稚嫩，像是出自幼儿之手，画了一幅悬崖孤雁。未有落款。

顾轻衍站在那幅《悬崖孤雁图》面前，负手而立，看了许久。

楚砚进来时，见顾轻衍在看那幅画作，他也瞧了一眼："据说这幅画作是出自小表妹之手，她画这幅画作那年八岁半，是玉雪岭之战后半年。"

顾轻衍转回身，看向楚砚："她十三岁之前未曾进京，所作之画作，按理说应该挂在南阳王府，怎么挂来了安家老宅？"

"是当年外祖父进京时特意带回安家老宅来的，外祖父说这是镇宅之宝。"楚砚坐下身，"幼儿拙劣之作，本难登大雅之堂，但外祖父甚是珍视此画作。安家老宅以后再存在多少年，这幅画作就会跟着一起存在多少年。"

"此画笔法虽稚嫩，略显拙劣，但意境确实是上等。"顾轻衍也坐下。

楚砚不置可否，端起茶盏抿了一口，看着顾轻衍："你要替她说什么话？"

顾轻衍温声道："她不喜被管教学闺仪礼数，不好与殿下硬着来打一架，让我替她与七殿下说说，此事就作罢吧！"

楚砚挑眉："你同意？"

"为何不同意？"顾轻衍笑笑，"天下女子，多大同小异，唯一个安华锦不同。七殿下何必摧折了她的不同？更何况，以她的性子，也未必摧折得了。"

楚砚沉默片刻："你顾家能容得下她的脾气？"

顾轻衍淡笑："她若嫁的人是我，自然能容得下。"

楚砚抬眼盯紧他："你这话我不太懂。"

顾轻衍也端起茶盏，浅酌了一口，说明白些："顾家虽是爷爷说了算，但她若嫁给我，她如何，我说了算。"

楚砚冷漠的脸色终于有了两分情绪："她似乎不大同意这门婚事儿，只要她不点头，外祖父哪怕拖着你们的婚事儿，也不会硬逼她的。"

顾轻衍颔首，没有谁比他更知道要安华锦点头有多难。

楚砚瞧着顾轻衍，素来寡淡的脸上忽然染上一抹淡笑："我倒是挺意外，天下女子，还有不想嫁你的。就冲这一点，小丫头的确令人刮目相看，我本以为她那个德行，面对你，更不能免俗。"

顾轻衍低咳一声："我得罪过她。"

楚砚扬眉，仔细打量了顾轻衍两眼，倒也没多问他怎么不声不响地得罪了安华锦，只从袖中抽出那张药方子，递给顾轻衍："这是陈太医给她开的药方子，既然你替她来说话，不让我管她，那么此事就由你来接手吧！"

顾轻衍接过药方子，看了两眼："这是？"

楚砚将陈太医给安华锦请平安脉，没想到请出了她最近两三年时常有惊梦之症之事简单地与顾轻衍说了："你可以仔细去问问陈太医，想必你有法子让她乖乖喝药和说出实情，也好对症根治。"

顾轻衍听罢沉思片刻，点了点头："好，此事我来处置。"

第四章　进宫

安华锦将楚砚交给顾轻衍去打发很是放心。

顾轻衍是谁？没有他办不妥的事儿。

她纵马来到宫门口，递了宫牌，宫门守卫检查了宫牌后，痛快地放了行。

安华锦有骑马不解佩剑入宫的特赦，进了宫门后，骑马径直前往凤栖宫。

路上遇到了宫女太监纷纷对她见礼避让，她一路顺畅地来到凤栖宫。

在凤栖宫门前下马，安华锦扔了马缰绳，让人通禀了一声，不多时，有一个老嬷嬷笑呵呵地迎了出来："小郡主，快里面请，娘娘已等您多时了，本以为您今日不进宫了，没想到还是来了。"

"我想姑母了，睡醒了就过来了。"安华锦笑吟吟地说，"贺嬷嬷您老好啊？三年不见，您还是一点儿没变老。"

"小郡主真会说话，嬷嬷我啊虽然看着没变老，但腿脚不如三年前了。"贺嬷嬷领着安华锦往里走，"七殿下两个时辰前奉娘娘之命去了安家老宅，您可见到殿下了？"

"见到了！"安华锦不想提那改了性子的七表兄。

贺嬷嬷见提到七殿下小郡主只一句"见到了"，想着二人以前的梁子莫不是还结着？这也怪不得小郡主，七殿下的性子实在太淡漠了，唯有对着皇后娘娘，才温和上心几分，旁人是一概不在意，包括陛下。

就连陛下都常说，他这性子不知随了谁，不过即便他性子淡漠，也依然是陛下最满意的儿子，文武双全，才华出众。

皇后听闻安华锦来了，在内殿已经坐不住地迎了出来，见到安华锦，一把将她抱进了怀里，叫着她小名："小安儿，你总算来了，父亲来信说你一个人没带护卫进京，我好生不放心。"

安华锦嘻嘻一笑，回抱住皇后，在她软香的身上蹭了蹭："姑母，您有什么不放心的？担心路上有劫匪？您多虑了，劫匪若是敢劫我，那是好日子过够了，也不打听打听咱们家以前是做什么的？"

皇后失笑，推开她，伸手点她眉心，慈爱地看着她："你呀，三年前揍善亲王府的小王爷一下子就出了名，这一路的土匪还真没人敢劫你，是我白担心了。"

安华锦吐吐舌头:"楚宸该揍。"

皇后气笑,拉着她坐下:"听说你昨日闯去善亲王府,又抓走了楚宸?善亲王气得跳脚满京城地找你,我担心得不行,让你七表兄去看看,他说你不会有事儿,后来是怎么了结的这桩旧怨?"

安华锦瘪嘴:"我不过是拉着楚宸去喝了几杯酒而已,就把善亲王给吓的。后来他带着一众府卫找去,我说让他的府卫一起上,楚宸劝住了善亲王,说以多欺少不光彩,后来善亲王听了劝,带着楚宸走了,就这么了结了。"

皇后见她三言两语说完,讶异:"善亲王就这么简单地放过了你?"

"是啊!"安华锦挽着她手臂笑,"善亲王也不是个老糊涂,昨日真欺负了我,今日御史台就能弹劾得他抬不起头来。他虽这三年来跳腾得厉害找我爷爷算账,但若是真欺负了我,自己也觉得丢人。小孩子是小孩子,大人是大人嘛。"

"你都快嫁人了,还小孩子呢!"皇后也笑了,彻底放了心,"善亲王是不糊涂,你和楚宸打架,是小辈们的事情。他出手拦了兵部的折子欺负你,已是丢了身份,如今再对你大打出手,的确丢人。"

安华锦点点头。

皇后拉着她的手又将她上上下下仔仔细细看了一遍:"可见到你七表兄了?他怎么没与你一起?"

"我也不知道,他大约有别的事情。"安华锦摇头。

皇后颔首,关心完最关心的,便开始迫不及待地问起昨日赏花宴:"你昨日可见了顾七公子?可还满意?据说顾七公子给你画了一幅画作,如今收在陛下手里,我还没见着。你七表兄昨日在陛下那里见到了,说画得极好,不愧是出自顾七公子的手笔。"

安华锦头疼:"顾轻衍有毛病。"

"嗯?"皇后看着她,顿时紧张地想歪了,"顾七公子有什么隐疾不成?"

安华锦:"⋯⋯"

她看着紧张的皇后,默了默,觉得她若是趁着姑母误会的空当抹黑顾轻衍,用这个来悔婚,是不是实在太小人行径了?

她咳嗽一声,改口解释:"不是,我是说他趁我睡着,偷画我画像,还不让我知道,不是脑子有毛病吗?"

皇后松了一口气,嗔怪地看着她:"你这孩子,吓我一跳。天下多少人想求顾七公子一幅墨宝,求而不得,偏偏你,得了便宜还骂人家。果然还是个小孩子!"

安华锦："……"

被他偷偷画了画像，用来给长公主和陛下促成婚约，怎么成了她得了便宜？

安华锦实在有点儿不能理解皇后的脑回路，无语片刻："姑母，我既然是小孩子，用不着太早成亲对不对？"

皇后摸着她的头慈爱地笑："嗯，用不着，可以再等等。不过以前是口头婚约，如今你与顾七公子都没意见的话，还是将此事敲定，定好六礼的日子和婚期。安家和顾家也好慢慢地准备着，不至于到时太匆忙了。"

安华锦立即说："我有意见。"

"嗯？"皇后一愣。

安华锦道："顾轻衍不合适。"

皇后看着她："顾轻衍是顾家最拔尖最出众的，不说满京城，就是整个天下，再也找不出第二个。你为何会觉得不合适？"

安华锦看着皇后反问："姑母，您真的觉得我们合适吗？"

皇后一噎，霎时无声。

这时，外面传来一声尖着嗓子的高喝："皇上驾到！"

皇后一愣，立即压低声音说："陛下对你和顾七公子的婚事儿十分看重，一定会问起你此事，你……斟酌着说，别惹陛下不高兴。"

安华锦点头答应："好，姑母放心。"

她一定会给陛下一个满意的答案。

皇后带着安华锦出去接驾。

皇帝今日未穿龙袍，一身常服。虽人已中年，但并未发福，精神健硕，气度雍容，不怒自威。

皇后带着安华锦见礼："陛下万福！"

安华锦跪地叩头："拜见陛下！"

皇帝笑着伸手扶起皇后，目光落在安华锦身上，笑道："小安儿起来吧！三年不见，愈发出落得亭亭玉立了。不错！"

安华锦站起身，笑嘻嘻地说："陛下龙威更盛三年前，让我都不敢直视天颜了呢！"

皇帝哈哈大笑，对皇后道："你瞧瞧她，还是这么贫。"

皇后也笑："还跟个小孩子似的，一点儿也没有及笄后成了大姑娘的自觉。"

"朕看她啊，一日不成亲，一日就成不了大姑娘。"皇帝说着，拉着皇后的手笑着进殿。

安华锦走在二人身后的三步距离,笑着没接这话。

进了内殿,三人落座,皇帝先是询问了老南阳王身体可好,又询问了南阳军中可有哪个不听话的将士让老南阳王操心,又询问了她进京这一路可曾受苦,之后绕了三盏茶,才询问到昨日长公主借由赏花宴,在千顷桃园给她和顾轻衍安排的相亲,她可满意。

若是换作昨日,她一定摇头再摇头,死活不同意这门婚事儿,硬杠到底。

不过今日,同顾轻衍在马车里的一番对话,她知道了这桩婚事儿背后代表的东西,便改变了主意,打算把难题推给陛下。

于是,在皇帝问起时,她面露为难地说:"陛下,您是问我对顾七公子的人满意呢,还是问我别的?"

"哦?"皇帝挑眉,"有不同说法?"

"有的。"

"那你说说,朕听听。"

安华锦踌躇了一会儿:"要实话实说吗?"

皇帝笑:"自然是实话实说,在朕面前,你难道要对朕撒谎?"

"不敢!"安华锦坐直身子,"若是您问我对顾七公子这个人是否满意,那自然是满意的。明月清风,毓秀风流般的人物,我从小到大只见了他一个,哪里会不满意?"

皇帝点头:"普天之下,无出其右者。"

安华锦也跟着点头,小脸一垮:"但除了他的人,无论是家世,还是脾气秉性,亦或者我们自小的环境与教养,都是天差地别,不合适极了。您说对不对?"

皇帝不赞同:"这个不是问题,顾家好,世家底蕴,安家也不差,将门百年。顾七公子性情温和,你脾气不好,他能让着你。至于环境与教养嘛,你入了顾家后,自然入门随夫,适应一年半载就好了。"

安华锦听着这轻巧的话,抬起头,认真地说:"可是,我从来就没想过出嫁啊。"

"什么意思?"皇帝看着她,失笑,"难道你要一辈子留在家里做老姑娘?"

安华锦摇头:"这个想法倒没有,只不过,安家如今除了爷爷,就只我一人了。若是我出嫁,爷爷百年之后,安家岂不是就没人了?所以,在玉雪岭一战,我父兄战死沙场后,我曾扶着他们的棺木说以后我不外嫁,打算招婿入赘,将安家传承下去。"

皇帝一愣。

皇后低呼一声："小安儿,你竟然存了这个想法?"

安华锦认真地点头："是啊姑姑,我早就存了这个想法。"

皇后看了一眼皇帝,又转向安华锦："父亲给你和顾七公子订下婚约时,未说起你有这个想法。"

安华锦耸耸肩,无奈地说："姑姑,我也是才知道我有这么一桩婚约,早也不知道啊!爷爷没跟我说安家从我这里破例,不让我自主婚事儿,还给我弄了个婚约。我也没想这个想法有什么大不了的,自然也不必提前与他说了。"

皇后一时无言。

皇帝收了笑："所以,为着这个,你才不同意这桩婚事儿?但顾轻衍昨日对长公主说你们之间有个大误会,如楚宸一样?"

安华锦没想到顾轻衍昨日还跟长公主透露了他们当年的恩怨,她立即摇头,一本正经地说："天大的误会,都能解开。昨日我还跟楚宸喝酒了呢,更别说顾轻衍了,这个不算什么。我主要就是为了安家的传承。"

皇帝点点头,沉默下来。

安华锦又道："陛下,顾七公子是顾家最拔尖的子孙,是顾家这一代的承接人。顾家一定舍不得让他入赘我安家吧?"话落,她暗暗地咬了咬牙,"若是顾家舍得他入赘给我,那我倒是没意见了。"

皇帝不语,脸色笼了一层昏暗。

一时间,殿内寂静。皇帝和皇后身边伺候的张公公和贺嬷嬷都大气也不敢出。

过了片刻,皇帝看着安华锦,目光幽深:"难为你小小年纪,想着安家传承。是朕对不起安家,为了这江山,使得安家男儿忠魂埋骨。"

安华锦面露哀伤且大义凛然地说:"安家为了陛下,为了万千黎民百姓家园安稳,舍一家而全天下千万家,即便我父兄都为此牺牲,如今只剩我一人,也是值得的。陛下不必说对不起。"

皇帝面色稍缓:"安家为国尽忠,却落得如今门庭冷清,时常让朕彻夜难安。"

皇后用绢帕抹眼角的泪,趁机说:"兄长侄儿在天之灵,如今看着这太平盛世,想必也甚是宽慰。陛下切莫难安,您为社稷呕心沥血,同样万分艰难。"

皇帝拍拍皇后的手,叹了口气:"朕肩上这担子,担了这么多年,只有如欣你晓得朕有多辛苦。朕身边有你一直体谅朕,是朕的福气。"

安华锦看着二人,不再作声。

片刻后，皇帝沉声道："也不是没有法子，你们大婚后，生了子嗣，择一个姓安就是了。"

安华锦摇头，坚决道："陛下，您说的法子，还是我要嫁入顾家，就算生了子嗣，择一个姓安，也不是自小在安家长大，不过是担了个虚姓而已，并无多少意义。我要的传承，是门楣的传承，是完全属于安家的传承，哪怕只一根独苗，也要世世代代传下去。"

她此言一出，气氛再度凝滞。

皇帝看着安华锦，眼底深黑，也不好再强硬，尤其是玉雪岭之战后，他也自觉对不起安家。安华锦这个想法，如一块石头砸在了他心坎上，是他没预料到的。

他以为只要顾轻衍同意，安华锦一个小丫头片子，他施施压，也是就能成全此事。没想到安华锦有这个想法，心念着安家传承，这就棘手了。

自古以来，就没有顾家的子弟入赘外姓的，别说顾轻衍，换做其余顾家子弟也不能够。顾家老爷子定然不会同意，就是他也觉得那是折辱了顾家。

皇后见皇帝脸色沉暗半晌不语，提着心轻声缓解气氛："小安儿，父亲还不知道你的打算，不如你与父亲商量商量，听听他老人家的想法，再做决定？"

虽然安华锦考虑安家传承，她也身为安家的女儿，觉得她这个想法也没有什么不对，但陛下一力促成安顾两家的联姻，背后的打算她身为皇后也能猜出几分。这联姻若是折了，陛下指不定会有多恼。

陛下若是恼了的话，对安家那么点儿的愧疚也就消了。

另外，她觉得安华锦若是推了顾轻衍，不要这桩婚事儿，那也真是可惜了。普天之下，哪里再去找一个顾轻衍这样的夫婿？

京中多少女儿家都盼着这一桩婚事儿不成，包括她亲生的三公主。

三公主已无数次向她哭闹，说她不向着自己的亲生女儿而向着侄女，心里只有侄女。她又不能对她明言个中内情，劝了几次，也恼了几次，那丫头死活听不进去。如今想起三公主，她就头疼。

"皇后说的对，你这个想法，既然老南阳王不知，还需与他商议。"皇帝总算又开口，"另外，顾轻衍似对你很上心，时隔几年，又提笔作画，为你画了一幅《美人图》，如今就收在朕的书房里，稍后你跟着朕去瞧瞧那幅画。"

安华锦也想看看那幅画，遂点头："好！"

安华锦答应后，皇帝站起身，对皇后道："如欣你也跟小安儿一起去瞧瞧吧。"

皇后正有此意，连忙应是。

三人出了凤栖宫。

走到宫门口，正遇到三公主楚希芸匆匆而来，她是听闻安华锦入宫了，正在她母后那里，也顾不得正在上书房学习，逃了琴艺课就冲了过来。

她一脸怒气冲冲，想要质问安华锦自己那个德行，有什么脸嫁给顾轻衍？当看到皇帝和皇后与安华锦在一起，立即压下了脸上的怒意，连忙见礼请安。

皇帝本就心情不好，绷着脸问："希芸，你不在上书房上课，怎么又来你母后这里闹腾你母后？"

楚希芸跪在地上，垂着头说："父皇，我听说安表姐来了，过来看看她。"

她虽然为了安华锦和顾轻衍的婚约跟皇后闹了多次，但却不敢跑去皇帝面前闹。

皇帝虽然知晓她的心思，也不点破，"嗯"了一声："念你们三年未见，表姐妹情深，朕就饶过你的逃课之罪，起来吧！"

"谢父皇。"楚希芸站了起来，规规矩矩立在一旁。

皇帝面前，她自然不敢造次，更不敢横眉怒目喷火地看着安华锦。

安华锦却无负担似笑非笑地看着她，从兜里掏出一块糖，递给她："三表妹真乖，逃了课来看我，给你糖吃。"

楚希芸顿时气得想挠她，转过头，恼恨地瞪着她。见皇帝看来，她强按压下，心里嫌弃，面上乖觉地接过安华锦递来的糖，僵硬地道谢："多谢安表姐。"

安华锦见她僵硬地拿着糖，小小的糖几乎拿不住，她笑吟吟地说："这是我们南阳第一大坊玉桂坊做的软糖，你尝尝，若是喜欢，我带你去南阳吃。"

谁要跟你去南阳吃？谁喜欢你的软糖？

楚希芸深吸了好几口气，硬邦邦地打开糖纸，将软糖塞进了嘴里。

香软可口，还真是……真是好吃！

"怎么样？好不好吃？"安华锦盯着她问，十分友好。

"好……吃。"

安华锦笑眯眯地说："我兜里只剩下这一颗了，好吃也没有了，你若是想吃，只能跟我去南阳了。"

楚希芸点点头，心里已经在想着怎么将玉桂坊的软糖在她不去南阳的情况下让人弄来几包，南阳据说荒无人烟，就算父皇恩准她去，她也是打死不去的。

皇后见表姐妹二人如此和睦，虽是面上的，也很是高兴："芸儿，你也见了你安表姐了,她会在京城住一阵子,时日还长得很。以后你们多的是时间玩耍,琴艺课万不能落下,你快回去上课吧。"

楚希芸不想回去,她今日怎么也要抓住安华锦问问她和顾轻衍的相亲过程,最好让她打消了嫁顾轻衍的想法,她上前一步,挽住皇后的胳膊:"母后,我刚见着表姐,您就赶我走,我不依。"

"你安表姐还有事情,今日没工夫与你玩。"皇后拍拍她的头。

"什么事情?"楚希芸好奇地问。

皇后犹豫了一下,没说话。

皇帝沉声道:"顾七公子昨日为你安表姐作了一幅《美人图》,如今就在朕的书房。朕带她去赏鉴一二。"

"什么?"楚希芸震惊。

顾轻衍竟然为安华锦作画?还是《美人图》?他他他……他真看上安华锦了?

她实在太震惊,一双眼睛睁得大大的,满眼的不敢置信。打死她都不相信顾轻衍能看上安华锦,那样风神毓秀的人,怎么能为安华锦作画呢?

她算什么美人?

她愤恨地转过头,这才真正仔细正眼地看安华锦。只见她眉眼如画,亭亭玉立,阳光打在她身上,比凤栖宫里的牡丹还娇俏三分。

楚希芸:"……"

安华锦什么时候这么美了?

三年前那个浑身带着南阳贫瘠之地荒草味的臭丫头哪里去了?

这是安华锦?

她大脑嗡嗡地了几圈,好半天回不过神来。

"芸儿,乖,快去上琴艺课。"皇后出声打破三公主一团蒙圈的脑子。

楚希芸依旧呆呆的,喃喃自语:"怎么可能……"

皇帝面容森森,声音微沉:"罢了,今日不上就不上吧!回头再补上。你既然想跟你安表姐好好玩耍,也跟着朕和你母后去南书房吧。"

楚希芸默默地点点头。

皇帝和皇后上了车辇,安华锦和楚希芸步行,一行人向南书房走去。

楚希芸一路上都有些怀疑人生,安华锦也不搭理她,顾轻衍的桃花实在太多了,堪比长公主的千顷桃花园。

快到南书房时，楚希芸实在按捺不住了，压低声音对安华锦说："顾七公子会给你作画？假的吧？父皇开玩笑的？"

安华锦耸耸肩："我也希望是假的。"

"你什么意思？"

"字面的意思。"

楚希芸哼了一声："父皇金口玉言，怎么会是开玩笑？也不知道你哪辈子拯救了谁，这般大的福气投生在南阳王府。"

若她不是南阳王府的小郡主，顾轻衍那样的人绝对轮不到她。

安华锦笑，生在南阳王府是福气吗？若她不是投生在南阳王府，这京中任何一家，守着规矩礼数，不能肆意自由想干什么就干什么。

这样算来，也的确是福气。

楚希芸见她只笑不说话，心中愈发气恼："我告诉你安华锦，顾轻衍绝对看不上你。若你不是出身南阳王府，别说他和你相亲，给你作画。就是看你一眼，都不会。"

安华锦挑眉："是么？"

"是！"

安华锦伸手捏捏楚希芸的脸，三年前就觉得这个心里对她不满极了的表妹很好玩，如今更好玩了，她凑近她，压低声音说："若顾轻衍不是顾轻衍，我也不会看他一眼。"

楚希芸怒，陡然拔高音："安华锦，你说什么？"

她这一声没控制好音量，在安静的前往南书房的路上格外地清晰突兀。

皇后在轿辇里提起心，掀开轿帘训斥："芸儿，大呼小叫什么？没有规矩。"

楚希芸气势一蔫，不敢吭声了。

皇后见她安静下来，落下轿帘。

楚希芸一肚子怒气，瞪着似乎什么事儿都没发生过的安华锦，恼恨地压低声音说："安华锦，你要点儿脸，你给顾七公子提鞋都不配。"

安华锦转过头："你配？那你给他提鞋啊！"

楚希芸："……"

安华锦笑着又捏捏她的脸，这一次下手没那么轻了。将她的脸捏得变形，见她躲不开，忍不住又要大叫，才松开，小声说："别总是惹我，即便你是姑母的亲女儿，我也照样能将你绑起来打三天，我八岁在战场上杀人的时候，你还是个吃奶的小屁孩呢。"

楚希芸只知道安华锦自小长在军中，并不知道她八岁就上了战场杀人。她怀疑地看着安华锦，虽不相信，但南书房到了，她还是乖乖地闭了嘴。

皇帝、皇后下辇，四人进了南书房。

皇帝命张公公拿出那幅《美人图》，摊开在书案上。

春风桃花里，美人趴在醉花亭的石桌上睡得香甜，容颜半露，正是安华锦那一副如画的脸庞。

一笔一画，处处是美。

桃花美，人更美。

楚希芸眼见为实，心下顿时一片死灰，顾七公子竟然真的看上安华锦了？否则怎么会为她提笔作画？他何曾给哪个女子作过画？别说哪个女子，他多年来统共也没给人画过两幅画。

安华锦这回也看见了这幅画，无语半天，顾轻衍生怕人不知道这是他的画作？一个署名还写得那么大那么显眼？

顾轻衍，字怀安。

在他十岁那年，一幅《山河图》得陛下看重，让顾老爷子提前为他取表字给《山河图》署名。顾老爷子选了许多名字，都觉得配不上他的孙子，此事拖了又拖。后来老南阳王进京，见了那幅《山河图》，拍板定下顾轻衍为孙女婿。看见空空荡荡的署名处，他为其取了"怀安"二字。

皇帝问其意，老南阳王不要脸地说："小安儿被我捧在手里，如珠似宝。这小子将来能娶她，积了八辈子的德，为他取表字怀安，就是想他将来能握瑾怀瑜，给小安儿一个安定的家。"

皇帝："……"

顾家的子弟，品行都是没得说，尤其是顾轻衍，十岁已惊才绝艳。

顾老爷子当时没听见这话，同意这一桩婚约后，听说老南阳王取而代之为宝贝孙子取了表字，便问其意。

皇帝怕老南阳王那话说出来气死顾老爷子，这婚约就结不成了，便对顾老爷子解释："握瑾怀瑜，天下安定。"

顾老爷子点点头，这个确实挺好，便也没了意见。

于是，顾轻衍自此提前有了表字，便在那幅《山河图》上署名怀安。

当然他自己当初也不知道这"怀安"二字的意思，若是知道，不知道当初还愿不愿意叫这个表字。

如今这"怀安"二字实在醒目，不太符合顾轻衍温文尔雅工笔精细的画风，两字入目飘逸张扬，颇有些意气风流。

"真是好画。"皇后夸赞，"果然不愧出自顾七公子之手。"

皇帝点头，看安华锦神色，没从这小丫头面上看出什么来，沉声道："小安儿，顾七公子为你画这一幅《美人图》，你从中可看出了什么？"

安华锦抬起头："画得真好，把我画美了。"

楚希芸："……"

她伤心死了！后悔来了，一刻也不想待了，现在就走行不行？

皇帝哈哈大笑，心情似乎也跟着好了："你本来就是个美人，再加上他擅长工笔雕琢，外加对你看得仔细上心，也就成了这么一幅佳作。可见昨日与你相亲，他满意至极。"

安华锦咳嗽一声："我对他也挺满意的，但是不行啊。"她目光怅然若失地落在画作上，"奈何我姓安，他姓顾。真是枉断肠。"

皇帝一愣，琢磨分辨安华锦这怅然若失是真是假。待琢磨完，发现他堂堂帝王，竟然琢磨一个小丫头片子言语，且还没分辨出她的内里深浅。脸上笑意收起，又有些不大好。

安华锦又开口："陛下，能不能将这幅画给我收着？"

"嗯？"皇帝看着她，目光森森，"你要收着？为何？"

"这画的是我啊，自然得给我。"安华锦眨眨眼睛说，"您难道要收着？这不太合适吧？您已经有一幅《山河图》了，可别这么贪心。"

皇帝想了想，觉得还真不太合适，点头同意："本来朕想将这一幅画作派人送去南阳王府给老王爷收着，如今既然你讨要，就给你吧。"

"多谢陛下。"安华锦痛快地伸手收了画作，装进了匣子里，抱在怀里。

楚希芸快嫉妒死了，阴阳怪气地说："安表姐真是好福气，能让顾七公子动笔作画，不知可否谢过七公子了？"

安华锦别说谢他，没差点儿打上门去就不错了，但此时还是笑着点头："嗯，我回头就去谢谢他。"

楚希芸扭过头，又憋炸了肺，她就知道安华锦一定会看上顾轻衍，别人都没戏了。她要死了，她不想活了。

可是即便她为顾轻衍抹脖子上吊，顾轻衍能来看她一眼吗？

皇后笑着说："是该谢谢顾七公子。"

皇帝道："你来京中，还没去顾家吧？过几日登门去道谢吧。"

安华锦眨眨眼睛："陛下，这是圣旨吗？"

皇帝憋了一口气："不是圣旨，但你们如今毕竟是有婚约在身，合该走动一二。"

意思是，一日婚约不解除，一日安家和顾家就是拴在一起的联姻关系。

安华锦懂了，看来她的目的达到了，陛下暂时没好法子，但又不甘心，如今也想拖着这桩婚事儿，正合她意。她点点头："我听陛下的。"

皇帝面色稍缓。

有朝臣来见，皇帝要接见朝臣，皇后便带着安华锦、楚希芸出了南书房。

安华锦踏出门口，深吸了一口气，南书房外的空气果然更清新不憋闷。

皇后对她问："小安儿，今日留在宫里吧？"

安华锦摇头："姑母，我住不惯皇宫，您知道的，若是住在这里，我夜里都睡不着。"

皇后无奈："那吃了晚膳再走？"

"好。"安华锦痛快答应下。

三公主是没心情吃晚饭了，不但今天的晚饭吃不下，以后无数天她估计都吃不下饭了。她有气无力地对皇后告辞："母后，我回去学琴艺了。"

"去吧。"皇后也明白她难受，可也没法子。陛下今日故意带着她来南书房，也是想借由顾轻衍的画作趁机掐断她的念想，可这一刀下狠了，她多久才能缓过来？万一想不开怎么办？她吩咐身边的贺嬷嬷："嬷嬷，你送芸儿回去。"

贺嬷嬷闻弦音而知雅意，懂皇后娘娘是让她命人盯着点儿三公主别做傻事儿，连忙应是，陪着三公主回了她的熙雨阁。

晚膳时，楚砚踩着点儿进了凤栖宫，显然是来陪皇后一起用晚膳。

安华锦瞅了楚砚一眼，喊了一声："七表兄。"

楚砚点点头，对她说："陈太医给你开的药方子，我交给顾轻衍了。"

安华锦想起还有这事儿，无语了好一会儿，认真地看着楚砚："七表兄，你上辈子是我的仇家吧？"

要不然怎么喜欢跟她过不去呢。

楚砚深深地看了她一眼："我看他很乐意接手管你的事儿，你不是也很乐意让他管着吗？如今这是怪我了？要不然还是我继续管你？"

安华锦："……"

谁乐意被他管着了？只不过就是指使他摆平她的七表兄，没想到还买一赠一，附赠了一服药方子。

她默了默，嘟囔道："不是都一样吗？就这样吧！不劳烦七表兄了。"

楚砚笑了一声。

皇后不解，紧张地问："砚儿，什么药方子？小安儿有何不妥？"

楚砚收了笑，将陈太医给安华锦请的平安脉，诊出惊梦之症的事与皇后说了，又事无巨细地提了顾轻衍去安家老宅之事。

皇后听罢，拉着安华锦问："怎么会有惊梦之症呢？两三年了，南阳王府的大夫两三年里就没给你诊断出来？"

安华锦笑："姑母，我成日里活蹦乱跳的，不生病，自然用不着大夫。您知道，在咱们南阳生活的人，日子没那么精细，没有个头疼脑热的，用不着请什么平安脉。"

皇后沉默片刻："是，我倒是忘了。二十年前，我也不仔细，过了二十年的宫中生活，才一日日地精细起来。"说着，她似想到了什么久远的事儿，沉默片刻，问，"怎么就得了惊梦之症呢？"

安华锦摇头："我也不知道啊。"

皇后叹气："你这孩子，连自己得病了两三年都不知道，也太粗心了。幸好如今诊断出来了，还不算晚，再晚可真是了不得了。"

安华锦笑："我命硬得很，没那么严重，姑母放心吧，我会乖乖喝药的。"

"既然……"皇后想说什么，顿了顿，"顾七公子素来温和精细，处事稳妥，你的病症交给他来看顾也好，我也放心他。"

安华锦眨眨眼睛，顾轻衍三个字，代表的东西可真多！

皇后不再多说什么，吩咐人摆膳，因安小郡主和七殿下陪着皇后用膳，御膳房多加了好几个二人爱吃的菜。吃过饭后，安华锦和楚砚一起出了凤栖宫。二人一前一后走着，楚砚不说话，安华锦也不想和他说话。

来到宣和门，安华锦的马拴在那里，她解了马缰绳，回头看着楚砚："七表兄，你没什么要对我说的，我先走了啊。"

楚砚负手而立："你向父皇讨要了那幅画作？"

"嗯，画的人是我，自然不能留在陛下那里，不合适。"

楚砚盯着她:"只是因为不合适?"

安华锦歪着头看着楚砚,笑问:"七表兄想说什么,直接说就是,我不会猜别人的心思,也不惯常听拐弯抹角的话。"

楚砚沉声道:"你对父皇和母后说看上了顾轻衍,但因为你想招婿入赘,所以,你和顾轻衍的婚事儿还有待商议。你是真想招婿入赘,还是不想立即大婚?"

安华锦晃着手里的马缰绳在身前转了两圈,不正经地说:"七表兄是收买了姑母身边的贺嬷嬷,还是收买了陛下身边的张公公?怎么这么快就得了这个消息?"

楚砚绷起脸:"实话实说。"

安华锦笑:"我偏不。"

楚砚眯起眼睛。

安华锦翻身上马,俯身压低声音说:"七表兄,但愿你来日能荣登大宝,否则我们安家,也许还真会断子绝孙。"说完,她松开马缰绳,向最后一道宫门而去。

楚砚站在原地,目送她远去,不多时,一人一马便消失在他眼前。

楚砚自然是从贺嬷嬷那里得了消息,他即便身为皇帝最喜爱的皇子,也不敢收买皇帝身边倚重的张公公。但他不敢,有人敢。所以,顾轻衍也很快就得到了关于安华锦想招婿入赘的消息。

顾轻衍听罢气笑了,为了不嫁他,同时为难陛下,她将招婿入赘都想出来了。人死如灯灭,安家是否将来没有传承,以安华锦的性子,不见得真会在乎。

人在,血脉在,传承就在,她不是拘泥于门庭的人。但他看得清,陛下未必看得清。因为陛下对安家的内疚以及太在乎这婚约,所以,入了她设的圈套迷障。

还别说,这一招真的比什么都管用,陛下最起码短时间内不会催婚了。得想怎么成全这一桩婚事儿,怎么来平衡未来朝局和稳固江山基业。

陛下费心等了这么多年,就等着安顾联姻,当然也不会这么容易打消念头。

不过,安华锦也没想着能跟他立马解除婚约,她的目的是先拖延这桩婚事儿,如今真被她做到了。

她可真聪明!

顾轻衍笑笑,将信笺投入了香炉中,喊来一人:"青墨,去问问小厨房,药可煎好了?若是煎好了,你亲自送去安家老宅,亲眼看着小郡主将药喝下再回来。"

青墨应是,转身去了。

安华锦回到安家老宅,颇有些疲惫,与皇帝打交道果然不是人干的事儿,她四仰八叉地将自己扔在了床上，打算就这样睡过去。

老管家白日迎来送走了七殿下和顾七公子，想着安家老宅安静了这么多年，终于热闹了些，晚上又迎来了顾七公子身边最倚重的青墨护卫，听说是奉了顾七公子之命前来给小郡主送汤药，立即将人带来了安华锦的院子。

安华锦从床上爬起身，看着青墨手里的药罐子，伸手接过来，放在了桌子上，瞅着他说："三年前，就是你用剑架在了我的脖子上？"

青墨垂首："小郡主恕罪！"

安华锦笑："恕什么罪？你又没错。"

青墨时刻记着公子的吩咐："公子说让属下看着您喝下药再离开。"

"真是尽职尽责啊。"安华锦突然也不累了，手痒地说，"你跟我过几招，我就喝药，否则我不喝。"

青墨："……"

他就知道安小郡主睚眦必报不喜欢吃亏的性子不会饶了他！

公子让他送药上门，分明就是给小郡主这个报仇的机会。

他认命地垂下头："是！"

三年前，安华锦对顾轻衍半丝不了解，但经过两年彻查，摸清了他的身份，自然也将他身边的人摸清了几个。

顾轻衍身边的护卫青墨，是顾老爷子自小给顾轻衍千挑万选的人，陪伴他一起长大。据说陛下身边的第一护卫秦风跟他过招，还技输一筹。

三年前，安华锦没防备，被他突然将剑架到了脖子上，这仇记了三年。

她痛快地喝了药，然后抽出腰间的软剑，示意青墨跟她去院中空旷之地。

青墨无奈地跟着她走了出去。

安华锦见他清秀的脸上似没多少精神，挑眉含笑："怎么？以你的武功剑术，还怕我不成？精神点儿，否则丢了你家公子的脸面，我可不负责帮你找回来。"

青墨看着安华锦，犹豫。

"想让着我，让我打一顿？"安华锦把玩着软剑继续笑，"我看你不必想了，我用不着你让，就算你拿出真本事，也不见得我揍不了你。"

自从三年前被他用剑架住了脖子吃了大亏，她发狠地日夜习武三年。

青墨心神一警，恭敬地拱手："小郡主请出剑。"

安华锦也不客气，挽了个剑花，轻飘飘地刺出了一剑，这一剑平平常常，青墨轻松避开，接下来，又一连数十招，安华锦的剑招都寻常没多少新意。

似乎，她就是手痒了，想和人过过招打着玩，没打算真报仇。

但青墨自小跟在顾轻衍身边，人精得很，每一招都认真应对，丝毫不敢轻慢大意。

虽然安小郡主三年前服用了"百杀散"功力提升十倍后，将善亲王府的小王爷揍得三个月下不了床。据公子后来说，小王爷当年其实只挺了三盏茶。后面是安小郡主自己左手持剑和右手持剑，自己跟自己打，才挥发完最后一丝药性。否则，小王爷早就没命了。

时隔三年，他用脚指头想都应该知道小郡主功力大增。

百招过后，安华锦依旧没改变，两百招过后，安华锦依旧，三百招过后，安华锦还是那样。

青墨渐渐地疑惑了，但也未有丝毫放松。

四百招……

五百招……

六百招。

一个时辰后，安华锦含笑收了剑，对青墨摆手："行了，你回去吧。"

青墨："……"

他提着心跟小郡主过了六百招，时刻提防着小郡主突然变招，最终就这样？

安华锦见他站着不走，笑看了他一眼："你若是没过瘾，明日你来送药时我们继续。"

青墨："……"

他默了片刻，捉摸不透安华锦的想法，转身走了。

回到顾家老宅，已天黑，顾轻衍正在屋中看书。见青墨回来，抬头看了他一眼，含笑问："怎么耽搁了这么久？"

青墨脸上终于有了明显的情绪："公子，您说安小郡主什么意思？"

"嗯？"

青墨极尽详细地说了在安家老宅耽搁这么久的经过，包括安华锦用了什么招与他过招，用了哪个门派的武功等等。

顾轻衍认真地听着，待他说完，顾轻衍失笑："她这个仇，果然记得大。"

青墨顿时又提起心："那她为何……"

为何不给他个痛快？

顾轻衍笑:"她若给你个痛快,你如今顶多受点儿小伤,以你的武功剑术,她即便赢过你,也伤不了你太重,你养个几日就能好。如今,她是故意摧磨你的心,你在与她过招期间,不是时时警惕她改变招数防着她吗?这是攻心之术,她用得炉火纯青。"

青墨一下子脸色很难看:"小郡主说明日还继续。"

顾轻衍浅笑:"她是在军中长大,安家用兵之术冠绝天下,她聪明绝顶,怕是学个青出于蓝而胜于蓝。等她折磨够你,觉得这仇报了,你就能解脱了。"

青墨:"……"

他一天六百招已有些受不住,小郡主会折磨他到什么时候?

他顿时打了退堂鼓:"公子,明日换个人去给小郡主送药吧。"

"不行!"

顾轻衍拒绝得很果断:"你若是不去了,他以为我多护短,不给她报仇的机会。本就恨着当年那件事儿,心结结得死,如此一来,岂不是又给我记上一笔?你必须继续去。"

青墨:"……"

难道您护短不是应该的吗?谁是您风里来雨里去最亲近的护卫?他算是看清了,如今公子是想无论用什么法子,都不能再得罪小郡主,哪怕把他拱手相送。这京中人人都怕的小姑奶奶,以后也是他的小姑奶奶了。安华锦这一晚上睡了个好觉,不知是陈太医的汤药管用了,还是怎的,罕见地没半夜惊梦。

转日,她依着每日醒来的时辰起床,练了一个时辰功,神清气爽地沐浴换衣后,正要喊人端早饭,孙伯在外面欢喜地说:"小郡主,顾七公子来了,说给您送药,顺便陪您用早膳。"

安华锦:"……"

大早上的,过来陪她用早膳?他很闲吗?不用他的护卫送药了?

她探头向外瞅了一眼,孙伯可真不把顾轻衍当外人,直接将人领进她的院子,这也就是知会她一声,不给她拒绝的机会。

虽然……她也不会拒绝。

她"嗯"了一声,随意地说:"顾七公子爱吃什么?天色还早,吩咐厨房给顾七公子做两样爱吃的。"

第一次过来陪她用早膳,要感谢一下嘛。

孙伯听得清楚,笑得满脸褶子,慈和地看着顾轻衍:"七公子,您爱吃什么?只

管说，咱们府上自从小郡主回来，每日备的东西都很齐全。您别客气。"

顾轻衍当真也不客气，含笑温声说："劳烦孙伯了，我爱吃野鲜菇馅的云吞，有一碗就好。"

"好嘞。"孙伯欢喜地挑开画堂的帘子，将顾轻衍请进屋，立马精神抖擞地去了。

安华锦倒了一盏茶，推到顾轻衍面前，挑眉看着他："亲自来了？青墨呢？"

顾轻衍含笑看着她，放下药罐子："他晚上来陪你练剑。"

安华锦满意，还行，没有舍不得他的人不给她磋磨，又问："你很闲吗？"

顾家子弟，据她所知，都不闲的，有上族学的；有陪皇子上南书房做伴读的；有打点族里庶务的。他虽还未及冠，也早已出学，但他应该更忙。

他虽未及冠，但已进了翰林院三年。

"的确清闲，今日一早，天还未亮，陛下派了张公公给我传了个口谕，让我近日不必去翰林院点卯了。"

"为何？"

"陛下说你常年不在京中生活，怕你在京中没玩伴玩耍，让我陪着你。"

安华锦："……"

她谢谢陛下了！

第五章　陪着

顾轻衍是顾家最拔尖的人才，满天下可以说再找不出第二个，陛下就这么给他放了假让他来陪着她，安华锦不用想，都能猜到陛下琢磨了一晚上琢磨出了个什么主意。

还不是想着曲线救国，让她每日看着顾轻衍，越看越喜欢，然后为了他废了招婿入赘的心思，欢欢喜喜嫁入顾家？

不得不说，陛下阴得很，事情不能明面劝说来强硬的，便来个迂回她拒绝不了的。别说，她还真拒绝不了。顾轻衍天天陪着，毕竟赏心悦目，早饭都能多吃两碗，遑论做别的事情？那也应该是心情很好的。哪怕当年那心结结得死，也不影响她心情好。至于陛下的打算，那就看这一场拔河，谁先挺不住了。

她欣然地接受了陛下的好意，一改每日吃的肉包子，抢了顾轻衍碗里的几个云吞，嗯，果然是抢来的最好吃。顾轻衍似乎心情也很好，一碗云吞被安华锦抢走了几个没够，他也不嫌弃地多吃了她的一个肉包子。

饭后，安华锦觉得顾轻衍的审美果然比她强，跷着腿喝着茶看着优雅慢慢品茶的顾轻衍："除了野鲜菇馅的云吞，你还爱吃什么？列个单子出来，以后每日让厨房换着样地给你做。"

顾轻衍轻笑。

"你笑什么？"安华锦瞧着他。

"我发现你爱吃的肉包子也很好吃。"

安华锦："……"

孙伯见二人相处得十分和睦，不只和睦，还透着一股子亲近味，这是他最乐见的。他没想到性情差别极大的顾七公子和小郡主竟然能这般和谐，不会互相看不对眼，反而互相欣赏，口味也合得来。

他乐呵得见眉毛不见眼睛："无论是云吞，还是肉包子，或者是别的，小郡主和七公子只管吩咐，老奴每日让厨房做。"

安家老宅的这些老仆闲了多少年？都快闲出病了，如今总算能侍候两位小主子了。整个老宅里，人人都精神抖擞，干起活来十分有劲儿。

顾轻衍点点头，拿过桌案上的纸笔，痛快地写出了他爱吃的饭菜。

早膳、午膳、晚膳，列了个齐全。

安华锦在一边瞅着，密密麻麻一大堆，日子过得精细不精细，从这吃食上就能看出来。顾七公子这日子，过得可真是精细极了。

她咋舌片刻，对他问："你这是要将你自己搬来我安家老宅？"

顾轻衍撂下笔，温润地笑："也不是不可以。"

安华锦撇撇嘴："做梦！"

就算是招婿入赘，她也不想要他，只想占点儿他的便宜多看几眼而已，做夫婿不行。

顾轻衍笑，对她的表情也不甚在意，将纸笔推给她："你来，公平起见，你也列个单子。"

安华锦拿起笔，狼毫笔在她的手里一点儿也不优雅，唰唰唰写得极快，不多时，就列了一张单子。

对比顾轻衍所列，她是极简单的，可见日子与普通人一样，过得粗糙极了。

顾轻衍拿过却仔细地看了又看，夸赞道："这一手草书写得极好，翰林院的张编修写得一手好狂草，我看你这一手狂草，对比他，有过之而无不及。没想到你在军中还有这般定性练成这样一手好字。"

安华锦丢了笔，趴在桌子上，不练行吗？他爷爷的军棍往她身上招呼的时候可是半点儿不手软，就跟不是他亲孙女一样。

小时候狠狠地挨过了几回打后，知道老爷子不留情，也就不敢偷懒。

她扭头去看顾轻衍的字，飘逸俊秀，如他的人一样，赏心悦目。一笔一钩一画，自成一家，这字对她来说太熟悉了，以至于刚刚只顾盯着他列的饭食看了，没发现她爷爷这些年又坑了她一把。

顾轻衍见她盯着他列出的单子半晌不语，笑问："怎么了？在想什么？"

安华锦抬眼，瞅着他："你这些年没发现每年都丢几张字帖？"

顾轻衍懂了，低笑，眉眼绽开，嗓音也含着笑意："你是说每年安爷爷让我都送几张字帖去南阳？"

安华锦："……"

原来她从小练到大的字帖，是出自他之手。

她无言片刻，瘪嘴："你可没写过一张狂草字帖给我。"

顾轻衍笑："是啊，我没写给你一张，以为姑娘家不好练这个，原来是我误解了。安小郡主无论做什么，都是极好的。南阳山的清风道长一手狂草冠绝天下，不喜俗世纠缠，不收徒授业，字帖万金不求，世人都扼腕怕是没了传人，没想到你却是练成了，如今已颇有神韵，再过几年，怕是可以与之一般无二。"

安华锦轻哼："他是有求于我，送上字帖给我爷爷，我爷爷逼我练两张不同的字帖，哪张不好好练，都要挨一顿打。"

那时候她哪里知道那是顾轻衍的字帖？顾七公子才情风流传天下，若是早知道那张字帖是他的，她还用得着挨打硬逼着吗？早乖乖练习了。

"清风道长酷爱武学成痴，一手狂草也是因悟剑法而习成。他有求于你，是关于剑术？"

"嗯，他给了我一本古剑谱的残卷，让我帮他修补。"

"什么样的古剑谱残卷？"顾轻衍扬眉，"南阳山的藏剑阁还有不齐全的古剑谱？"

"有。你要看看吗？"安华锦看着他。

"给我看看。"顾轻衍点头。

安华锦伸手入怀，掏出一本用青布包着的薄薄的册子扔给顾轻衍。

顾轻衍接过打开，只见册子是羊皮所制，不过四五张，每一页都缺一块，果然是个残缺不全的。

他一页页地慢慢翻弄。

安华锦没骨头一般地趴在桌子上看着他，少年公子，名动天下，容色如月，才情风流，又生于顾家，上天对这个人真是太厚爱了，给了他一切美好的东西。

他坐在这里，整个人如阳春白雪，不夺目刺眼，温润如玉恰恰正好。

一盏茶后，顾轻衍抬起头，正对上她瞧着他目不转睛的目光，微微勾唇，笑问："好看？"

"好看！"安华锦点头。

顾轻衍轻笑，将册子放下，对她说："这古剑谱，你参悟了多少？"

"有七八分，似乎总有什么地方不对劲，不能融会贯通。"安华锦一年来也有些想不明白，她悟出之后的东西像是缺了什么，但又找不到缺的地方。

顾轻衍颔首："这种感觉就对了，因为这本古剑谱是一本双剑合璧的剑谱。你一个人，自然不能将之融会贯通。"

安华锦愣住。

片刻后，她恍然大悟："怪不得呢！"

顾家诗礼传书，几百年来以文著称于世，当世人提起顾家，提起顾轻衍，夸他什么的都有，但无一例外，说的都是他的文采惊才绝艳。

鲜少人知道，顾轻衍不只才情风流，也自小习武，于武学一道同样颇具天赋。

安华锦知道顾轻衍一定会武功，否则三年前也不能发现她跟在他后面，轻而易举利用他的地盘让她无还手之力地拿捏住她。

如今不过一盏茶工夫，他就点出了这是一本双剑合璧的古剑谱。

她不想承认自己笨，皱眉看着顾轻衍："你怎么做到这么快就看出来的？"

顾轻衍微笑："南阳山的清风道长找上你，说明你聪慧非常，且于剑术上天赋极高，你拿到残缺只有三四分的剑谱能悟出七八分，已不是常人所能做到。一定不是你不聪明的问题，那就是剑谱本身的问题了，什么情况下，你总觉得不能融会贯通，却又找不出问题不明白？我想，这本剑谱一定是一本双人剑谱。细看之下，果然如是。"

安华锦："……"

她看着顾轻衍，半晌，心悦诚服："你厉害。"

顾轻衍低笑，对她问："要不要我们一起来参悟？也许用不了多久，你就能给清风道长一本齐全的古剑谱了。"

"行啊。"安华锦答应得痛快，"那我们现在就开始？"

反正她进京就是为了和顾轻衍的婚约，除了这桩事儿，也没别的事儿。

"好！"顾轻衍点头。

安华锦重新提笔起册，将悟出的七八分填充上，然后与顾轻衍一起参悟，由他来找补空缺之处。

片刻后，顾轻衍冷不丁地问："你左右手都会用剑，怎么就没往双剑处想？"

安华锦身子一僵，须臾，猛地怒瞪着他："三年前，你没走？而是看着我后来自己和自己打？"

她会用双手剑，不过从来不轻易用，更没在顾轻衍的面前用过。如今他一语道出，可见就是三年前，他说撤了，根本就没撤，而是躲起来看着她发疯的经过。

她脸色一下子很难看。

顾轻衍低咳一声："我当年想着你总归是我的未婚妻，若是……我也不好与安爷爷交代，便去而复返了。"

安华锦气得不行："我谢谢你的去而复返！若是当年我死了，就变成厉鬼，天天缠着你，让你做噩梦。"

顾轻衍眸光一动，长叹一声："原来你的惊梦之症真的与三年前有关。"

安华锦："……"

合着他是故意提起当年之事，给她下套，让她上钩，确定她惊梦之症的原因？

她无言半晌后，气笑了："顾轻衍，你对人对事儿，是不是处处用尽心思？无论是什么人，只要你想对付，就没谁能逃出你的手心？"

顾轻衍摇头，眸光认真，清泉的眸色如一汪纯净的湖水："我只对自己在意的人与事儿上心，旁的什么与我无关的人，用不着费心。"

这么说她还很荣幸咯？

安华锦半天不想跟他说话。

顾轻衍瞧着她，自从订下婚约，老南阳王要求每隔三个月让他与他互通一封信，他说自己的事儿，而老南阳王说安华锦的事儿。他自己的事儿没什么可说的，寻常都是看了什么书，加之随信捎些京城的东西送去南阳王府，而老南阳王的来信要精彩得多，每回都是厚厚的一封，够他看上半日。

下河摸鱼，上房揭瓦，与人打架赛马等等，真是精彩纷呈。

这么多年，信就没有重样过。

从信里，就能想到一个小丫头，将自己活得鲜活张扬的样子。

彼时，他坐在顾家老宅，勾勒出了整个南阳，那是他在书中看不到的南阳。甚至，时而心动时，想离京去南阳看看。

但是他知道，他一定不能去，彼时他的一举一动都在陛下眼中，瞒不过陛下。

他打住思绪，对她问："昨日可又惊梦了？"

安华锦不想理他。

顾轻衍低笑："昨日未惊梦，可见陈太医的药方子起了效用。"

安华锦不吭声。

顾轻衍温声说："解铃还须系铃人，依我看，你还是喂我一颗'百杀散'吧！你的惊梦之症自此就会好了。"

安华锦狠狠瞪了他一眼。

"下不去手吗？"顾轻衍看着她，叹息，"那我自己来？当着你的面？"

安华锦恼怒："那我估计更会做噩梦。"

顾轻衍微笑，跟他说话就行，斟酌片刻，对她问："那你觉得我该怎样才能治得了你的惊梦之症？"

安华锦看着他，毓秀容色，风骨清流，底蕴天成，如诗如画，忽然不怀好意地说：

"要不然，你去我的床上？我惊梦时，你及时将我拉出来？"

顾轻衍："……"

他脸微红，耳朵也爬上了红晕，眸光轻轻如水地流动，好一会儿，低声说："若是……能治了你的惊梦之症，我……也不是不可以。"

安华锦惊叹地看着他，半晌，刮目相看，啧啧道："顾轻衍，你可真舍得出自己，你顾家不是门风清正吗？如今你这是想自己跳出门墙了？"

"噢，我想起来了，出了顾家，你就不是顾家人了。"

顾轻衍咳嗽起来。

安华锦欣赏了一会儿他容色变化，冷哼道："我若是今晚将你拖到我床上，明日一早陛下就敢将我送去你顾家成亲。你少打如意算盘，我说不嫁你，就不嫁你，你舍得自己诱惑我也不行。"

顾轻衍无奈轻叹。

安华锦重新摊开册子："来，继续。"

顾轻衍点点头。

二人又参悟起来。

孙伯从外院进来，看着屋中的二人，有些犹豫："小郡主，善亲王府的小王爷来了。"

顾轻衍手一顿。

安华锦头也不抬："他来做什么？"

"没说做什么，只说来见见您。"

"不见。"安华锦摆手，"告诉他，没事儿别再找我，免得他爷爷让他再跪祠堂思过。"

孙伯点头，痛快答应了一声，脚步比来时快，匆匆去了。

三年前，小郡主和小王爷的恩怨闹得大，这次来京，又闹得善亲王四处找人。孙伯也觉得小郡主以后不要再和小王爷来往为好，善亲王忒宝贝自家孙子，免得再起磕碰让善亲王跳脚。

楚宸没想到自己吃了个闭门羹，他看着笑呵呵的孙伯，又瞅瞅院门口停着的顾轻衍的马车，不同人不同命，颇有些一言难尽。

他保持风度地笑问孙伯："小郡主不见我，是因为在招待顾七公子？"

"正是。"

在孙伯看来，顾七公子是自家人，小王爷是外人，这里外能一样吗？自家人自然随来随见，不用通禀，就可以直接迎进小郡主的院子，外人可没这待遇。

小郡主不想见的，自然要打发走。

"他们在做什么？"楚宸好奇地问。

提起这个，孙伯打开了话匣子，眉眼俱是喜色，恨不得将今日发生的事情昭告天下让人人都知道，自家小郡主和七公子真是再般配不过了，相处得太和睦。

他眉飞色舞地说："顾七公子一早就来了，陪我家小郡主用了早膳，顾七公子爱吃野鲜菇馅的云吞，小郡主爱吃肉包子，小郡主抢了顾七公子碗里的几个云吞，顾七公子云吞不够吃了，只能抢了小郡主一个肉包子……"

楚宸："……"

这说的是什么乱七八糟的？

他不想听了。

他扭头就走，翻身上马，对孙伯说："看来她今日没空，待她有空了，我再来。"

孙伯想说小郡主近来怕是都没空，不等他说，楚宸已打马走远了。

楚宸回到府中，神色怏怏，提不起精神。

善亲王看着自家出了祠堂就往外跑的宝贝孙子，眼睛不是眼睛，鼻子不是鼻子地哼了又哼："你巴巴地连饭也不吃一口就跑去安家老宅，那小丫头把你赶出来了？"

楚宸哀怨地瞅着善亲王："爷爷，我要吃肉包子。"

善亲王纳闷："你不是最不爱吃肉包子，嫌荤得腻歪吗？"

"我从今天开始爱吃了。"楚宸磨着牙说，"要猪肉野鲜菇馅的。"

善亲王："……"

他瞅着楚宸，靠近一步，摸摸他的额头："宸儿，你脑子没病吧？"

"病了，病得不轻。"

善亲王："……我摸着你不像是发了高热。"但还是对外说，"快去请府中的大夫来，不得耽误。"

"是！"

不多时，大夫就来了，伸手给楚宸请脉，片刻后，恭敬地说："小王爷身体好得很。"

善亲王皱眉："你确定？我看他这没精神的样子，不像是好得很。"

大夫肯定地说："小王爷的确好得很，没精神大约是因为心情不好。近来天气闷热不下雨，确实让人憋闷得慌，不过无碍。"

善亲王向窗外看了一眼，点头："有七八日没下雨了，我这就去奏请陛下，让钦天监请雨神降雨，这天再这么干旱下去哪里了得？"

大夫不奇怪善亲王如此宝贝孙子，因为个天气不好，就劳动钦天监请雨神，这些年，诸如此事，不胜枚举。小王爷被誉为除了顾七公子外最会投胎的人。有个时刻宝贝他的爷爷，简直是含在口中，托在掌心，不要太幸福。

大夫退了下去后，善亲王对楚宸说："我这就进宫，请陛下尽快安排钦天监请雨神。"

楚宸没意见，他也觉得这天闷得人心烦得很，降一场雨大约就好了。

不过他没忘正事，重复："爷爷，我要吃野鲜菇馅的肉包子。"

"行行行，这就让厨房给你做。"善亲王答应着转身出了房门，吩咐了伺候的人去厨房。

善亲王府的厨子动作利落，很快就做好了野鲜菇馅的肉包子，端到了楚宸面前。

因善亲王府从来没做过这类吃食，厨房管事亲自守在一旁，小心翼翼地问："小王爷，您尝尝，若是做得不好，奴才让厨房的人再重新做。"

楚宸试探地咬了一口肉包子，顿时有了精神："嗯，好吃。"

厨房管事松了一口气，赔着笑说："好吃就好，您今早没吃饭，多吃几个。"

楚宸连连点头，一口气吃了三个，总算觉得心里舒服了，喊过人吩咐："来人，赏。"

厨房管事眉开眼笑。

"赏安家老宅的厨子每个人十两银子。"楚宸站起身，洗了手，指着一人，"庆喜，你亲自送去安家老宅，一定务必要当面赏给厨子们。"

厨房管事："……"

庆喜："……"

都不明白，为何府内的厨子做的野鲜菇馅的肉包子好吃，却要赏安家老宅的厨子？这是什么道理？隔着一个府，小王爷这赏也赏得太远了吧？

楚宸大手一挥："行了，你们都下去吧。"

厨房管事和庆喜对看一眼，齐齐退了下去。

厨房管事出了楚宸的院子还是一头雾水，他管着厨房油水大，倒不是因为白忙一场没得了小王爷的赏心里不舒服，只是很是费解，他拽着庆喜压低声音问："庆喜，小王爷为何要赏安家老宅的厨子？"

庆喜摇头："我也不知。"

他是真不知，每日小王爷去哪里，都带着他，让他跟着，今日小王爷没带他。

厨房管事小声说："你不是要去安家老宅吗？待见了安家老宅的厨子，好生问问。"

庆喜点头，的确是要问问。

一个时辰后，孙伯禀告安华锦："小郡主，善亲王府又来人了。"

安华锦皱眉："又来了谁？"

"是小王爷身边侍候的人庆喜，说奉了小王爷之命，要赏咱们府中的厨子。"孙伯也稀奇纳闷，"老奴问了原因，什么也没问出来，只说小王爷赏一人十两银子。"

安华锦在脑中过了一遍，没摸清楚宸意图，不在意地摆手："楚宸脑子有病，估计是家里的钱堆得太多了，你让府中的人都去厨房领赏。"

送上门的银子，不要白不要。

"小郡主，这不太好吧？无功不受禄。"孙伯是个正直的人。

安华锦头也不抬："有什么不好？"话落，她抬起头，问顾轻衍，"你觉得不太好吗？"

顾轻衍眸光轻动，微微含笑，对孙伯说："小郡主说如何，就如何好了。是好是坏，小郡主心中自有一杆秤衡量。小郡主说无碍，听从就是。"

"是，老奴这就去将人领进来。"孙伯觉得七公子真剔透，说的真有道理，对顾轻衍的好感又多了一重。

顾轻衍温声补充："一个庆喜而已，就无需带来给小郡主见了。"

孙伯连连点头，小郡主连小王爷都没工夫见，他身边的庆喜自然更没工夫。

安家老宅的所有人加起来，也不过十几个。

所有人遵照安华锦的吩咐去厨房领了赏，拿到赏银后，也都是一脸蒙。

庆喜自小在楚宸身边长大，隔三差五陪着进宫，是个惯会察言观色的，他一看众人表情，不用问，就知道问了也是白问，恐怕他们都不知道为何小王爷把赏银送到人家厨房。

他只能耍着心眼旁敲侧击，问厨房一名厨娘："大娘，今日早膳，您做了什么？"

大娘笑呵呵地说："给我家小郡主做的肉包子，给顾七公子做的野鲜菇馅的云吞。"

得！庆喜懂了。

他家小王爷的脑回路与常人不同，这件事儿的起因估计就在这两样吃食上。

他由孙伯送着出了安家老宅，在门口告别时，孙伯也忍不住问："恕老奴糊涂，小王爷怎么突然给我家厨房送赏银来？"

庆喜一言难尽地说："我家小王爷大约心情好。"

孙伯呵呵笑："多谢小王爷，老奴祝小王爷天天心情好。"

庆喜也跟着笑："小王爷心情好，老王爷就心情好，我们做奴才的侍候着也轻松。"

他实在不敢说这事儿以后还有没有第二回，更不敢盼着小王爷心情不好。

回到善亲王府，庆喜向楚宸回禀："小王爷，一共赏出了一百五十两银子。"

"嗯。"楚宸不甚在意，不走心地说，"安家老宅在厨房当差的人不少啊。"

庆喜无语片刻："据说小郡主听说小王爷要赏厨房，便让安家老宅的人都聚集去了厨房，除了管家孙伯，人人都受了赏，见者有份。其实厨房侍候的只三个人。"

楚宸愣了一下，大笑，没有半点儿不高兴："那小丫头有送上门的便宜可占，自然不会客气。你见着她了吗？"

庆喜摇头："没有，据说小郡主正在忙着。"

楚宸收了笑，哼了一声："忙着与顾轻衍谈风弄月，看到长得好的男人眼里就没别人了。出息！"

庆喜垂下头。

楚宸摆摆手："行了，我知道了，你下去吧！"

庆喜抬眼瞅了楚宸一眼，见他似乎又心情不好了，不敢揣测，默默退了下去。

善亲王对待楚宸的事儿从来都上一百二十分的心，他顺利地进了宫，在南书房见着了皇帝。

皇帝十分了解善亲王的脾气，听闻他来，就猜测着楚宸大约又出了什么事儿。这么多年，他这个孙子就跟宝贝疙瘩眼珠子一样，隔三差五就找上他。有理的要求磨上十分，没理的要求磨上八分，非得达成目的不可。身为皇帝，有时候也拿他这位王叔没办法。

"陛下，老臣有一事请求陛下恩准。"善亲王拱手见礼后声音洪亮。

皇帝放下奏折："王叔请说。"

"春夏时节，本该多雨，可如今已有七八日不曾下雨了，禾苗农物正是灌溉之时。老臣恳请陛下下旨，让钦天监求雨。再这样干旱下去，委实于农物不利。一旦农物灌溉不利，便会影响百姓收成和天下民生，实乃是大事儿。"

皇帝皱眉："才七八日而已,目前还用不到让钦天监兴师动众求雨吧?"

"用得到。"善亲王坚决地说,"等日子一长,再求雨就晚了。陛下想想,前朝大旱之年,三月无雨,数以十万计的百姓颗粒无收。建元帝动用国库赈灾,几乎掏空了国库,一年大旱,十年国运滞停,何其可怕。"

皇帝还是摇头:"前朝建元帝年间三月大旱,如今刚七八日,也许过不两日就有雨了……"

"万一没有呢?"善亲王撸起袖子,"陛下,你看,臣只穿了一层单衣,便已汗湿,今年酷热来得太早,实在难保不是个大旱之年。你这南书房,每年这时候,还甚是凉爽,可是今年,早早就用上了冰,这等不同寻常,就是先兆……"

皇帝看了一眼地上放着的冰盆,又向外透过窗子看了一眼高高的日头,被说动了几分:"再等个三五日,若是不下雨,再求不迟。"

"陛下,迟了,凡事宜早不宜迟。再说钦天监求雨,也要准备个一两日。"善亲王打定主意,今日说什么也要让陛下下旨,就不信凭借他三寸金舌开不出朵朵莲花。

皇帝撂下笔:"王叔,你实话与朕说,你这般急着求雨,是你府中又出了什么事儿?"

"没有。"善亲王才不会出卖自家孙子,"实在是老臣忧心国事。"

皇帝哼了一声,板起脸:"王叔!你每个月只初一十五大朝会时上一次朝。别跟朕说什么关心国事。"

善亲王咳嗽一声:"老臣虽于朝政无甚贡献,但毕竟岁数一大把,大旱之年的前兆大多如此,若是陛下不信,可着人翻阅典籍。虽说此时求雨,未免有些早,但不怕一万,就怕万一。请了雨神,早早下雨,百利而无一害。"

皇帝见问不出来,也知道善亲王不会善罢甘休,索性不再与他废话:"嗯,你说得也有道理,朕这就命人查典籍,再派人去钦天监询问一二。若真如王叔所言,朕就准了。"

善亲王立即说:"陛下不必派人了,老臣去一趟钦天监就是了。"

皇帝瞥了他一眼,吩咐身边人:"行,张德,你陪着善亲王去钦天监。"

"是,陛下。"张公公连忙应声,对善亲王拱手,"王爷请!"

善亲王点点头,跟着张公公出了南书房。

皇帝在善亲王离开后,揉揉眉心,又看了看地上的冰盆和外面的酷热天气,忽然也有些拿不准,喊过一人吩咐:"你去寻顾轻衍,他涉猎百家丛书,通晓天文地理,博学古今。替朕问问他，今年还未真正入夏，已过早干热，古籍记载是否有此不同寻常的依照？这是否为今年是大旱之年的征兆？"

"是，奴才这就去。"一名小太监连忙答应，跑出了南书房。

小太监先是去了顾家，听闻顾轻衍去了安家老宅，又赶紧转道去了安家。

孙伯觉得今天可真热闹，送走了这个，迎来了那个，他将在南书房侍候的小太监恭恭敬敬地迎进府中，带他去了安华锦的院子见顾轻衍。

顾轻衍见了小太监后，斟酌寻思片刻，回话："天启三年，四月酷热，冰供应不足，适年大旱。天启十年，四月酷热，两月未降雨，纷纷挖窖蔽凉。成康五年，四月酷热，一月未降雨，月后突然大雨倾盆，绵延三月，天下大涝……如今时日尚早，古籍记载四月酷热有旱有涝，暂还看不出。"

小太监点头，用心记下。

顾轻衍微笑："敢问小公公，陛下为何突然问起今年天象？"

小太监小声说："善亲王进宫，请旨让钦天监求雨，说今年有大旱之兆。"

顾轻衍颔首，懂了。

小太监告辞离开，孙伯将人亲自送出去。

安华锦一直在一旁听着，小太监离开后，她对顾轻衍问："难道是楚宸又作妖了？"否则善亲王闲得发慌吗？这么早关心天下不下雨？他最关心的是他孙子。

顾轻衍点头："十有八九！"

安华锦撇嘴："才七八日不下雨而已，楚宸非让下雨做什么？"

"也许他心情不好。"

安华锦啧啧一声，一个心情不好，就这么兴师动众："他也就托生在善亲王府吧！若是托生在我家，这么作，早就被掐死了。"

顾轻衍低笑出声。

张公公陪着善亲王到了钦天监，钦天监的一众人知道二人来意后，面面相觑。

这么多年，善亲王做了许多突如其来莫名其妙之事，朝野上下，三省六部都曾被他以各种各样的理由劳动过，但还是第一回来惊动这钦天监。

资历最深官职最高的陈监正斟酌片刻，看了一眼陪在一旁的陛下亲信张公公，不是吃素的他也多少明白了陛下的意思，于是，捋着胡须说："善亲王说得有道理，不过兹事体大，容下官等推算一番，毕竟钦天监请雨神降雨，也是一件兴师动众的大事，不可简单定论。"

善亲王点点头，倒也好说话："嗯，兹事体大，老夫也是忧国忧民，才请了陛下，来走这一趟。"

陈监正松了一口气，善亲王不立马让钦天监动起来就行，他先观望一两天再说，也能弄清楚到底请不请雨神。请的话，怎么个请法，是大动干戈还是意思意思。不过今年的确酷热来得早，此事要认真对待。

张公公全程没怎么说话，只陪着善亲王走了个过场，二人出了钦天监后，他又送了送善亲王，待他出宫后，他便回去对皇帝复命了。

"钦天监怎么说？"皇帝见张公公回来，抬头问。

张公公将事情经过，钦天监陈监正原话一字不差地回复了一遍，又将善亲王对着钦天监很好说话的态度提了提。不发表自己意见，身份摆得很正，陛下不问，绝不多嘴多舌。

皇帝点点头："王叔从来就会在朕面前跳脚，据理力争，出了这南书房，他倒是从不难为人。你去打听打听，今日楚宸出了什么事儿？"

"是。"张公公恭敬地退了下去。

善亲王府有皇帝的人，消息很快就打听了回来，张公公没想到小王爷昨日被关了一晚上佛堂。今日出了佛堂早膳都没吃就跑去了安家老宅，没进去安家的门，回到善亲王府后无精打采地要吃野鲜菇馅的肉包子，之后善亲王就进宫请陛下让钦天监求雨了。

这都什么跟什么啊！

张公公腹诽片刻，如实地禀告了皇帝。

"看来原因是出在安家老宅。"皇帝撂下笔，"去问问朕打发去顾家见顾轻衍的人回来了没有？若是回来了，让他前来回话。"

他想知道顾轻衍有没有听他的话去陪着安华锦。

张公公应声去了。

不多时，那名小太监匆匆地进了南书房，跪下后，将顾轻衍原话一字不差地背了一遍。

皇帝问了几个问题，譬如在哪里见到的顾轻衍，彼时他身边有谁，在干什么。小太监将自己所见一一答了之后，皇帝让他退了下去。

皇帝心里很是满意，看来顾轻衍很是听话。一大早就去陪安华锦了，且没被安华锦打出来，就说明二人相处融洽。可见真如安华锦所说，她唯一顾忌的就是安家传承，才不同意这门婚事儿，与顾轻衍的误会真不算什么，昨日所言没糊弄他。

但这传承招婿的想法，也的确让他觉得闹心。

若是安华锦都明了，他依旧强硬促成二人婚事儿，未免让世人觉得他这个皇帝对忠臣将门太过刻薄寡恩。如今只能用迂回的法子了，只要安华锦同意，撇开招婿入赘的想法，欢欢喜喜嫁入顾家，他就不会被人说，总之这一门婚事儿，一定要成的。

否则安家百万兵马，一旦老南阳王故去，没了南阳王府的率领，给谁他放心？

安华锦虽是个小丫头，但自小长在南阳军营，即便老南阳王故去，有她在，依旧是南阳军的军魂和核心。安家只要有她在，南阳军心就不会散，即便散了，还有个联姻的顾家帮着压着。只有这样，天楚泱泱大国才不会乱，依旧四海安平，他依旧能高枕无忧。至于将来，他还能活些年，在临终前，将这一摊子收拾了不留祸害就是了。

皇帝想了一通，只觉得心里较之昨日很是轻松了些，便对张公公吩咐："你再去钦天监一趟，将顾轻衍的原话说与陈监正，让他仔细推算，认真对待此事，不可疏忽。两日后，朕要听他的答复。"

"是。"张公公立即转身。

"等等。"皇帝想了想，又叫住他，"让人去御膳房一趟，吩咐御厨做一屉野鲜菇馅的肉包子送去善亲王府，就说朕赐给楚宸的，看着他吃完。"

张公公连忙又应是。

皇帝重新拿起奏折，他就是要让善亲王和楚宸明白，他们有什么事情，都瞒不过他。君就是君，没那么好糊弄，也算是对今日善亲王进宫后的敲打了。张公公亲自去了钦天监，派了一个小太监去了御膳房。半个时辰后，御膳房将野鲜菇馅的肉包子做好，禀了张公公后，张公公琢磨了一番，亲自带着人提着肉包子出宫送去了善亲王府。

楚宸早膳吃得香，但也没香到午膳继续吃肉包子，所以，当张公公亲自带着人提着肉包子来到他面前时，他看着那偌大一蒸屉的肉包子，心情实在说不上美妙。陛下还要让人看着他吃完，他若是都吃了，非撑死不可。皇宫御膳房的肉包子都是做得这么大的吗？

他不傻，瞪了片刻，又看着张公公呵呵带笑的脸，明白今日他爷爷进宫又得罪陛下了。这么多年，他也习惯了，他爷爷只要一去找陛下回来，陛下必定赏赐给他点儿什么。说赏赐，其实是敲打，这个习惯延续了这么久。偏偏，他和他爷爷都没长心长记性，下次继续麻烦陛下，继续遭受敲打。

楚宸应付这事儿有经验，心里打了个转，笑着说："多谢皇叔赏赐，我以前不爱吃肉包子,那是没发现肉包子的好吃之处,今日得亏了安小郡主才晓得,我得谢谢她。皇叔厚爱我,但我也不能一个人吃独食,这样吧,皇叔也没说这肉包子一定要在家里吃,也没说一定要我一个人都吃了,不如我这就拿去安家老宅跟小郡主一起吃,也好当面谢谢小郡主。"

张公公咳嗽一声,提醒他:"小王爷,您和小郡主一起吃的话,不会打起来吧?这肉包子可是御赐,不能打翻了,否则是要被问罪的。"

"不会不会,你放心就是了。我如今与她和好了。"楚宸拎起肉包子,说走就走,"走吧,公公你也顺便去安家老宅做个客。"

他就不信了,有陛下御赐的肉包子,有陛下身边的张公公陪着,那小丫头还将他拒之门外?

无论说什么,他今日也要进安家老宅瞧瞧她和顾轻衍在做什么。

怎么就不想见他了!

午膳吃什么,安华锦已经想好了,就按照顾轻衍那个单子罗列的来。

孙伯得了安华锦的吩咐,高高兴兴地吩咐厨房去做了。

临近午时,厨房派人来传话,问小郡主和顾七公子可忙完了。若是忙完了,厨房将午膳端上来。

安华锦伸了个懒腰,今日有顾轻衍与她一起琢磨那本残缺的剑谱,收获甚大。虽然短时间内还没补全,但已窥到了门径。用不了几日,她想着就能给了凡真人一本完整的剑谱了,也算还了他昔年传给她一手狂草的半份师徒情。

她抬眼看了一眼天色,摆摆手:"午膳既然做好了,端上来吧。"

孙伯应了一声,连忙乐呵呵地吩咐了下去。

正在这时,门童来禀,说善亲王府的小王爷与陛下身边的张公公登门了。

安华锦闻言挑眉:"楚宸又来做什么?"

还跟着张公公?

门童摇头,因小王爷跟着陛下身边的张公公来的,所以,他没敢多问。

安华锦看向顾轻衍:"你说,楚宸是不是掐着点儿来蹭吃蹭喝的?就因为我前几日敲了他一顿酒?他要找补回来?"

顾轻衍眸光轻动:"不见得,大约与善亲王方才进宫有关,陛下敲打善亲王府,楚宸不傻,估计是想拿你做个挡箭牌。"

"嗯?"安华锦不觉得,她从小到大除了迫于无奈三年前被顾轻衍喂了一颗"百

杀散"，给他做了一回挡箭牌外，哪会那么容易给别人做挡箭牌。她琢磨着说："你说，我若是连陛下身边的亲信张公公也拒之门外，陛下会怪罪我不？"

顾轻衍微笑："怪罪倒不见得，就怕传出去，有人说你目无陛下，陛下会心里不太舒服。"

得，陛下心里对谁一旦不舒服，那个人距离难过的日子就不远了。这个时候，她还不愿意让陛下对她不顺眼。毕竟如今她还给陛下出着难题呢，不能太过火。

安华锦吩咐："孙伯，你亲自去接，将他们请去前面的会客厅。"

孙伯答应一声，立即去了，心想着这小王爷是怎么回事儿，非要与他家小郡主过不去？今儿来了一次又一次，非想找小郡主打他一顿吗？

安华锦站起身，理理衣摆，问顾轻衍："你与我一起去？"

"嗯。"顾轻衍也跟着站起身。

二人一起出了枫红苑的抱厦厅，前往前院的会客厅。

路上，安华锦从兜里掏出两块软糖，一块塞进自己嘴里，一块拿着问顾轻衍，"你要不要吃？"

顾轻衍瞅了一眼，伸手接过，扒开糖纸塞进嘴里："谢谢，很好吃。"

"这是我们南阳第一大坊玉桂坊做的软糖，我从小吃到大，偶尔头晕时，吃一块，就好了。"安华锦笑眯眯地说，"玉桂坊是我娘留给我的铺子，只在南阳做，每日限量，买多也不卖。谁若是得罪了我，我就给他一块软糖，哪怕吃了再喜欢，也买不着。"

顾轻衍低笑，眸光流动着笑意看着她："所以，三公主得罪了你，你就给了她一块软糖？让她想吃无论想什么法子，也买不着？"

"没错。"安华锦嚼着软糖，"她也就是我亲表妹吧，换个旁人，我早揍得她满地找牙了。姑母很疼我，我舍不得让她伤心。"

"的确，你这样收拾三公主倒也妥当。"顾轻衍应和。

安华锦仔细打量他一眼，撇撇嘴，没心没肺地说："也不知是哪个桃花太多，牵累得我在京中找不着一个朋友。"

顾轻衍低咳一声，她不指名道姓，他自然不会上赶着往自己身上按，很会祸水东引地说："大约是三年前你揍了楚宸的缘故？这京中喜欢楚宸的女儿家不少。"

安华锦哼笑，他把自己择得倒是干净。

顾轻衍又咳嗽一声："还有没有？再给我一块，还想吃。"

安华锦挑眉，停住脚步："你今日得罪我没？"

"没有。"

"以前得罪的呢？"

顾轻衍无辜地看着她："这等多吃一块糖的小事儿，就无须与以前挂钩了吧？"

"也是。"安华锦看着这张无辜的清隽的眉目如画的脸，很好说话，一股脑地将兜里所有的软糖都掏了出来塞进他手里，"都给你。"

顾轻衍手里忽地沉甸甸地被她塞了满手软糖，大约有十多块。他笑意渐渐浓深，眉目绽开，玉容霎时比骄阳还暖了三分，声音也低了："怎么一下子给了我这么多？一块就好。"

安华锦无所谓地拍拍手，继续往前走："你不是喜欢吃吗？既然喜欢，把我所有的都给你，又有什么关系。"

顾轻衍轻轻地攥了攥手，也跟着走了两步："我虽喜欢，你是不是给的也太多了？"

"我有整个玉桂坊，不过给你十几块糖而已，算多吗？你顾七公子什么好东西没见过？至于这么……心里不踏实吗？"安华锦回头瞅了他一眼，"不至于吧？"

不至于倒是不至于，但是一时间让他真是难以形容这一刻的心情。

对比得罪她的三公主，他的待遇未免也太高了。

顾轻衍慢慢地收起了所有软糖，一下子觉得自己兜里沉甸甸的。他走了两步，又从兜里拿出一块扒开糖纸，慢慢地扔进嘴里，软软的，微微的甜中带酸，是地地道道的南阳野山坡上产的梅子味。

甜到心里，但也说不清楚是不是酸也跟着到了心里。

来到会客厅门口，他口中的软糖还没化掉，他忽地又问："都给了我，万一你再头晕……"

安华锦好笑地看着他："我每日都要喝你送来的汤药，还晕什么？"

"也是。"顾轻衍也跟着笑了。

回头他再跟陈太医见个面，问问他的药方子可也能治头晕之症。

楚宸与张公公赶巧也正被孙伯请着到来，入眼看到二人有说有笑，心里十分看不过眼，他提着肉包子扬声说："小丫头，你今日为何将我拒之门外？前几日一起喝酒的交情，今日就翻脸不认人了？"

安华锦回转身，懒洋洋地瞧着楚宸，扬眉："怕你爷爷再打上门，得罪不起他，自然要离你远点儿了。"

楚宸忽然没理了，兴师问罪的气势一泄，脸上挂上了笑，瞥了顾轻衍一眼："我还以为你有怀安陪着,谁也不理了呢。"

安华锦切了一声:"你拎着的是什么?"

楚宸龇牙一笑,万分灿烂:"请你和怀安吃肉包子,皇宫御膳房做的,皇叔赏的,赶紧的,我们吃完,张公公还要回宫复命呢。"

第六章 招人

安华锦如今不爱吃肉包子了，要问什么时候改的口味，今天早上。

她瞅着楚宸，对他瞧了又瞧，看了又看，也龇牙一笑："陛下赏的自然是最好吃，不过，可惜你来晚了，我们刚吃过午膳，你自己吃吧。"

楚宸："……时辰还早，你们已经吃过午膳了？"

"是啊，也不算早了，你看日头都晌午了，我闲来无事，自然只琢磨吃的了。"安华锦耸耸肩，遗憾地说，"真是可惜，没有口福。"

楚宸尽力地劝说："吃过之后，还可以再吃点儿嘛，御膳房的手艺好得很，皇叔一般除了年节不赏赐御膳房做吃的拿出宫外。"

安华锦摸摸肚子："刚吃完，撑得不行，没地方吃。"话落，故意挺了挺肚皮，"你看，如今还鼓着呢。"

楚宸："……"

他自然不好盯着安华锦的肚皮看，哪怕她不在乎，浑然无所谓守女儿家的礼数，他也不敢。于是，他只能放弃劝说安华锦，转向顾轻衍："怀安，再吃些？"

顾轻衍自然摇头："我与小郡主一样，多谢小王爷的好意了。"

楚宸瞧着顾轻衍，可没错过他刚刚嘴里似乎还嚼着什么东西。他能放过安华锦，可不能放过他，于是，他拎着蒸屉走近，凑近他，压低声音说："我不管你吃得多撑，你若是不帮我吃些，我撑破了肚皮，从今以后就住在安家老宅不走了。我在安家老宅吃坏了肚子，不管皇叔负不负责，安家老宅自然是要负责管我的。"

他不怕耍无赖，谁让今日有顾轻衍上门，安华锦就将他拒之门外了呢。前几日她还夸他长得好，他也不差啊，他长得比他好那么一丢丢有什么了不起！他们的婚约一日没拿到明面上走三媒六聘，谁都有机会不是？他托生在顾家，又不能保证真能将人娶进门。他托生在善亲王府，虽然比他也好不到哪儿去，但也说不准真能争上一二，前几日他爷爷虽气势汹汹，到底没怎么着小丫头不是？

未来如何，谁能说得准呢？

顾轻衍闻言似笑非笑地看着楚宸："小王爷在打什么主意？赖在安家老宅，于你有什么好处？"

楚宸眨眨眼睛："好处多了，能够与小丫头就近培养情分，缓和安家和善亲王府两府的关系。我知道皇叔给了你命令，让你陪着她，培养感情，有我住在这里搅和，你乐意吗？"

顾轻衍失笑："看来，我不答应小王爷不成了？"

"嗯。"楚宸点头，一本正经，"你帮我吃些肉包子，我就没理由吃撑肚皮不想走了。也就不会在你面前碍眼了。"

不管怎么说，他得先把这一屉肉包子的事儿解决了，然后再说其他。

"我帮小王爷吃了肉包子，小王爷保证以后不在我面前碍眼？"顾轻衍笑问。

"只今日，明日再说。"楚宸自然不答应别的，笑得贼兮兮的，用只有两个人能听见的声音说，"怀安，你聪明绝顶，想必我不说你也瞧出来了。我对小丫头呢，也有想娶之心，我不管你想不想娶她，我反正想娶。咱们俩从明日起，各凭本事如何？你不想娶的话正好，我只费我的心就够了。你若是想娶，那就看谁能得了她。"

顾轻衍眉眼深了深，笑意收起，清淡地问："小王爷是怎么生起这个心思的？什么时候？"

"三年前。"楚宸也不隐瞒，坦坦荡荡地说，"她本能杀了我，那般不受自己控制的情况下却还保留一丝理智。哪怕自己跟自己打，把自己几乎打残废了，也没要我的命，我就记着了。这么善良的小姑娘，多让人喜欢啊，我喜欢她，有什么可奇怪的？"

顾轻衍捻了一下袖角，点点头，没什么情绪地平静道："就依小王爷的。"

楚宸开心地笑了，若非顾轻衍不喜欢人对他动手动脚，他很想对他肩膀拍上一拍。如今与他有这个明言了的君子协定，他可就不手软了，也不枉昨日他在祠堂里跪着琢磨了一夜，思来想去，还是不想因为安华锦的一句警告就轻易放弃。

安华锦见楚宸凑近顾轻衍一阵嘀嘀咕咕，不知道在说什么，她怀疑地想着，楚宸和顾轻衍很要好吗？很有交情吗？若是楚宸知道顾轻衍就是三年前他追查八大街背后害得他躺在床上三个月的人，不知会作何感想。

楚宸解决了当前的难题，拎着手里的蒸屉分外轻松地说："走，分而食之。张公公辛苦，也吃两个。"

张公公连忙拱手："小王爷和七公子自用就好，老奴可不敢。"

楚宸笑："既然如此，就不难为你了。"话落，看向安华锦，"小丫头，你看着我们吃？"

"才不要。"安华锦故意打了个大大的哈欠，困倦地说，"我回去午睡，你们自便吧。"

既然顾轻衍乐意陪着楚宸吃陛下御赐的肉包子，那她就不客气地自己一个人享用晌午的美食了。

楚宸点头："也行。"

顾轻衍微笑："你别睡得太沉，稍后会来人给你送药，需得喝下。"

安华锦点点头，摆摆手，转身干脆利落地走了。

楚宸与顾轻衍一起进了安家老宅没有主人陪着的会客厅。

孙伯见此，心里琢磨了一番，虽不在乎宸小王爷这个外人吃不吃得好，但可不能委屈了自家的顾七公子。于是，他让二人稍等，连忙去厨房端了些菜色汤品来，在会客厅摆了一桌子，且还拿了酒窖里藏着的一坛好酒，沏了一壶好茶。

楚宸高兴不已："这么多好吃的……"

"可惜，你也只能看看，陛下赏赐你的肉包子实在有些多。"顾轻衍接过话。

楚宸的高兴劲儿顿时没了一大半，只能无奈地拿起了肉包子。

顾轻衍今早吃那一个肉包子觉得真是不错，还可以再吃一顿，所以，吃得并没有不开心。

于是，楚宸多吃了些，顾轻衍少吃了些，二人吃完一屉肉包子，张公公完成任务，笑呵呵地提着空蒸屉离开了。

前脚张公公离开，后脚顾轻衍慢悠悠地喝着茶瞅着不动弹的楚宸，开始撵人："小王爷应对完了陛下，是不是该走了？"

楚宸自然不会做言而无信之人，尤其在顾轻衍面前，耍赖这事儿他干不出来，于是点点头，站起身："怀安，记住咱俩刚刚说的话。"

"嗯，忘不了。"

楚宸放心了，一身轻松地走了。

顾轻衍在楚宸离开后，坐着没动，想着外面的人说得都不对，谁说安华锦不招人喜欢了？这不有一个惦记了三年的人吗？而且他还知道，不止这一个，南阳军中还有一个，与安家算得上是世交，与她也算得上是青梅竹马的。

安华锦回到了自己的院子，对着厨房准备的满桌子好菜，吃得十分满足。撂下筷子后，她惬意地靠着椅背，舒服得不想动。青墨依照顾轻衍的吩咐，准时地送来了汤药，安华锦倒也没难为他，痛快地喝了。喝了汤药后，她不但不犯困，反而整个人都精神了。

所以，当顾轻衍赶走楚宸后回来，便看到她一个人在院子里踢毽子。

京中不少活泼的女儿家闲来无事会拉着府中的姐妹婢女一起踢毽子，但他没听说过有谁会大中午不休息，在院中顶着骄阳踢毽子。

他站在院门口瞧了一会儿，安华锦的毽子实在是踢得好，大约是有功夫在身的原因，花样颇多，毽子一直没掉落，就他看的这短短时间已踢了上百个。

他从来不知道看女儿家踢毽子竟然也是一件赏心悦目的事儿。

他正瞧着，不知安华锦是故意的还是怎的，毽子向他踢来，他伸手接住了毽子。

很漂亮的毽子，用大公鸡的尾毛做成，色彩很明艳。

安华锦对他瞪眼："你用手接做什么？应该给我踢回来。"

顾轻衍："……"

他从没踢过毽子，刚刚想也没想，便伸手接了，原来要用脚踢回去？

他拿着毽子，低咳一声，走到她面前，将毽子递给她："太阳这般酷热，正是响午，怎么不在屋中午睡？"

安华锦接过毽子："我从来不午睡。"

顾轻衍一怔，她方才在楚宸面前打哈欠，虽故意，但他还以为她每日午时是必要歇一歇的："没有午睡的习惯？"

"我从小就觉少，白天睡不着，也就没这个习惯。"安华锦点头，把玩着毽子，"今天你也陪了我半日，想必陛下也看到你的态度了，你去忙自己的事情吧！不用陪着我了。"

顾轻衍摇头："今日没什么事儿。"

"那你陪我踢毽子？"安华锦扬眉。

顾轻衍眨了眨眼睛："我不会。"

"你聪明绝顶，学啊，我教你。"安华锦很有兴致地看着他。

顾轻衍掩唇低咳："我有午睡的习惯。"

安华锦好笑："你是不是觉得跟我学踢毽子，对你来说，有失稳重身份？不太好意思？"

顾轻衍："……"

他的确是做不出来陪她踢毽子的事儿。

安华锦摆手："行吧，那你回顾家歇一会儿，再过来？"

顾轻衍看着她："府中有客房吧？我休息片刻就好。"

安华锦摇头，故意说："府中没客房，但我的房间倒是空着，要不，你去我房中睡一会儿？"

顾轻衍低笑："你若是同意，我没意见。"

安华锦轻哼，转过头，看向孙伯。

孙伯立即笑呵呵地说："府中有客房，小郡主隔壁的青竹苑一直空着，老奴也每日都让人收拾打扫。七公子去青竹苑休息就好，您跟老奴来。"

顾轻衍点点头，微笑："有劳孙伯了。"

孙伯高高兴兴地带路，口中连连道："七公子您是自己人，千万别客气生疏。这老宅空得太久，好不容易小郡主来京，您也过来才热闹起来，老奴巴不得伺候呢。"

楚宸出了安家老宅，回头瞅了一眼，琢磨着顾轻衍这个人，明明看起来与安华锦不是一路人，偏偏能相处融洽，真是邪门了。顾轻衍无论是对安华锦真心中意还是假的，他总归都做出了愿意履行婚约的态度，如今看来，他若是抢还真不容易，但他天生就不是个怕难的，以免将来后悔，这从中插一手的事儿，总要试试。他打定了主意，回了善亲王府。

善亲王正坐在他屋中板着脸等着他，见楚宸回来，他怒道："混账东西，你又去安家了？"

他就晚回府一步，就没拦住他。安家那小丫头有什么好？他非得往她跟前去凑？一想到他的宝贝孙子前几日被她带着去了八大街红粉巷他就气得不行。

那是女人该踏足的地方吗？那也不是他的好孙子该踏足的地方！

楚宸点头，坐到善亲王身边，一本正经地说："爷爷，孙儿得和您谈谈心。"

善亲王斜着眼睛瞅他："关于安华锦的，一切免谈。"

楚宸："……"

他一下子憋住，瞪着眼睛，心里打了八个转，十分有经验善于对付他老人家地说："爷爷，您真不听？若是我将来惹出祸事儿，那您千万别怪我。"

善亲王："……"

他就知道，摊上安华锦，准没好事儿。

他气得吹胡子瞪眼，片刻后，败下阵来："说吧！你要说什么？是让我与南阳王那老东西化干戈为玉帛？"

"差不多。"

善亲王冷哼一声："只要他登门道歉，也不是不行。"

楚宸："……"

"爷爷，您想多了。"

善亲王瞪眼："前几日我没将那小丫头如何，是怕又失了身份，她将你打成那样，难道不该登门道个歉？别说过了三年，就是三十年，这歉也得道。"

楚宸揉揉额头："爷爷，我与您说过多少遍了，当年那事儿，也不算怪她。"

"那你跟我说，怎么个不怪法？我只知道她将你打了。"善亲王一直不明白他这个孙子替安华锦遮掩什么，将他揍得三个月下不了床，他都不记恨人。他这么多年是不是把他教养得太善良了？

楚宸挣扎了一番，还是觉得不能说出当年真相，只道："总之她没错。"

善亲王也懒得再气："那你说，如今你有什么非让我与那老东西握手言和的理由？"

楚宸咳嗽一声："我想娶安华锦。"

"什么？"善亲王以为耳朵幻听了，腾地站了起来，一脸震惊，不敢置信地看着楚宸。

楚宸也跟着站起来，再正经不过地肯定地说："爷爷，我想娶安华锦。"

善亲王哆嗦起来，伸手捂住心口，半晌喘不上气说不上话来，伸手指着楚宸，忽然眼前一黑，当即晕死了过去。

楚宸面色一变，连忙上前一步，伸手托住了善亲王倒下的身子，低头一看，善亲王双眼紧闭，真晕过去了，慌忙说："来人，快……去请太医！"

太医院德高望重的陈太医匆匆被请到善亲王府。

陈太医给善亲王把脉后，对楚宸拱手："小王爷，老王爷是因为急火攻心才导致暂时性昏迷，并无大碍。老夫给老王爷开一服药方子，服下后，半个时辰就能醒来。"

楚宸松了一口气，点头："有劳陈太医了。"

陈太医开完药方子，又嘱咐了些注意事项，别再惹老王爷着急上火生气云云，才出了善亲王府。

楚宸坐在善亲王床前，看着昏迷不醒的善亲王，有些犯愁。他一直觉得他爷爷这一辈子虽然没经历过什么轰天动地的大事儿，但也不至于如今听到他要娶安华锦就晕过去，显然他还是高估了他爷爷，也幸好瞒着三年前的事实真相一直没告诉他。

半个时辰后，汤药熬好，楚宸亲手喂善亲王喝下，又等了半个时辰，善亲王果然如陈太医所说悠悠醒转。

他睁开眼睛，看到楚宸，想起早先他说的话，又气得眼睛冒了火。

"爷爷，您息怒，息怒。"楚宸连忙安抚，捋着善亲王心口，小心翼翼地说，"如今顾轻衍和她有婚约，我就算想娶，也不能说抢就容易抢过来。这事儿得谋划，您别急。"

善亲王气得不说话。

楚宸讨好地说："爷爷，咱们善亲王府与安家，以前虽没多少往来，但也井水不犯河水。三年前是我不好，这才结了仇。如今已过去三年了，您就别揪着这事儿不放了。"

善亲王气得眼睛冒火："你说得轻松，混账东西！这三年来南阳王那老东西一点儿都不服软。欺负了人还那么张狂不觉得自己做错了的，只他一个。这仇我能跟他结一辈子，更何况前几日你听听那小丫头说的是什么话？你怎么还能打了想娶她的主意？你是要气死我是不是？"

楚宸摇头："自然不是，爷爷您最好了，与我最亲了。"

善亲王气得哼哼："你若是不想气死我，就趁早打消了这个主意，我当你没说过，我也没听过。"

那可不行！

楚宸摇头，小声说："爷爷，我真挺喜欢她的，从她来京，我这心就扑通扑通地跳。如今刚刚好些，不乱跳了……"

善亲王气得咬牙："你前几日说心跳个不停，原来不是怕见她。"

"是近乡情怯。"楚宸不好意思地说，"是我想见她了。"

善亲王气得又火冒三丈，他觉得再跟楚宸说下去，他真会被他气死了，于是挥手赶他："你滚，给我滚出去。"

他就说呢，前几日听说那小丫头找上门，他一溜烟地就跑去故意被她绑走，原来是给他挖了个坑，专门坑他这个爷爷。

混账东西！真是混账东西！

楚宸见善亲王真快被他气死了，也不敢说了，这事儿得给他爷爷一个缓冲的让他接受的时间。于是，他麻利地站起身："好，我这就滚，爷爷您别气，陈太医说您不能总动气……"

善亲王若不是没力气，一个枕头就对着楚宸砸过去了，待他离开，他好半天才平复下怒气，但依旧气得直喘大气。

他的好孙子，怎么就想娶安华锦了呢？这三年来，他真是一点儿没看出来。莫非是前几日安家那小丫头给他灌了什么迷魂汤了？

善亲王又气怒又头疼，气怒的是他这三年和南阳王打得不可开交，如今若是让他跟那老东西结亲，他实在是抹不开那个脸；头疼的是他了解楚宸的脾气，一旦决定的事儿，十头牛都拉不回来。但不说他同意不同意，就是陛下那里，那一关他也觉得难过。

陛下有多中意安家和顾家的婚事儿，他心里清楚得很。早先他是有些想法要搅黄这一桩婚事儿，不过是不想安华锦嫁进京城，免得经常打他孙子，如今没想到他孙子要娶人家，这比只搅黄安顾联姻还棘手。

陛下若是知道，怕不是以为他这个老皇叔不安好心，想要谋权篡位吧？毕竟安家有百万兵马！善亲王觉得楚宸真是给他出了个大难题，比以往他为他做的那些事儿来说都难。他虽心中气怒，还是想了一通事情的可行性，但怎么想都觉得这事儿很难。

楚宸被善亲王赶出房间后，在门口站了一会儿，贼兮兮地扒在门缝里往里面瞧了一会儿，见善亲王一副皱着眉头的思索样，心底总算是踏实了。

他爷爷就是疼他！

他心底松快了些，想着想娶安华锦虽然很难，但事在人为，也不见得一点儿机会都没有。只要爷爷肯帮他，先化解了两家的仇，然后再从中见缝插针地找机会，也许总能让他找到突破口。他走离了善亲王的院落，去了自己书房，琢磨片刻，轻喊："初景！"

"小王爷。"一人推门无声无息进了书房，又将门无声无息关上。

楚宸一改寻常时候满脸的喜怒情绪，平静地吩咐："宫里的消息可打探出来了？怎么说？"

初景垂手："陛下见小郡主后似乎不太愉快，想必是小郡主没答应婚事儿，至于原因，属下一时还没打探出来。当时陛下见小郡主时，只有皇后娘娘与她身边的贺嬷嬷在，陛下身边也只留了张公公。"

楚宸知道这二人都是不会被人收买的人，点头，不管安华锦因为什么没答应婚事儿，对他来说都是好事儿："从三公主那边入手，再打探。"

"三公主据说是见了顾七公子给安小郡主作的画。昨日哭了好几回，晚饭没吃，今日依旧没胃口。更多的打探不出来了，显然三公主也不知道原因。"

楚宸冷哼一声："顾轻衍画功好，我也不差的。"他忽然又有些气不顺，"他也就是长得好，又生在顾家，年少便名扬天下，把别人都比了下去，谁都及不上他了。"

他心烦地摆手："盯着点儿安家老宅，别靠得太近，只要他们的婚事儿一日没板上钉钉，我总能想到法子。"

初景看了楚宸一眼："是。"

张公公回宫对皇帝复命，将楚宸如何拎着肉包子去了安家老宅，不知拿什么劝动了顾七公子，在他的帮助下，吃完了陛下的赏赐之事详细地复述了一遍。

皇帝听罢，气笑："这个楚宸，他倒是会找人帮忙。"

他也很好奇，顾轻衍为什么答应了他。顾轻衍与楚宸关系没多要好，没什么特殊的交情。顾家和善亲王府都各有各的相交圈子，楚宸和顾轻衍自然不是有交情的人。不过这等小事儿，他当皇帝的要处理的大事儿太多也不必在意，只摆摆手，表示知道了。

顾轻衍晌午一般只歇半个时辰，没想到在安家老宅，这一日晌午竟然歇了一个时辰。睡醒后，他看着更漏，愣了好一会儿，揉揉眉心哑然失笑。

按理说，安家老宅虽人少空旷安静得很，但顾家因家风严谨，虽然人多，但也同样安静不吵闹。尤其是他住的院子，更是无人喧嚣。

他出了院子，问一名小厮："小郡主呢？如今在做什么？"

小厮立即说："回七公子，小郡主去后院的池塘抓鱼了，说今天晚上要吃全鱼宴。"

顾轻衍失笑："家里池塘的鱼不是养着看的鱼？能吃？"

"能的。"小厮道，"三年前，小郡主来京，见了池塘养的鱼都是不能吃的，便说换了养一池子能吃的鱼，等她再来京时就去抓鱼吃。如今池塘里的鱼又大又肥，养了三年了。"

顾轻衍笑着点头："带我去看看。"

小厮连忙应是，带着顾轻衍向池塘走去。

安家老宅虽许久不用，但毕竟是太祖爷建朝后赐下来的府邸，占地面积十分大，所以，池塘也不算池塘，而是一大片人工湖。

因不怎么打理，所以湖边杂草颇多，没多少人工刻意收拾的痕迹，湖边的花草树木，肆意地疯长着。若不是这座湖坐落在安家老宅里，还让人以为进了山里。

顾轻衍来到池塘边，没瞧见安华锦的人，只看到孙伯带着几个人翘首往湖里看，身边放着两个篮子，篮子里有两条肥鱼，活蹦乱跳，十分欢腾。

一条鱼得有七八斤重，果然是肥得很。

顾轻衍疑惑地问："孙伯，小郡主人呢？"

孙伯给顾轻衍见了礼，笑呵呵地说："小郡主在水里抓鱼呢！这两条都是小郡主

自己空手抓上来的，七公子您看，这鱼是不是养得极好？小郡主说这鱼难抓，养了三年，怕不是被老奴养成精了，机灵得很，跟小郡主在水里赛跑……"

顾轻衍微笑："成精倒不见得，但的确是活泼欢腾。没想到小郡主还会凫水。"

孙伯高兴地夸起来："七公子您大约不知，咱们家小郡主会的东西可多了。您与小郡主相处时日长了，就知道了。"

顾轻衍笑着点头："她打算抓几条这么肥的鱼？"

"三条。"孙伯立即笑着说，"小郡主说咱们宅子里十几口人呢，今晚上都吃鱼。"

顾轻衍颔首。

孙伯打开了话匣子："咱们宅子里的人，都盼着小郡主来京，每回小郡主一来，大伙儿都欢喜得跟什么似的。主要是小郡主来了，这宅子就不冷清了，热闹。小郡主活泼，性子好，大家都喜欢。"

顾轻衍轻笑，性子好这话也就自家人说说，若是让人听见，怕是会直缩脖子。

搁在外面，谁也不会说安华锦性子好，不只是三年前她揍得楚宸三个月卧床不起，还有别的好些桩桩件件的小事儿，得罪她的，势必要找回来，不过她也不会刻意地欺负人就是了。

二人说着话，安华锦忽然破水而出，手里抱了一条更大更肥的鱼，大约十几斤，鱼的脑袋看起来比她的脑袋还大，小姑娘手臂本就纤细，如今抱着一条肥鱼上来，更显得她清瘦。不过虽然清瘦，倒是很有力气。抱着这十几斤在她怀里不停蹦腾的肥鱼，一点儿也不吃力。她浑身是水，但眉眼都是笑意，如出水的莲花，又嫩又娇俏："顾轻衍，你看，这鱼肥不肥？"

"肥。"顾轻衍目光落在她脸上，又匆匆一瞥她身上，立马移开了视线，微笑着说，"快把鱼放下，赶紧换了湿衣服，免得染了寒气得了风寒。"

"湖水不冷。"安华锦将鱼扔进木桶里，拍拍手，拧了拧袖子上滴滴答答的水，用袖子擦了一把脸，欢快地说，"这条鱼不算是最肥美最大的，还有一条更大的，改天再抓来吃。"

"你还是先去换衣裳吧。"顾轻衍转过身子，脸有些微红。

安华锦纳闷："你脸红什么？"

"被太阳晒的，这天的确是太酷热了。"顾轻衍轻声说。

安华锦看了一眼天色，没多想地说："也是，今年的确热得有点儿早。"说完，也觉得浑身湿透有点儿难受，转身向自己院子里走去。

顾轻衍犹豫了一下，还是跟在她身后。

孙伯笑呵呵地指使人将三条大肥鱼送去厨房，又拿了安华锦报出的各种鱼的做法单子，吩咐厨房赶紧张罗起来。

安华锦换了一身干爽的衣服，神清气爽地出来问顾轻衍："我发现你今日列的单子，没怎么列鱼，你不爱吃鱼吗？"

顾轻衍摇头："不是不爱吃，是我懒得挑鱼刺，便不怎么吃。"

安华锦取笑："原来你这么懒的吗？"她心情很好地拍了一下胸脯，"包在我身上，我今天晚上帮你挑鱼刺，保证让你吃得开心。你会爱上吃鱼的。"

顾轻衍眸光动了动，笑着点头："好。"

"走，去厨房，让你瞧瞧我怎么杀鱼。"安华锦招呼一声，向厨房走去。

顾轻衍跟上她："你会下厨？"

"会啊。"安华锦脚步轻快，"我在火头营里待过。"

顾轻衍脚步一顿。

老南阳王与他通信多年，虽说了安华锦不少事儿，但从不说军营的事儿。但凡军中事儿，大大小小，都算涉及军事，老南阳王不提，他也没想过多问。毕竟她虽然大部分时间待在军营，但少部分时间做的别的事情也足够老南阳王写厚厚的一叠信诉说，足够让他觉得精彩纷呈。

如今乍然听到她在火头营待过，有些讶异："你怎么会在火头营里待过？"

安华锦无所谓地说："南阳军中，我哪个营都待过，火头营又有什么好奇怪的？军中火头营分量极重，不了解士兵们吃得好不好，怎么有力气打仗？"

"你一个女儿家，在军中会觉得辛苦吗？"

"不啊。"安华锦摇头，"虽有南阳王府，但爷爷不常在府中待着，我从三岁起就被爷爷带进了军中，跟在他身边，后来稍微大点儿，就各个营里待着。"她叹了口气，郁闷地说，"不过从去年我及笄，爷爷就不准我总待在军中了。说我再不是小丫头了，长大了，不适合再常年待在军营了。"

顾轻衍瞅了她一眼，小姑娘已长成亭亭玉立的少女。身段窈窕纤细，容貌盛华，女儿家该有的模样她都有，甚至更甚，的确不适合再待在军营了。

二人到了厨房的时候，厨娘正在杀鱼，因鱼较大，厨娘动作看起来比较吃力。

安华锦撸胳膊挽袖子："我来。"

年长的一位大娘"哎哟"了一声，立即说："小郡主，这怎么使得？"

"使得，我又不是只会干等着吃，什么也不会做的人。"安华锦拿过鱼刀，吩咐，"你们去准备材料吧，这三条鱼交给我了。"

厨娘们对看一眼，又看向跟进厨房的顾轻衍，觉得小郡主不只将顾七公子带来了厨房，还在他面前这么不注意形象，会不会不太好？

顾轻衍浅笑，温声道："听小郡主的就是，你们忙别的吧，我来帮小郡主。"

三人闻言松了一口气，顾七公子愿意帮忙，可见对小郡主的行为没有不喜。立马齐齐地笑着去做别的了。

安华锦一手按住鱼，一手拿着刀，鱼头和鱼尾不停地扑腾，但却扑腾不出她手心。手起刀落，不等顾轻衍上前帮忙，便给鱼开了膛。

顾轻衍从小到大是第一次看到人杀鱼，素来衣来伸手饭来张口的他，还真没做过这样的事儿。尤其人常言道"君子远庖厨"，在顾家的教养里，他自然更是离厨房远远的。他很是敬佩地瞅着安华锦手起刀落干净利落，一条肥美的大鱼本来扑腾得欢腾，转眼便在她手里不闹腾了，他不吝夸赞："真厉害。"

安华锦瞅了他一眼，他的敬佩毫不掩饰，她哈哈大笑："顾轻衍，杀一条鱼而已，算什么厉害？"

"就是很厉害。"顾轻衍不住地点头。

安华锦忽然觉得他十分讨喜，若非三年前深刻地认识过他的另一面，她一定不怀疑这就是他的真实模样和性情。她转过头，笑着问："你从没见过人杀鱼？"

"嗯。"

安华锦好笑："杀鱼不算什么，天下的厨子都会干。"

"但你不是厨子，我就觉得很厉害。"顾轻衍蹲下身，看着她一边与他说话，一般手法利落地给鱼刮鳞片，"除了会杀鱼，你还会杀牛羊吗？"

"会啊！"安华锦点头。

顾轻衍更是敬佩，看着她纤细的身段，纤细的手腕，由衷地说："即便你不是南阳王府的小郡主，靠你这一双手，想必也饿不着，能够自食其力。"

安华锦笑开，对他问："顾轻衍，你外出游历过吗？"

顾轻衍摇头："不曾。"

"世家子弟，到了年纪，都会放出去到外面游历一番见见世面，你顾家子弟，难道都圈在家里不准出去？"安华锦挑眉。

"倒也不是，三哥与九弟都出去游历过。不过我身份特殊，不只爷爷不准，陛下也不放。"顾轻衍低声道。

安华锦恍然，怜悯地看着他："困于身份的枷锁，天下人人称赞羡慕的顾七公子，怎么这般听你说来觉得有点儿可怜呢。"

顾轻衍失笑："是有点儿可怜的，我一直想去南阳看看，但却没法去。"

安华锦眸光转了转："你想去南阳看什么？别告诉我你是想看未婚妻长什么模样。"

顾轻衍轻咳，想说想亲眼看看老南阳王笔下他的未婚妻，每日过得如何精彩。话到嘴边，又想着老南阳王与他通信，她一直不知道。便改了口："就是想看看南阳，是不是人们传的那般环境恶劣人烟荒凉。"

"才不是呢。"安华锦摇头，鄙夷地说，"天下大多数人一叶障目，没亲眼见，便口口相传人云亦云地胡说。环境恶劣人烟荒凉的南阳那是几十年前，如今的南阳，不同以前了。我安家驻扎南阳百年，不是吃干饭的，一直在建设南阳，只不过敌国每隔几年就在边境骚扰，使得南阳无论如何也做不到帝京这般繁华安稳就是了。"

顾轻衍点点头："相邻南阳的邻国是南齐与南梁，三国之界，是难以维持安稳，如今三界距离玉雪岭之战已安稳八年了吧？"

"嗯。"安华锦点头，"怕是用不了两年，又要作乱。"

顾轻衍心思一动："怎么说？南齐和南梁又蠢蠢欲动了？"

"爷爷老了，我又是一个女儿家，换句话说，相当于安家没什么能上战场的人了。南齐与南梁一直野心勃勃，想联手对付大楚。八年前，我父兄三人死于战场，但那一战，也杀了南齐和南梁最厉害的将军，甚至南齐还赔进了一位皇子。战后，大楚惨胜，南齐和南梁也没了还手之力。八年的休养生息，想必也该歇过来了。"安华锦耸耸肩，"我的猜测而已。"

顾轻衍沉思片刻："你猜测得不无道理。"

安华锦不再说话，专心杀鱼。

顾轻衍蹲在她身边，想着陛下以前觉得安家是他卧榻之侧的猛虎，所以，玉雪岭之战后，对内没了安家父子兄弟，对外南齐和南梁再不敢犯，便高枕无忧起来。

陛下这些年可有想过也许南齐和南梁会卷土重来呢？那么，谁上战场？是年逾花甲的老南阳王，还是他面前这个不过二八年华的身量纤细的少女？

显然，陛下没有想过。否则，三年前也不会得知大皇子私造改良兵器后，雷霆震怒，险些一剑杀了大皇子了。事情过了三年，也没有丝毫想放了大皇子的迹象。

这八年来，陛下除了要促成安顾联姻外，似乎再没旁的想法，无论是改造陈旧兵器，还是提拔新将领，亦或再培养一位能征善战，如安家父子那样的将军。

大约，陛下是好不容易除了卧榻之侧的猛虎，不想再提拔一位让自己睡不踏实的将门了。所以，这些年，陛下很安于现状，无论是南阳王府的境况，还是如今的安稳朝局，都让他满意。

他心里默默地叹了一口气，问："安爷爷身体可还好？"

"不太好。"

顾轻衍低声说："你这次来京，打算在京城待多久？"

安华锦眨眨眼睛："我说我明天就想回去，陛下会放我回去吗？"

顾轻衍："怕是不会。"

她不点头与他的婚事儿，陛下不会答应放她回南阳。

安华锦拍拍手里沾上的鳞片，无所谓地说："既然不会，我也懒得想，反正回了南阳，也不能待在军中。左右没什么事儿，便在京中待着吧。也许能想想法子把大皇子救出来呢。"

顾轻衍一愣："你想救大皇子？"

"你不想救吗？"安华锦看着他，"三年，大皇子都没把你吐出来，更何况，他也是因为玉雪岭一战，我父兄的死，才违背陛下意愿私下改造兵器，我总得想想法子，尽点儿力。"

顾轻衍摇头："没什么好法子，若是有，这三年里，我早就将他救出来了。陛下看管得甚严，你才来京，不要轻举妄动。大皇子至少这三年来没有性命危险，来日方长，慢慢谋划，切不可急躁，以免适得其反。"

"我又不傻。"安华锦白了他一眼，"这条鱼太大，来，帮忙按着。"

顾轻衍看了半天她自己忙活，总算自己也有了用武之地，立即帮助她按住那条最大的鱼。

安家老宅这一日晚膳的全鱼宴，香飘整条街。

顾轻衍这个懒得挑鱼刺的人，因为有安华锦在，吃了很多很多。

饭后，安华锦喝了青墨送来的汤药，瞅着他："今日……"

青墨立即看向顾轻衍，可怜巴巴地祈求自家公子给他解围，他不想跟安小郡主过招了，实在太煎熬他的内心。他从小到大，心中有剑，剑在手里，从来出剑的时候不需要考虑太多。如今遇到安华锦，他得一心二用提防她突然耍手段，而他又不能像对待旁人一样将她一剑痛快结果，甚至连得罪也不能，简直要命。所以，他想求公子能够让安小郡主对他手下留情，他好脱离苦海。顾轻衍仿佛没看见青墨递向他的眼神，喝着茶，瞥都不瞥青墨一眼。青墨泄气地垂下头，认命地觉得他的人生一片灰暗。

安华锦"扑哧"一下子乐了，对顾轻衍说："我以前觉得顾家养出来的人，除了端方知礼才学满腹外，规矩得很，如今看来，也有这么有意思的。"

顾轻衍微笑。

安华锦托着下巴说："每日从顾家煎药再送来，麻烦死了。就留你的青墨在安宅帮我煎药如何？他会煎药吧？"

青墨猛地抬起头，睁大了眼睛，他没干过煎药的活！

顾轻衍答应得痛快："行。"

不会也得学会！

青墨脸色一苦，没忍住开口："公子……"

"不想煎药的话，要不你陪小郡主练剑，我来煎药？"顾轻衍看着他。

青墨顿时意会过来，对比陪小郡主练剑，他还是煎药吧！至少不煎熬得难受，立即表态："怎么能让公子动手？还是属下来的好。"

顾轻衍摆摆手："一日三次，你先在厨房练习一二，药效一定不能失，煎好些。"

青墨点头，乖乖退了下去。

安华锦撇嘴："顾轻衍，你还真舍得我这么折腾你的人啊！"

顾轻衍微笑："你我如今有婚约在身，我的人便是你的人，你想怎么用便怎么用。"

安华锦敲着桌面，不管怎么说，这话听着都会让人心情愉悦，她站起身："今日上午你我探讨的剑谱残本，出去练练？趁机消消食。"

"好！"

安华锦想到了顾轻衍聪明绝顶，既然一眼看出剑谱是双剑合璧的剑谱，武功定然不差，但也没想到会好到十分的地步。如今与他过招，方才体会得深。

以前，她融合不到的地方，如今经由他手填充上，堪称完美地诠释了这本古剑谱的精妙精绝之处。

他这个人，实在让人折服。

一个时辰后，安华锦主动收了剑，对顾轻衍认真地问："陛下知道你通晓武功吗？"

顾轻衍摇头："顾家诗礼传家，不该通武，子弟们为了强身健体，学些皮毛，骑射功夫，倒也无碍，但再多的，便引人猜疑顾忌了。"

安华锦点头："你会武功的事儿，都有谁知道？顾家人都知道吗？"

"只爷爷和我父亲知道,我的武功是由我外祖父请人暗中教的,就连我娘都不知。"顾轻衍笑笑，"如今再多一个你。"

"我的面子原来挺大嘛，这是沾了未婚妻的好处？"安华锦扬了扬眉，收了剑，"你放心，看在你如今是我未婚夫的面子上，我会替你保守秘密的。"

顾轻衍笑着点头。

"不过……"安华锦话音一转，"若我们的婚约什么时候解除了，你不是自家人了，那时候我就不能向你保证了，我只会对自家人好。"

顾轻衍低笑，又点了点头："好。"

他如今不想解除婚约，以后也不想。

眼见天色暗了下来，安华锦对顾轻衍摆手："午睡也就罢了，若是我留你住在府中，明日陛下就能绑着我们成亲。天色晚了，你早些回去歇着？"

顾轻衍颔首，在安家老宅破天荒地待了一天，他是该回去了。

孙伯笑呵呵地送顾轻衍出府，在大门口看着顾轻衍上车后问："七公子，您明日还会早些来吗？"

"嗯。"顾轻衍点头，"还是与今日一样，一早来陪小郡主用早膳。"

孙伯放心了："好嘞，那老奴让厨房从明早起按照您列的单子准备早中晚膳，您慢走。"

"好。"顾轻衍笑着点头。

孙伯目送顾轻衍的马车走远，关上了大门，依旧乐呵呵地许久收不住笑。

真没想到，顾七公子与小郡主相处得这般好。在这京中，这些年，他也听了不少关于顾轻衍的传言。大多数人说他温和知礼，才华满腹，惊才绝艳，是顾家最出众的子孙，满京城甚至天下再也找不出第二个来，但也有少数人说，顾七公子虽看着温和，不好接近，站得太高，如高山白雪。在这京城里，与他相识的人无数，未曾听说他看低过谁，但也没有太亲近特别交好过谁。如今他接触了顾七公子一日，觉得不管旁人怎么说，顾七公子在小郡主面前，可真是亲近的。一日里，他看过他无数次笑，都是对着小郡主的。

安华锦在顾轻衍离开后，沐浴洗漱完，躺去了床上，一时睡不着，便琢磨着与顾轻衍相处这一日的点滴。琢磨了一通，有些想笑。顾七公子大约从来没见过她这样的人，明明记着仇，却把所有糖都给他吃，为他挑鱼刺。以他的心思城府，大约迷惑得很。其实，她也没别的想法。安华锦打了个哈欠，翻了个身很快就睡了。

顾轻衍出了安家老宅，回到顾家，踏入家门，唇齿间似乎还有鱼味鲜香。他今天晚上吃的鱼，都是安华锦亲手挑的鱼刺，就跟她一股脑地将兜里的糖块都给了他一样。他也没想到她竟然能够给他挑鱼刺，且挑了那么多，也没嫌烦。

哪怕她心里仍记着三年前的仇，但却不恼恨以对，反而对他极好。

相处了一日，他忽然觉得看不懂她，她就像一团雾一样，吹散了，也看不清。

越是看不清，他越是想要看清。

青墨一路跟随着顾轻衍，憋到家门口，才小声开口："公子，您是真想娶小郡主吗？"

顾轻衍停住脚步，回头看着青墨："嗯？"

青墨又将话说了一遍，小心翼翼地观察顾轻衍面色。

顾轻衍笑了笑："自然是想娶的。"

青墨瞧着他，心里惊骇于公子真的想娶，一时间没了话。连他都觉得小郡主与顾家门楣格格不入，公子不会不知，但还是想娶，那……

顾轻衍知道他想什么，转过身继续向前走，迈进顾家的大门，走在古朴的宅院里，踏着光滑的青玉石砖，感受着偌大的宅院。住了数百人，却安静得如没住人一般，各处都亮着灯，偶尔有小厮婢女遇到他，连声都不出地规规矩矩行礼，等着他走过，再去忙别的事情。

这就是顾家，天刚黑，便不见丝毫热闹人气了。哪怕是白天，也不怎么喧闹，他更是从来没见过姐妹们在府中踢毽子打闹玩耍。不是躲在房里绣花，就是由师傅们教授琴棋书画课业，年岁大一点儿出了学的，到了说亲的年纪，由长辈带着出去参加京中夫人们的宴会走动。

京中内外各大府邸都争相想求娶顾家的女儿，顾家的女儿与顾家子弟一样人人称颂。

人人提到顾家，都带着艳羡。

以前，他从没觉得有哪里不好，如今，在安家老宅生活了一日，他终究体会了几分。

至亲也至疏。

第七章　不行

顾家老爷子最近不将顾轻衍叫去书房，反而喜欢溜达去他的院子里等他。

顾轻衍回到落雪轩后，毫无意外地看到了等候的顾老爷子，他笑问："爷爷今日又想问什么？"

顾老爷子捋着胡须看着他："你去了安家老宅一整日，可见与那小丫头相处得极好！"

顾轻衍笑着点头："是不错。"

顾老爷子很是好奇："怎么个不错法，说说？"

顾轻衍低眉寻思片刻，含笑温声说："处处都融洽得很。"

顾老爷子讶异，片刻后笑了："这么说，这桩婚事儿没异议了？若是这样，我是否该亲自去一趟南阳，或者将老王爷直接请进京来，商议六礼之事？"

顾轻衍摇头："恐怕为时过早。"

"怎么？"顾老爷子看着他，板起脸，"男大当婚女大当嫁，你倒是不着急。"

顾轻衍再摇头："确实是不急，只不过不是爷爷以为的不急。"

"那是什么？你倒是说明白些。"顾老爷子不解，"难道你是有什么打算？还是那小丫头不想早些嫁进府？"

顾轻衍揉揉眉心："爷爷可知道陛下问起这桩婚事儿是否满意时，她是怎么对陛下说的？"

"嗯？那小丫头说了什么？"

顾轻衍将从张公公那里得来的消息也不隐瞒，对顾老爷子压低声音说了。

顾老爷子听罢，脸色一阵变化，长久没说话。

顾轻衍站在一旁，不再出声。

过了许久，顾老爷子方才开口，声音颇有些沉重："小丫头有这个想法，说明她是个有想法的人。安家养她一场，没因为自己是女儿家就对安家不管不顾，可见是个有良知的好孩子。"

顾轻衍不语。

"陛下怎么说？"顾老爷子又问。

"陛下说此事容后再议，只今早派人来传了口信，她在京期间，让我多陪陪。"顾轻衍笑笑，"爷爷以为陛下是什么意思？"

顾老爷子哼了一声，能是什么意思？他也算了解陛下，陛下自然是打着让他们两个自己解决的主意，这个解决，自然是哪一方退一步。安华锦退，就是撇开安家传承嫁入顾家；顾轻衍退，就是撇开顾家入赘安家。无论是哪一种，都是陛下乐见的。

陛下最不乐见的，就是这桩婚事儿不成！

顾老爷子自然不可能让顾轻衍入赘，他是顾家最出类拔萃的子孙，是顾家的门楣。但安华锦的一片孝心和对安家门楣的承担，也不能不顾及。

他觉得无论是委屈顾家还是安家，都不妥当。深思片刻，冒出了一个想法，看着顾轻衍，斟酌地问："你自然不能入赘，但若是换做你的其他兄弟，倒可以考虑一二。你说呢？"

顾轻衍一愣，断然拒绝："不行。"

顾老爷子看着他："怎么不行？左右是安家和顾家结亲。都是顾家人。你六哥、八弟和九弟都与你年岁相差不多，那小丫头今年十六吧？你六哥比她大四岁，你八弟比她大一岁，你九弟与她同岁。你六哥因昔日的婚约出了纰漏，解除了，正好还没再订下，他又是二房嫡子，与小丫头身份倒也配得上。你二婶娘早已亡故，你二叔为了顾家，未必反对。另外你八弟虽是三房庶出，但养在嫡母名下，虽身份差些，但人聪明好学，你三叔与你三婶娘应该也不会有异议。你九弟虽是四房嫡出，但他自小酷爱舞刀弄剑，总想着去从军，若是与安家结亲，能让他去军营，他估计不在乎是否入赘，想必也会乐意……"

"爷爷！"顾轻衍终于受不了地打断他，面色带了丝恼怒，"您谁也别想，我不同意。"

顾老爷子鲜少见顾轻衍动怒。从小到大，除了当年他在宫中答应与安家订下婚约回府与他说了之后，他好生地甩了一个月脸子没跟他说话外，这些年再没见他为什么事儿动怒过。如今他只不过说了折中之法，他便显而易见地恼了？

他看着顾轻衍："你不同意？那你是什么想法？别告诉我你要入赘安家。"他虽也觉得安家一门为国尽忠令人敬佩，如今安家只一个小姑娘让人欷歔，但若是赔进去他最出众的孙子入赘安家，他是无论如何都不会同意的。

顾轻衍深吸一口气："目前我还没有什么好的法子，她在陛下面前这么说，也未必是真的非要招婿入赘。对于门楣传承，她未必会看得死，不过是为了让陛下为难，拖延婚事儿罢了。"

顾老爷子皱眉："为何拖延？"

顾轻衍抿唇："三年前，我得罪过她，且得罪得有些狠，她不想嫁我。"

顾老爷子闻言反而松了一口气，也不问顾轻衍如何得罪的细节，既然他三年都不对他说，必是不想说的事儿。他素来对他的教导与对别人不同，十分宽和宽容："这么说，也不算是死咬着入赘之事不松口了？但陛下春秋鼎盛，你们不能一直拖着，这般拖延下去，也不是法子。"

顾轻衍不语。

"你是真想娶她？"顾老爷子鲜少见顾轻衍有什么执着的事儿，没想到这婚事儿当年初定下时他不同意，如今倒是执着上了。

"嗯。"顾轻衍肯定地点头，"总会有法子的，爷爷不必操心了，陛下若是喊您进宫，陛下不说，您就当不知此事。"

顾老爷子颔首，既然他非要娶，又不想要什么折中的替陛下分忧的法子。那他只能暂时装糊涂了。哎……看来短时间，他抱不上重孙子了。

顾老爷子转身走了几步，见顾轻衍还站在原地，他又回头问："小七，我问你，你当初不同意这桩婚事儿，如今怎么就同意了？那小丫头如今哪里合你心意了？"

顾轻衍露出笑意，伴着清风，他心底情绪微微荡起波澜："哪里都合心意。"

得！顾老爷子也不再问了。

皇帝听闻顾轻衍在安家老宅待了整整一日，心情很好，晚上去了皇后宫里，直至吃完晚膳歇下面上都一直挂着笑。

皇后心中猜测出了几分，但还是笑着问："陛下今日有什么喜事儿？与臣妾说说。"

皇帝笑道："喜事儿倒是没有，只不过是朕没想到小安儿与顾轻衍相处得这般融洽，这两个孩子啊，也许还真是有缘。这般缘分，你说是不是一切的难题都不是难题了？"

皇后笑着点头："陛下说得是。"

皇帝伸手拍拍皇后，收了几分高兴，有几分老夫老妻推心置腹地说："朕知道安家不易，朕对不住安家。这些年，你失了兄弟侄儿，心中很是难受，也希望如小安儿所说，招婿入赘，传承门楣，但是，你是朕的皇后，大楚国母，别人不理解朕，你该理解。这大楚江山啊，不能毁在朕手里，朕得想着如何巩固这江山。若安家和顾家不联姻，朕这心里真怕不得安稳啊，所以，朕还是希望小安儿退一步。"

皇后垂下眼睑，柔声说："臣妾自从入宫后，就是陛下的人了。自然是想陛下所想，为陛下所为，为陛下分忧解难，才对得起自己的身份。父亲当年在臣妾入宫时，也是这般嘱咐臣妾的。陛下的苦，臣妾都明白。"

"朕就知道你对朕好。"皇帝握住皇后的手，继续推心置腹，"让顾轻衍入赘，朕实在对顾老爷子说不出口。顾家立世数百年，从未有子孙入赘别家过。若是朕硬逼迫，实在是有失人心，不过朕也不是不顾及安家。所以，昨日想出个法子，让他们两个多相处些时日。这世间年轻男女，一旦互相看中了，总有一人退一步。无论是小安儿，还是顾轻衍，那就不是朕的错了。"

皇后点点头："除了这个，就没有别的好法子了吗？"

皇帝摇头："朕暂时没想出来，你若是有什么法子，可与朕说说。"

皇后寻思片刻，倒是有了一个法子，不过她不打算现在说，想着哪日再将安华锦叫进宫来问问的好。她若是同意，她再对陛下说也不迟，她只有这么一个侄女了，还是想着她这一生能如意顺遂，过自己愿意过的可心日子。

安家和顾家联姻是陛下一直看重的，自然不能换做别家，但若是顾家换个人呢？虽然身份不及顾轻衍长房嫡子嫡孙，也不及顾轻衍才学出众品貌兼备惊才绝艳，但顾家子弟都差不了，比外面的大多数世家子弟都强多了。换个人入赘的话，想必也不是不可行。

安华锦这一夜睡得很是踏实，不知是药管用了，还是见了顾轻衍由他陪了一日管用了。总之并没有惊梦。

第二日她神清气爽地练完剑，顾轻衍也早早进了门。

安华锦倚着门框瞅着他，少年公子，风姿毓秀，缓缓行来，如闲庭信步，怎么看都是一幅画。大早上这般瞧着他，当真会让人觉得赏心悦目，连带着心情都好得很。

顾轻衍进了院门，便看到了安华锦，小姑娘显然刚练完剑，柔若无骨地倚着门框，额头还挂着汗珠，容色红润，眉目似有荧荧之光。他瞧着，便忍不住未语先笑："看来昨夜睡得很好？"

"嗯，是很好。"安华锦点头，"所以很有力气，今日我们去大昭寺吧！据说大昭寺山峦起伏，山峰秀美，斋饭也很好吃。"

顾轻衍笑："今日不研磨剑谱了？"

"不着急，明日再研磨，左右时间多得很。"

"好。"顾轻衍笑着点头。

早膳依旧很丰盛，安华锦吃得心满意足，她以前不是个讲究的人，如今发现跟着顾轻衍讲究一下过得精致也没什么不好。

饭后，安华锦问顾轻衍："你坐车来的？"

"嗯。"顾轻衍点头。

安华锦撇嘴："出门坐车，怎么跟个大家闺秀一样？为何不骑马？"

顾轻衍低咳一声："免得麻烦。"

"骑马有什么麻烦？利落才对。"安华锦实在不太懂骑马哪里麻烦了，若是她说，坐车又慢又麻烦。

孙伯听了在一旁笑呵呵地说："小郡主有所不知，这老奴知道，七公子一旦骑马外出，便会遇到女子对他扔东西。不是绢帕就是簪花，有的女子甚至故意绊倒在七公子马前拦路。"

安华锦恍然，原来是这个麻烦啊，她大乐："真是最难消受美人恩。"

顾轻衍脸色微红："有你在身边，想必没人再敢对我扔东西拦路。"话落，他对孙伯说，"劳烦孙伯，帮我牵一匹马来，今日我与小郡主一起骑马出去。"

"好嘞。"孙伯立即去了。

安华锦围着顾轻衍转了两圈，煞有介事地说："没错，你如今还是我未婚夫，谁若是敢当着我的面对你勾三搭四，别怪我不客气。"

顾轻衍低笑。

孙伯很快牵来两匹马，一匹马是安华锦骑的，一匹马是给顾轻衍的，这两匹马都是红棕色，周身油光水滑，一看就是上等宝马。

安华锦翻身上马，交代孙伯："今日晌午不必等我们回来吃饭了。"

孙伯笑呵呵点头："小郡主和七公子玩得开心些，大昭寺路途不近，若是天色太晚，天黑路滑，就不用赶回来了，住在大昭寺也可。"

安华锦转头问顾轻衍："住在大昭寺？"

顾轻衍微笑："大昭寺的一日三餐都有不同规制的素斋，住下也可以。"

安华锦最近两天对吃的很是上心，反正顾轻衍也因为她成了个闲人，闻言一锤定音："行，那今晚就住在大昭寺不回来了。"

顾轻衍点点头。

二人骑马出了安家老宅。

大清早，京城便开始了一天的热闹繁华。

安华锦和顾轻衍骑马走在街上，吸引了无数人的视线，安华锦虽然厉害，不能招惹的名声三年前已名扬天下，但因她三年前在京中待的时日尚短，所以，认识她的人其实没多少。

但认识顾轻衍的人，那就多了去了。大楚民风虽称不上开放，但对女子要求也不是太严格。除了少数顾忌身份的皇族女子与世家大族女子出行前呼后拥，以纱遮面外，其他的大多数女子当街走动没多少顾忌。人流稠密，沿街打马走动不起来，所以，安华锦与顾轻衍一路慢悠悠走着。认识顾七公子的人纷纷惊讶于他今日竟然骑马，已有几年不见顾七公子当街骑马了，更是惊讶于与他一起并肩骑行的少女，猜测她的身份。有许多女子红着脸搅着手帕避开，犹豫着想扔出去，但对安华锦有些顾忌，不知她是谁，竟然走在顾七公子身边，没敢贸然出手。安华锦余光扫见，有些好笑地想着美色惑人，她当年也无例外地中招了，不过她们大约都没见识过顾轻衍杀人不见血，一句话就要人命，所以，如今依旧前赴后继地垂涎其美色。

走了一段路，一直都很安静，无人靠前阻拦。就在安华锦以为这一条路一直都会安静到出城门时，忽然左侧楼上有人扔下一条手帕砸向顾轻衍。顾轻衍身子微微一僵，刚要伸手拂开，安华锦已先一步伸手，接过了那条手帕。手帕带着香味，很是好闻，是只有高门大户的女子才用得起的上好香料。

顾轻衍一怔，扭头看安华锦。

安华锦想着真有不怕死的，敢当着她的面勾搭顾轻衍，她勒住马缰绳，顺着手帕飘来的方向，望向这一处沿街的门面。只见这一处门面叫江水阁，很大很气派。门口两尊玉石狮子，威风凛凛，从外表看，装潢奢华，想必内里更有过之而无不及。

江水阁二楼的窗户开着，站着两名女子，穿着华贵。一人正探着身子，向外伸出一只手，微红着脸，瞅着下面，目光自然是落在顾轻衍身上。当看到手帕没被顾轻衍接住，而是被安华锦截了和，恼怒地瞪向安华锦。

安华锦视力很好，从她的脸上直接看出了"哪里来的不要脸的女人，竟然接她给顾七公子的帕子。她今日一定要她好看"。

安华锦挑眉，觉得分外有趣，也不着急出城，所以，不怕事儿大地对那女子道："你下来还是我上去？"

那女子一愣，更是着恼，怒道："你等着。"

意思是她这就下去！

当然，有顾七公子在下面，她自然要下去见顾七公子的。

跟她在一起的女子犹豫了一下，也尾随着走下楼。

安华锦抽空悠闲地问顾轻衍："你认识她们？"

"不认识！"

安华锦似笑非笑："我看不像不认识，从她们两个人的衣着首饰看的话，一看就是高门大户的女人。"她抖了抖手腕里的手帕，"这兰草香千金一盒，也不是什么普通人能用得起的，至少，她们二人的家室在京中是排得上号的。另外，商贾普通人家，不准许用祥云锦这样的贡品，这帕子的材质是祥云锦，说明她们不是出身商贾，定然是高门大户的闺中女儿家。能用祥云锦的身份，一定参加过宫宴，你说不认识，说不过去吧？"

顾轻衍："……"

他没想到仅凭一块帕子，一个照面，她就能看出这么多。

他对安华锦又有了新的认知，看来常年待在军营的安小郡主，也不是不懂女儿家用的东西，能够一语道出，显然懂得还不少。

他轻咳一声："就算参加过宫宴，看起来模样都差不多，除了自家姐妹，我分辨不出来哪个是哪个。"

"哦？"安华锦失笑，"这么说，你三年后仍能认出我，我该觉得荣幸了？"

顾轻衍又低咳一声："京中女儿家大多一个模样，尤其是高门大户里的女儿家，穿戴都相差无几。我自小与你订有婚约，遇到别人，能避则避，不怎么常见，自然分不清。你与别人，自是不同。"

求生欲这么强，都不像弹指间让人灰飞烟灭的顾七公子了。

她就不信凭着顾轻衍的聪明，过目不忘，会识不清女人脸！

安华锦故意不让他糊弄过去，大有揪着不放故意找事儿的嫌疑，对他问："那三公主呢？你识得出她，又怎么说？别告诉我她是我姑母的女儿，你特意记着。"

顾轻衍："……"

他一时无言地瞅着安华锦，觉得他又看错了，明明昨日十分好说话的小姑娘，怎么今日就故意找他茬呢！

他半天没说话。

安华锦用马缰绳敲了敲他肩膀，笑得不怀好意："你就算认识她们，我又不会说你什么，藏什么藏？是人家勾搭你，又不是你勾搭人家，我还能对你如何？傻不傻啊你？堂堂顾七公子，对我糊弄不过，丢面子了吧？"

顾轻衍："……"

他的确觉得有些没面子！

他掩唇咳嗽一声，觉得有必要挽救一下自己的好感度和形象，小声说："扔手帕的女子是善亲王府小郡主楚思妍，跟她在一起的人是礼国公府的小郡主江云彩。这江水阁是江云彩母亲的陪嫁。这么早二人在这里，想必是江云彩替母亲前来查账，楚思妍跟着来玩。她们二人是手帕交。"

"呵！"安华锦笑了一声，斜睨他，"顾七公子，你知道得可真是详细清楚。"

顾轻衍顿时闭了嘴。

安华锦甩着马缰绳，等着二人下来，都是郡主，怪不得不怕她。不过她连楚宸都揍过，更何况他的妹妹？她一会儿就揍得她回去找爷爷哭。

楚思妍和江云彩从楼上下来得很快，衣着华贵、环佩声声，听着很是悦耳。

安华锦坐在马上居高临下地看着二人，呵，长得还都不赖，可惜，脑子不怎么好使，敢当着她的面勾搭顾轻衍，真是没被人揍过。

"谁让你接我的帕子的？"楚思妍伸手指着安华锦，一脸怒气，质问，"我的帕子是给顾七公子的，瞎了你的狗眼，瞧清楚那帕子是你能接的吗？"

顾轻衍默默地拢着马缰绳后退了一步，故意让安华锦彻底挡住他。

江云彩看了一眼骑在马上的二人，看不清顾轻衍的脸，只能看到他骑着的高头大马和一角青色衣衫，几乎大半个人都被旁边的女子挡住，而那女子似笑非笑地看着她与楚思妍。目光看起来有点儿危险，她心中总觉得不太对，伸手拽了拽楚思妍衣袖。

楚思妍已经气疯了，哪管江云彩拦她，她今日好不容易遇到了顾七公子沿街骑马，这个女人竟然敢接她的帕子？她都看到顾七公子伸手要接了，偏偏被她先一步抢了，着实可恨！

"来人！将她给我拿下！"楚思妍用不着安华锦答她的话，她今日就将她绑回府里，好好教训她，让她认清楚自己是谁。敢抢她的东西，活得腻歪了。

小郡主出门自然是带有大批护卫的，所以，楚思妍喊出声后，十几个人蜂拥一下子上前，要抓安华锦。

楚思妍大声喊："不准伤了顾七公子！"

护卫们齐齐应是。

安华锦回头瞅了一眼顾轻衍，顾轻衍表情十分无辜地靠近她，两匹马已经挨紧了没一丝缝隙，态度很是讨好。她心里翻了个白眼，一抖手腕，缠在腕间的一条青碧色的缎带迅速向朝她涌来的护卫们打去。

缎带轻飘飘，似乎没一点儿重量，偏偏所过之处，护卫们齐齐感受到一股大力打中胸口，都受不住地翻倒在地。

不过须臾间，二十多人，全趴在了地上。

事情发生得太快，就连下命令的楚思妍都没怎么看清，不等她弄明白怎么回事儿，那条轻飘飘的缎带一个回旋，缠住了她的腰，绕住了她的脖子，将她整个人捆了起来。

她顿时吓得面色大变，尖叫了一声。

江云彩看得清楚，脸色也变了，但到底是手帕交的好友，她这时候没有作壁上观不管楚思妍。她连忙出手，抽出腰间的剑，劈手要斩断捆着楚思妍的缎带。

她出剑不慢，快速地斩到了缎带上，她本以为能斩断，可是剑落到缎带上后，如遇到了金石。"叮"的一声，她手腕一麻，手中的剑被一股大力弹了回来，震得她站不稳，连连后退了三步，一下子面色如纸。

安华锦神色轻松地动了动手腕，对江云彩有了两分兴趣地挑眉："再来？"

江云彩白着脸看着安华锦，对她的身份隐约有了一个猜测，顿时浑身冒了冷汗。

"云彩，杀了她！"楚思妍还看不清形势，恨恨地叫嚣。

江云彩咬着唇看着安静地待在安华锦身后的顾七公子，这时候，他依旧连脸都让人瞧不着，她压下心底不好的预感，开口的声音尽量不发颤："敢问……可是安小郡主？"

什么？她是安华锦？楚思妍整个身子也顿时僵了，人也蒙了，惊了，骇了。

她虽没见过安华锦，但安华锦的大名可是如雷贯耳地响彻天下三年，就是她揍得哥哥三个月卧床不起。

而……而且她是顾七公子的未婚妻！

安华锦漫不经心地点头："没错，我是安华锦。"

江云彩听到她承认，拿着剑的手瞬间握不住剑，任凭手里的剑"咣当"一声掉在了地上，就她这么点儿功夫，怎么再拿到安华锦面前班门弄斧？

不说功夫比不了，就是身份，同是郡主，礼国公府虽然位列三公，但比起执掌百万兵马大权在握的南阳王府，它空担了个国公头衔且不受重用日渐没落，自然也是没法比。

而善亲王府，虽是亲王府，但有小王爷楚宸被揍后无可奈何只能认了的前车之鉴，一个小郡主更是不会让安华锦皱一下眉。

江云彩觉得今日这事儿惹大了，听说安华锦进京了，但谁能想到她与顾七公子相处得这般好？竟然都能够拉着顾七公子一起沿街骑马了。不只是楚思妍那个炮仗脑袋想不到，她也没想到。

不过她能接手母亲嫁妆铺子打理两年没出差错，显然是个聪明的人，她很快就收整心思上前一步，对着马背上的安华锦深深福了一礼："我二人不识安小郡主，方才冲撞了，惹出了这么大的误会。请小郡主大人不记小人过，云彩在这里给小郡主赔罪了。"

她说完，楚思妍还呆呆怔怔的，也不挣扎了，也不叫骂了，呆若木鸡。

安华锦笑看着江云彩，识时务者为俊杰，显然这女人懂得很。同是郡主，能矮下身份道歉，很是活得明白。她挑眉："礼国公府的小郡主？"

"正……是！"

"三年前，我欠了你兄长江云弈一个人情。今日就卖给他一个面子，你走吧！"安华锦懒洋洋地摆手。

江云彩一愣，显然不知道有这一茬，未曾听兄长说起，不过她既然能网开一面，最好不过，她心下一松，看向楚思妍，小声开口："思妍她……"

她实在不好开口求安华锦放过楚思妍，毕竟刚刚楚思妍冲下来骂的话很难听，且还嚣张地吩咐人动了手，虽没讨得好处反被制住，但到底是她先挑起的。

但她与楚思妍是手帕交，怎么也不能甩开她自己跟没事儿人一样地走掉。那样的话，实在不义。

"我欠你兄长的一个人情，可不够买一送一，捎带她一个的。"安华锦毫不客气，"不过，你可以帮她去善亲王府报个信，就说她得罪了我，在我手里，让善亲王府的人来给她收尸。"

收尸？

江云彩惊骇地看着安华锦，一时间失了言语。

楚思妍此时也惊醒，惊恐地大喊："顾七公子救我！"

顾轻衍十分安静，一声不吭，当自己不存在。

楚思妍一连喊了几声，都没听到顾轻衍回答，她一下子更慌了，虚张声势地看着安华锦，眼里都是恐惧："安……安华锦……你敢杀我，我爷爷一定不会放过你的……我哥哥也不会……"

"我与善亲王府的仇结了多少年了？不怕再加上这一桩。"安华锦哼笑，用缎带故意在楚思妍脖子上磨了又磨，渐渐勒紧，语气漫不经心却杀机毕现，"敢当着我的面勾引我未婚夫，你胆子够大啊，不如去阎王爷那里洗洗脑子重新投胎？"

楚思妍渐渐上不来气，脸色涨得发紫，不知是吓的，还是被勒的，愈来愈惊恐，眼皮一翻，晕死了过去。

"思妍！"

"小郡主！"

江云彩和善亲王府的护卫们顿时吓得魂儿都没了，齐齐出声，涌上前。

安华锦撤回缎带，端坐在马上，警告："告诉善亲王，看好他孙女，以后让她见了我和顾轻衍都绕道走，若是让我再遇到她勾引我未婚夫，我就杀了她扒光了挂在城门上。"

这时，江云彩和善亲王府的护卫们也知道楚思妍只不过是吓得昏死过去了，安华锦没真想下杀手，齐齐松了一口气，没人敢出声。

"听清楚了吗？"安华锦目光一扫，"你们耳朵若是聋，我帮你们洗洗？"

"听，听见了。"护卫们众口一词齐齐出声，不敢得罪安华锦。

安华锦扔了手中的帕子，准确无误地扔在躺在地上的楚思妍的脸上，嫌弃脏物一般地搓了搓手，转头对顾轻衍说："走了。"

顾轻衍点点头，打马上前了一步。

众人这时才看到顾轻衍的脸，他一脸的平静温和，莫名地让人觉得他此时看起来很乖很听话，仿佛刚刚的小插曲，跟他一丁点儿关系都没有。

眼看着二人骑马远去，顾七公子的背影依旧风华绝代，可是江云彩再也生不出半丝旖旎的心思，默默地在心中记下，以后见了安华锦和顾轻衍，她也跟着楚思妍一起绕道走。

街道上大清早就出现了这么热闹的大事儿，目睹者众，人人倒吸了一口凉气的同时，纷纷交头接耳，原来那小姑娘是安小郡主。

安小郡主三年后又进京了！

安小郡主厉害的名声果然童叟无欺，连马都没下，就将善亲王府一众护卫打了个落花流水，且打晕了善亲王府的小郡主。

上回是小王爷，这回是小郡主，且都是善亲王府家的。这善亲王府的人大约是生来就与安小郡主八字相克。

在闹哄哄的人声里，江云彩也顾不得面子里子，带着人连忙将楚思妍送回了善亲王府。

善亲王自从昨日被楚宸的一席话吓了个心惊肉跳心胆俱颤后，就开始脑瓜仁疼。疼了一晚上，今天早上依旧卧床没起，其实也不是多严重，但他就是不想起来，更不想见楚宸，楚宸来给他请安，被他让人撵了出去。

于是，当楚思妍被安华锦打晕了的消息传进善亲王府，报进荣禧堂时，善亲王晕乎乎地愣了好一会儿神，才不敢置信地说："谁？安华锦打了谁？"

"是小郡主。"管家一脸的心惊，"不只小郡主，还有府中的护卫，都受伤了。"

善亲王听清楚了，腾地坐了起来："打成什么样了？"

"刚刚抬回来，昏迷不醒。奴才已经吩咐人去请太医了。"管家白着脸说，"目前说不好，得让太医看看。"

善亲王躺不住了，匆匆下了床，虽然楚宸是唯一的孙子辈男丁他的心肝，但楚思妍这个孙女他也挺宝贝。虽比楚宸差点儿，但他也是疼的。

他是见识过楚宸当年被安华锦揍成什么模样的，如今吓得够呛，恨不得插翅飞过去瞧瞧。

"老王爷，您慢点儿，仔细脚下。"管家连忙在后面追。

善亲王一边走一边急声怒问："怎么回事儿？她怎么就跟安华锦遇到了？安华锦那小丫头呢？她们因为什么发生了争执？她怎么就惹上安华锦了？"

管家也不知道，直摇头："老奴还没来得及问，礼国公府的小郡主跟着护卫们送咱们小郡主回来的，她看着好好的，想必知道怎么回事儿。"

善亲王点点头。

不多时，来到楚思妍的院子，院中已聚了一堆人，除了跪了满院请罪的一众护卫外，还有丫鬟婆子，以及一众闻风而来的女眷，里面传出女人的哭声。

善亲王冲进门后，众人连忙起来见礼。

善亲王奔到了床前，伸手去探楚思妍的鼻息，还好，还有气，然后又看她小脸，惨白惨白的，脖子上一道瘀青，对应着她惨白的脸很是醒目。

善亲王撤回手："太医怎么还没来？再派人去催！赶紧的。"

管家应是，连忙又派出了人去。

"老王爷，您一定要给妍姐儿做主啊！安华锦太可恶了，三年前她打了宸哥儿，如今又打了妍姐儿，妍姐儿万一有个好歹，您让儿媳怎么活啊。"一位美貌妇人哭得上气不接下气，一边伤心地哭一边气愤地说。

善亲王心中也来气,但毕竟有一回经验了,知道楚思妍没被打死,也宽了些心,扫了一圈众人,压着怒意问:"宸儿呢?哪里去了?"

"小王爷清早出去了,已经让人去传信了。"管家连忙道。

善亲王点点头,目光落在脸色同样发白心有余悸的江云彩身上,尽力用缓和的语气说:"江家丫头,你来说,怎么回事儿?"

江云彩此时已定下了些魂儿,这一路来已想好了若是善亲王府的人问她,她就实话实说,虽然丢人,但有目共睹的事儿,也不能张口胡诌。

于是,她将楚思妍得罪安华锦的经过事无巨细地说了一遍。

众人听完,表情各异,一时间那位夫人的哭声都小了。

善亲王本来一腔怒火,如今散了一半,他又气又怒地说:"你们连安家那小丫头都没认出来吗?"

在安华锦面前对顾轻衍扔手帕,且还骂人让护卫一起上要抓人绑人,这可真是赶着找揍了!

哪怕善亲王多年来一直脸皮厚不怎么讲理,但此时也觉得如同被人在嘴里塞了一块石头,吞不下去,吐不出来。

这块石头就是安华锦!

若是旁的人,凭着善亲王府的门楣,欺负了就欺负了,可安华锦就是一块硬石头,跑到面前去欺负她?找死嘛!

"我们真没认出来,不曾见过安小郡主。"江云彩心里也在流泪,小声说,"三年前安小郡主进京,我正在江南外祖家,而思妍染了风寒在府中养病,错过了没见着。"

善亲王还没老糊涂,仔细想想,好像还真是。

他一时怒也不是气也不是:"你们,哎,真是……这让我怎么给你们做主?"

"老王爷,就算妍姐儿做得不妥当,但安华锦也不该下这么重的手啊。"美貌夫人又哭起来,"儿媳这一双孩子,他们父亲没得早,但也不能就这么让安华锦欺负啊。"

老王爷一时无言。

楚宸回来的路上就知道了事情始末,他几乎与太医一起迈进门槛,正巧听了他娘这话,不认同地接过话:"娘,我和妹妹是没了爹,但至少还有娘。小安儿是没爹没娘没兄弟姐妹。比起来,她才更苦吧?若不是她比较厉害,今日指不定被妹妹和她的护卫们揍成什么样呢,您偏心自家人,可也不能不讲理!"

楚宸胳膊肘往外拐的一席话,说得有理有据义正词严,一时间,满室无声。

不仅噎住了他娘，也噎住了善亲王。

江云彩悄悄地看了楚宸一眼，心下不得不承认小王爷说得对极了，若安华锦没本事，以楚思妍的脾气，今日遇到了，她能将她绑起来吊打三天。

"太医请！"楚宸见镇住了场子，她娘不哭闹了，他爷爷没话了，他来到床前瞅了一眼楚思妍，侧过身让太医上前。

太医连忙放下药箱，给楚思妍把脉看诊，片刻后，躬身道："老王爷放心，夫人放心，小王爷放心，小郡主并无大碍。只不过是惊吓过度，晕过去了，用不了多久就会醒来，老夫开一服压惊的药给小郡主，连着吃两日，就好了。"

美貌夫人擦了擦泪："真的没事吗？她脖子上的伤……"

太医笑着说："这脖子上就是稍微被勒了一下，下手的人力度不重。女儿家皮肤娇嫩，才看起来很是严重，其实连嗓子都没伤着，恐怕就是为了吓吓小郡主。"

美貌夫人还是不放心："你再给好好看看，千万别错诊。"

"娘！"楚宸瞪眼，"您看清楚，这位是太医院的陈太医，经他手看过的，哪里会错诊？您别糊涂了。"

"也是，对不住了陈太医，是我着急糊涂了。"美貌夫人经楚宸提醒，彻底松了一口气。

"夫人爱惜爱女，人之常情。"陈太医摇头，去给楚思妍开药方了。

楚宸亲自送陈太医出府门，又折回来，头疼地想着，他昨日刚对爷爷说要娶安华锦，今日他妹妹就被她打了，不，吓唬了。总之上个仇刚解了一半，如今又结仇了。

他心下叹着气，重新进了屋，对善亲王说："爷爷，您该管管妹妹了。您看看她，当街对顾轻衍扔帕子不说，仗着自己的身份，就对人喊打喊杀，最后自己吃了亏。依我看，这个亏吃得好，否则她这跋扈的性子，满京城都出名，谁敢娶？"

善亲王不太爱听，昨天的气还没消呢，他怒瞪着楚宸："你还说你妹妹不对，那你呢？三年前你又做了什么？"

楚宸觉得他一辈子都绕不开三年前被安华锦揍的事儿了，噎了噎："我这三年不是老实了吗？"

善亲王气怒："是被揍老实了？混账东西！丢人现眼！"

楚宸摸摸鼻子："妹妹也许经了教训，也跟我一样老实了，不是坏事儿。"

善亲王一时胸口疼。

"那就这么算了？"美貌夫人看着爷孙二人。

"娘，不这么算了，您想怎么着？今日这事儿，是在大街上发生的，无数人目睹。您难道还要带着人找上门去？或者让人评理？"楚宸无奈地看着他娘，"若是您要评理，别人可评不了，只能找陛下和皇后娘娘。但您觉得，能评出什么来吗？等您评出来了，妹妹这名声，还要不要了？难道您想闹大了让京城内外人人都笑话她？"

美貌夫人红着眼睛说："那也不能就这么算了啊。"

楚宸累心地说："我当年的事情谁也不知道怎么回事儿，虽然纷纷猜测，但我被揍了，只能说我技不如人。但如今，顾轻衍和安华锦订有婚约，过了陛下、皇后、安家和顾家一起的眼，这么多人都知道。虽未下六礼，但总归是名正言顺，妹妹对顾轻衍当街扔帕子不成反找茬被打，这都能排成一段戏文了。如今悄声歇了这事儿，凭着我们善亲王府，别人就算都知道也不敢说嘴明着嘲笑，但您若是真再找回去评理去，那可就是闹大笑话了。"

美貌夫人闻言虽不甘心，但也到底被说住了，住了口，这的确不是什么光彩事儿。善亲王也觉得这事儿就算他拉下老脸也没法去，安华锦只是吓唬了楚思妍而已，显然手下留情了，没下重手。若是他找去，难道要那小丫头来道歉？别做梦了。

不，不对，那小丫头片子为什么手下留情？

三年前她可没手下留情！

善亲王怀疑地看着楚宸，这样想就这样问了出来。

楚宸翻了个白眼，有气无力："爷爷，她手下留情难道不好吗？不管什么原因，总之是没往死里揍妹妹。您和我娘懂得知足就行了，可别惦记着去找麻烦了。否则孙子没法活了。"

"宸哥儿，你怎么就没法活了？"美貌夫人惊了。

楚宸看看左右，这么多人围着，江云彩也还没走，他总不能说他惦记着娶安华锦吧？他揉揉眉心，颇为无力："没什么，娘，您好好让人照看妹妹吧，我有爷爷管呢。"

美貌夫人立即闭了嘴。

善亲王自然明白楚宸的话什么意思，哼了又哼，站起身："我也懒得管你。"

楚宸咳嗽一声，还是麻溜地跟了上去，他总得磨着先过了爷爷这关，他同意，他才好没阻碍地谋划。

来到院中，善亲王扫了一眼跪着的护卫们："一群废物，都滚起来吧。"

护卫们本来以为今天免不了一顿责罚，无论如何，他们护主不力是事实，没想到老王爷丢下一句话就走了，提着的心齐齐一松。

江云彩这时忽然想起安华锦让她转告的话，她犹豫了一下，连忙追了出去。

善亲王来时急匆匆，回去时走得并不快，楚宸亦步亦趋跟在他身后。

江云彩很快就追上了二人，连忙将安华锦撂下的话说了。

善亲王脸色又难看起来，但没立马说什么，而是对江云彩和蔼地说："你这小丫头今日仗义出手，妍姐儿没白交你这个手帕交，不过你们大了，性子得改改。以前我就不说你们了，只要不胡闹出个大祸来，京城由着你们随便晃。但如今来了个厉害的小丫头，你们惹不得，以后就躲远点儿，别再招惹她了。"

"是！"江云彩点头。

"还有那顾轻衍，一声不吭，拦也不拦，以后也别招惹他了。"善亲王想说几句难听的话，但毕竟在小辈面前，还是个小姑娘，只能吞了回去。

"是！"江云彩这回重重地点了点头。

善亲王摆摆手，江云彩折回去等着楚思妍醒来，打算好好劝慰她一番再走。

第八章　不准

善亲王本来没多少气了，但安华锦撂下的话一时间又将他气了个人仰马翻。

他哆嗦着指着楚宸："你听听，她说的这是什么话？小小年纪，心思怎么这么恶毒！"

什么叫做再遇到勾引她未婚夫，就杀了扒光了挂在城门上？

楚宸无奈："爷爷，撂狠话而已，若不是来狠话吓唬妹妹，以她的性子，吃了这么大的亏，还不想着法子报复回去？只有把她给吓唬住了，才管用，她才真的不敢去招惹了。"

善亲王依旧气得不行："一个小姑娘家家的，亏她说得出口。我看她根本就不是吓唬，如若你妹妹再惹她，她就真的能做得出来。"

楚宸想了想，也拿不准安华锦的性子，这小丫头他还了解得不深："爷爷，那就管教好妹妹，让她只这一回就知道什么是厉害，别去惹人了。她上赶着惹，谁也救不了她。"

善亲王冷哼一声："安家有百万兵马，才让她这般嚣张，压死个人。等哪天百万兵马被陛下收回了，我看她还能怎么嚣张。"

楚宸眨巴眨巴眼睛，知道他爷爷心里不痛快，但他还是要说："安家的百万兵马，陛下收不回。若百万兵马脱离南阳王府之手，就算是陛下，也怕是掌控不了，若是能收回，早就收回了。"

百万兵马虽然是朝廷的兵马，但一直以来，都是南阳王府世代镇守。军中的士兵，认的也是南阳王府的人。每一代南阳王府的子孙，早早都待在军中同吃同住，自小在军营里和士兵们培养着深厚的感情，无坚不摧。哪怕安华锦是个女儿家，自小也一样被带去了军营。

南阳王府数代以来，只当今的皇后娘娘例外，那是因为皇后娘娘是个早产儿，自小体弱，才养在南阳王府中。安华锦生下来就健康得很，自然不会一样例外。

一旦到了南阳王府兵权被收回那一日，怕是天下就该乱了。

善亲王半晌没说话，也再说不出什么来了。

楚宸觉得这时候不太适合跟他爷爷再提娶安华锦的事儿，乖乖闭了嘴，一路送善亲王回了院子，半句没再说。

倒是善亲王说了一句："那小丫头显然喜欢顾轻衍，否则不至于连块帕子都容不下。我看你死了这条心吧。"

"爷爷，她那个人，未必多喜欢顾轻衍，只不过顾轻衍是她未婚夫，她该顾着面子，让人欺负到眼前，不能视而不见不理会吧？"楚宸试图找着理由，"再说，您觉得她和顾轻衍真合适吗？"

善亲王看着楚宸，合适什么？天下就没有几个人会觉得他们两个合适："那你跟她就合适？"

"合适啊。"楚宸挺了挺胸脯，"我和她脾气相投。"

善亲王见他真有铁了心的架势，受不了地说："你别指着我给你出头，你若是真能让他们两个取消婚约，让那小丫头乐意嫁进来，陛下和南阳王老东西那里也同意，那算你本事。"

楚宸眼睛一亮："您不出头没关系，但您别反对阻碍拖我后腿就行。能不能娶回来，我总要试试。"

"行吧，你滚吧。"善亲王没眼看他晶晶亮的眼睛，又头疼地挥手赶人。

他实在不明白了，满京城多少女儿家，他孙子怎么就看上安华锦了？难道被揍一回，真的揍坏了脑子？魂都跟着她去了？

他有些后悔，早知道，早就该给他相看亲事儿。在安华锦没来京，他没再次见到的这三年里，解决了他的终身大事，没准早就有看上的了呢。

如今，说什么都晚了。

楚思妍喝了药很快就醒来了，醒来后，见到她娘和江云彩，顿时抱着她娘哭了起来，一边哭一边骂安华锦，又恐惧、又害怕、又愤恨、又想撕了安华锦。

江云彩在一旁劝了好一阵，总也劝不好，她嚷嚷着要让老王爷去带府兵围了安华锦杀了她，虽然怕，但闹腾得更厉害了。江云彩无奈地将楚宸说的一番话对她说了一遍。

楚思妍听完不敢置信："你说我哥哥，让我这么算了？祖父也同意？娘您也同意？"

江云彩又将安华锦放过她前撂下的话对她说了一遍。

楚思妍惊恐地抱住肩膀："安华锦不是人，是个魔鬼。"

江云彩见她真的吓住了，心底松了一口气："咱们以后别去惹他们了，依我看，安小郡主不像是开玩笑。她那样的人，据说自小就待在军营里，说一是一，说二是二。"

楚思妍一把又抱住她娘："娘,我再也不喜欢顾轻衍了!呜呜呜……"

"不喜欢顾轻衍好,他看着金玉其内,实则指不定怎么败絮其中呢!见死不救,无论长得多好,也不是个好人,这天下人人都被他的表象蒙骗了。"美貌夫人连顾轻衍一起恨上了,这时早忘了她曾经跟一众夫人坐在一起是怎么夸顾轻衍的了。

"呜呜呜,娘,我不准您这么骂他,他即便见死不救,人也是很好的。一定是安华锦太泼辣厉害了,他也不敢惹。"

美貌夫人:"……"

罢了,女儿不让骂,她就不骂了,还是只骂安华锦吧!

江云彩又劝了两句,见楚思妍情绪渐渐稳定下来,不管她是怎么不甘心,但至少暂时不敢去找安华锦麻烦就好,她也累了,起身告辞,说改日再来看楚思妍。

楚思妍白着脸握着她的手,红肿着眼睛说:"好姐姐,今日谢谢你没有不管我。"

江云彩拍拍她的手:"我哪能不管你,我们交情好,自然要相互照顾,你好好养着,别多想了。"

楚思妍点点头,她也不敢多想了,一想起来就害怕,估计以后要天天做噩梦了。

江云彩出了善亲王府,还没到家,路上便被宫里急匆匆出来的小太监给截住了,说皇后娘娘有请,她立马提了心,不敢耽搁,赶紧进了宫。

这事儿是近来京城里出的最轰动的大事儿了,连衙门里都没有什么惊天动地的大案子,只短短时间,京城里便传了个沸沸扬扬。

宫里的陛下、皇后、妃嫔、皇子公主们自然也都知道了。

皇后刚听说的时候,吓了一跳,派人了解了个大概,但不详细,她想找安华锦,安华锦和顾轻衍据说出城去了大昭寺,她一时找不到人,又不好派人去善亲王府问,只能让人喊了江云彩进宫。

经过三年前楚宸被揍,她也有了经验,想着先了解清楚具体是怎么回事儿,再看看怎么应对善亲王的闹腾善后。

毕竟,她没想过以善亲王的脾气,会息事宁人。

江云彩在皇后面前自然更不敢隐瞒,这事儿也瞒不住,于是,说了个详细。

皇后听罢松了一口气,安华锦没把楚思妍打得跟三年前的楚宸一样,三个月下不来床就行,这事儿安华锦占理,也不算惹了什么大祸,善亲王找来,她也理直气壮有话说。

她探寻地问江云彩:"你刚从善亲王府出来,里面的人是个什么意思,可知道?"

江云彩犹豫了一下，还是如实将她所听所见知道的都说了。

皇后听罢后笑了："小王爷深明大义，说得对。"

江云彩附和："臣女也觉得小王爷说的对。"

"好孩子，辛苦你了。"皇后踏实下来心送客，"贺嬷嬷，有赏。"

江云彩立马站起身推辞："臣女也没做什么，当不得娘娘赏。"

"你进宫走这一趟，就是辛苦，该赏。"皇后慈和地笑着拍拍她的手，"本宫也不知小安儿何时欠了你哥哥一个人情，既然她说有，那就是有。小安儿这孩子做什么事情不会没有分寸的，你们以后……"

江云彩的脸白了白，不，没有以后。

皇后也想起来安华锦最后撂下的狠话，适时地打住，笑着说："去吧！"

江云彩松了一口气，接了赏，由小太监引领着送出了宫。

皇后在江云彩走后深深地叹了一口气。

"娘娘，这事儿不怨小郡主，既然善亲王府息事宁人，最好不过，您就不必忧心了。您叹什么气啊？"贺嬷嬷不解。

皇后道："我不是为了这件事儿，是想着小安儿显然也是喜欢顾七公子的，否则也不至于今日与楚思妍闹这一场，又撂下那般警告的话。既喜欢，她又不能嫁，这可真是……"

贺嬷嬷没想到皇后在愁这个，想了想，低声说："娘娘，小郡主本来在陛下面前也没说不中意顾七公子这个人。她计较的是招婿入赘的事儿。"

"就是因为这个事儿，我才愁。"皇后也压低声音，"昨日陛下来，与我私下里说了好些话，陛下的心思，是想着他们两个人日渐情分深重后哪个退一步。我想的却是，能不能换个法子。"

"娘娘，您有什么好法子？"贺嬷嬷猜测着，实在猜不出来。

皇后用更低的声音说："安家只小安儿一人，顾家却多的是子孙，顾轻衍不能入赘，不如就换一个。左右顾家子弟都不错，与小安儿年岁相当的，似乎就有三个。除了顾轻衍，想必顾老爷子都不会反对。"

贺嬷嬷一惊："这……也是个办法，但陛下同意吗？"

"陛下只要安顾联姻，不拘泥哪个。本宫是想问问小安儿的意思。"皇后揉揉眉心，"俗话说，后来的不如先到的，这顾轻衍既是一等一的，且还是先来的。只怕小安儿见过了他，且看中了意，顾家其余子弟再好，她也看不上了。"

贺嬷嬷恍然，原来皇后叹气的是这个。这还真是不好说。

她琢磨了片刻，出主意："您先等等，观望些时日，看看小郡主和七公子相处的情况再说。"

"嗯。"皇后点头，"本宫也不急，这天下谁急能急得过陛下？今日这桩事儿一出，怕是陛下更高兴了。"

贺嬷嬷点点头，陛下的确会高兴，陛下就是盼着那二人日渐情深意重分不开。

安华锦自然不知道她的皇后姑姑有这个打算，也更不知道顾老爷子有这个想法竟然比她的姑母还靠先。她收拾了楚思妍后，便与顾轻衍骑马出了城，将城内的风风雨雨转眼就忘到了天边，一个楚思妍，实在不值得她记住。

顾轻衍却在心里记挂了一件事儿，在出城后不久，忍了忍，没忍住，对安华锦问："你三年前怎么欠了江云弈一个人情？"

"三年前我第一次进宫，迷了路，怎么也转悠不出来，恰巧遇到了他，他给我指了路，我才找到了姑母的凤栖宫。"安华锦想起在皇宫里乱转悠那半个时辰就牙根疼，她前后遇到了两个人，一个是楚砚，对于她的求助理都没理就走了，一个是江云弈帮了她，这个人情她自然记着。

"只是指了路？"顾轻衍偏头看她，"皇宫虽大，不至于一个宫女太监也见不着，你到底迷路迷去了哪里？"

安华锦气愤地说："怎么没遇到？我初进宫时，是有人引路的，但是半途中那小太监被人着急火燎地叫走了，临时抓了另一个小太监给我引路，另一个小太监又半路尿急，去找茅房去了，我等也不出来，只能自己走了，谁知道，走着走着，就走去了冷宫的地界，后来先后遇到了……"

她说着，忽然顿住，"哈"了一声："我懂了。"

"嗯？"顾轻衍不知道她懂了什么，探寻地问。

安华锦磨了磨牙，觉得忽然牙疼得很，对顾轻衍问："咱们两个如今，算是拴在一条绳上的蚂蚱吧？"

"嗯，虽然话说出来不中听些，但的确也可以这么算。"顾轻衍点头。

安华锦打马凑近他，距离他近些，交头接耳地说："我知道了你的不少秘密，我也跟你说一个秘密。在冷宫的地界，当年，我先后遇到了我七表兄和礼国公府大公子江云弈，我七表兄对于我的问路理都没理就走了，后面不多时我遇到江云弈，他将我领出了冷宫，又给我指了去凤栖宫的路。我当年只顾着对我七表兄来气记仇了，没想那么多。"

顾轻衍何等聪明,立时就懂了:"这就可以解释七皇子为何头一次见到亲表妹,且在知晓你的身份后理都没理你,当没看见你,抬脚就走了。他是为了掩饰和江云弈在冷宫悄悄会面。"

"嗯。"安华锦想得有点儿歪地说,"冷宫荒凉,人迹少至,是个约会的好地方。"

顾轻衍手一抖,差点儿跌落马下,顿时咳嗽不已。

"难道我说错了?"安华锦瞧他咳嗽个不停,好心地隔着马伸手给他拍了拍背。

顾轻衍觉得点头也不是,摇头也不是,咳嗽了好一会儿,才无奈地说:"陛下子嗣众多,皇子们都成年了,还未立太子。七皇子上有六个皇兄,一个都健康得很,活蹦乱跳。七皇子哪怕有安家这个外祖家,但安家势力在南阳,不在京城,他要这皇位,也不好得,只是我没想到,他将礼国公府的大公子早就拉住了。"

安华锦收了歪心思:"陛下子孙多,是我姑母这个做皇后的慈善,后宫这些年真是个个瓜熟,且都熟得好。江云弈那么早就被我七表兄拉下水,可见礼国公府真是没落得不行了,急需靠着新旧更替再起来。"

"江云彩与善亲王府楚思妍交好,江云弈暗中投了七皇子。礼国公府也是下得一手好棋。"顾轻衍笑了笑,"只是,人人都觉得七皇子既是皇后嫡子,又有才学,将来荣登大宝,十有八九。可是恐怕鲜少有人能猜出陛下的心思,他其实不属意七皇子。否则,早就立他为太子了。"

安华锦"哈"的一声,嘲笑:"可不是呗,陛下的心大着呢,既要山河稳固,又要安家离皇权远远的。偏偏当初他非要我姑母进宫为后,我七表兄也是有着安家一半的血脉。"

顾轻衍这些年时常被皇帝召见,以他的聪明,对皇帝了解个七八分。

在他看来,就是安家掌兵权太久了,一百五十年,是个什么概念?历经六代。太祖、太宗、高祖、高宗、文惠帝,到如今的承志帝。

三代以前,皇家新朝建立,巩固皇权,离不开安家,做不到飞鸟尽良弓藏也就罢了,三代以后,却也没个能力换个人掌管安家的兵权,便一代又一代地延续着。

世人称顾家是文曲星之家,称安家是武曲星之家,原也没评错。

安家这根钉子,在大楚来说,就兵权一道,扎得太深,根本无人能撼动。

皇家不怕世代累积底蕴深厚以文著称于世的顾家,却怕以武扎根撼不动的安家。

到了陛下这一代,尤甚。

所以，陛下登基后就开始筹谋，先将皇后娘娘娶进宫，生下嫡出皇子后，又等着机会。终于在八年前，玉雪岭一战安家父子三人都战死了沙场，老南阳王洒泪之下，进京辞兵权，陛下死活不应，拉了顾家联姻，稳了老南阳王的心……

所以，他那日才对安华锦说，陛下也不易。

"陛下中意哪位皇子？"安华锦从脑中过着当今的一众皇子。

她姑姑入宫后，五年无孕，所以，妃嫔们先后生了六位皇子。其中皇长子的母亲庄妃难产而死，陛下将之放在她姑姑宫里养到五岁，直到她姑姑有孕才移出去。这也是当年他兄长能和大皇子走得近，做伴读，交情深厚的原因之一。

大皇子私造兵器案发后，陛下雷霆震怒，当时据说就要杀了大皇子，还是皇后拼死求情，也有大臣们劝谏，陛下最终妥协，才没要了大皇子命，将他圈禁了起来，命人严查一干人等，毕竟这么大的案子，不是一人所为，定有同党。如今大皇子已被圈禁了三年，与朝局脱离了三年。

其他皇子倒都规规矩矩，没做出与大皇子一样轰动的事儿，除了七皇子文采斐然些外，似乎都差不多，看不出太聪明，但也没一个傻的。

顾轻衍摇头："暂时看不出来，陛下的心思深得很。"

安华锦懒得再想："但愿陛下别作着作着，在活着的时候就把江山作没了。"

顾轻衍左右看了一眼，官道上四下无人，他笑了笑。

不早立太子，不是什么好事儿，会让人以为人人都有希望。渐渐地，明争暗斗掐起来。皇帝自以为能掌控，可掌控着掌控着，便会发现其实自己老了。

大昭寺距离京城百里地，安华锦和顾轻衍不赶时间，一个时辰后溜溜达达到了大昭寺山脚下。

大昭寺山脚下很是热闹，不少摊贩搭着凉棚做生意。每逢初一十五，京城内外的人们都喜欢前往寺庙上香，今日正是十五，尤其热闹，不少马车都停在山脚下。

安华锦勒住马缰绳，问顾轻衍："先喝一碗水再上山？"

"好。"顾轻衍点头。

二人来到就近一处茶棚，茶棚不大，里面已坐了三四桌人。

安华锦和顾轻衍随意地找了一处没人的空桌落座，小伙计笑呵呵地端上来两碗茶。

安华锦是有些渴了，捧起来就喝，茶水刚要沾到嘴边，脸色蓦地一寒，放下茶盏，伸手也按住了顾轻衍要端起茶盏的手。

"怎么了？"顾轻衍见她神色不对。

安华锦小声地吐出六个字:"茶水里面有毒。"

顾轻衍一怔,低头去闻,他手中的茶水并无异样,他从袖中取出银针,也不见银针变色,他又端过安华锦的茶水试毒,银针果然已变色。

两碗水端来,安华锦的那一碗有毒。

顾轻衍面色微变,放下了茶水,平静的声音带着丝丝寒凉:"青墨,将茶棚里的所有人都拿下。"

"是,公子!"青墨应声而出,带着暗中跟随的护卫,顷刻间围住了这间茶棚,且动作利落地将开茶棚的一对老夫妻与一个小伙计用剑压住了脖子。

茶棚里的客人们骤然见此惊变,齐齐惊呼出声,人人都变了脸色。

众人早就瞧见了进来的一对长得如画一般的少年男女,猜测身份的同时又纷纷惊艳于二人的样貌,如今惊艳变成了惊吓。

顾轻衍吐出一个字:"审!"

青墨立即带着人审问起来。

两碗茶水,一碗有毒,在安华锦赶了百里路渴了的空当,临时起意来这里喝一碗茶水,毒茶便端在了她面前,她但凡鼻子不灵敏些嗅觉不管用些,喝了这茶水,可见后果。

尤其这茶水里的毒是最毒的"阎王死",只要喝下去,七孔流血,顿时而亡,阎王来了也救不了。若非顾轻衍的银针特别,寻常银针根本就试不出这样的毒。

安华锦眯着眼睛想,她刚踏入京城,谁这么想让她死?光天化日明目张胆的。而且,在她刚刚与善亲王府又结了仇这空当。

她刚大脑转着想了想,便见青墨押着的那三人身子齐齐地倒了下去,还没等他审,便已气绝而亡。

青墨的脸登时变了,连忙蹲下身去探这三人鼻息,又掰嘴去看,然后站起身白着脸请罪:"公子,这三人早先就服了毒。"

一个字没说,全都死了,这可是打着不管毒死毒不死安华锦,三条命都不能留活口的主意了。

顾轻衍的脸到此时才彻底地寒了,沉声吩咐:"你带着人,将这山脚下所有茶棚所有人都暂时封起来。有发现不对劲的人,立即拿下,再派人回京城报案,让刑部和大理寺都来人。"

有人谋害南阳王府的小郡主,且作案的三人提前服毒身亡,这样大的案子,自然不能只来京城府衙几个人。

"是！"青墨立即带着人依照顾轻衍的吩咐执行命令。

安华锦偏头看了顾轻衍一眼，出了这样的事儿，无论是以她的身份，还是以顾轻衍的身份，自然都有权力先掌控住这山脚下所有人。

第一时间的案发现场，不先掌控起来，耽搁的时间长了，挖地三尺要不好挖了。

顾轻衍派出的人快马回了京城，进刑部和大理寺报案后，顿时惊了两个衙门。

刑部尚书和大理寺卿听闻后自然不敢耽搁，连忙派出了人手，刑部派出的是刑部侍郎并几个查案好手，大理寺派出了大理寺少卿和几个要职人员，共同带了衙门里的人马，立即出京快马赶去大昭寺山脚下。

刑部尚书与大理寺卿则匆匆忙忙进了宫。

皇帝从昨日起，心情便一直很好，一直持续到安华锦为了顾轻衍当街收拾警告了楚思妍，让他好心情一度达到了顶峰。

可是，接下来在他见到刑部尚书和大理寺卿后，达到顶峰的好心情一瞬间跌到了谷底。

他勃然震怒，"砰"地摔了奏折："光天化日之下，竟然有人行凶谋害南阳王府小郡主，真是胆大包天！"

京城百里的大昭寺，也算是天子脚下了。

"陛下息怒，已立即派人去查了。"刑部尚书与大理寺卿只觉得头大得很，京城已有三年没出大案了。三年前大皇子私造兵器案是这三年来最近的一桩大案，没想到三年后，不出则已，如今一出，又是惊天大案。

皇帝似乎也想起了三年前大皇子的私造兵器案，面色更加难看："查，给朕往死了查！查不出来，刑部和大理寺的所有人都卷包袱滚蛋！朕养你们是干什么吃的！"

三年前大皇子私造兵器案至今悬而未果，就是案子没能继续查出结果，才圈禁了大皇子。

刑部尚书和大理寺卿顿时趴在了地上，陛下将旧账加到了新账上，他们也没法子，他们真是用尽力气了，的确真再查不出来大皇子的同谋。不只如此，作案的相关人员一个也没抓住。当时案发后，都被人果断地掐断了，蛛丝马迹都让他们摸不着，而这三年来他们每个月都去找大皇子问话，大皇子一言不发，话语丝都不露，抱有死志，也就是说无论陛下要杀要剐，他都认了，就是不开口，十分维护自己的同党。

大皇子是守口如瓶死猪不怕开水烫了，可是苦的是他们，被陛下骂了不知多少回了。

"滚下去吧,此案查不出来,你们两个以后都不必来见朕了。"皇帝发了一通火后赶人。

刑部尚书和大理寺卿连忙爬起来,扶了扶不太稳的官帽,冒着汗出了南书房。

此案必须查出来,若是再查不出来,他们真得摘了官帽卷铺盖滚出京城了。

二人前脚出了皇宫,后脚京城便传扬开了此事。

今日出了两桩大事儿,还都是关于南阳王府小郡主的,一时间,关于安华锦的讨论甚嚣尘上。有聪明的人觉得这时候有人谋害安华锦胆子实在太大了,其心太恶了,这不是拖着善亲王府下水吗?有不聪明的人猜测着,是不是真是善亲王府动的手?善亲王孙子孙女先后在安华锦手里被欺负,善亲王终于坐不住了,起了杀意。

楚宸听闻后,第一时间坐不住了,从马厩里牵出了马,就要离京去大昭寺。

善亲王闻风将他拦下:"不准去!"

楚宸皱眉,急不可耐:"爷爷,出了这么大的事儿,我得去看看怎么回事儿。大白天的,谁敢对小安儿下毒,且手段这么狠辣。"

"那你也不准去,有顾轻衍在呢,刑部和大理寺已经去人了。跟咱们府没关系,你别往跟前凑。"善亲王亲自动手拽住楚宸的马缰绳。

楚宸着急:"爷爷,这个时候,我才要凑上去。世上愚昧的人太多,我要跟着查出真相,免得我们善亲王府被其心可恶的人趁机冤枉。若是让我知道背后的人是谁,我也饶不了他。"

善亲王还是不同意:"你即便要去,也不能这般急哄哄地去,再等等看看情况。"

"早去晚去都一样,小安儿信我就行。"楚宸心中打定主意,却迂回劝说。"爷爷,您若是不放心,我先进宫去找陛下请旨。陛下若是准奏,我就去,不准,我就回来待着。"

善亲王闻言面色松动了几分。

"爷爷,我现在前去,还能追上刑部和大理寺的人,一起过去,若是再晚,这事儿可就插不上手了。一旦插不上手,内里有什么猫腻,咱们都不会知道。"楚宸趁着善亲王面色松动,抽出了马缰绳。

"也罢,你先进宫,陛下同意,你再去。"善亲王被这句话打动,这么大的案子,有人谋害安华锦,可能会是一个什么信号,既然牵扯了今日楚思妍的事件在前,善亲王府总归脱不开被人猜测,不如就去插手洗清嫌疑。

楚宸见善亲王答应,立即打马出了善亲王府。

他料定刑部和大理寺的人没那么快，琢磨着还是进了皇宫走了一趟。

皇帝余怒未消，听闻楚宸求见，摆手："让他进来。"

楚宸进了南书房，跪地见礼后，请旨出宫去案发地，跟着刑部和大理寺一起查案，不等皇帝问，便说了请旨的缘由。

皇帝沉思片刻，点头，答应了。

楚宸立即出了皇宫，打马出了城，追着刑部和大理寺的人前往大昭寺山脚下。

皇帝冷静下来，也在猜想着什么人要杀安华锦，若是安华锦在京中出事儿，那么老南阳王百年之后可真的没人了，他的一切打算可就都完了。

老南阳王年纪大了，据说近来似乎身体不太好，若是安华锦在京中出事儿，他白发人再送黑发人，唯一的孙女也没了。可想而知，他急火攻心，怕是会一病不起，本来能撑几年，怕是经此一事再撑不了多久了。

这是……冲着南阳王府来的，也是冲着他这个皇帝来的。

他不觉得是善亲王府动的手，善亲王小打小闹还行，干不出这样的事儿。况且，楚宸能和安华锦一起跑去八大街喝酒，就算今天出了楚思妍的事儿，也不会是善亲王动的手。

皇帝想了一通，不可避免地又想到圈禁了三年的大皇子，气不打一处来："张德，备驾，朕去看看那个孽子。"

"是！"张德心里一紧，连忙吩咐了下去。

在吩咐人备驾的同时，立即悄不声地让人送消息出京告知顾轻衍。陛下已三年没见大皇子了，如今气怒之下去见大皇子，怕是不妙。

前朝与后宫虽然隔了一层，但这一层可能是山，也可能是纱。

对于皇后来说，她能稳坐中宫二十年，就不会让前朝和后宫隔着的是山。

所以，皇后也很快得到了安华锦差点儿被人谋害的消息，惊了个够呛，立即命人去喊七皇子楚砚。

楚砚比皇后得到的消息更早一步，刑部尚书和大理寺卿刚派出人出京时，他就得到了消息。他没与楚宸一般，听到风声立即就想着赶去大昭寺山脚下的案发地，而是立即召集手下的幕僚议事，商议猜测是什么人动的手。

安华锦若是中毒，出了事儿，对什么人最没利，对什么人最有利。

显然，对皇帝没利，对他也没利，对善亲王府也没利。对他的兄弟们却有利，对敌国南齐和南梁更有利。

所以，到底是他的兄弟们动的手，还是敌国动的手？

排除这两者，他实在想不出还有什么人想要安华锦死，间接地"杀"老南阳王让南阳军无主而乱。

幕僚们一番商议猜测，觉得楚砚想的对，无非是这两种。

若是皇子们动的手，那么是谁动的手？

大皇子至今圈禁，自不必说。

二皇子是淑贵妃所生，外家是张宰辅家，张家在文官中声望很大，是如今最有希望和楚砚一较高下争夺皇位的人选。

三皇子是贤妃所生，外家是户部尚书家，户部是个肥缺，金银不缺，三皇子也跟着有钱，钱能买一切东西，包括杀手。

四皇子是惠妃所生，外家是孙御史家，孙家虽不及顾家几百年的世家底蕴，但也是门风清贵的大族，族中子孙都极有出息，三品以上的官员就有三四人。

五皇子是德妃所生，德妃出身礼国公府二房，是二房嫡女，礼国公府即便如今没落了，但依旧没分家。俗话说瘦死的骆驼比马大，与礼国公府有相交的人家极多，未曾因为门第没落，而彻底在京城混不下去。

六皇子是柔嫔所生，外家是江南知府。一年知州府，十万雪花银。六皇子与三皇子差不多，都不缺钱。

八皇子是和美人所生，和美人虽出身低，但却是漠北镇北王妃养大的孤女送进宫的。她进宫那几年很是受宠，不只生了八皇子，还生了九皇子和十皇子。因连生三位皇子有功，皇帝要提她的位置封妃，她却不要，反而为年纪最大的八皇子求了封赐。于是，陛下准了，封了八皇子为敬王，八皇子也成了一众皇子中最早封王的皇子。

其余的皇子，还都年幼，够不着边，暂且不提。

从二皇子到八皇子，显然都有可能争皇位，只要有心想争皇位，就有可能出手。

楚砚听着幕僚们议论一番，也议论不出个所以然来，摆手制止："既然都有嫌疑，就将他们以及京中内外都暗中查一遍。不管是他们，还是南齐和南梁所为，从今日起，必须查清楚。"

众人齐齐点头应是。

皇后来请，楚砚便进了宫，他并没有先去凤栖宫，而是去了南书房。

来到南书房门口，正赶上张公公吩咐人在备驾。楚砚询问："公公，父皇要出宫？"

张公公正想着怎么拖延时间，毕竟送给顾轻衍的信去大昭寺需百里，即便顾轻衍得了信，也赶不回来，怕是能赶回来，也晚了。如今见楚砚来了，他心下顿时有了主意:"七殿下,陛下听闻小郡主被人谋害,十分震怒,又想起了大皇子,如今吩咐奴才备驾去见大皇子。"

楚砚聪明,短短一句话,自然懂了,他别有深意地看了一眼张德:"劳烦公公,就说我要见父皇。"

张德心下一紧,暗叹七皇子精明,连忙应是,进去里面禀报了。

皇帝听闻后,吩咐:"让他进来。"

无论是楚宸,还是楚砚,安华锦出了事儿,先后脚来见他都不奇怪。

楚砚给皇帝见礼,没说安华锦的事儿,反而直接说大皇子:"父皇,儿臣刚刚听张公公说,您要去见大哥,您不如带上儿臣一起去。"

皇帝本来打定了主意,如今听楚砚这么一说,竖起眉头:"你要见他做什么?"

"陪父皇去见见而已。父皇如今在气头上,再因为大哥动怒,有个好歹,儿臣不放心。"

皇帝打量楚砚:"不是因为你想见他?"

楚砚看着皇帝:"父皇觉得呢?我若是想见他,何必要跟父皇一起去?这三年里,跟刑部和大理寺的人一起去见就是了。父皇也没说兄弟们不能见。"

皇帝怒道:"孽子无知,三年不知认错,刑部和大理寺一帮窝囊废,查不出来他的同谋。已过了三年,朕今日就去问问他。"

"若是问不出来,父皇待如何?"

"杀了他。"皇帝沉怒,"不忠、不孝、不仁、不义的孽障,朕让他多活了三年,就是给他赎罪的机会,但都三年了还死不知错,就该杀。"

"父皇息怒,您焉能不知表妹今日出此祸事儿,不就是有心人背后图谋借此想让人想起大哥,拿其问罪?"楚砚沉声道,"否则,都三年了,父皇今日不见得想起。"

皇帝面色一沉:"你的意思是,有人也许是想让朕杀了他?"

"说不好,总之今日不是父皇见大哥的时机。父皇在气头上,您若是真要见大哥,不如明日再见。"楚砚建议。

皇帝思索片刻,本是多疑的性子,还真被楚砚劝住了,对外面喊:"张德,罢了,不必备驾了,朕今日不去了。"

"是!"张公公心下一松,想着七皇子今日劝住陛下,也就是帮了顾七公子。他得立即传信过去,将此事尽快告知,免得七公子急促之下有什么动作。

"你是为那个孽子而来,还是为小安儿而来?"皇帝重新坐下问。

楚砚淡漠地说："为表妹之事，儿臣想请父皇彻查京城内外，是否有敌国的奸细混入了大楚杀表妹。"

皇帝陡然一惊："你觉得是敌国的奸细所为？南齐和南梁？他们要开战？"

楚砚见皇帝如此吃惊，显然想都没想过南齐和南梁会卷土重来，心下愈发淡漠："玉雪岭一战后，已经八年了。南齐和南梁不见得还没恢复生息，若是杀表妹，害外祖父一病不起，以乱南阳军心，再对大楚开战，也不是不可能。"

皇帝听了楚砚的话心里倒吸了一口凉气。

他坐在龙椅上的身子僵了好一会儿，才惊觉楚砚说的有理，八年了，保不准南齐和南梁已经恢复了生息，若是卷土重来，也有可能。他这些年怎么就没想过南齐和南梁会卷土重来呢？大约是玉雪岭一战十分惨烈，也给了他一个错觉，以为往后几十年都是安稳的，南阳王府对皇权没了威胁，南齐和南梁也不敢再侵略泱泱大楚。殊不知，凡事哪里有绝对！楚砚看着皇帝的表情，心中说不清是什么滋味，这个人是他的父亲，他是他的嫡子，可是显然，他至今仍没有立他为储君的打算。那一日，安华锦打马出皇宫，对他说的那句话，他在脑中回荡了三日。若是他不能荣登大宝，安家也许还真会断子绝孙。危言耸听吗？不！他享受着嫡子的待遇，自小被他带在身边教导，真是太了解他的父皇了。

"朕知道了，你去吧！"皇帝没说查，也没说不查，这番话太突然，以至于他得好好地想想。

楚砚颔首，告退出了南书房。

皇后等得急，命人探了三次消息，才将楚砚盼进了凤栖宫。

"你是为了小安儿被人谋害之事去见了陛下？陛下怎么说？"皇后虽然知道安华锦好好的，但心还是揪着，光天化日之下，怎么有贼子这么大的胆呢。

楚砚点点头，将见皇帝的经过也不隐瞒地说了。

皇后听罢脸色一阵青白交加，好一会儿，才压低声音说："当真是南齐和南梁的人？"

楚砚面无表情："只要让父皇相信是南齐和南梁的奸细所为就行。至于到底是什么人所为，只要父皇下令大查，将京城方圆地界翻个底朝天，总能翻出些背地里的蝇营狗苟来。"

皇后懂了，心下忽然恨恨："若真是他们哪个动的手，本宫一定饶不了他。"

"除了我们，父皇如今是最不希望表妹出事儿的人。"楚砚平静地说，"母后不必动怒，表妹不是个好惹的，知道有人要杀她，她不会善罢甘休。更何况还有顾轻衍在她身边，今日刚刚出事儿，顾轻衍便让人封了大昭寺山脚下所有来往人员。可见，对表妹的安危很是上心。"

皇后面色微缓："本宫出身安家，头上姓着一个安字，便做不出来残害陛下子嗣之事。当年你外祖父在本宫入宫时，也特意叮嘱过我，警告若是我不贤，他就不认我这个女儿。这二十年，陛下好女色，后宫三千佳丽，妃嫔美人们一个挨着一个地生，本宫不但不祸害，还尽心护着。可是即便本宫如此，你外祖父忠义如此，陛下还是没有立你为储的打算，本宫就不明白了，安家一百五十年尽忠职守，代代子孙埋骨沙场，怎么就焐不暖帝王的心。"

楚砚不语。

皇后心中不平一直压制着，如今似乎到了顶点："他要杀大皇子，本宫当年偏要护着，大皇子做的没错，为何要杀？如今你护着也对。大楚兵器陈旧，乃一大隐患，如今本宫就看看，若真是南齐和南梁卷土重来，大楚拿什么对抗？谁上战场？难道身体不好的父亲？还是小安儿？还是哪个有能力掌管南阳军的人？就算有人去，难道还拿陈旧的兵器吗？若是不拿陈旧兵器，那么，就得用大皇子私造的兵器，只要用了，就得把大皇子放出来。"

"本宫就想看看，陛下自己打脸疼不疼。"

楚砚依旧不语。

皇后发泄了一通，看着自己的儿子一脸平静漠然，她也跟着平静下来："你可有怀疑之人？"

楚砚摇头："没有。"

没有怀疑，就是都怀疑。

皇后深吸一口气："无论如何，小安儿不能再出事儿了，安家只她一个人了。她若是再出事儿，本宫也……"

"母后！"楚砚打断皇后，"以表妹的本事，母后该相信，没人能害得了她。"

皇后打住不好的想法："本宫听闻楚宸去大昭寺山脚下了，你是不是也该去看看。"

"儿臣不打算去，儿臣待在京中，暗中命人盯着些动静。有顾轻衍在，楚宸又去了，儿臣去也无用。"楚砚摇头，建议，"不过母后可以派个人去看看表妹，顺便跟着刑部和大理寺看看查案进展。"

皇后点头:"你说的有理,本宫这就派人去。"

刑部和大理寺的人半丝没敢耽搁,即便楚宸快马加鞭,也直到大昭寺的山脚下案发地才追上人。

刑部和大理寺的人听闻宸小王爷带了陛下的旨意跟着一起查案,愣了愣,相互匆匆打过招呼,一起到了顾轻衍和安华锦面前。

顾轻衍和安华锦依旧待在茶棚里,顾轻衍端正地坐着,安华锦懒洋洋歪歪斜斜地倚在椅背上。地上除了三具死尸外,还塞了嘴巴捆了两个人,一须发花白的老者,还有一个年纪不大的光头小和尚。

刑部和大理寺的人来了自然要先了解情况,他们虽来得匆忙,但也准备万全,带了仵作。

一行人互相见礼后,楚宸看着安华锦面前的茶碗:"你面前的这碗就是毒茶?"

"嗯!"安华锦斜睨他一眼,"你来凑什么热闹?"

这不待见的语气,实在是不遮掩。

楚宸顿时一阵气闷,瞪着安华锦:"你和我妹妹先起了争执,转眼就出了这等事儿,你觉得我还坐得住?就算不是担心你,也得赶紧来洗刷了我善亲王府的猜疑之冤。"

"倒是有道理。"安华锦点点头,"那行,这里就交给你了。"话落,询问顾轻衍,"既然人都来了,我们走?"

"嗯。"顾轻衍颔首,对楚宸温和地说,"地上这两个人在事发后,鬼鬼祟祟颇有嫌疑,大约是共犯。既然小王爷和刑部、大理寺的各位大人来了,那这里就都交给你们了。"

"你们要走?不留在这里跟着查案?"楚宸惊了。

"不啊,有哪个受害人报完案还跟着查案的。"安华锦站起身。

顾轻衍笑笑,也跟着站起身:"拜托小王爷和各位大人了。"

"……你们去哪里?"他刚来,他们就甩手要走?

"去大昭寺,据说大昭寺的斋饭好吃,我本来就是想去大昭寺的,不能因为有人要毒杀我,就不去了。"安华锦看着楚宸,"你既然奉了陛下圣旨,就好好查案,争取早日将凶手查出来,我们走了。"

楚宸:"……"

他眼看着二人出了茶棚骑马离开,一脸的蒙,脑中无数个问号,他急匆匆地来这里到底是为了什么???

第九章　抢手

刑部和大理寺的官员也没料到他们一来，将该了解的情况了解了后，安华锦和顾轻衍便甩袖不再管地离开了。

虽然他们报了案等着他们来了后离开没什么不对，但总觉得不该是这样。

众人瞧着楚宸瞪着二人离开的身影脸色忽青忽怒，不太理解这位小王爷心中的想法。宸小王爷因为有善亲王这个好爷爷护着，从小到大几乎是在京城横着走，惹的事儿不少，但真正算起来，正事儿没干过一桩，如今请旨跟着来查案，难道真是如他所说是为了洗清善亲王府的猜疑之冤？

"查！往死里查！"楚宸憋了一肚子气，几乎咬牙切齿。

刑部和大理寺的人齐齐心下一颤，刑部侍郎和大理寺卿对看一眼，出声询问："小王爷，这接下来，该怎么个查法？"

"你们问我？我哪里知道！查案不是你们的本职吗？"楚宸的不高兴全写在脸上。

"是，是下官们的本职。"刑部侍郎和大理寺卿想着这小王爷莫不是来看热闹的？合着就为了拿个圣旨查案的由头，什么也不管了？

不过不管这位小王爷如何，此案太大，他们自然要慎重彻查。好在安小郡主和顾七公子在他们来之前已经查出了两个嫌疑人，就先从这两个嫌疑人审问吧。

安华锦和顾轻衍离开走远，到了无人处，安华锦笑得没心没肺："你说楚宸急哄哄地来凑什么热闹？你看见他听说我们要走的脸色了没？"

"看见了。"顾轻衍也笑，"一脸的意料不到。"

安华锦乐了一会儿，不顾忌地说："那日，楚宸说他想娶我，我警告了他，看来他没听进去。"

顾轻衍猛地偏头："竟有这事儿？"

"嗯。"安华锦笑眯眯地看着他，"我抢手吧？如今与你的婚约还没解除呢，就有人排着队了。"

"是挺抢手。"顾轻衍声音带了丝情绪，"他一辈子也排不上。"

安华锦大笑。

顾轻衍看她坐在马上笑得肆意，情绪散去，也跟着笑了："难道我说的不对？"

"对，就算不嫁你，我也不嫁给他。"安华锦拍了拍马身，"我可不想管善亲王叫爷爷，也不想要楚思妍那样蠢透了的小姑子。"

顾轻衍点点头，笑意舒缓。楚宸知道他还没入局，便出局了吗？

比起楚宸，他虽然没好到哪儿去，但至少如今有婚约牵绊着，短时间解不除。

安华锦收了笑："你说，到底是什么人大白天地在这里想毒杀我？会是南齐和南梁的奸细干的吗？"

"不是。"顾轻衍摇头，"京中方圆百里，没有南齐和南梁的细作。自从我十岁起，从外祖父手里接手了八大街，他们安插一个据点，我拔出一个据点。若是南齐和南梁的奸细，不可能我提前毫无察觉。"

"那会是谁？"安华锦眯起眼睛，"这么想我死，是哪个皇子？为了阻七表兄的路？"

"也许。"顾轻衍道，"陛下虽春秋鼎盛，但皇子们都大了。一众龙子凤孙，全部都好模好样地长大，且都不傻，母族算起来也都不弱，争夺帝位，也是时候了。"

安华锦气笑："所以，我刚进京，就迫不及待地要对我下手了？可真有他们的，不过，杀了我，确实是条斩断七表兄后背的路。"

"七皇子大概料到了，所以没来。"顾轻衍温声说，"他若是掺和进来查案，一旦查出哪个皇子，陛下必定重重地记他一笔。"

"七表兄不傻，这时候留在京中以观各方动静才对。"安华锦说着，又转回到楚宸身上，"楚宸不该想不到，他掺和进来，总不能只是为了表面这些。"

"善亲王府的立场是要择一皇子而立扶持之功，他正好趁机看看，谁是黑谁是白，跟哪个才是押宝。"顾轻衍道，"就如当年的善亲王，虽都姓楚，但投了先帝，才保了如今善亲王府昌荣。"

"善亲王府的人看来也不傻，是我小看人了。"安华锦琢磨着楚宸三年前竟然差点儿追查到顾轻衍，便不如外表所见那般无害，如今顾轻衍算是点透了她。

顾轻衍笑："善亲王府的人自有生存之道，楚宸胜于善亲王。"

"说起来，还是我姑姑慈善，让陛下和妃嫔一个接一个地生，给他儿子挡路。"安华锦轻哼，"这也怪我爷爷，不知道怎么想的，在我姑姑出嫁时，对她警告让她一定要贤德。"

顾轻衍轻叹："说起皇后，可真当得上母仪天下，朝野上下，无人说不好。大约安爷爷早就看清了陛下吧，皇子众多，陛下心下才踏实，若只七皇子一个，陛下才不会踏实。"

安华锦"哈"地一声，彻底服了他爷爷。

安家要的是大楚太平，百姓安居，可是陛下要的是什么？是安家能让他安心。

大昭寺山脚下出了大案，大昭寺今日也遣散了香客，闭了山门。

安华锦和顾轻衍到后，看着紧闭的山门，安华锦不客气地上前大力叩门环。

一个小和尚从里面探出头："阿弥陀佛，施主，今日敝寺谢客！"

"我是安华锦，他是顾轻衍。"安华锦站在小和尚面前，瞅着他，"你去问问贵寺住持，还闭寺吗？"

小和尚一惊，顿时惊讶地看着二人。

安华锦和顾轻衍的容貌都是一等一的好，如今站在山寺门前，千年古刹似也生了光，小和尚不敢怠慢，赶紧去里面禀告了。

不多时，寺中住持，四大班首，八大执事，一股脑儿地来到了山门口，这等阵仗，皇帝驾临也够了。

安华锦偏头瞅了顾轻衍一眼："我们这么大的面子？"

顾轻衍低头笑，压低声音说："估计是惧于你的厉害名声，怕将你拒之门外的话，你一生气砸了大昭寺。"

安华锦："……"

佛门之地，她即便真吃了闭门羹，也做不出来砸寺庙之事，只不过发作一二，倒是会的。

大昭寺山脚下出了大案，寺中住持与长老执事们商议决定立即闭寺，但是没想到安华锦和顾轻衍反而来了。

他们不知道二人来做什么，颇有些提着心，小心翼翼地将二人请进山门。

安华锦看着一群和尚战战兢兢，故意地说："我与七公子在山脚下拿住了一个鬼鬼祟祟畏畏缩缩的小和尚，那小和尚叫忘梭，不知道是不是大昭寺的人？"

住持脸色唰地一变，惊着声说："忘梭正是敝寺伙食房的人。"

"那就是了，他与要毒杀我的人大约是同谋。"安华锦说这么大的事儿就跟说今天天气真好一样，"赶在刑部和大理寺的人来之前，我先来吃一顿斋饭，免得等你们被问罪时，我这顿斋饭就吃不成了。"

住持身子晃了晃，一时失了声。

一位长老白着脸开口说："小郡主和七公子恕罪，贫僧等人也不知那忘梭是怎么回事儿，他一人做下这等孽事儿，与敝寺……"他想说无关，忽然顿住，觉得说不出来。

大昭寺出去的和尚，犯了事儿，大昭寺能说无关吗？

不能！

安华锦笑眯眯地道："若真是他一人做下的，大昭寺内没有同伙，陛下圣明，自然只处置他一人。你们若是都问心无愧，大可以坦然点儿，怕什么？我与顾七公子是来吃饭的，又不吃人。"

住持闻言面色还是丝毫不放松，大昭寺数百人，他还真不敢保证有没有同伙。小郡主说不吃人，但他们可不敢太天真。

他有些撑不住地让伙食房去准备斋饭。

安华锦打量着这座寺庙，不愧是京城地界最大的寺庙，连太后和皇后都来祈过福，宫里的诚太妃据说一年有大半年住在这里，香火鼎盛不说，雕梁画栋看起来十分气派壮观。

一句话，有钱得很。

南阳军饷今年不太丰足，不知道能不能借这个机会敲一笔？

住持与长老、执事们将二人迎到斋房，上了茶水后，安华锦端起来闻了闻。因方才的临时起意，私以为想法不错，所以，此时立马坚定地实施起来："好茶，雨前春，比我爷爷喝的茶还好。"

住持脸色再度变色，连忙道："这是今年年初，宫里的诚太妃赏了一盒。"

"诚太妃呀，我知道，信佛，陛下特意为了她在宫里建了个佛堂。"安华锦转向顾轻衍，"今年御贡一共几盒雨前春？诚太妃赏大昭寺就赏了一盒，好大的手笔啊，陛下给了诚太妃很多吗？"

顾轻衍温声说："若是我没记错的话，御贡的雨前春一共十盒，陛下自留一盒，赏了皇后一盒，诚太妃一盒，长公主一盒，淑贵妃一盒，贤妃一盒，惠妃一盒，德妃一盒，柔嫔一盒，和美人一盒。"

"啧，诚太妃自己都没喝，赏给了大昭寺，太妃对大昭寺，可真是厚爱。"安华锦啧啧出声。

住持额头冒了冷汗："太妃……一心向佛，对敝寺很是厚爱。"

安华锦笑："向佛挺好，我也向佛。在南阳时，我没事儿也会去佛寺走走，不过南阳的佛寺没有大昭寺庄严气派，穷得很，茶水就是普通的茶水，喝不上雨前春。"

住持不知该如何接话，心中后悔，不该拿雨前春来招待这小姑奶奶，惹了眼了。

可惜，后悔也晚了。

安华锦又说："南阳军中更是喝不上茶，士兵们都喝白开水，每年朝廷给的军饷只够南阳军吃半年，另外半年需要南阳自己勒紧裤腰带挤着用。我爷爷寻常就喝茶叶末子泡的茶，想想堂堂南阳王，还没有住持大师的日子过得神仙呢。"

住持的脸更白了，憋了憋，更说不出话来。

叫他说什么？说老南阳王真是辛苦了？说南阳军中的士兵们真是辛苦了？这跟他一个和尚有什么关系哟！

"你爷爷喝什么？"安华锦又问顾轻衍。

顾轻衍眸光微动，平静地说："每年，我爷爷也能得陛下赏赐一盒御贡的雨前春，但今年南方的茶园闹了虫害，雨前春产量极少，只有十盒进贡上来。陛下给宫里的娘娘们分了，便落不下多余的了，虽不至于喝茶叶末子泡的茶，但也就只喝得上普通茶水。"

住持顿时坐不住了，老南阳王距离天高皇帝远，得不着赏也就罢了，顾老爷子都喝不着的雨前春他却得了一盒，这不是要上天吗？短短时间，他汗湿僧袍。

"大昭寺这些年香火旺盛，挺有钱吧？"安华锦盯着住持，铺垫完前戏直接进入正题，"佛门不是普度众生吗？是不是该为众生百姓们多做点儿好事儿？南阳军饷今年吃紧，住持若是手头松快，不如就往军中捐点儿。这茶嘛，既然是太妃赏的，那就是太妃觉得值得赏，你该喝就喝，我与七公子都不是多嘴多舌的人，不会往外说的。"

住持身子一歪，险些歪去了地上。

佛门历来等着施主香客们捐香火钱，这还是第一次有人让他往外捐的。

"据我所知，大昭寺声望极大，陛下御赐千亩良田，每年收入不少，比我这个郡主的食邑都多。太妃连雨前春都赏，金银之物，想必每年更是大赏特赏。还有每逢初一十五前来上香的京中各府的夫人小姐们，无计其数。这一年的收入，岂不是赶上国库税收了。"

住持终于开口，惊恐地说："小郡主言重了，言重了。"

安华锦不看他，故意问顾轻衍："怀安，你知道大昭寺一年进益多少吗？"

顾轻衍第一次听她喊他的字，觉得很是悦耳动听，他声音不自觉地放轻柔，配合着她说："据我所知，大昭寺每年进益约黄金五万两。"

住持闻言身子一抖，长老们和执事们的身子也不约而同地抖了。

"一两黄金，等于十两白银。五万两黄金，就是五十万两白银。"安华锦咋舌，幽幽地说，"大昭寺可真有钱啊，陛下知道吗？"

陛下自然不知道！

住持心里吐血，却说不出来话。惊骇于顾七公子竟然知道大昭寺每年进益五万两黄金，真真是再准确不过的数字了。

"贵寺几百人，一年吃喝，最多也就花个几万两白银吧。"安华锦正经地坐了一会儿，又歪得没正形了，半趴在桌子上，对顾轻衍问，"我对京中不熟悉，对大昭寺也不熟悉。怀安，你说，大昭寺这么富有，该对南阳军捐多少合适呢？你给住持一个数，免得住持这些年累积的钱太多，自己也不知道。"

顾轻衍玉指叩了叩桌面，在住持一副挺不住的面色下，温声说："以前的便罢了，据我所知，近十年来，大昭寺每年都进益五万金。若是都捐了，南阳也受不起，就捐五年的吧，另外五年，捐给国库，陛下也一定龙颜大悦。"

"好！听你的。"安华锦一锤定音。

她话落，住持终于不负所望地"咚"的一声，栽到了地上。

长老们和执事们也都跟着栽了个七零八落。

土匪！

这哪里是什么名门公子？就是一个土匪！天下人都错看顾七公子了。

大昭寺有钱，安华锦觉得不敲白不敲，南阳军确实每年勒着裤腰带吃军饷。偏偏陛下还觉得理所应当，每一年往南阳拨军饷时，推三阻四，能少给就少给。

他也不想想，饿死了南阳军，谁给他镇守疆土？

也就是她爷爷忍得住，若是她当家做主，就进京来蹲在陛下的南书房，不给够军饷就不回南阳。

大昭寺的和尚过得都比戎马一生的南阳王好，没天理了！

安华锦眼睁睁地看着住持栽倒，惊讶出声："呀，住持这是怎么了？"

明知故问！长老和执事们气得胸口疼，却敢怒不敢言。

顾轻衍站起身，亲手扶起住持，看着他一副昏厥欲死的模样，温和无害地说："天气酷热，住持莫不是中暑了吧？"

住持紧闭着眼睛，不想说话。

"哦，中暑啊，小事儿。寺中可有大夫？快去请大夫啊！"安华锦催促长老和执事们，风凉话说得毫不含糊，"你们啊，就是成日里闷在寺中吃斋念佛缺乏锻炼，小小的中暑，大片人支撑不住。我爷爷活了一辈子，除了打仗就是操练兵马，寒暑无歇，至今没中暑过。可见你们对朝廷的贡献太少了，才这般体弱。"

住持身子抖了抖，长老和执事们心中要骂娘了。

顾轻衍微笑着说："快去请大夫吧，中暑虽是小事儿，但是若一会儿刑部和大理寺的人来了，没人能主事，可就麻烦了。刑部和大理寺的人总不能将所有人都抓去天牢审问。"

住持心中一怕，顿时睁开了眼睛，抖着面皮说："老衲……老衲没事儿……咳咳咳咳。"

"没事儿就好，我还以为今日我这斋饭吃不成了。"安华锦松了一口气。

住持心口疼得抽气："快，快去问问伙食房，小郡主和顾七公子的斋饭好了没有。"

"好……好了。"有人应声。

"请小郡主和七公子移步迎膳堂。"住持勉强站稳身子，"老衲身体不适，就不作陪了。"

"没事，不用你陪。你好好等着应付刑部和大理寺的人吧。"安华锦很好说话，"我们自己吃就行，你记着可别忘了军饷的事儿，这可是一大善事儿。等一会儿我们吃完斋饭下山，回京后就去禀告陛下大昭寺的善举，陛下一定会龙颜大悦的。"

龙颜大悦不大悦住持不知道，只知道大昭寺的十年心血白费了，比刮肉还疼。

"若那忘梭是个人所为，与大昭寺众人无关的话，陛下看在大昭寺的捐赠之功上，一定不会重责的；若忘梭不是个人所为，还有同谋或者事关大昭寺，那么我和小郡主也一定会看在大昭寺捐赠军饷这个善举上，好好在陛下面前为大昭寺说话。"顾轻衍很有良心地给住持吃了一颗定心丸。

住持疼得发紧的心口一下子好受了不少，顾轻衍和安华锦一唱一和，将捐赠的事儿单方面敲定落实了，这让他们有苦说不出，也不能强烈反对。事已至此，只能吃了这个亏，勉强道谢："多谢安小郡主，多谢顾七公子，那忘梭虽是敝寺中人，但他的所行所为，绝对与敝寺无关。"

安华锦点点头："无关就好，我们也好为你们说好话。"

顾轻衍笑着颔首。

二人由人领着，去了迎膳堂，待小和尚们逐一摆上饭菜关上门退下去后，安华锦无声地笑开了花，二百五十万两白银啊，够买多少军饷了。这一趟大昭寺之行，值了。

顾轻衍也无声地笑，他笑得比较含蓄内敛，只掩着唇，笑得一张脸如烟雨洗了天空，露出阳光后的清风日朗。

"第几次做这种事儿？"安华锦小声问。

"第一次。"顾轻衍实话实说。

"感觉怎么样？"安华锦问。

顾轻衍轻咳一声："感觉良好。"

安华锦哈哈大笑。

学着土匪一般地打劫，打劫成功了，可不是感觉良好有成就感吗？

她敬佩地看着顾轻衍："行啊，第一次做这种事儿，就如此有悟性，顺手得很，可见你真是天生干这个的料。"

顾轻衍又咳嗽了几声，眼睛里都是笑："我很聪明。无论是什么，一学就会。"

安华锦："……"

他还不以为耻，反以为荣了？

她无语地看着顾轻衍，忽然觉得她一直以来大约对他有那么丢丢的误解，他们其实也没那么处处不合适，如今看来，也有合适之处的，适合一起打劫别人。

大昭寺的斋饭果然名不虚传，很好吃，好吃到让安华锦动了将大昭寺的厨子带回家的想法。

她琢磨着先敲了人家二百五十万两白银，再要走人家的厨子，会不会太过分了？

大约是她的表情实在太挣扎，顾轻衍笑问："怎么了？可有什么想法？"

"有，我想要大昭寺的厨子。"安华锦看着他，"会不会太过分？"

"有点儿。"

"有什么办法让我的行为看起来不太过分吗？"安华锦咬着筷子，"你这么聪明，一定有办法的对不对？"

"咬筷子是个什么毛病？"顾轻衍笑着伸手按住她的筷子，"不准咬了。"

安华锦听话地松开嘴："那你有办法吗？"

顾轻衍温声说："大昭寺的斋饭远近闻名，也是大昭寺的一项收入。据说诚太妃十分喜欢大昭寺的厨子做的斋饭，京中各府邸的夫人小姐们也十分喜欢。若是你要了大昭寺的厨子，不说与诚太妃为敌，至少是与京中所有的夫人小姐为敌，你确定？"

"你直说有办法吗？"安华锦平生最不怕的就是与人为敌，比如善亲王府，比如顾轻衍，敌人也可以见了面相安无事，也可以是有婚约的未婚夫妻一起打劫嘛。更何况，她用诚太妃赐的茶为引子敲诈了大昭寺的银钱以捐赠军饷，已经得罪诚太妃了。

顾轻衍微笑："只要你不怕，那么，一会儿刑部和大理寺的人来了，你趁机直接要就是了。比起将大昭寺的所有人都抓起来，一个厨子，大昭寺即便舍不得，想必也懂得适时取舍。"

安华锦眼睛一亮，一拍桌案："行，就这么干了。"

刑部和大理寺的人的确来得很快，安华锦和顾轻衍刚吃完饭，便来了。

大昭寺住持和长老执事们顿时忘了被安华锦和顾轻衍敲诈的肉痛劲儿，紧张地全力以赴地应付着刑部和大理寺的查案。

刑部侍郎和大理寺卿年少有为，查案毫不马虎。

楚宸更是板着一张脸，尤其冷峻。

大昭寺的一众僧人在强有力的逐一排查审问下，渐渐地额头冒了汗，与忘梭有密切交往的僧人，短短时间，就抓起了十多人。

住持和一众长老执事这时候才意识到，哪怕大昭寺有皇家背景，摊上了安小郡主被谋害此等大事，皇家背景也不能成为庇护伞，该严查还是要严查。

安华锦瞅着住持白着脸真要挺不住晕过去的模样，她适时地开口："小王爷和各位大人忙了半日，也累得很了，先喝一口茶歇一会儿再继续审吧。"

刑部和大理寺的人一愣，想着安小郡主这么会体贴人的吗？不过他们马不停蹄的确累了，于是，很给面子地点了点头："听小郡主的。"

楚宸瞪了安华锦一眼："你心心念念来大昭寺吃饭，可吃过了？"

"吃过了。"安华锦回味无穷地说，"大昭寺的斋饭果然名不虚传，好吃得很。"

楚宸哼了一声。

安华锦不搭理楚宸的冷脸，对住持说："据说大昭寺的主厨是一位俗家弟子？"

"是！"住持点点头，提起了心。

"我十分喜欢这位主厨，不知住持可否舍得将人送给我？"安华锦直接问。

住持一惊，他就知道这位安小郡主一旦开口就没好事儿，她刚和顾七公子一起坑了他们二百五十万两银子，又要厨子？她怎么能说得出口？太不要脸了。

他刚要果断地摇头，又听安华锦慢悠悠地说："忘梭就是出自伙食房吧？伙食房的所有人都脱不了干系，主厨也跑不了干系吧？"

住持面色一变，顿时将摇了一半的头又缩了回去。

安华锦继续道："住持考虑考虑吧！我是不忍心这么好的主厨也受了牵连，一旦下了大狱，再好的人也废了一半，那就太可惜了。"

"小丫头，我没听错吧？你要大昭寺的主厨？"楚宸探过头。

"你没听错。"安华锦盯着他的眼睛，"你有意见？"

楚宸一噎，心下气闷更甚："没有。"

安华锦又转过头，对刑部侍郎和大理寺少卿问："两位大人，这人我能要吗？"

刑部侍郎和大理寺少卿对看一眼，宸小王爷没有意见，顾七公子不说什么显然也没意见，他们二人能有意见吗？

自然也不能。

二人齐齐摇头："小郡主若是要哪个人，自然没有什么不能要的。"

安华锦就喜欢听这话，高兴地转向住持："住持有意见吗？你若是有意见，可以提出来。"

住持心里在滴血，但是他心里有意见能反对说出来吗？自然不能。无论是安华锦的身份，还是因她牵扯的这么大的案子大昭寺也有人牵连，还是她不要脸的程度，他都没法子。于是，他无力地摇头："小郡主喜欢，是他的荣幸。"

安华锦乐呵呵地起身，对顾轻衍说："走吧！"

"你又要去哪里？"楚宸坐不住了，他忙前忙后为了什么？她却跟与自己无关似的。

安华锦一脸坦然："我来大昭寺，就是为了吃斋饭，如今斋饭吃了，自然得回去了啊。"

"回京？"

"是啊，回京啊，不然去哪里？"

楚宸："……"

他不想说话了，眼神看向顾轻衍。

顾轻衍笑得温润和煦："此案交给小王爷和刑部、大理寺的各位大人，小郡主和我都十分放心。"

楚宸要气死了，瞧瞧，这就是他们有婚约和他这个外人的区别。他想插手都不给他插缝的余地。

大昭寺这位主厨，出乎安华锦意料十分地年轻，是个眉清目秀的十四五岁的少年。当他被带进来时，安华锦都以为住持是糊弄她的。她看着住持，怀疑地说："这就是主厨？这么年少？"

住持心里血泪横流，恨不得赶紧打发了这位小姑奶奶。如今还指望她在陛下面前多说点儿好话，对大昭寺高抬贵手别一网打尽。银两和人都答应给出去了，好人好事做到底，自然不敢糊弄。

他道了一声"阿弥陀佛"，解释："大昭寺的主厨原是他的父亲，去年他父亲病故，他便接替了他父亲，成为了大昭寺的主厨。小郡主放心，他真的是大昭寺的主厨，对比他父亲的厨艺，青出于蓝而胜于蓝。"

安华锦放心了："行，你没糊弄我就行。"

"不敢！"住持没说假话，是真不敢。

安华锦对那少年问："你叫什么名字？"

"忘尘。"少年既是俗家弟子，自然未曾斋戒剃发，虽是主厨，看起来很是清瘦孱弱。

若不是知道住持真不敢糊弄她，安华锦都很难相信他这么瘦弱是怎么颠勺的。

安华锦点点头："你跟我离开，自此就算出了大昭寺，不是大昭寺的人了。你可愿意？"

忘尘垂下头："愿意，承蒙小郡主厚爱。"

安华锦又高兴了，她想要一个人很容易，但要人家心甘情愿的才更好，她拍拍手说："那你就跟我走吧，既然脱离了大昭寺，忘尘这名字就别叫了，就叫……嗯，我想想。"

忘尘点点头，很是乖巧。

安华锦想了一会儿也没想出什么合适的名字，问顾轻衍："你说，他叫什么好？"

顾轻衍温和含笑："就叫安平吧！入口食物，最该尽心慎重，他保你安平，你保他平安。"

"好！就叫这个。"安华锦很是开心，"安平，你喜欢不喜欢？"

安平点头，抬眼看了一眼顾轻衍，又看了一眼安华锦喜笑颜开的脸，点头："喜欢。"

安华锦今日之行圆满了："那好，我们走吧。"

顾轻衍笑着点头。

楚宸眼看着安华锦和顾轻衍轻松离开，他想着，如今他反悔还来不来得及？他能不能跟着一起回京去跟陛下说这案子他不跟着查了？他是何苦来哉啊！

出了大昭寺，下了山，安华锦骑在马上，心情很好地哼着曲子。

顾轻衍仔细地听了听，是南阳军的军歌，他轻轻地笑："很开心？"

"嗯，开心死了。"今年的军饷解决了，能不开心吗？

"即便大昭寺愿意捐，陛下那里怕是不会轻易吐口准许这笔钱送去南阳。"顾轻衍不想打击她的好心情，但还是要提早让她明白摆在面前的问题。

安华锦点头："我知道。"

陛下若是轻易准许，这些年给南阳的军饷也不会抠抠搜搜了。陛下既怕南阳军散，又怕南阳军太强，他只要南阳军饿不死。爷爷今年身体不好，若是再如往年一样操心南阳军的军饷，身子骨怎么吃得消？

所以，无论如何，她也得让陛下同意。

"回京后，我陪你进宫去见陛下。"顾轻衍温声说，"若是让陛下以为毒茶案是南齐和南梁的奸细所为，这笔军饷，想必陛下会答应尽快送去南阳的。"

安华锦"哈"地一笑："陛下估计又该坐立难安了。"

顾轻衍叹了口气："一个大昭寺只吃香火都如此奢华，南阳军为国镇守疆土，恪尽职守，却年年为军饷发愁。这是大楚之哀。"

"哀不哀的，南阳都习惯了。"安华锦拢着马缰绳打着圈，"真该让陛下去南阳看看，走出皇宫，他就该知道南阳军镇守边疆多么不易。"

"陛下知道。"顾轻衍道。

安华锦闭了嘴。

是啊，陛下知道，但明知道却不给军饷。她抬眼看了一眼天色："宜早不宜迟，时间还早，我们快点儿，能赶在陛下午睡后进宫。那时候他刚睡醒，头脑清醒。"

顾轻衍笑着点头。

二人来时一路慢悠悠，回时快马加鞭。

半个时辰后来到城门下，只见京城四门紧闭，城门口重兵把守，只许进不许出。

安华锦讶异："不会吧？陛下因为我的案子，便封锁了城门？"

顾轻衍想起早先在大昭寺用斋饭时收到张公公前后送来的两个消息，他笑了笑："若是能顺利让陛下答应将那笔军饷送去南阳，你要感谢七殿下一二。"

"嗯？与他何关？"安华锦挑眉。她不乐意跟她那位七表兄打交道。以前他冷漠地不搭理她这个表妹，觉得不屑与她为伍似的，如今是搭理了，却管这管那，烦死个人。

顾轻衍压低声音："收到大昭寺山脚下有人毒害你的消息后，陛下闻之大怒，想起了当年的大皇子私造兵器案，怒气冲冲地要去见大皇子。七皇子恰巧进宫，提起了也许是南齐和南梁的奸细所为，拦下了陛下去见大皇子。"

安华锦恍然："噢，这么说我那七表兄提前给陛下打了一剂预防针，我们再进宫去说，陛下兴许就真信了，那还真该谢谢他了。"

二人骑马入了城，径直向皇宫而去。

外城戒严，内城更是五门紧闭。

安华锦冷哼："陛下至于这么怕吗？我又没死。"

顾轻衍抿唇，低声说："幸好你有识毒辨毒之能，当时我也有些后怕。"

安华锦偏头瞅他，忽然就笑了："你也会怕我死？没了这个未婚妻，还有从东城排到西城的女人等着嫁你，顾七公子怕什么啊，听着怪让人感动的。"

顾轻衍认真地看着她："我还是喜欢听你叫我怀安。"

安华锦："……"

谁要跟你说怎么称呼了？

她甚是无言地撇开头："明年你若是再帮我解决军饷的问题……"

"我喜欢听什么，你就喊我什么？"顾轻衍挑眉。

安华锦："……"

不可能！

二人凭借身份进了内城，来到皇宫递了牌子，一路由人领着到了南书房外。

安华锦猜测的不错，皇帝正是午睡刚醒，今日的午睡，皇帝并没有睡好，脑中总是蹦出七皇子的话，心中甚是烦躁。

听闻安华锦和顾轻衍回京一起来见，皇帝顿时有了精神："宣！"

张公公出了南书房，见了二人，面带十分笑地打了招呼，压低声音说："陛下犯了头疼的毛病，心情不大好。"

顾轻衍微微地点了点头。

安华锦仔细地瞅了张公公一眼，又看了一眼顾轻衍，想着人人都说陛下身边最为倚重的张公公谁都收买不了，但她看却不是，这不是在与顾轻衍眉来眼去吗？

张公公恭敬地拱手："七公子请，小郡主请。"

顾轻衍伸手轻轻地弹了安华锦额头一下："别乱想，进去了。"

安华锦只感觉清凉的指尖在她额头一触即离，她没有被冒犯的感觉，反而觉得很好。果然是长得好看的人手指的温度也解热，她抬起头问："我大约热着了，也许也中暑了，要不你再弹我一下？"

顾轻衍："……"

他一下子笑出声，低低地说："别调皮，这里是南书房门口，你若是不想陛下立即绑着我们成婚，就乖些。"

安华锦："……"

她……她错了！

美色惑人！她怎么就一时间又被他蛊惑犯了蠢？她不想成婚！她要解除婚约！

张公公笑着打开御书房的门，挑开帘子，安华锦抬脚，先顾轻衍一步进了南书房。南书房放了冰盆，房内丝丝清凉之气，安华锦头脑顿时真正地清醒了。

她一改心中乱七八糟的想法，倏地一副委屈的脸走到皇帝面前，一边见礼一边气愤地说："陛下，这京中方圆百里的治安也太差了吧！我差点儿死在大昭寺山脚下。我若是死了，我爷爷肯定也活不成了。您说，这是什么人非要害我害我爷爷害南阳军害陛下？"

她一连说了四个害，最后一害点明要点。

皇帝脸色又阴沉了，怒道："贼子可恶，幸好你没事。"

安华锦点头："幸好自小我爷爷教我防范被人陷害之法，否则这一次，贼人用了这么毒的阎王死，我一旦沾上了，救都没法救。这些年，在南阳，多少暗杀谋害，我以为到了京城，天子脚下，总会安全了，没想到，还是不能掉以轻心。"

皇帝腾地站了起来："什么？这些年，你在南阳，一直被人谋害？"

安华锦从小到大，的确遇到不少谋害之事，对于暗杀，她如家常便饭。

"是啊，陛下，您不会觉得我能够平平安安长大，没病没灾的，一直在蜜罐里安全得很吧？"安华锦用一种您怎么这么天真的眼神瞅着皇帝，"自从八年前玉雪岭一战后，我身边的谋杀暗害就没消停，也亏我命大，才好好地活到今日。"

皇帝心中震惊："为何一直未听老南阳王说起？"

安华锦叹气："您朝事繁忙，爷爷怎么会跟您说她的小孙女天天被人害呢？"

皇帝想想也是，转眸看向一旁见礼后一直没说话的顾轻衍："怀安，你聪慧异常，又一直陪在小安儿身边，此事可否能猜出何人所为？"

"兴许是南齐与南梁的奸细？"顾轻衍摇头，"臣也猜不准，还需宸小王爷与刑部和大理寺的各位大人将此案查个水落石出，才能见分晓。"

又是南齐与南梁！

连顾轻衍也猜测是南齐与南梁！

皇帝一口凉气险些吞不下去，震怒地说："南齐与南梁当年惨败，这些年竟然还贼心不死吗？"

顾轻衍轻轻叹气，温声说："陛下，当年玉雪岭一战，我们大楚也是惨胜。"

是啊，惨胜，两个字足以说明当年的惨烈。

皇帝一时间哑声。

安华锦适时地开口:"陛下,我今日去大昭寺,虽然有人要害我,但也有所收获。"

"哦?什么收获?"皇帝问。

安华锦一改委屈气愤,欢快地说:"我本来是要去大昭寺吃斋饭,虽路上出了些事,但也不能因此就怕了不去了嘛。所以,在楚宸和刑部、大理寺的大人们去了之后,我们还是去了大昭寺。没想到,大昭寺是真有钱啊!金砖碧瓦,气派得很,住持喝的茶都是御贡的雨前春,我十分感慨,便说了南阳军饷每年都吃紧,士兵们吃不饱穿不暖。住持很是有佛心,便对我说,大昭寺这些年的确承蒙陛下圣恩,供奉颇丰,他愿意捐献五年的供奉收益给南阳军充作军饷,再捐献五年的供奉收益给国库,以大昭寺的佛心正道,来效忠陛下和大楚。"

皇帝一愣。

顾轻衍微笑着说:"正是这样,住持确实有此言,陛下这些年来一直为南阳军的军饷发愁,想必住持也颇理解陛下之苦。如今恰逢小郡主去了大昭寺用斋,提起南阳军一大难题,住持心善,很是有感,当即就说将大昭寺这十年来所吃供奉捐献出来,对陛下尽心,对大楚尽忠。"

皇帝愣了好一会儿,问:"大昭寺很有钱?朕却不知,十年的供奉有多少?"

"五十万金,也就是五百万两白银。"安华锦啧啧地说,"一个大昭寺,比整个南阳都有钱啊陛下。我爷爷这些年为军饷都愁白了头,尤其是去年南阳受了天灾,收成不好,今年的军饷更是吃紧,勒紧裤腰带怕都不够士兵吃的。我进京前,爷爷把我叫到跟前,千叮咛万嘱咐,让我千万别跟陛下提军饷的事儿,这些年,各地频繁受灾,国库也不丰裕。我那天见了陛下,便没敢提。没想到,今天大昭寺的住持就给了我这么大的惊喜,我就想着,得赶紧进宫告诉陛下这个好消息。"

皇帝心中震惊,似乎真没料到一个大昭寺竟然这么有钱,他心中所想控制不住地面上带了出来,怀疑地说:"你们没弄错?五百万两白银?"

钱帛动人心,就算是帝王,面对如此庞大的数字,也不能不动容。

"没弄错,住持亲口说的。"安华锦立即说,"出家人不打诳语,住持就算糊弄我,总不敢糊弄陛下吧?"

皇帝意识到自己有点儿失态了,压下惊异,稳了稳心神,想着二百五十万两白银送去南阳军,会有什么后果,南阳军会不会一下子吃撑了?

顾轻衍声音不轻不重地提醒:"陛下,臣觉得,大昭寺住持既然在此时捐献军饷给南阳军,想必高僧得道,窥得了什么天机。毕竟玉雪岭一战之后八年了,就算南齐与南梁兵马来犯，也不奇怪。八年足够恢复生息了。"

皇帝心里"咯噔"一声，顿时顺着顾轻衍的话想了想，觉得颇有可能。今日楚砚与他提起南齐和南梁后，他便也觉得不是没可能。南齐和南梁一直野心勃勃，看上了大楚的地广物博，江南的水米稻谷，织锦茶叶，淮河盐道等，一直想要侵略大楚。如今再卷土重来，哪何人抵挡？

还是要依靠南阳军！

皇帝心中过了片刻的挣扎后，沉声道："只凭猜测，若是提早下定论，是不是为时过早？"

"早做准备，也不至于真来时，被打个措手不及。"顾轻衍叹息，"毕竟，南阳王老了，且身体不好。南阳军本就无强将，若是再无军饷，怕是一旦敌兵来犯，后果不堪设想。"

"陛下，大昭寺的住持捐献军饷这不是好事儿吗？"安华锦佯装奇怪地问，"您怎么愁眉苦脸呢？"

皇帝面色一僵。

顾轻衍笑了笑："陛下是犯愁南齐和南梁兵马来犯，何人抵挡。"

"自然是南阳军啊！"安华锦道。

"南阳军无强将。军饷的问题解决了，但还有将领的问题。"顾轻衍看着她，"总不能老王爷上战场。"

安华锦腰板一挺，笔直而立，断然说："我上！"

"你？"皇帝脱口怀疑。

安华锦看着皇帝怀疑的面色，不服气地说："陛下是在小看我吗？我自小可是在军中长大。我父兄会的，我都会，我爷爷手把手教我的，不能因为我是女儿家，您就看不起。"

皇帝："……"

他瞧着站在他面前的小姑娘，一脸的义正词严，的确颇有军将的风骨，若非容貌太清丽，身段太纤细，他几乎都真以为她是一个军中将领了。

她……怎么就不是男儿呢！

若她是男儿，没了他父兄，她年纪尚小，也没有那么多心思，倒是一个接替南阳王的好继承人，他也不必对一个小少年防范过多。

可惜，终究是个女儿家。

第十章 发作

她是安家的人不假，但女儿家，终究不比男子。

她存在的价值，就是安家有人存在，让南阳军心不散，却不是上战场做将军。

这一刻，皇帝颇有些后悔，当年他若是对兵器把控和改造放松那么一点儿，安家也不至于父子兄弟三人都战死沙场，若是安家再留一个男儿，他今日也就无需发怵南齐和南梁的卷土重来了。

他心情一下子沉得不愿再多说下去，头疼地道："让朕想想，此事改日再议。"

安华锦闭了嘴，心中有些恼，很想不管不顾地以下犯上去敲醒皇帝的头，但她知道，她不能大逆不道，否则，她的身份也不能让她安然无恙离开这南书房。

她憋了一股气，转头看向顾轻衍。

顾轻衍对她微微地摇了摇头，恭敬地说："臣二人告退！陛下仔细身体，您才是大楚之重。"

皇帝心下舒服了些，面色稍缓，对顾轻衍摆摆手："小安儿在京中的安全，必须要保证，今日谋害之事，不能让人再有第二次机会了。怀安，是你派人保护她，还是朕派人？"

顾轻衍温声说："臣来吧！陛下需要操心的事情太多，此事就交给臣好了。"

"嗯，有你在她身边，朕放心。"皇帝颔首。

安华锦心里翻了个白眼，和顾轻衍一起退出了南书房。

走出南书房，安华锦的脸一下子拉了下来，心中的愤愤不平压都压不住。陛下指着南阳军固守山河，却又处处防备南阳军。哪怕到现在，玉雪岭之战过去八年了，帝王依旧如此心胸不开阔，她父兄三人八年前保家卫国战死沙场让她觉得不值极了。

即便有爷爷的谆谆教导，说为大楚千万百姓，但她一时也难以理智面对。

顾轻衍明白安华锦的感受，轻轻地拍了拍她的肩膀，低声说："在其位，谋其政。陛下身处这个位置，自然难免要想得多些，谨慎些。事在人为，此事总会成的，别郁闷了，你如今吃着药呢，心情不好，药效也会折一半。"

安华锦轻吐一口浊气："你说得对，我才懒得郁闷呢，如今的陛下，比我更郁闷才对。"

说着，她忽然有些开心起来，别人更郁闷，她就开心。

顾轻衍低笑，不钻牛角尖，凡事一点就透，也能听得进人的劝说之言，长了一颗七窍玲珑心。南阳王将她教导得很好，既聪明，又心地开阔。

皇后听闻安华锦和顾轻衍进宫了，立即派了人来请。

安华锦瞅了顾轻衍一眼："是我自己去，还是你也一起去？"

"陛下让我保护你的安危，还是寸步不离的好，虽在宫里你十分安全，但左右我也无事，陪你一起吧！"顾轻衍笑着说。

安华锦用眼神瞥他："寸步不离？"

"嗯，你身边实在太危险了。"顾轻衍一本正经，"大约我晚上需要住在安家老宅了。"

安华锦断然摇头："不行，用不着。"

顾轻衍神色认真："你放心，如今情况特殊，陛下不会绑了你与我成亲的。"

"那也不行。"安华锦转过身，脸不红地说，"我怕我把持不住将你拖我床上去。美人暖床，想必夜晚都睡得香。"

顾轻衍："……"

他脸慢慢地红了，如云霞轻落，以手掩唇低声咳嗽起来，红晕爬上耳梢。

安华锦咋舌，他竟然会脸红？

她纯粹地欣赏了片刻，觉得真好看。对来传话的小太监说："告诉姑姑，我和七公子这就过去。"

小太监连忙应声去了。

"走吧！"安华锦转身向前走去。

顾轻衍落后一步，脚步轻浅，云纹水袖与衣摆画出弧度，剪影清风月华。

楚希芸远远地瞧见了，想立即冲过来，但见二人虽一前一后走着，隔得不远不近，却容不得旁人插入，她脚步又猛地顿住，一下子伤心落寞得不行。

她已经听说了，楚思妍对顾轻衍扔手帕，被安华锦揍了，险些被她勒死。对比楚思妍，她也挑衅过安华锦，能全须全尾好好地没被她怎样，可见安华锦真是看在她母后的面子上没收拾她。

宫里的人，都懂得生存之道，哪怕她是皇后嫡女，也得小心翼翼地活着，不敢做太出格的事儿，否则皇子公主们那么多，父皇若是真厌烦她，她哭都不管用。

她又不是傻子，如今就算见着了顾轻衍，也不敢上前了。

"公主，小郡主与顾七公子是前往凤栖宫。"二等宫女伊莲小声说。

楚希芸腾地转过身，一双发红的眼睛死死地盯住伊莲："来人，将她给我拖下去，送入浣衣局。"

伊莲登时傻了眼，脸色一白，立即跪在了地上："公主饶命！"

其余人也傻了眼。

"拖下去！"楚希芸死死咬着唇瓣，怒道，"本公主身边，不留居心叵测之人。"

跟着侍候的人齐齐惊醒，有两名小太监上前，一人按住伊莲肩膀，一人给她往嘴里塞了帕子，二人联手，利落地将她拖了下去，转眼就没了影。

其余人都吓得不敢出声，人人白着脸恭敬地垂手。

三公主其实是个很好侍候的公主，虽有公主脾气，但不常发作；虽娇气，但也懂得进退；虽喜欢背地里骂安华锦，但也从没当着她的面让人下不来台。总之，这还是第一次看她因为一句话就翻脸发落人，还是一个二等宫女。

楚希芸面色十分难看地站了一会儿，吩咐："回宫！"

众人应是，默默地跟上她。

皇宫里的风吹草动，自然瞒不过陛下和皇后，很快有人将此事禀告给了陛下和皇后。

陛下听闻后，心情好了些，对张公公说："她能懂事儿，不再追着顾轻衍给朕添乱，可见是想开了，将朕私库里的那一套东珠簪花首饰赏给她吧！现在就派人送去。"

"是！"

张公公想着三公主不愧是皇后娘娘所生，求而不得，懂得放下，若是她一味地想不开，吃苦的可是她。今日他可是见了，七公子对安小郡主，怕是如意极了。

皇后也十分高兴，对贺嬷嬷说："她一直找我讨要那匹千丝雪锦，你去库房找出来，让人给她送去吧。"

"是！"

贺嬷嬷也很高兴，三公主能想开，算是解开了皇后娘娘的一个头疼病。

贺嬷嬷吩咐人找出了那匹千丝雪锦，命人刚送去三公主那，便见顾轻衍和安华锦一起进了凤栖宫。

她揉了揉眼睛，暗想着是谁说安小郡主和顾七公子不般配的？就这容貌，满京城能挑出几个和顾七公子相配的姑娘？也只有小郡主站在顾七公子身边，才能不被他如画的容貌压得失色。

二人气质各有千秋，但站在一起，好比日与月争辉。真真是再般配没有的。

"嬷嬷，您这是忙什么呢？"安华锦笑眯眯地打招呼。

贺嬷嬷笑呵呵地对二人见礼，慈和地说："老奴听闻小郡主险些被人谋害，也跟着皇后娘娘一起担心得不行，如今见您好好的，奴婢也放心了。"

安华锦笑："我福大命大，姑姑不用担心。"

皇后此时从里面走了出来，嗔道："你这孩子，跑去大昭寺，怎么也不跟我说一声？你进京没带护卫，本宫给你派人，若是出了事儿，你是想要了你爷爷和本宫的命吗？"

"姑姑，你也太小看我了吧。"安华锦挽住她手臂，俏皮地说，"我今日可趁着机会，干成了两件大事儿呢，我说出来，保准也能让您乐一乐。"

"是吗？来，跟本宫说说。"皇后笑看了顾轻衍一眼，"这孩子顽皮，辛苦七公子照拂了。"

"娘娘客气了，我陪着小郡主是应该的。"顾轻衍微笑，温文尔雅。

皇后听着这话，心思一动，想法暂且压下，笑着进了内殿。

三人落座，贺嬷嬷吩咐人上了茶，闲杂人等都退了下去后，安华锦知道皇后关心她，便将毒茶的经过和前往大昭寺，打劫了大昭寺五年供奉以充军饷，以及要了大昭寺的主厨之事说了。

皇后睁大眼睛，愣了好一会儿，才哭笑不得地说："你要了五年供奉以充军饷，对南阳军来说，这是好事儿，今年父亲就不必为军饷发愁了，可是你怎么连大昭寺的主厨也要了？不只京中各府的夫人小姐们喜欢吃大昭寺的斋饭，就是公子爷们也常去吃素斋。连太妃那等不重口腹之欲的人，也喜爱极了。你就这么将人要了，岂不是将京中所有人都得罪了？"

她实在是没想到，她这个侄女，只要没动静则已，一有动静，就是惊天动地的大事儿。

安华锦十分坦然："得罪就得罪呗！我又没想着让人人都喜欢我。"

皇后揉揉眉心，一时间不知说什么好。

安华锦的字典里，鲜少有委屈自己一说，让她委屈往肚子里咽的，如今只顾轻衍一个人。只他做的喂她吃"百杀散"，让她拦截楚宸几乎去了半条命那件事儿。其余的，她宁可委屈别人，也不会委屈自己。

一个主厨，她要了，也就要了。这等小事儿，在她看来，都不值得去陛下面前一提。所以，她对陛下说了军饷之事后，压根就没提也要了大昭寺的主厨。

当然，陛下与皇后不同，她得让她姑姑知道这件事儿。

皇后默了好一会儿，轻叹："其余人也就罢了，你这一回，怕是将诚太妃得罪狠了。"

"诚太妃会拿我怎么样？"安华锦瞅着皇后。

皇后想了想，摇头："倒也不能拿你怎么样。但陛下十分敬重诚太妃，诚太妃怕是会对陛下说些什么，大约也会来找本宫说你一二。"

"陛下忙得很，不见得会理这样的小事儿。"顾轻衍温声说，"至于来找您，您只能担待一二了。"

皇后闻言笑了："有七公子在小安儿身边，本宫这个姑姑，真是放心。"

顾轻衍微笑："皇后娘娘放心，保护小郡主，有十分力气，不敢用八分。"

皇后因毒茶之事担心接下来安华锦还会出事儿，但若是有顾轻衍保护，那她何止放十分的心，那是能放一百二十分的心。她本来打算派人保护她，如今一看，显然有顾轻衍，她不必多此一举了，顾轻衍身边多的是高手。

她心中打着思量，犹豫片刻，对贺嬷嬷说："你去守着门，我与他们二人说说私心话。"

贺嬷嬷连忙应声，去了门口守着。

安华锦好笑："姑姑，您是要说什么啊，这么慎重。"

连贺嬷嬷都支开了。

皇后轻咳一声，正了神色，对安华锦问："你那日对陛下说的，可是真心话？一定要招婿入赘？"

安华锦心想她姑姑这么问，难道还有什么想法不成？她点点头："是真话啊，我不敢糊弄陛下。"

就算糊弄了，她也不说。

皇后颔首，又转向顾轻衍："七公子，令祖父是不准许你入赘的吧？"

顾轻衍微微点头。

皇后温和地说："本宫昨日想了个法子，你们二人的婚约这样拖下去也不行。小安儿如今正是好年纪，若是拖个两年，就是大姑娘了，恐怕误了终身。你是顾家最出类拔萃的子弟，顾老爷子自然舍不得，但若是你的其他兄弟，大约有的商量，你看，是否换个人？"

顾轻衍没想到皇后与他爷爷一样，也想到了这一点，他薄唇微抿，一时没说话。

安华锦愕然，讶异地看了一眼皇后，想着不愧是她姑姑，位居皇后，这样换人的法子竟然能这般当着她和顾轻衍的面说出来。

她心里乐了乐，想着如今是不是该顾轻衍犯难了，他是同意呢，还是反对呢？同意就入赘？反对那该怎么拒绝？

她一手托腮，心情很好地看起了他的戏。

顾轻衍眸光轻轻一扫，将安华锦眼中的神色扫了个正着，他一时间心中气笑："娘娘的法子……也不是不行。"

安华锦猛地坐直了身子。

"你……同意？"皇后心中不知是喜还是忧。

喜的是，若是顾家子弟能够入赘，小安儿还是守着安家传承门楣的那个人，忧的是，没有了顾轻衍，谁也不及顾轻衍，可惜了。

顾轻衍微微点头："不过换人之事，还需从长计议，需我家中兄弟同意，也需我爷爷首肯，还需陛下赞同。不能操之过急，还需多想想，多斟酌一二。"

说了半天，就是没说他自己如何。

安华锦心中也有了气，面上却笑颜如花："姑姑，您可见过顾家其余子弟？长得如何？才学如何？比之七公子如何？"

皇后轻咳，实话实说："自然是不及顾七公子，但也都是好的，才学品貌虽稍微差些，但也比外面别家的儿郎强上许多，都很是上进知礼。"

安华锦不在乎地说："品貌稍微差一点儿，也不是不行，才学稍微差一点儿，我也能接受，反正我自己又不是个什么好的，我有自知之明。要不然姑姑与陛下提提？改日让我见见人。如此一来，既能让安顾联姻，稳固南阳军心，也能解了陛下的烦恼。很是一个好法子。"

顾轻衍面上的笑倏地收了起来，面容似一下子沉静了。

皇后敏锐地看了顾轻衍一眼，见他不再说话，她一时间也拿不准他的心思，虽然他刚刚是答应了说不是不可，但如今这神色，倒不像是十分赞同的模样。她斟酌着说："这是个没法子的折中法子。全了你的想法，也全了安顾联姻，至于七公子……"

顾轻衍的声音很轻："我如何，在小郡主的心里并不重要。"

皇后听这语气不太对，一时间住了口。

安华锦轻轻地笑："七公子，别妄自菲薄啊，对比来说，我才是那个不重要的嘛。"

她站起身，笑着说："姑姑，此事就交给您了。陛下若是同意，我爷爷也同意，我没意见。我今日累死了，您也担心了半日，歇着吧！我也回去了。"

皇后还想说什么，感觉气氛不太对劲，于是她适可而止地点头："好，你们回去吧！在京中的日子，小心些。"

安华锦点头，先一步出了凤栖宫。

顾轻衍对皇后行了个告退礼，也随后出了凤栖宫。

二人一前一后离开后，皇后径自坐了一会儿，对贺嬷嬷问："你送他们出去时，可见二人说什么话了？"

"没有。"贺嬷嬷摇头，"小郡主走得急，七公子脚步也快，老奴没跟几步，他们二人就出了凤栖宫，老奴便折回来了。"

皇后揉揉眉心："本宫今日可能做错事情了。"

贺嬷嬷看着皇后："娘娘，您是说了什么不该说的话吗？"

"也不算是。"皇后叹了口气，"是本宫的那个想法，与他们二人说了，本宫想着当面听听他们的意见。大概是本宫想得过于简单了，他们毕竟不是小孩子。"

贺嬷嬷宽慰皇后："娘娘也别太过忧思，此事急不得，只能走一步看一步。如今谋害小郡主的人还没查出来，其余的事情可先放放。再说小郡主也还小，再等个一年半载也可以。"

"也是！"皇后点头，"罢了，此事先放着吧，他们二人这个模样，本宫也不敢先与陛下说。"

安华锦走得很快，本来寻常出宫需要两盏茶的时间，她一盏茶就到了宫门口。

她骑来的马拴在马桩子上，她飞身上马，纵马离开了宫门。

顾轻衍随后出来，也快速地上了马，跟在安华锦身后，纵马离开了皇宫。

安华锦一路打马穿街而过，惊了不少人纷纷躲避，有那躲避不及的，吓白了脸，但她骑术了得，自然不会伤着人，一路平安地回到了安家老宅。

顾轻衍紧跟安华锦身后，他从来不曾打马穿街而过，所以，街上的人虚惊了一场后，议论纷纷。

"那是安小郡主吗？"

"她后面的人是谁？好像是顾七公子呢！"

"你看错了吧？怎么会是顾七公子？他从来不会骑马这般横行穿街的。"

"也对！"

安华锦来到安家老宅门口，抬脚踹门，大铁门发出砰砰两声震响。

门童探出脑袋，惊讶："小郡主，您……回来啦？"

"嗯，开门。"安华锦脸色不好。

门童立即打开了门。

安华锦抬步走进大门内，同时沉着脸吩咐："关上门，谁也不准放进来。"

丢下一句话，她快步向里面走去。

门童刚要答应，便见顾轻衍到来，他下了马，快步冲进了门内，追着安华锦而去。

门童愕然，张了张口，不知道这时候追上七公子告诉他小郡主刚刚交代的话还来不来得及，还能不能将人赶出去。

进了安家老宅，安华锦的脚步虽快，但顾轻衍更快，快得没了顾忌。他追上前，一把拽住了安华锦手腕。

安华锦回手就是一掌，直劈他面门。

顾轻衍侧身躲过，将她另一只手也顺势抓住，一双眸子沉静地看着她："你生什么气？"

安华锦："……"

她生什么气？是啊，她生什么气！

安华锦挣了挣，没挣开，心中的气压下，笑着说："我生什么气啊？你哪里看出我生气了？"

顾轻衍："……"

她明明要气死了，还能笑得出来。他真是小看她了。

他也笑了，靠近她，压低声音说："我两只眼睛都看出你在生气，别不承认。"

安华锦轻笑，笑得明眸皓齿，水澈天清："那是你两只眼睛都看错了。"

她就是不承认，怎么着？

顾轻衍低眸瞅着她："我气了你没错，但你也气了我。皇后娘娘说起这个法子，你乐得跟什么似的，我瞧着没忍住，便也气一气你。没想到，倒是让你把我气着了，你好本事。"

安华锦："……"

到底谁好本事？别倒打一耙！

安华锦压下的怒气又升起，扬着脸笑："我姑姑的法子本来就没错嘛，顾家与你年岁不相上下的子弟有两三个吧？你我本就不合适，若是换一个人，安顾联姻，两全其美不是?"

顾轻衍看着她的笑脸,她似真喜欢同意这个法子一样,他一下子又气得很了,一把将她拽进了怀里,伸手捂住了她的嘴,低垂下眼眸,遮住眼底的神色,语气忽然沉而静:"顾家没有能替换我的人,你别想了,你这张嘴说出的话我不爱听,你还是别说的好。"

安华锦:"……"

她动了动身子,没挣开,她气得抬脚,没踢着他。她张嘴咬他的手,这一回咬了个结实。

顾轻衍任她咬着,哪怕疼,也没松开手。

安华锦尝到了血腥味,松开了嘴,用一双眸子瞪着他。

"不生气了好不好?"顾轻衍声音低低的,带着三分沉静七分柔哄,"是我不对,但你也有错。你若是认错,对我眨眨眼睛,我就松开手。"

安华锦深吸一口气,她不认错,她才没有错,错的都是他,她依旧瞪着眼睛,眨也不眨。

顾轻衍很有耐心,目不转睛地盯着她。

安华锦瞪了好一会儿,眼睛酸得不行,不自觉受不住地眨了一下,被顾轻衍看到了,他立即松开了手,微微地笑:"你既然对我认错了,我也对你赔不是。是我错了,不该为了气你而惹你生气。"

安华锦这一刻不想说话,扭过头不理他。

顾轻衍抱着人不松手,温香软玉在怀,这一刻他才知道她的身子有多纤细有多柔软,软到他的心快化了,舍不得松手,她既然不说话,他就多抱一会儿。

安华锦转过头后,似也察觉了,又将头转了回来,咬牙切齿:"还不松手!"

顾轻衍脸色微红:"你不生气了吗?你说你不生气,我就松手。"

安华锦恼怒:"别以为我奈何不了你,便得寸进尺。"

"不敢!你很能奈何得了。"最起码,今日便将他气得险些失去理智。明明他要气人,反而被人气着了,这还是头一遭,当街纵马也是头一遭,有生以来追在人后面也更是头一遭。

安华锦哼了一声,就是不想说,她还生气着呢。

"你看,我的手还在流血。"顾轻衍故意地抬了抬手,"你咬得太狠了,怕是没个七八日,好不了了,就这样,还不解气吗?"

安华锦瞟了一眼,也有些震惊自己的气性之大,她从来没气到用嘴当作武器咬谁,也算是开了先河了,默了片刻,硬邦邦地说:"我不生气了,你松手。"

她的确是不生气了!这气还怎么生得起来?

混蛋!

顾轻衍有些舍不得地慢慢松开抱着她的手,但还是拉着她不让她不理人,温声说:"你咬的,你负责给我包扎。"

安华锦看着手掌处那个深深的牙印,虽然流的血不多,但到底见血了,难为他忍着让她撒气一声不吭,她也没了脾气:"我包扎得不好。"

"我不嫌弃!"

安华锦泄气:"那就走吧,跟我去找医药箱。"

"嗯!"顾轻衍点头。

孙伯从内院迎了出来,急匆匆的:"小郡主,您可有受伤?老奴听说有贼人谋害您。"

"他手伤着了,我没事。"安华锦开口。

孙伯顿时提起了心,看着顾轻衍说:"快,来人,去请大夫。"

"请什么大夫?我来给他包扎。"安华锦瞥了一眼顾轻衍,"小伤。"

顾轻衍温和地笑:"孙伯,我的确是小伤,并无大碍,不用请大夫。"话落,他抬了抬手,"这么点儿小伤,不值一提。"

孙伯睁大眼睛,深深的牙印看得十分清楚:"这是……被人咬的?"

"嗯,你家小郡主咬的。"顾轻衍轻轻地笑,"她跟我闹了脾气,我刚哄好。"

孙伯无言,小郡主这脾气闹的,该有多大!难为七公子被咬了,还哄着人,七公子的脾气可真好,天下难寻。

孙伯找来药箱,安华锦洗了手,又给顾轻衍洗了手,用酒消毒,再包扎。

她的动作干脆利落,抹了药后,纱布裹了一层又一层,转眼间将顾轻衍的手裹成了粽子,并在粽子上系了一个结。

孙伯在一旁瞧着,这包扎虽然利落,但实在是有些丑,他担心顾轻衍觉得难看好脾气地忍着不说委屈自己,小声开口:"要不然,还是请大夫来包扎吧!小郡主毕竟手生,不如大夫手熟。"

"不必,我觉得包扎得挺好,多谢小郡主了。"顾轻衍眉梢眼角都染着笑意,显然心情很好。

孙伯没了话，既然七公子觉得好，那就是好。

安华锦包扎完，拍拍手，挥手赶人："行了，我要歇着了，你回去吧！"

顾轻衍摇头："还没吃晚膳呢。"

安华锦气笑："你还想留下来吃晚膳？我如今不想看见你。"

顾轻衍眨眨眼睛，低声说："就算我气了你，你也气了我，还咬了我，抹平了。但在大昭寺，我帮你打劫军饷，帮你参谋要了大昭寺的主厨。"

安华锦轻哼，噢，帮了她的大忙，这事儿抹不平，不管饭的话，她不厚道。

孙伯立即笑呵呵地说："本来以为您二人今日就住在大昭寺了，谁知道会出了这等事儿，老奴这就去安排厨房准备晚膳，时辰还早，您二人要不先歇一会儿？"

顾轻衍微微颔首，对安华锦说："你如今不乐意看见我，一会儿大约就乐意见了，我先去客房休息一会儿。"

"七公子请！"孙伯连忙点头。

顾轻衍站起身，出了画堂，去了他昨日午休的客房。

安华锦眼看着他离开，想着她以前了解的顾轻衍与如今了解的顾轻衍，真是一个天上一个地下，差了十万八千里。耍赖邀功哄人服软这一套，他是怎么做得这般炉火纯青的？高山白雪落了凡尘，原来是这般模样吗？

顾轻衍离开后，孙伯关了房门，与安华锦说悄悄话。

他压低声音小声劝说："小郡主，您的脾气也太大了些，怎么能咬人呢？还咬得那么重，都出血了，七公子已经够好了，脾气秉性也好。您尽量改改脾气，以后可不能这样了。这也就是七公子性情好，哪个男人受得了被女子咬啊。"

安华锦趴在桌子上："他的脾气好？孙伯，你弄错了，他的脾气才不好。"

若是他的脾气好，今日就不会发了火钳制着她不松手，捂着她的嘴不准她说话了。

"老奴觉得，七公子的脾气是真的很好了。"孙伯不赞同地说，"您包扎得那么难看，七公子都没说什么，还乐呵呵的很喜欢。"

安华锦："……"

她包扎得难看那是故意的！她在军营里，这些年给多少士兵包扎过，没一个人说难看。孙伯可真是她安家的人。

"小郡主，两个人相处，可不能总是耍脾气使性子，即使脾气再好的人，时间长了，也会忍不了。"孙伯苦口婆心，"总之，您再不准咬七公子了，否则老奴去信告诉老王爷您欺负七公子。"

安华锦揉揉眉心："好好好，不咬他了。"

"您要说话算话。"孙伯还是不放心。

"算话算话。"安华锦转移话题，"安平呢？你将人安置在哪里了？"

提起安平，孙伯顿时有了精神，也不揪着安华锦咬顾轻衍的事儿不放了，高兴地说："安平竟然是大昭寺的主厨，年纪轻轻，厨艺了得。这京中多少人想要，大昭寺就是不放人，他可是大昭寺的一大生钱窟，没想到今日被小郡主您给要到咱们府来了。这可真是一大好事儿。老奴将他安置在了落叶居。"

"嗯。"安华锦点头，"落叶居不错。"

"今儿晚上您要吃他做的饭菜吗？"孙伯搓着手笑，"不瞒您，老奴也早就想尝尝了，奈何大昭寺的斋饭都会排到半年后，老奴这些年也没尝着。"说着，他睁大眼睛，"啊，他被小郡主您要来了咱们府，那大昭寺排到了半年后的斋饭怎么办？"

"管他呢。"安华锦心很宽地说，"人来都来了，大昭寺如何办，就跟咱们没关系了。"

孙伯点点头："也是。"

"去吧！问问安平，他若是不累，今晚就让他做饭。"安华锦吩咐。

孙伯答应一声，笑呵呵地去了。

安华锦抬起手，将手掌在自己嘴边比画了一下，琢磨着一口咬下去，那么深，都见了血，应该疼死了吧！她忽然有些后悔了。

哎，真是气得很了，早先怎么舍得咬他那一口的？

宫里，楚希芸看着陛下和皇后前后脚送来的赏赐，摆在桌案上，都是她最喜欢的东西，心里却怎么也高兴不起来。

那可是顾轻衍啊，多少好东西，都换不来的一个好夫君，她就这么放弃了。不过，就算她不放弃，也轮不着她。

这么一想，有东西可拿，还是高高兴兴地拿吧！

她摆弄着首饰和布匹，对身边人吩咐："以后在我面前，谁也不准再提顾七公子。"

"是！"

"也不准说安华锦坏话。"

"是！"

看到了今日伊莲的下场，哪里还有人敢在三公主面前说一句？半句都不敢说了。

诚太妃虽住在深宫，但不同于普通妃嫔。她能以太妃的身份安享晚年不说，还能得到陛下的尊重，每年有半年出宫去大昭寺礼佛，想什么时候去就什么时候去，自然有过人之处。所以，对于宫外的消息，她并不比皇后得到得晚。

关于大昭寺有人谋害安华锦，刑部、大理寺的人找上了大昭寺之事，她倒不太上心，对身边的姜嬷嬷说："一个犯上作乱的小和尚而已，杀了就是，大昭寺这些年一直在皇城脚下，住持和各大长老执事们不傻，不会干倾覆大昭寺的事儿。让他们查，查清楚了，大昭寺也就清白了。"

姜嬷嬷压低声音说："刑部和大理寺的人查倒是不怕，可是有两桩事儿，实在是……"

"嗯？还有什么事儿？"诚太妃蹙眉，不太高兴，"怎么吞吞吐吐的，你就直说。"

姜嬷嬷提着心，将安华锦打劫了大昭寺五年供奉以捐赠军饷，以及五年供奉捐赠国库，又要走了大昭寺的主厨之事说了。

"什么？"诚太妃腾地站了起来，横眉竖立，"你是说，安华锦竟然敲诈了大昭寺那么多银钱不说，还要走了主厨？"

"……是！"

大昭寺相当于诚太妃的第二个家，多年来，她半年住皇宫，半年住大昭寺。正因为如此，她与大昭寺的密切程度可真是近极了。

大昭寺倚仗诚太妃，诚太妃背靠大昭寺。可以说，自太后薨了之后，诚太妃这十年来过得真是顺风顺水，从没有一件糟心事儿。

京中各府邸的贵妇夫人小姐们都争相巴结着诚太妃。无论是因陛下敬重她，还是能够因她的面子让大昭寺住持在她们上香时排上一炷头等香，或是排上一顿斋饭，都有利可图。

可是今天，安华锦利用诚太妃赐给大昭寺住持的一盒雨前春就一下子敲了大昭寺十年供奉，不只如此，还要了主厨，这让诚太妃几乎气得背过气去。

安华锦她可真敢！

大昭寺是她一手捧起来的，大昭寺的银钱，有一多半，也都是她的，尤其那个主厨，是她捏攥在手里的人。

安华锦这么一闹，等于是毁了她十年经营的心血。

诚太妃脸色铁青："走，随哀家去找陛下。"

"是！"姜嬷嬷应声。

一行人恼火着匆匆地去了南书房。

皇帝正在琢磨着楚砚和顾轻衍的话，越琢磨越有道理。如今安家只有老南阳王和一个安华锦了，就算给了足够的军饷，应该也不会有谋乱之心，他该放心才是。唯一不放心的，是一旦南齐和南梁兵马来犯，何人能代替老南阳王上阵杀敌。

这些年，他真的是从没想过南齐和南梁会在他有生之年，再度兵马来犯。

"陛下，诚太妃求见！"

张公公听到外面的动静，出去瞅了一眼，大概猜到了诚太妃所为何事。

皇帝心中正烦闷，但他素来对诚太妃敬重，当年他能顺利坐上帝位，有诚太妃的功劳。他缓和了面色，吩咐："请太妃进来。"

张公公立即迎了出去，笑呵呵地说："太妃，陛下有请！"

诚太妃将脸上的难看之色用力压制住，由姜嬷嬷扶着，进了南书房。

"太妃这时候来找朕，可有急事儿？"皇帝让人设了座，笑问。

诚太妃心中气血翻涌，但她素来懂得生存之道，缓和着语气说："陛下，哀家听闻安小郡主逼着大昭寺住持捐赠了五年供奉给南阳军，且还霸道地要走了大昭寺的主厨。这不是断大昭寺的生计吗？大昭寺那么多人，总要吃饭的。"

皇帝一怔："太妃是为此事而来？是大昭寺的人告到了太妃面前？"

诚太妃也是一怔，没想到陛下听了重点是这个，她摇头："未曾，是哀家常年在大昭寺礼佛，对大昭寺素来关注，方才听闻了此事。"

皇帝闻言点头，温和地说："想必是太妃弄错了，不是小安儿逼着大昭寺捐赠五年供奉，是大昭寺的住持心善为朕分忧，捐赠了五年供奉给南阳军，也捐赠了五年供奉给国库。朕也没想到，大昭寺十年积攒下来，供奉竟然如此之多，比国库都丰裕，这一善举，可见大昭寺住持真是佛心本善，替朕分忧。"

诚太妃一肚子的话憋住，看来陛下根本就没怪安华锦，不管这钱是安华锦怎么要出来的，在陛下面前说是大昭寺住持的善举，那就是善举了。

她气青了肠子，也知道这件事儿怕是没有转圜余地了，于是干脆地转向另一件事儿："大昭寺的主厨，是大昭寺的招牌，安小郡主霸道地要走大昭寺的主厨，是不是过分了些？总该给人留个活路。"

皇帝在几年前微服私访时，也是吃过大昭寺斋饭的，闻言倒真是好生地斟酌了一下说："此事朕并不知，小安儿与顾轻衍见朕时，并未说起此事。"

诚太妃立即说："做人岂能横行霸道蛮不讲理？这京城内外，谁不知道大昭寺靠着这名主厨的斋饭才得了一个大昭寺素斋的名声？她就这么要走了，成为了她一个人

的私有,未免太自私了。"

皇帝点头:"朕记得太妃和京中不少人都喜欢吃大昭寺的斋饭。"

诚太妃板正脸:"哀家不重口腹之欲,但哀家常在大昭寺吃斋念佛,也喜欢大昭寺人来人往的香火气。如今她仗着身份如此欺压大昭寺,着实让哀家看不过眼。"

皇帝颔首:"太妃说的有理,朕改日问问她。"

诚太妃怕这个改日不知道改到哪天去了,趁机说:"今日便问问吧!"

"今日朕还有要事儿。"

诚太妃红了眼睛:"陛下,哀家自先皇去后,别无爱好,就喜爱这向佛的香火气。京中人人都知道大昭寺与哀家关系近,安小郡主这般欺负哀家……"

"太妃说的是,朕这就命人将她叫来,一个小丫头,就算好吃大昭寺的斋饭,天天吃了也腻得慌。"皇帝改了口。

诚太妃立即道谢:"多谢陛下。"

皇帝对一旁吩咐:"张公公,你亲自去,将那小丫头给朕喊来。"

"把那大昭寺的主厨也带来。"诚太妃接话。

张公公看向皇帝。

"就听太妃的。"皇帝颔首。

"是!"张公公躬身去了。

安华锦打劫了军饷,要了大昭寺的厨子,哪怕与顾轻衍生了一顿气,但气消了后,心情依旧很好。她素来精力旺盛,才不会觉得累,顾轻衍去休息不在她面前不让她瞧见后,她就自己拿了剑,在院中练剑。

一番酣畅淋漓后,孙伯领着张公公来了。

"小郡主,张公公奉了陛下之命,请您进宫一趟。"孙伯看着安华锦额头都是汗,连忙递上帕子,"您怎么没歇着?这般模样,没法去见驾,老奴这就让人烧水您沐浴后再去吧。"

"我刚回来,陛下就让人来喊我,什么事儿啊?"安华锦看向张公公。

张公公立即说:"诚太妃去见了陛下。"

与聪明人说话,不需要多说,他想安华锦明白他的意思。

安华锦"呵"地一乐:"诚太妃告状告到了御前啊,动作可真快,行,我沐浴后收拾一番,就进宫,劳烦公公先一步回去回个话,请陛下稍等。"

张公公点点头,没见到顾轻衍的身影,多问了一句:"敢问小郡主,七公子没陪着您？"

"他又不懂武功，不能陪我练剑，歇着去了。"安华锦故意说。

张公公眸光闪了闪，点点头，告辞走了。

孙伯送张公公离开，对诚太妃找陛下的经过探寻了一番，没想到张公公很好说话，与他详细地说了经过，包括诚太妃的脸色等等。

孙伯想着人人都传陛下跟前的张公公谁的面子也不给，只效忠陛下一人，可见传言不可信，明明张公公很给她家小郡主的面子嘛，这提点真是拿出了十分。

安华锦沐浴用了很长很长的时间，直到孙伯觉得时间实在是太长了忍不住在门外喊，安华锦才慢悠悠地从浴桶里出来，换了衣服，擦干头发，随便绾了个少女髻，出了房门。

"哎哟，小郡主，您总算出来了，您看看天色，这距离张公公离开，都一个时辰过去了。"孙伯实在是怕陛下等了这么久，雷霆震怒，偏偏小郡主真能磨蹭。

安华锦神清气爽地说："我太累了，不小心在浴桶里睡着了嘛。"

"要不要让七公子陪您进宫？"孙伯舍不得埋怨安华锦，"七公子也还在歇着，想必今日也累得狠了。"

"不用，我自己去，你告诉他等着我回来吃饭，不准一个人先吃。"安华锦抬步往外走。

"您真不用七公子跟去帮忙？诚太妃很厉害的。"孙伯小声将从张公公那里探听来的消息仔细地告知了安华锦，末了又说张公公真是好人，真给小郡主面子。

安华锦心想着张公公哪里是给她面子，他是顾轻衍的人，她是沾了顾轻衍的光才有这待遇。她摇头："不用，我自己能应付。"

孙伯点点头，小郡主从来就没吃亏过，他倒也放心。

第十一章 闭嘴

安华锦出了安家老宅,骑上马,慢悠悠地前往皇宫而去。来到宫门口,正好遇到了楚宸和刑部、大理寺的人要进宫。

安华锦乐呵地想她掐算的时辰果然分毫不差,这个时辰,楚宸和刑部、大理寺的人正好回京要见陛下,她被毒茶谋害的案子彻底搬到了御前,一个牵扯了毒茶谋杀案的大昭寺伙食房的主厨,她就算要了,陛下能说什么?

她就不信,人都被她改了姓名了,诚太妃还能死命地将人要回去!

楚宸一眼就看到了安华锦,睁大眼睛:"小丫头,你要进宫?这么晚了,来做什么?"

"陛下召见我。"安华锦打马来到楚宸面前,"我貌似得罪了诚太妃。"

楚宸了然,哼哼地笑,斜睨着她:"诚太妃告状到了御前,她可是一个厉害的,顾轻衍呢?怎么没跟着你来帮你?"

安华锦撇撇嘴:"他一个手无缚鸡之力的世家公子,素来又温和知礼,能帮我什么啊?难道你让他来帮我跟诚太妃吵架?他即便吵得过,也丢他的人吧?"

楚宸脑补了顾轻衍面对诚太妃的画面,"扑哧"一乐,扬眉:"你也知道他没多少用处,所以还不赶紧地悔婚,还留着你们的婚约做什么?"

"这桩婚事儿,陛下喜闻乐见,又不是我说想毁就想毁的。"安华锦翻了楚宸一眼,"不过,就算我与他毁了婚约,我也不会嫁给你的,你给我死了这条心。"

楚宸气急:"我哪里不好了?就这么让你看不上?"

"这跟好不好没关系。"安华锦懒得多说,先一步提前进了宫门。

楚宸憋着一股气,上不来,下不去,脸色很是不好看。他就不信了,他好不容易想娶一个人,会娶不到。就算娶不到,也不能就这么被她三两句话就放弃。

刑部侍郎和大理寺少卿听了一耳朵,琢磨着真是看不出来啊,宸小王爷竟然动了要娶安小郡主的心思。本来该是仇家啊,难道这就是传言中的不虐不爱?

一行人随后进了宫门。

诚太妃等了一个多时辰,心都快等得喷火了,安华锦还没来,她气怒地说:"安小郡主实在是不将陛下放在眼里,如此欺君,陛下一定要治她的罪。"

皇帝也没想到安华锦这么久都不见人影，他不接诚太妃的话，对张公公问："你去时，她在做什么？说稍等片刻，怎么等了这么久还不见人？"

张公公立即说："老奴去时，小郡主在院中练剑，挥汗如雨，觉得这样来见陛下，有辱天颜，说是沐浴换衣后就来。如今这么久，想必女儿家需要仔细收拾一番。"

"嗯。倒也可以理解，长公主一日三沐浴，每次出门，都要拾掇一个时辰。身为女子，是麻烦些。"皇帝颔首。

诚太妃要气死了，但也没了话，只能干等着。

又过了片刻，外面传来动静，张公公探头向外瞅了一眼说："小郡主来了。"

"让她进来。"皇帝立即道。

诚太妃立马坐直了身子，像一只充满了战斗气息的斗鸡，各处都藏了锋芒。

安华锦走进来，对皇帝见了礼，然后转向诚太妃，笑呵呵地也见礼，语气欢快："这位就是诚老太妃吗？据说老太妃和我祖母一般年纪，我以为该见着个白发苍苍的您，没想到，您这么年轻，如花似玉的，您是怎么保养的？若是我姑姑在这里，我怕是都会错认您与我姑姑一般年纪了。"

诚太妃："……"

伸手不打笑脸人，这小姑娘一脸的欢喜崇拜还带着三分羡慕是怎么回事儿？她是个傻的？难道不知道早先将她得罪大发了，她让她来陛下这里是要抓住她问罪的吗？

诚太妃极力克制地板着脸，几乎板不住，一时间不知该如何接话。

安华锦更是凑到近前，仔细地端详诚太妃的脸，一边端详，一边可惜地说："若是我祖母活着，不知道是否也跟您一个模样。"

诚太妃绷不住了，想呵斥，却也呵斥不出来，一时间忍得很是辛苦难受。

"陛下，宸小王爷，刑部侍郎、大理寺少卿求见。"张公公心里乐翻了天，趁机禀告。

皇帝默了一瞬，眼前这件事儿不打紧，毒茶案才打紧："宣！"

张公公连忙打开房门，挑开帘子，请外面的人进来。

安华锦顺势坐在了诚太妃身边的椅子上，挽住诚太妃的胳膊，与她说悄悄话："太妃，我听说您爱礼佛，我劝您，以后就安生在宫里礼佛好了，可千万别去大昭寺了，大昭寺实在太危险了，我今日险些被茶毒死。"

诚太妃："……"

她气得咳嗽起来。

安华锦好心地伸手给她拍后背，继续小声说："大昭寺的伙食房有一个小和尚，牵扯了谋害我的毒茶案，本来我想将伙食房的人都杀了，后来一听大昭寺伙食房的主厨手艺了得，起了惜才之心。哎，我太善良了，没忍住，将他要了出来，也算是救他一命。俗话说，救人一命胜造七级浮屠。您说，我是不是做了一件好事儿？"

诚太妃："……"

她几乎吐血三升，再也忍不住，低声呵斥："你给哀家闭嘴！"

诚太妃从来没见过安华锦这样的人，做了坏事说好事儿，真是不要脸极了。

她气得浑身哆嗦。

安华锦立即松开挽着诚太妃的手，坐着的身子弹起来，躲离她老远，躲到了皇帝身边，委屈地对皇帝小声告状："陛下，诚太妃好凶啊。"

皇帝："……"

安华锦刚刚的声音虽小，但他听得清楚，什么叫做倒打一耙颠倒黑白，他今日也算是见识了这小丫头的本事。

皇帝心中好笑，但故意绷起脸："你怎么来得这么慢？"

"我沐浴的时候不小心睡着了。"安华锦挠挠头。

皇帝瞅了她一眼，见她说得似乎还挺不好意思的，也不怪罪："你先安静地待一会儿，待朕问问毒茶案进展如何了，再说别的事儿。毒茶案事关你，你也听听。"

安华锦乖巧地点点头。

皇帝看向楚宸等三人："说吧，可查出凶手了？"

刑部侍郎和大理寺少卿看向楚宸，等着小王爷先开口。

楚宸也当仁不让，拱手说："启禀皇叔，凶手暂时还没查出来，但抓的那两个活口，大有可查之处。"

"嗯？说说。"皇帝看着他。

楚宸沉声说："一个须发花白的老者，名叫程启，经彻查，是广诚侯府的一名车夫，今日广诚侯府的大夫人前往大昭寺上香，正巧在大昭寺山脚下歇脚。一个是大昭寺伙食房的小和尚，叫做忘梭，是大昭寺收留的孤儿。"

"广诚侯府的车夫？"皇帝皱眉，"怎么看出来他是凶手？"

"我与刑部和大理寺的人赶到之前，顾轻衍已经命人封锁了大昭寺山脚下。据说这两个人在事发后，想要趁机逃跑，很有嫌疑，被他命人先抓了，控制了起来，我们到了之后，经由刑部和大理寺的人审问。那二人先是死活不承认，后来用了些手段，才招了，据说那毒药是经由忘梭之手给了程启，程启给去了小郡主休息的茶棚里，由茶棚里的小伙计下的药。以防事情败露，茶棚里的三人提前吞了毒药。"

皇帝脸色发寒，对安华锦问："你是临时起意去大昭寺，还是早有打算？"

"临时起意。"安华锦抿了一下嘴角，"我与顾轻衍一路慢悠悠地走，到了大昭寺山脚下歇脚想喝一碗茶水，也是我临时起意。"

皇帝转过头，问楚宸："还查出什么来了？"

"忘梭的毒从哪里来的，是受了人指使，还是如何？忘梭与程启看着八竿子打不着，为何牵扯在一起，合谋谋害小郡主？事件牵扯了大昭寺和广诚侯府，我和刑部大理寺的两位大人商量下，先命人将大昭寺封锁了，将与忘梭交情好的抓了十几人盘查。至于广诚侯府，特意回京来请示皇叔的旨意，看看如何查。"

皇帝沉声道："广诚侯府的大夫人呢？是她的车夫？她如今在哪里？"

"大夫人吓坏了，事发后，一直都在大昭寺的山脚下，直到我们回京，才跟着我们一起回来，如今已回了广诚侯府。"楚宸道。

皇帝颔首，下令："光天化日之下，谋害小郡主其心可诛，此案无论是谁，都给朕一查到底。广诚侯府也先封了，府中之人在朝为官的，都先革职在家接受彻查盘问。"

"是！"

楚宸和刑部侍郎、大理寺少卿三人齐齐应是。

"大昭寺也封得好。大昭寺一个小和尚，身揣剧毒，毒从哪里来，都给朕查清楚，不准放过任何蛛丝马迹，与此案有关的一应谋害之人，都严查到底。"

"是！"

"行了，你们都下去吧！"皇帝吩咐完，缓了一口气，摆手。

刑部侍郎和大理寺少卿躬身退了下去。

楚宸并没走，目光看向安华锦："皇叔，您叫她来做什么？"

皇帝看了楚宸一眼，又扫了一眼诚太妃："她要了大昭寺一个主厨，朕问问她此事。"

"要了就要了。"楚宸一脸不是事儿地说，"皇叔您知道她今天为什么突然跑去了大昭寺吗？就是贪图大昭寺的斋饭，慕名而去。到了大昭寺山脚下，险些喝了毒茶丢了命，但还不忘跑去大昭寺吃，到底让她吃上了。一个厨子而已，哪里比得上南阳王府小郡主的性命？免得她以后再跑去吃，不如就将人给了她。"

"哦？"皇帝皱眉，偏头问安华锦，"你是为了这个，才去的大昭寺？"

"是啊。"安华锦一脸无辜,"我在京城,左右闲着无事儿,听说大昭寺斋饭好吃,就拉着顾轻衍去了。本来毒茶把我吓了一场,再吃不上,岂不是更亏了吗?"

她还无辜上了!

且似乎说得还十分有道理!

皇帝又气又笑:"这些年,你在南阳,没少惹事儿吧?怪不得老王爷与朕说隔三差五就要对你抡军棍,否则你不听话。"

安华锦无语:"陛下,我进京这两日,可没招谁惹谁。"话落,她似乎想起了什么,看向楚宸,改口,"噢,不对,招惹了善亲王府。"

楚宸瞪眼:"我若是想毒死你,那天你绑了我去喝酒我就下毒了。"

"也是!"安华锦点头。

楚宸深吸一口气:"皇叔,您还有别的事儿找她吗?若是没有,我得好好问问她,除了得罪我们善亲王府,进京后,还得罪谁了。"

"嗯,此案干系甚大,小安儿你仔细想想也好。"皇帝摆手放了人。

楚宸上前,一把拽了安华锦:"走!"

安华锦不情不愿:"我还没向诚太妃讨教保养之法呢,诚太妃这么年轻,我……"

楚宸不等她说完,将她拽出了南书房,恶声恶气地说:"你还没老呢,这么早保养什么?"

安华锦被说服了:"也是哦!那走吧!"

二人远去。

诚太妃:"……"

她快气疯了,她辛辛苦苦地坐着硬板凳等了安华锦一个多时辰,她来了没待一盏茶工夫,没说两句话,就这么将她做的事情轻拿轻放轻轻松松一笔带过后走了?

她气得脸色铁青:"陛下,你也太纵容她了!"

皇帝宽和地语重心长地说:"太妃,朕知道你一心向佛,对大昭寺这么多年极有感情,但大昭寺如今有人牵扯了毒茶案,此事未查清楚前,大昭寺里每一个人都有嫌疑。她就是一个贪吃的小丫头,要了大昭寺的主厨,也不算什么大事儿,既然她要,给她就是了,你若是想吃那主厨做的斋饭,就去安家老宅,那小丫头正想向你讨教保养之法,想必不会拒绝。"

诚太妃:"……"

她还能说什么?陛下明显就是偏护她。

她气得心口疼，也明白安华锦的身份令陛下看重，对比她险些丢了命，一个主厨，在陛下眼里，只要她好好的，给了她真不算什么了。她再坐下去毫无意义，只能站起身告辞出了南书房。

诚太妃气冲冲而来，忍着怒气离开，她活了一辈子，从没这么憋屈过。

皇帝在诚太妃离开后，揉揉眉心，对张公公问："你说，朕是不是太纵容小安儿了？小小年纪，却净干大事儿。"

张公公呵呵地笑："小郡主年纪小，正是贪吃好玩见着什么好东西都新鲜想要的时候。依奴才看，等她吃腻了那厨子的斋饭，估计就该转手送人了。"

皇帝也笑了："也许你说的对，不知道她自己知道不知道今天这两桩事儿得罪诚太妃了。"

"何止得罪了？怕是得罪狠了。"张公公惆怅地说，"小郡主还是年纪太小了，行事全凭喜好，不管不顾，大约也是在南阳待久了，不懂得与人往来的人情关系。老王爷怕是也没教她。"

"安家人，打仗是个个顶好，但人情来往，可真是代代如此，不懂这些。"老南阳王不教她这些也没什么奇怪，他也不大会。能够教她不少保命的法子，惹了不少祸，如今依旧活得好好的，已经不错了。皇帝对安家人若说要求高也高，若说要求低也是低的。

张公公笑着点头："陛下说的是。"

"诚太妃这些年，在朕的睁眼闭眼下，做的也有些出格了。连朕都不知道大昭寺竟然存了这么一座金山。如今念在小安儿抖出了大昭寺这座金窟，充盈了国库的分上，一个厨子的事儿，就罢了，让她得了吧。"皇帝说着，心情好了些。

张公公点头："陛下对小郡主如此厚爱，老南阳王若是得知，一定很感念陛下圣恩。"

"嗯。老南阳王是个念恩的人。"皇帝也感慨起来，"朕确实对不住他。"

这话张公公没法接了，闭了嘴。

安华锦被楚宸拽着袖子，拉拉扯扯地出了南书房后，安华锦摆脱了诚太妃，立马翻脸不认人，劈手给了楚宸一巴掌，不客气地拍在他肩膀上："拉拉扯扯做什么？你这只手不想要了是不是？"

楚宸瞪眼："小丫头，我是在帮你，若是没有我帮忙，你觉得以诚太妃的厉害劲儿，你会这么容易在她面前轻松走出来吗？"

安华锦撇嘴:"诚太妃也不是多厉害嘛,被我几句话说的,都快吐血了,还忍着,涵养挺高的。"

楚宸无语,气笑:"诚太妃没被你气死,的确涵养高,你那些不要脸的话,是怎么说出来的,我听着都替你脸红。"

"难道不是刮目相看?"安华锦轻哼,"南阳军多年吃不饱穿不暖,每年为军饷吃紧,诚太妃捧着个大昭寺,养成了一座金窟,她都不脸红,我脸红什么。"

楚宸咳嗽起来,用力地拉了她一下:"嘘,这里是皇宫,别说了。"

安华锦闭了嘴,甩开他的手,撵人:"我入京后,除了得罪你的善亲王府外,再没得罪谁。我没什么可跟你说的,你赶紧去广诚侯府彻查,我也想知道,一个车夫,怎么这么这么能耐。"

楚宸收回手:"我饿了一日了,你先请我吃一顿饭。"

安华锦刮了他一眼,翻身上马:"你是为陛下办事儿,让陛下请去,我没钱,请不起。"

丢下一句话,她纵马离开了皇宫。

楚宸站在原地,气得头顶冒烟,什么人啊这是!他怎么就上赶着犯贱地帮她。

安华锦一路纵马回了安家老宅,到府门口时,天已经黑了。

她翻身下马进了府门,便见顾轻衍长身玉立地站在她的枫红苑的屋檐下等着她,若不是手上裹成个粽子,失了几分美感,他可真是无一处不入画。

"看你心情很好,想必没遭受诚太妃的为难?"顾轻衍含笑问。

安华锦"嗯"了一声,走到他近前:"你手还疼吗?"

顾轻衍抬起手:"疼。"

安华锦:"……"

她就不该问!他疼她也没法子让他的伤口不疼。

她咳嗽一声,面上有些不好看地说:"吃饭吧!吃完饭,你赶紧回府,你家应该有无数好药,比我这里的好药多。什么天香断续膏啊,什么玉肌膏啊,万金难求的好药,你抹了就不疼了。"

顾轻衍眨眨眼睛:"一会儿让青墨将药膏拿来,吃过饭后,你给我抹。"

安华锦瞪眼。

顾轻衍低声解释:"你将我手咬伤,这事儿总不是什么光彩事儿,知道的人越少越好。"

也对！她也觉得非常没面子不光彩！

安华锦点点头："行吧。"

孙伯见二人似乎和好了，小郡主也不闹脾气了，与顾七公子和气说话，十分高兴，笑呵呵地问："小郡主、七公子，现在就开饭吧！"

"好。"安华锦点头。

不多时，饭菜就摆上了桌。

安华锦这才发现顾轻衍伤的是右手，他看着面前的饭菜，又看着自己裹成粽子一般的手，似乎十分犯难，不知该如何吃饭。

"你不会用左手？"安华锦问。

"不会。"顾轻衍点头。

安华锦给出建议："要不，你用左手抓着吃？"

顾轻衍："……"

他用力地摇摇头，从记事起，他就从没抓过什么东西往嘴里送过。

安华锦这才知道有些后续的麻烦是后知后觉的，她又给出建议："我让人来喂你？"

"我不喜欢别人近我身。"顾轻衍认真地看着安华锦，"除了你。"

安华锦："……"

她惹了大爷了！

"青墨也不行？"安华锦怀疑地问。

"不行！"顾轻衍摇头，"他吃饭都抱着剑，心里只有剑，做别的都做不太好。"

也就是说，伺候人的活，青墨根本就不会了。

安华锦又问："那你在家里呢？身边就没有伺候的人？"

顾轻衍点头又摇头："有是有，但吃饭这等小事儿，我从来都是自己做。"

安华锦泄气："要不你饿着吧，一顿也没事儿。"

顾轻衍脸色变幻，目光似有些委屈，为了她的没良心和不负责任而无声谴责。

安华锦被他看着，吃了两口，吃不下去了，她还是很有良心和责任心的人。尤其是这么一张好看的脸无声地委屈地看着她，让她罪恶感加倍。于是，她左手拿起筷子："你坐到我身边来。"

顾轻衍眼睛一亮，顺从地挪了椅子，坐在了安华锦左手边。

安华锦用左手给他夹了菜，喂到他嘴边："吃吧！"

顾轻衍张嘴吃下。

于是，安华锦用左手喂顾轻衍，用右手喂自己，她左右手学的是双手剑，从来没想过有朝一日竟然用来做这个喂饭的活，也算是能尽其用了。

安平的手艺，吃一顿觉得好，两顿也不腻，安华锦左右手忙活不得闲，但也吃了个心满意足。

饭后，青墨端来她的药，顺便拿来了玉肌膏，不掩饰地哀怨地看了安华锦好几眼。

"我今日没怎么你吧？"安华锦瞧着青墨，"熬药很累？"

青墨绷着脸说："公子从来没让人伤着一根头发丝。"

也就是说，她咬伤了顾轻衍，这是在顾轻衍来说，从小到大第一回受伤咯？

安华锦一脸的不心虚："让你家公子和你一起长长见识，你有意见？"

青墨："……"

不敢！

安华锦痛快地喝了药，拿起玉肌膏，啧啧两声："这么好的玉肌膏，就治这么点儿的轻伤，大材小用。"

顾轻衍将裹得粽子般的手放在她面前："不用玉肌膏，估计会永久地落个牙印。"

"用，赶紧用。"安华锦可不想一辈子都看见他右手上有自己的牙印，有负罪感，"玉肌膏给别人用这点儿的小伤是大材小用，给你用当然不会，这是它的荣幸。"

顾轻衍低笑。

安华锦干脆利落地用酒给他做了二次清洗，抹了玉肌膏，又利落地给他做了包扎。这一次的包扎她没有闹情绪，所以包扎得十分漂亮，且还系了一个蝴蝶结。

顾轻衍在她包扎完后，晃了晃手："明日你再给我重新抹药。"

"明日就结疤了，你自己抹。"安华锦没想负责到底。

顾轻衍一眨不眨地看着她："做事情要有始有终，不能半途而废。"

安华锦："……"

她咬了他一口，他还彻底地赖上她了？那他当年喂了她"百杀散"，她是不是也要赖回来？

可惜当年她不知道他们二人有婚约，若是知道，她一定让他爷爷将他叫到她床前伺候三个月。直到她能下床为止。

便宜他了！

顾轻衍站起身："天色晚了，我回去了，青墨我留给你，暗中保护你。"

"不用！"安华锦大手一挥，自信地说，"以我的武功，谁若是能闯进安家老宅来杀了我，也是一份本事。你留了他在这里，时刻监视着我，我该睡不着了。"

顾轻衍想了想，身为男子的青墨，的确不太合适："那我明日安排一个女子来给你做暗卫。陛下说让我保护你，我岂能不给你派人？难道你想要陛下的人？或者，动用你安家在京中的暗卫？被陛下知道，不太好的。"

安华锦拒绝的话吞了回去："行！"

顾轻衍见她答应，笑着离开了。

安华锦目送他身影出了枫红苑，月色如华，他背影秀雅玉华，哎，清风白雪般的人物，怎么就偏偏长了一颗黑心？这性子，无赖起来，可真够折磨人的。

夜深人静，各府邸却都不平静，最不平静的是广诚侯府。

广诚侯府里的所有人都吓白了脸，随着大夫人回府，禁卫军也包围了广诚侯府。刑部和大理寺的人以及楚宸前后脚进了广诚侯府，逐一盘问彻查。

广诚侯府内人心惶惶。

广诚侯府有敕封的小郡主江映月紧攥着绢帕，勉力让自己镇定下来。白日里，她还和小姐妹一起听安华锦和善亲王府小郡主楚思妍的笑话，没想到，晚上就轮到了她家涉嫌毒茶案。

她真是快吓死了，生怕那车夫胡乱攀咬，她家就是洗都洗不清，一旦她家洗不清，那广诚侯府完了，她也就完了。罪犯之家，不是斩首示众，就是男丁流放，女子被发卖为奴。她可不想是那个下场。

她身上的小郡主头衔，是当年她娘替太后挡灾，太后向陛下讨了个赏才得的，虚得很，不比安华锦真正的小郡主头衔是实打实的，但这虚名多少管点儿用。至少能让她往宫里给与她交好的三公主送个消息，让三公主帮她一把。别被人趁机往死里踩广诚侯府，真一步给踩死，就算踩死了，她希望三公主念着交情，救救她。

她不能不做最坏的打算，毕竟安华锦的身份实在太重要了。

楚希芸很快就收到了江映月的求救，她身为公主，玩伴不多，广诚侯府小郡主江映月是一个，荣德伯府小姐许紫嫣是一个，其余人性情合不来，是泛泛之交。

念着交情，她自然也不希望自己的玩伴真没了，于是，她跑去见了皇后。

皇后自从安华锦和顾轻衍离开后，也有些头疼，心绪不畅，本打算早早歇下，见楚希芸这么晚来了，对她问："怎么这么晚还过来？可是有事儿？"

楚希芸点头，她一个公主，没多大能耐，只能来求母后了。于是，将江映月的困境与皇后说了，想她母后求求情，让刑部和大理寺的人别难为广诚侯府。

皇后闻言板起脸："芸儿，小安儿险些被人害死，此事广诚侯府的一名车夫既然有牵扯，难保广诚侯府其他人没有牵扯。事情没查清楚之前，你跑来找母后求情，是为不对。广诚侯府若真无辜，只是那车夫一人所为，刑部和大理寺会查清，若不无辜，陛下该怎么处罚，就怎么处罚，那是罪有应得。你老大不小了，也该知事了。"

楚希芸脸色白了白："母后……"

"行了，别说了，小安儿受惊一场，明日你去安家老宅看看她，她本就有惊梦之症，估计晚上更睡不好了。"皇后不想听楚希芸继续说什么，她对广诚侯府也有气，一个车夫哪来的胆子谋害南阳王府的小郡主，广诚侯府不见得干净。

楚希芸只能闭了嘴，小声说："母后，听闻顾七公子每日去安家老宅陪表姐。我不想见他，若是我特意去安家老宅，也许会让表姐多心我想对顾七公子如何呢。"

皇后倒是忘了这茬，面色温和下来，伸手摸了摸楚希芸的脑袋："嗯，你能迷途知返，是好事儿。除了顾轻衍，你喜欢谁，母后都会为你尽力争取做主。既然如此，你就不用去了，好好在宫里待着吧。"

"嗯。"楚希芸点头，心里依旧流泪，她喜欢了顾轻衍多年，如今不喜欢他，她还能喜欢谁呢？还有人能让她喜欢上？

毒茶案查得如何，到底谁是幕后凶手，安华锦其实并不太关心。她对陛下说的话原也没说错，这么多年，她身边的暗杀谋害还真没断过。她吃饭喝水养成了留着三分警惕，也是这么多年多次的暗杀养成的习惯。所以，顾轻衍离开后，她也的确折腾得累了，打了个哈欠，洗洗漱漱躺去床上睡了。

顾轻衍一路是瞧着自己裹着手的漂亮蝴蝶结回到顾家的，青墨跟在他身后，对自家公子十分无语。不就是一个漂亮蝴蝶结嘛，公子好像没看过一样，手被咬得那么重，好像一点儿都不疼了。

顾老爷子依旧等在顾轻衍的院子里，不过这次是在屋中喝着茶等着。

顾轻衍迈进门槛，无奈地笑："爷爷，您将我这里当作自己的院子了？"

要不怎么天天跑来他院子。

顾老爷子胡子翘了翘："谁让你们天天有事儿闹腾出来，让我惦记着？说吧，今日又是怎么回事儿？怎么就又闹出了一出毒茶案？真有人谋杀那小丫头？"

顾轻衍坐下身，收了笑，点点头："是真的。"

顾老爷子皱眉，面色凝重起来："到底是何人所为？你可知道？"

"不知。总之不是南齐和南梁的奸细。"顾轻衍给自己倒了一盏茶，喝了一口，又放下，"也许是哪位皇子坐不住了，也许是几个皇子坐不住了，也许是别的什么人。我的人自从三年前大皇子私造兵器案事发，都撤走了，京中留下的人不多，且都用来盯着对付南齐和北周的探子了。"

顾老爷子点头，忽然问："你的手怎么了？"

顾轻衍低头又看了一眼自己的手，面上染了一层笑："被发火的猫儿咬了。"

顾老爷子："……"

他讶异地看着顾轻衍，老眼精光地问："那小丫头咬的？咬你手？这脾气发得不小啊。"

顾轻衍低咳一声，爷爷还不糊涂，他只能默认了。

顾老爷子笑了一声："安小郡主当年可是将宸小王爷揍得在床上躺了三个月，她若是真发火，也该拿剑砍你，看来，这脾气就算大，也是手下留情了。"

顾轻衍低笑："手下留情，但嘴下可没留情，伤口很深，用上了玉肌膏，否则抹不平会落疤。"

顾老爷子挑眉："你看起来还挺开心？"

顾轻衍："……"

有一点点开心！

因为他的手被她咬伤了，她喂他吃饭了！

"你要没救了！"顾老爷子得出结论，老怀大慰地感慨，"我一直都怕你冷冷清清的性子，这一辈子也没人能让你动容走进你的心，如今嘛，倒是放心了。"

顾轻衍笑而不语。

顾老爷子感慨了好一会儿，又正了神色："只是这小丫头，看来是个麻烦精。这刚入京，就被人下毒茶要谋杀，以后看来也会麻烦不断。你如今对她上了心，以后要操心她的地方怕是多了。"

"能有个人让我操心也好。"顾轻衍垂眸浅笑，语气浅淡，"从小到大一成不变的生活，我也过够了。"

"你呀！是顾家人，又不像顾家人。"顾老爷子叹息，"行吧，你自小就有主意，我也管不了你。不过那小丫头果然是个真厉害的，你说她只闻了闻，就识别出那盏毒茶了？这本事可不小。"

"嗯。"顾轻衍抬起头，"她会的东西多得很。"

"可惜不是个男儿,若是个男儿,南阳王府何愁后继无人?"顾老爷子感叹。

"她可不能是男儿,否则您会没有孙媳妇儿的。"顾轻衍不赞同。

顾老爷子哈哈大笑,笑罢,对他问:"毒茶案之事,你准备插手彻查吗?"

顾轻衍摇头:"我看她不是十分在乎,想必这么多年来,时常遇到这样的事儿。她如今在乎的是,如何让陛下尽快同意将大昭寺捐献的五年供奉充作军饷,送回南阳给南阳军,我帮她先把这件事儿做了。毒茶案有楚宸在,他不是个好糊弄的人,想必能查个清楚明白,有他在,我就省些力气吧。"

顾老爷子点头:"善亲王府这位小王爷,年少聪明,假以时日,必成大器。"

顾轻衍笑笑:"他喜欢小郡主,也想娶呢。"

顾老爷子一愣,愕然:"有这事儿?"

"嗯。"顾轻衍点头,"不过他白日做梦吧。"

顾老爷子面皮抽了抽,也不好跟着他说楚宸这个小辈就是白日做梦,有他这个孙子在,且对人上了心,楚宸哪里还会有机会?

不是他对他孙子过于自信,实在是这孩子从小到大,想要什么,就没失手过。

善亲王府内,善亲王问了几次,听闻楚宸回京后,进宫一趟,又跟着刑部和大理寺的人去了广诚侯府,眼见天黑了,他怕是连夜查案都不见得回来了,他不由得唉声叹气。

"老王爷,您中午就没用多少膳食,晚上不能不用膳,否则身子骨会受不住的。"贴身侍候的人劝说,"要不奴才派人去问问小王爷何时回府?"

"算了,别去问了,他知道自己在做什么。"善亲王拿起筷子,面对一桌子美食,难以下咽地说,"他从来没插手过案子,如今乍然插手,就是这么大的案子。若真是查好了,也是因此踏入朝堂了。我是既忧又愁,他那个性子,被我惯坏了,怎么适合朝堂上的钩心斗角哟。"

侍候的人笑:"老王爷多虑了,咱们小王爷聪明,除了在安小郡主面前,别人可不曾让他吃过亏。就算查好了案子,陛下准许他入朝,他也不会吃亏的。"

提起安华锦,善亲王又绷起了脸:"这个臭东西,他怎么就能对那死丫头动心了呢!他就不怕将人娶回来,天天挨揍?"

侍候的人这话没法接了,只能闭嘴不语。

"哎,我将他从小疼到大,真是要星星摘星星,要月亮摘月亮,舍不得他受半丝委屈,他既然想娶,少不了这事儿我还是要给他出个头。"善亲王操碎了一颗爷爷心地说，"明日我进宫先去探探陛下的口风，看看这事儿有没有商量。"

"老王爷您对小王爷真好。"侍候的人没想到善亲王同意了。

"我是他亲爷爷，我不对他好，谁对他好！"

"是呢，小王爷若是知道您松口了要帮他娶安小郡主，一准儿开心极了。"

"先别告诉他，我怕他得意忘形。"善亲王说着话，有了心情吃饭了，一连吃了好几口。

"是！"侍候的人见老王爷下饭了，也开心了。

楚宸和刑部、大理寺的人在广诚侯府审了一夜案，天明十分，倒真有收获。

本来那名叫程启的车夫不招，但当抓了与程启暗中相好了多年的广诚侯府小郡主江映月的奶嬷嬷，又进而抓了江映月后，程启挺不住才招了。

程启年轻的时候原是有名的杀手组织"替天行"中的一员，他有个绰号叫"鬼见刀"。十八年前，"替天行"组织接了一桩买卖，就是当年轰动天下的劫粮案。五十万石的粮食本来是要送去南阳充作军饷的，但半路被劫了，押送粮草的人都被杀了，劫粮案很成功。当年还是新皇的陛下雷霆震怒，命人彻查，查了三个月，却什么也没查出来，此案成了大楚建朝以来最大的悬案。而"替天行"组织，却在劫粮案成功后，不仅没拿到丰厚的报酬，反而迎来了灭顶之灾，一夜之间被人灭了门。

只逃出了一人，便是"鬼见刀"，他改名换姓程启，进了京城，他认为最危险的地方，就是最安全的地方，那时恰逢广诚侯府招奴仆，他便进府做了车夫。

因他赶车十分平稳，这车夫自然也就做得十分安稳，大夫人一直用他赶车。

他隐藏得很好，且在十年前，与江映月的奶嬷嬷看对了眼，暗中做了相好，一好就十年，他也一隐藏就十八年，成了如今已白发苍苍的老者。

据程启说，大夫人前去大昭寺上香，在山脚下歇脚喝茶，他坐在车前等候。一个小和尚来到他身边，让他将毒药送入安小郡主和顾七公子喝茶的茶棚给那小伙计。他不同意，那小和尚便说出了他的身份，拿他的身份做威胁。他心中又惊又惧，只能做了这个跑腿之人。事情本来做得很是隐秘，没想到，还是被顾轻衍将他与那小和尚一起抓了。

楚宸和刑部、大理寺的人没想到，本是审查毒茶案，却不小心牵扯出了十八年前的劫粮旧案。广诚侯府除了包藏了一个劫粮案的罪魁祸首外，倒是没人参与这一次的毒茶案，皆是程启一人所为。

楚宸和刑部侍郎、大理寺少卿顶着熬了一夜的疲惫身子，对看一眼，此案干系甚大,他们顾不得休息,匆匆赶在早朝前入了宫。

皇帝一夜没睡好,早上早早就醒了,听闻楚宸等人入宫,吩咐:"宣!"

三人走进来,见礼后,依旧由楚宸开口,将程启和广诚侯府所有人的供词呈递给了皇帝。

别人的供词都是普普通通,没什么异常,也没什么可查之处,唯程启这份供词。可真是石破天惊。

皇帝本坐着的身子腾地站了起来,震怒色变:"十八年前的劫粮案?"

楚宸看了一眼皇帝,当年他刚出生,皇叔刚刚登基。那件案子一百分地挑衅了皇叔的帝王威仪,没查出来,成为了悬案,是他至今的痛。没想到,十八年后就这么因为毒茶案揭出来了。

他在听到程启的口供时,也咋舌不已,想着安华锦这是什么体质,一个毒茶案,竟然牵扯出了劫粮案,这毒茶案想小查都小不了了。

他也是,什么命,竟然掺和了进来,成为了查案者。

他没想做惊天动地的大事儿的。

皇帝震惊震怒许久,想起当年他登基后的耻辱,心绪一时翻涌难平,咬牙问:"程启呢?"

"回皇叔,打入了刑部死牢了,让人寸步不离地看着呢。"楚宸回话。

"当年是什么样的人找到'替天行'组织做的买卖?后来又是什么人灭了'替天行'满门?这供词上没有。"皇帝问。

楚宸摇头:"他说是一个黑衣蒙面人,赶了一辆车,找到了'替天行'总坛,车上装了十箱子黄金,足有十万两,且还只是订金。事成后,再给十万金。财帛动人心。'替天行'的首领便破例没要信物,接手了这笔买卖。'替天行'组织只负责杀运粮的人,杀了全部人,他们就撤了。粮草善后之事,不归他们管,他也不知粮草后来被何人运走了。事成之后的第二日夜,'替天行'组织便遭到了灭门。他因心脏长得偏了一寸,当年身中数刀,但仍躲过了一劫。能灭了'替天行'组织的人,定然来者不善,武功诡谲,他没敢声张,就此隐姓埋名起来。"

"嗯。"皇帝脸色阴沉,"那个叫忘梭的小和尚呢?"

"昨日什么也没从他口中审出来,那小和尚嘴严得很,如今也押在刑部大牢。"

"审!无论如何,不管用什么法子,撬开他的嘴。"皇帝怒极,"朕要知道是什么人在背后搅动作乱。"

"是！"楚宸应声，"皇叔，据说忘梭甚是得大昭寺的方远大师青眼，但方远大师是大昭寺高僧，且一直得诚太妃青眼有加。昨日审了大昭寺诸人，唯独他在闭关，未曾审到。据说太妃曾放话，任何人不得打扰方远大师闭关，否则太妃问罪。"

皇帝沉声道："闭关？将他提出来审问，就说是朕的旨意。"

"是！"楚宸昨日忙了一日又一夜，想着顾轻衍和安华锦怕是在他忙得脚不沾地时很有闲情逸致地风花雪月，他心中不忿，打算拖个人一起，于是又请旨："皇叔，毒茶案牵扯出了劫粮案，这两件案子都实在太大，侄儿恳请皇叔再下一道圣旨，让顾轻衍与我等一起查案。他聪明得很，想必多大的案子搁在他手里，也能轻易勘破。忘梭撬不开的嘴，也许遇到他，就撬开了。"

皇帝闻言琢磨片刻，摇头："顾轻衍朕另有安排，查案的人手不够的话，朕让江云弈与你一起。"

楚宸睁大眼睛："皇叔，您对顾轻衍有很重要的安排？"

"嗯！"让他与安华锦培养感情，在当下是最重要的事儿。况且，他要跟在安华锦身边，他身边高手如云，也好顺便保护安华锦，安华锦一定不能出事儿。

楚宸泄气："是，那就江云弈吧。"

皇帝摆手吩咐："张德，你去下旨，让江云弈与楚宸一起，跟随刑部、大理寺的人彻查毒茶案与十八年前的劫粮案。"

"是！"张公公恭敬垂首，立即去了。

第十二章 送我

广诚侯府虽除了车夫无人参与毒茶案，但藏匿十八年前劫粮案的罪犯，依旧是一等罪。所以，皇帝虽撤了围困广诚侯府的禁卫军，但依旧将广诚侯府在朝所有男丁的官职一撸到底，全部罢了官，以示惩处。

没撤回侯府的爵位和江映月小郡主的头衔，这是陛下格外开恩了。

此事一出，朝野哗然。

劫粮案虽过去十八年之久，但老一辈的人没人会忘，少一辈的人也都知道。

消息传到安家老宅时，安华锦刚睡醒，她神清气爽地听着孙伯说外面的消息，不以为然地想着都过了十八年了，这案子才露出头，的确够久了。

当年劫粮案，受害最大的其实不是作案后被满门灭绝的"替天行"组织，而是南阳王府。陛下那时是疑心南阳王府暗中动了手脚，劫粮案后，查不出来，也不给南阳二度送军饷了。所以，那一年，南阳王府几乎掏空了，才勉强养活南阳军。

到底是什么人做的，当年他爷爷和父亲也命人查了，因出事的地方距离南阳太远，在淮河南岸，安家的势力在南阳扎根深，在别的地方浅得很，所以，同样没查出来。

他爷爷说是有人一手遮天抹平了所有痕迹，至于是什么人一手遮天，恐怕是那人在朝中和在江湖都有势力，也可能南齐和南梁暗中也有参与。

也正是因为这件事情，陛下对南阳王府十分防范，兵器监本就该早早改进兵器，但陛下一直压着不批准，导致军中所有兵器一直陈旧得很，以至于玉雪岭之战落了个惨胜。

"要说这广诚侯府也是倒霉，入朝的人全部都被罢了官，这等惩处，怕是十年也缓不过劲儿了。"孙伯感慨说，"若是早知道劫粮案有这么一条漏网之鱼藏在广诚侯府，老王爷和王爷也不至于被陛下怀疑背后动手脚。"

安华锦哼笑。

"据说那忘梭死活不说是受何人指使。"孙伯又恨恨，"一个小和尚，哪里来的阎王死？又哪里知道程启的隐藏身份？大昭寺肯定有人在背后。宸小王爷向陛下请了旨，与礼国公府公子江云弈一起去大昭寺了。"

安华锦叩了叩桌子，看了一眼天色："顾轻衍怎么还没来？"

孙伯立即住了口说:"昨日晚上走时,七公子是说今早还来的,他每天这个时辰已经来了,想必今日是有什么事情,要不老奴派人去顾家问问?"

"不必。"安华锦摇头,"再等等他。"

她想着,等他来了,她想和他一起去刑部天牢一趟,见见程启和忘梭。昨日抓了这二人,顾轻衍没审,她也没审,只想着扔给刑部和大理寺的人就完事儿。倒没想过毒茶案后还有劫粮案。

顾轻衍的确是有事耽搁了,且这一桩事儿十分重要,就是他的人在昨日夜里,拿住了要从大昭寺密道逃走的方远大师。

对于毒茶案,顾轻衍看起来报了官后没管,但并不是什么也没管,而是派了人暗中盯住了大昭寺和广诚侯府这两处,将与程启和忘梭有密切关系的人提前查了一遍。

广诚侯府倒是什么也没盯出来,无人有动作,而在大昭寺的后山,却盯住了趁夜逃离的方远大师。

暗卫拿住了方远,将之捆了,押送到了八大街红粉巷的暗室。

顾轻衍在天还没亮时,便去了那里。

方远是一个长得有些好看的中年和尚,年轻的时候据说是个风流公子,后来看破红尘,出了家。他对佛道的悟性高,与人论禅论佛,很是有禅机,于是得了诚太妃青眼,时常与她论佛,在大昭寺的身份地位俨然高出了寺中住持。

他功夫不错,暗卫拿住他,也费了好一番力气。

暗卫推开暗室的门,顾轻衍缓步而入,便看到了被绑着很粗的绳子扔在地上的方远。他的身上挂了彩,僧袍染了血,地上一摊血渍,只身一人,连个包裹都没有,显然是匆匆得了消息逃跑的,什么都没来得及带。

他本是死闭着眼睛,听到动静睁开,便看到了一截墨色锦袍的袍角,一双绣了云纹的缎面靴子,他顺着袍角和靴子往上看,便看到了一张过分好看的脸。

这张脸他认识,顾家七公子,天纵奇才,温雅玉华,风骨清流,顾家最顶尖的那个人。

他脸色变了变。

顾轻衍转着拇指上的玉扳指,打量被绑在地上的方远,面无表情地看了片刻,眸光清淡,气息微凉:"与诚太妃有染,只此一条,就足够大师受凌迟剐刑一万次。大师若是不想死,就把该说的说了,我可考虑给你一条活路走。"

方远的脸唰地白了个彻底,他与诚太妃的秘密,自诩隐藏得好,就连诚太妃身边的嬷嬷，都不知道。顾轻衍怎么会知道？这一刻，他从脚掌心凉到了光头顶。

顾轻衍转身坐在红木椅子上，姿态懒散，声音不高不低："大师与诚太妃还有一个孩子是不是？那个孩子就养在大昭寺山脚下的一处农庄，叫做忘生。对一个十岁的无辜的孩子，我还下不去手，但就看大师配不配合了，若是不配合，我也只能不行这一善了。"

方远的身子哆嗦起来，不敢置信恐慌地看着顾轻衍："你……你怎么会知道？"

顾轻衍淡笑："我以前也不知，昨日小郡主毒茶案发生后，我的人拿住了忘梭，彻查之下，便发现了大师的这一桩秘密。"

"既然你都知道了，还问我做什么？"方远抖着声音又惊又惧。

顾轻衍摇头："我只知道这件事儿，不知道别的，我不直接查忘梭和程启，提前一步查与忘梭和程启有牵扯的人，自然没那么快查出太多。我得知大师这一桩秘密就够了，大师会告诉我我不知道的别的事情不是吗？省得费力气查了。"

方远像是第一次认识顾轻衍，半响，才说："好一个顾七公子。"

顾轻衍微微挑眉："大师是说还是不说？"

方远脸色一灰："你想知道什么？"

顾轻衍漫不经心地说："毒茶案，还有十八年前的劫粮案。"

方远别无选择，哪怕他不顾及诚太妃，但不能不顾及他和诚太妃偷情生下的见不得光的已经好好养到了十岁的孩子。

于是，他只能投鼠忌器，受了顾轻衍的威胁。

"忘梭是受何人指使，我并不知道，但他要杀安小郡主之事，我是知道的。就在月前，他得知安小郡主会进京参加长公主的赏花宴后，便下山从断魂阁手里买了一味毒药，就是阎王死。被我撞破了，他才说他要杀安小郡主。"

"原因？"顾轻衍看着他。

"他死活不说，只说有一个人要安小郡主死。若是他杀不了安小郡主，他的下场会很惨。"方远回忆，"我与安小郡主并无交情，虽然觉得他做此事不妥，但也懒得管，只要不牵连我就成。"话落，他恨恨，"没想到我真被他牵连了。"

顾轻衍眸光微眯，声音冷了几分："大师觉得我很好糊弄吗？看来大师不只自己不想活了，就连诚太妃和孩子也不顾及了。"

方远心里一震："我说的句句都是实言。"

"未必！"顾轻衍寡淡地说，"你既得知了他要杀安小郡主，无论事情成败，只要他动手，就不可能不牵连你。你怎么可能坐视不理？既然坐视不理，任他行事，就是有一定的理由。"

方远心下一灰，沉默了。

"我没多少时间跟大师磨叽。"顾轻衍声音平静，"大师最好别再出错了，否则，我心善一回，也不是很喜欢一而再再而三地心善。大师一定不愿意我将那个孩子也绑来你面前，你才能老老实实地说。"

方远立即说："我的确是逼问了出来，指使忘梭的那个人是三皇子的一名幕僚，叫许承。"

顾轻衍了然，三皇子是贤妃所生，而贤妃与诚太妃是本家姑侄。诚太妃的儿子二十年前为救当今陛下折了，所以，陛下一直敬重诚太妃，将自己当作她的半个儿子孝顺，在后宫中，给予她很高的尊重，太后薨了后，她更是位分最高。

他猜想是有皇子坐不住了对安华锦动手，只是没想到这个先跳出来的人是三皇子。或许，那名三皇子的幕僚许承，也不能代表就是三皇子。

"继续说。"顾轻衍心中打着思量。

方远又道："我将此事告知了诚太妃，觉得应该阻止忘梭，以免牵连我。但诚太妃说若是安小郡主死了，对七皇子不利，对三皇子有利，让我当作不知此事。就算忘梭失手，我死活咬住说不知，她会从中周旋，让我无恙。毕竟，三皇子若是将来成事，我们的孩子也许能有个光明正大的身份。但是没想到，忘梭找谁不好，找了程启。牵连出了当年的劫粮案。诚太妃在刑部有眼线，得知后，立马派人给我送来消息，让我逃，不承想七公子的人守株待兔。"

"诚太妃既然让你逃，这么说你当年也是牵扯了劫粮案了？"顾轻衍扬眉，"一旦抖出来，诚太妃也保不了你。"

"七公子聪明，知其然而知其所以然，我当年正是牵扯了劫粮案。"方远又陷入回忆，他实在想忘记这件事情，再也不提，甚至自己都不想再想起，可是如今深受掣肘被威胁，不得不交代了，"我是当年押送粮草的运粮官，和'替天行'组织首领有些交情，所以，当年他接手了那一桩买卖后，提前给我透了消息，我逃走了。也是我命不该绝，与一个世家公子长得有八分相似，我便杀了他，顶替了他的身份，但怕露出马脚，便跑去了大昭寺出家，断了尘缘。"

"原来是这样！"顾轻衍点点头，"这么说大师也知之不多了。"

"的确知之不多。"

顾轻衍云淡风轻:"你的这些消息,可不值得我保下你和诚太妃以及那个孩子。"

方远脸色又变了:"还有一件事情,因我牵扯了劫粮案,所以哪怕在大昭寺出家,我也很是关注京中的各方动态。我记得当年劫粮案之后,原是户部主事的张桓,也就是如今的张宰辅,他的母亲去了,他丁忧归家,他的老家就在淮河南岸。丁忧一年后,因为淑贵妃,他又被陛下想起,官复原职。"

"嗯?"顾轻衍坐直身子。

张宰辅?这里还有他的事儿?

方远道:"这件事看起来与劫粮案没什么关系,但我那时知道'替天行'组织已被灭了满门,怕得很,所以,过于关注了些。便私心里觉得张桓家里的事儿,也许不是巧合。就算是巧合,也太过于巧合了些。偏偏他家老夫人那时候去了,偏偏他丁忧归家,老家竟然在军粮出事的地方。"

顾轻衍不语。

方远白着脸看着他:"顾七公子,我知道的,我真的都已经说了。"

顾轻衍捻着扳指,最后问:"你不知道忘梭用程启的身份威胁他?"

"不知道,若是知道,我哪怕杀了他,哪怕得罪三皇子和宫里的贤妃,也不会让他出手谋害安小郡主的。"方远恨声说,"谁知道他是怎么回事儿,明明是大昭寺的孤儿,却知道程启的隐秘身份。"

顾轻衍寻思片刻,冷清地说:"我只能答应你保那孩子一命。至于你和诚太妃的命,我没兴趣保。"

方远动了动嘴角,脸色灰败地说:"若是七公子能保孩子一命,我就算被凌迟剐刑,也认了。"

顾轻衍道:"你今日没见过我。"

"是,我没见过你。"方远点头。

顾轻衍笑了一下:"我从不相信一个有记忆的人能保守秘密。"说着,他站起身,吩咐,"喂他吃一颗消忆丸。"

"是!"暗卫上前,掰开方远的嘴,塞进了一颗丸药,看着他吞下去。

一颗消忆丸能消除人半日的记忆,转眼他就不记得他见过顾轻衍说过什么了。

"将他送回大昭寺后山,滚落山坡,等着楚宸找到他。"顾轻衍吩咐完,出了暗室。

暗卫应是,扛起方远,也随后出了暗室,又秘密送回了大昭寺后山。

顾轻衍看了一眼天色,日头已出,他没想到自己会耽搁这么久,心想着不知道她今日有没有耐心等着他用早膳。

安华锦素来是没有什么耐心的,但那个人若是顾轻衍,她的耐心便多了。

所以,当顾轻衍顶着出了许久的日头来到安家老宅,进了枫红苑,便见安华锦正坐在画堂的饭桌前,手里攥了根红绳,手指灵巧地在编着什么。桌案上摆放着整整齐齐的碗碟,碗碟干干净净,显然还未用早膳,在等着他。

他眸光动了动,眉眼染上一层笑意。

听到动静,安华锦抬眼看来,顾轻衍锦袍玉带,清贵雅致,只是身上隐约多了一丝前几日不曾闻到的却让她觉得久违了的气息,她扬眉:"你这是去了八大街?从那里过来的?"

顾轻衍脚步一顿,讶异地看着安华锦:"怎么看出来的?"

"气息!"安华锦收回视线,"三年前暗室的气息,一模一样。"

顾轻衍吃了一惊:"嗅觉如此敏锐?"

"嗯。"安华锦手指缠绕,动作不停,"我自小学识毒辨毒,本就对气味十分敏感。三年前吃了你的教训,回去南阳更是又费了一番辛苦练习,对你身上的气息,尤其敏感。"

顾轻衍:"……"

他哑然失笑:"看来我以后做什么,都瞒不过你了。"

"也不一定。"安华锦一本正经地说,"你只要做了坏事儿后沐浴换衣,我也闻不出来。"

顾轻衍低咳一声:"本也没打算瞒你,是要对你说的。"

安华锦挑了挑眉。

顾轻衍便压低声音将他的人暗中盯着大昭寺,昨日半夜盯出了偷跑的方远,以及他在八大街暗室里从方远嘴里审问出的事情说了。

安华锦停了手中的动作,震惊地说:"诚太妃不要命了?竟然与和尚偷情?还弄出了一个孩子?"

最奇葩的是,那孩子都十岁了,至今好好地活着!

顾轻衍缄默一阵后,道:"我当时查出此事后也很震惊。"

"怪不得诚太妃一年有半年住在大昭寺,敢情是打着礼佛的幌子,做着地下的买卖。"安华锦咋舌片刻,皱眉,"诚太妃根基这么深吗?刑部都有她的眼线?竟然那么快就给方远递了消息?尤其是大昭寺都被封锁了,消息还能递进去。"

"诚太妃的儿子替陛下而死,诚太妃自己对陛下也有扶持之功。陛下对诚太妃很是敬重宽容,诚太妃在宫里待腻了,出宫只需派人与陛下说一声。这些年,无数的人见风使舵,巴结诚太妃,她的这张关系网就这样结了起来,刑部有她的眼线,也不稀奇。"

安华锦啧啧:"一个太妃,权力竟然这么大,怪不得她敢如此胆大与人偷情生孩子。"

顾轻衍感慨一声,问:"你编的是什么?"

他早就想问了,此时交代了今日来晚的原因,便忍不住问了。

"吉祥结。"

顾轻衍眨眨眼睛:"很好看。"

"自然好看,我这手法是跟一个老师傅学的,花样多着呢。这个是最复杂的编法,我烦闷或者心躁时,便编上一个,能够让人冷静。"安华锦继续手中的动作。

顾轻衍盯着安华锦的青葱手指缠缠绕绕,复杂得令人眼睛看不过来的空隙和好几股红绳,她却不用眼睛盯着也极有章法,熟练至极:"怪不得与我见过的吉祥结不一样,这般复杂的手艺,宫里巧手绣娘也比不得,真是心灵手巧。"

"不是所有好东西,都会进宫廷的。民间亦有无数宫廷不及的东西。"

"嗯。"顾轻衍点头,温和地说,"我还不曾见过这般漂亮的吉祥结,你这个……编完了,送我吧?"

安华锦抬眼瞅他:"顾七公子好东西多的是,这么个小玩意儿,也看得上眼?"

"很是看得上。"顾轻衍神色认真,盯着吉祥结不眨眼睛。

"行啊,你想要就给你。"安华锦答应得痛快。

顾轻衍笑容多了几分欢喜,眸光润澈了几分:"你怎么会这么多东西呢,如此心灵手巧。"

安华锦笑,这话她爱听,夸人的话谁都会说,由他嘴里说出来,似格外让人舒畅:"我爷爷也曾经夸过我心灵手巧,学什么会什么,做什么都像样子,但没有你夸的好听。长得好看的人,是不是更会夸人?"

顾轻衍低咳,微红了脸:"也许吧。"

安华锦笑出声,他夸她,她也反过来夸夸他,他这是不好意思了?

顾轻衍掩唇,又连续咳了几声,忽然心思飘飘浮浮的,勉强压了片刻才定住:"你说你烦闷心躁时编这个,那么今日烦闷心躁了?因为劫粮案?"

"嗯。"安华锦收了笑,"若非因为这个案子,陛下初登基,便对南阳王府埋下了怀疑的种子,也不至于不重视兵器监,不改进兵器。玉雪岭一战,我父兄三人也不至于埋骨。我便想着,当年的劫粮案,怕是有人就是冲着要毁了南阳王府做的,做得那么天衣无缝,十八年都没抖出来,想必那人只手遮天。想的多了,便烦闷得很。"

顾轻衍抿起嘴角:"当年,劫粮案不是天衣无缝,毕竟有躲过一劫的'鬼见刀'程启,也有逃跑了杀人替身遁入空门的方远。陛下查不出来,是新登基,根基不稳,而南阳王府查不出来,是因为南阳距离京城和淮河南岸太远了。"

"据方远所说,当年户部主事张桓,也就是如今的张宰辅,他一个户部主事,不见得能谋这么大的事儿。十八年前,与他关系密切的人,还有谁?"安华锦思索。

"这就需要查当年在朝官员的卷宗了。"顾轻衍道,"如今张宰辅官居百官之首,一人之下,万人之上,轻易撼动不得。没有足够的证据,不能因为方远的猜疑,便打草惊蛇,需慢慢查。更何况,陛下宠爱淑贵妃,二皇子虽与其他皇子一样,除了嫡出的七皇子,陛下看起来对其他皇子都一视同仁,但到底私下里,还很是看重的。否则便不会每逢年节,都私下从私库里选一两件东西暗中送给二皇子讨个吉祥。"

二皇子的外祖父,便是这位张宰辅。

陛下明面上同等对待,私下却有如此区别吗?

安华锦眯了眯眼睛,陛下既然是私下,想必也只有身为顾轻衍的人的张公公得知了:"我七表兄私下得吗?"

顾轻衍笑笑:"七皇子是嫡出皇子,不必私下得,陛下本就给得丰厚。"

"原来陛下中意的是二皇子吗?"安华锦绞尽脑汁地想了想,陛下的诸多皇子,她好像三年前都见过,但长什么样,除了记住了她的亲表兄楚砚,其余人都不记得了。二皇子什么模样,她连他的脸也想不起来,更别说性情了。

"也许吧!陛下的心思深得很,说不准。"顾轻衍模棱两可。

安华锦哼笑,一碗毒茶,牵扯出了劫粮案,牵扯了诚太妃、贤妃、三皇子,张宰辅、淑贵妃、二皇子。再往深里查下去,牵扯的想必更多,朝堂怕能震个惊天动地。

因顾轻衍眼巴巴地盯着,安华锦本来想扔下编了一半的吉祥结先吃饭的打算只能作罢,动作利落地在他的眼皮子底下将吉祥结编完,给了他。

顾轻衍立即将吉祥结拴在了自己的腰间。

吉祥结繁琐漂亮,安华锦用的是好线绳。做这种随手打发烦闷心躁的小东西,她反而不是一贯的随意,没有半丝将就,用的是让孙伯派人大清早去绣坊买回的上等的好线绳。如今就算给了顾轻衍，被他拴在腰间，也丝毫不掉他的身份和身价，反而配着他墨色锦袍，增了一分明艳的色彩。

安华锦托着下巴端详了片刻，心中啧啧，今早可以多吃一碗饭。忽然觉着这样的未婚夫，若是她不要，给了别人，亏大发了的感觉。最好就是她不要，别人也不准要。

这样的念头在脑子里打了个转，被她扫开，问："你在翰林院时，每日穿什么衣服？"

"官服。"顾轻衍摆弄着吉祥结，怎么看怎么喜欢，他鲜少喜形于色，也鲜少往腰间佩戴零零碎碎的小玩意儿。今日还是头一遭。

"我知道是官服。"安华锦见他不走心只顾把玩吉祥结，无语瞪眼，"我问你什么颜色。"

顾轻衍这才抬起头，正经回答："绯袍。"

安华锦眨眨眼睛："翰林院最高官也就五品吧？五品能穿绯袍吗？"她记得四品以上，才能穿绯袍。

顾轻衍微笑："我的编制在吏部，从侍郎职。三年前，陛下要重修《大楚史》，将我派去了翰林院兼总修，但吏部的职依旧在，每隔几日，也要去点卯一次。不过《大楚史》快修完了，也许用不了多久，我就回吏部了。"

安华锦恍然，他对顾轻衍真是不太了解，知之不多，哪怕查了两年，也只查出个名字，别的没多少。后来知道他是她的未婚夫，也没关心过他是几品官。

如今算是知道了。

他年纪轻轻，不及弱冠，便是四品的绯袍高官了，且又在翰林院任总修重修《大楚史》。完成后，这是一大功绩，想必他的官职还会再提一阶。

如此坦途，大楚史上也没几人了，也许用不了几年，他就能封侯拜相，站在顶端。

他这样的人，不愧是顾家最拔尖的子孙，也怪不得陛下连想都不敢想让他给她入赘安家。陛下想得最多的，是她退一步吧！她一个女儿家，不需要出将入相。

若不是愧于安家，顾忌着她身系南阳军，陛下想必早绑了她抬进顾家成亲了。

"你穿绯袍一定很好看。"安华锦笑眯眯地，心里将早先想去刑部天牢瞧瞧程启和忘梭的事儿扔去了一边，有了个主意，"左右也无事儿，要不我陪着你去翰林院吧？"

顾轻衍手一顿："不太合规矩。"

安华锦看着他："毒茶案牵扯出劫粮案，牵扯大了，估计一时半会儿结不了。我们的事儿一日没订下，若不生变让陛下改了主意的话，就会一日拖着。我在京城怕是一待就许久，你总不能天天陪着我闲逛闲玩。我这般模样和身份，自然不合规矩，但若是我扮作你的随从小厮，不就合规矩了？"

顾轻衍想了想："此事需要陛下恩准，毕竟不是轻易能踏足的地方。"

"吃过饭后，你去问问陛下。"安华锦摸摸肚子，"饿了饿了，快吃饭。"

顾轻衍点点头，觉得也不是不行，陛下也许会同意，他的确有许多事情要做。

于是，用过早膳，顾轻衍进了宫。

皇帝心情依旧不算好，但见顾轻衍来了，面色还是很温和："怀安，找朕有事儿？"

顾轻衍见礼后点头，很有技巧地将想带安华锦一起去翰林院之事说了，话落，见皇帝皱眉。他温声说："臣觉得，翰林院清净，安全，笔墨书香气息浓郁。让小郡主换了女儿装，随臣去翰林院编修，虽不合规矩，但好处却极多。臣能带着人随时护着她安全，也让她在氛围中多感受几分书卷气，还能既不耽搁臣的事情，也能与她培养几分熟悉和了解。"

皇帝沉思片刻，眉头渐渐舒展开："好，就依你所说，朕准了。不过你要盯好她，别惹事，别打架，别张扬闹得尽人皆知。她跟着你进翰林院，本就破坏了规矩，如今朕给她破例，她若是惹出麻烦，朕饶不了她。"

"是！臣一定仔细地盯好她。"顾轻衍颔首。

皇帝露出笑容，站起身，拍拍顾轻衍的肩膀："怀安，朕知道那小丫头难管，脾气也不好，大约是处处与你不契合，难为你处处让着她。委屈你了。"

顾轻衍摇头："小郡主若是不发脾气时，还是极好哄的。"

皇帝哈哈大笑，似乎终于有了一件高兴的事儿，正要再说什么，一眼瞥见顾轻衍腰间的吉祥结，话音一转："朕从没见你佩戴这样的东西，如今怎么佩戴了？这东西有来历不成？"

顾轻衍低垂下眉眼，露出笑意："小郡主喜欢看。臣就投其所好。"

"做得好。"皇帝闻言很是欣慰，又拍拍顾轻衍的肩膀，"去吧！"

顾轻衍告退。

出了南书房，迎着明媚的阳光，顾轻衍又摸了摸吉祥结，不是安华锦喜欢，是他喜欢。但这话不能对陛下说。

张公公对顾轻衍佩戴的吉祥结多看了好几眼，趁着送他出来，压低声音说："公子，如今翻出了劫粮案，大昭寺捐赠的军饷，怕是更没那么容易让陛下松口送去南阳了。您得赶紧想法子。"

"嗯。"顾轻衍点点头。

张公公送了几步，转身回了南书房。

皇帝心情好了很多，见张公公回来，对他说："你说，顾轻衍是不是对小安儿真上心？否则不会想着带她一起去翰林院。"

张公公立即说："顾七公子肩上担着陛下给的重任。眼看着《大楚史》快重修完了，让他闲着，一两日还好，长了自是闲不住，如今带着小郡主前去，是两全其美的法子。"

"嗯。"皇帝笑，"顾轻衍不枉得朕看重。他将《大楚史》修订完了，也到了大楚官员三年一大考核的时候。朕就让赵尚告老还乡，将户部尚书的位置让他坐。"

张公公心下一惊，又是一喜，但分毫不敢表露出情绪："七公子如此年轻……"

皇帝哼了一声："有志有才不在年高，他能担得起。"

"也是，陛下圣明。"张公公奉承。

出了宫门，顾轻衍遇到了楚砚，他停住脚步，楚砚也瞧见了他，下了马车。

"七公子今日没陪我表妹？"楚砚一眼也瞧见了顾轻衍佩戴的吉祥结，不像是宫廷里的编织手法，也不像是京城哪家绣坊的东西。

"这便回去陪她。"顾轻衍浅笑，"七殿下是进宫给皇后娘娘请安，还是有事儿见陛下？"

"见陛下。"楚砚道，"今日本该是父皇考校皇子课业的日子。"

顾轻衍恍然："我倒是忘了此事。陛下如今在南书房，这两日事情太多，今日想必也忘了，七殿下去点个卯也好。"

楚砚点头，往前走了一步，压低声音说："对于毒茶案牵扯出劫粮案，七公子怎么看？"

顾轻衍神色不动，淡笑："这天怕是要变，七皇子在陛下面前更需谨言慎行。"

楚砚后退了一步，面上恢复淡漠："说的是。"

顾轻衍回到安家老宅，已经天色不早，安华锦正在画堂里摆弄笔墨。

他迈进门槛，一眼就看到桌案上摆着的正是他给她画的那幅《美人图》，她在书写着什么，听到动静，连头都没抬。

他走到近前，瞧着，也没说话。

"月华流水姝云色，玉落天河青山雪。一见倾心胭脂醉，春风不许夜归人。"

安华锦在空白处写完，撂下笔，偏头看着顾轻衍："这诗配不配？"

顾轻衍眸光有涓涓流沙淌过："你题什么，都是配的。"

安华锦"哈"地一笑，晾干了笔墨，快速地用手卷起，喊来孙伯，交给他："拿去装裱了，送回南阳给我爷爷，让人别磕碰坏了。"

"是，小郡主。"孙伯不太懂小郡主题的诗句是什么意思，但知道这画是顾七公子画的。公子作画，小郡主题诗，他们这对神仙眷侣。他乐呵呵地去了。

安华锦不是无缘无故题了诗句，将这幅画装裱了送回南阳王府。她是要借这幅画送信给老南阳王，让她爷爷知道京中发生的事儿。

她如今的一举一动都在陛下的眼皮子底下，又发生了毒茶案牵扯出了劫粮案，这个时候，四处都有眼睛，若是调动暗卫送信，必有动静，被人盯上，就不好了。

借装裱好了的画，将密信塞进画框里，不能明面说的话，既可以说明白，又能明目张胆地将信送回去，是个掩人耳目的好法子。

尤其是，顾七公子的画作，派人小心谨慎地护卫着，没什么不妥当，谁也起不了疑。

安华锦洗净手，见顾轻衍坐在一旁悠闲地喝茶，挑眉："陛下答应了？"

"嗯。"顾轻衍点头，"若是你闲来无事，用过午膳后，我们就去。如你所说，换身小厮穿的衣服，陛下叮嘱你不得惹事儿生出乱子，否则饶不了你。"

"行，只要没人惹我，我能生什么事儿？陛下多虑了。"安华锦本来没什么想法，就是想看看顾轻衍穿绯袍站在翰林院里的模样，有多俊秀。如今听这一句不能惹事儿，反而生出了几分心思，"据说翰林院与密宗阁相邻？"

顾轻衍点头："但密宗阁由内廷司的大内高手把守，内廷司只听陛下一人命令。没有陛下的旨意，密宗阁内的卷宗调不出来。"

安华锦又兴奋了点儿："大内高手有多高？"

"你一个人能打十个，但密宗阁里存放着的都是极其重要的机密卷宗和案件。有数百人把守，还有机关。若是只凭武功高就能溜进去，大楚的机密岂不是都泄露了？大内高手没你想象的那般无用。"

安华锦泄了兴奋劲儿，哀怨地瞥了顾轻衍一眼："你有法子吗？"

顾轻衍笑笑，温声说："你不必着急，既然劫粮案重新翻了出来，这是陛下最大的痛，一定会重新审的，当年的卷宗，也会调出来的。"

"我是怕等调出来的时候，已经残缺不全了。"安华锦也抿了一口茶，"张宰辅有调密宗阁卷宗的权力吗？"

"有。"顾轻衍缩了缩眼眸，"不管是不是他所为，只能先给他找点儿事情做了，让他无暇去密宗阁。"

"怎么找事情？"安华锦来了兴致。

"张宰辅最关心二皇子，就从二皇子身上下手好了。"顾轻衍琢磨片刻，"从背后推楚宸和刑部、大理寺的人一把，让他们查案的动作顺利些。三皇子先被牵出来，其他的皇子也会一下子被人关注，再从中真真假假混淆一番，张宰辅为保二皇子，必定极其操心，一时间也就顾不了别的了。"

"好！"安华锦笑了，敬佩地看着顾轻衍，"厉害。"

顾轻衍轻笑。

安华锦忽然好奇："十八年前，顾家对劫粮案，旁观以对？"

"不太清楚。"顾轻衍摇头，"我回府后问问爷爷。"

安华锦点头。

顾轻衍斟酌片刻，压低了声音："顾家诗礼传家，顾家人处世之道，在我之前，多是明哲保身。我身在顾家，连爷爷都说我，不太像顾家人。"

安华锦懂了，若非顾家明哲保身之道，也不会立世了几百年，历经几朝。

楚宸和江云弈带着人快马来到大昭寺，哪怕诚太妃早先有传话方远闭关时不得打扰，但有陛下圣旨，方远闭关也得出来接受彻查。

打开关门，里面空无一人，方远并不在。

住持和长老执事们都惊了，睁大了眼睛，一脸蒙地说："老衲亲眼看着方远师侄闭关的，人怎么会不在呢？"

楚宸瞥了住持一眼，率先进了里面，扫视了一圈，吩咐："来人，查，看看这暗室里是否有机关密道。"

他一声令下，查案的人蜂拥而入。

不多时，便找到了机关密道。

住持的脸白了，浑身哆嗦，他也不明白方远闭关的暗室为何竟有机关密道，连他这个住持都不知道。是什么时候挖的？他直觉要出大事儿，本来还心疼大昭寺攒了十年的供奉以及给大昭寺赚钱的主厨，如今也顾不得心疼了。

"走，下去查！"楚宸挥手。

一行人进了机关密道。

这一条密道十分简单，没有什么机关暗器，似乎只用于出行所备，走到头后，是大昭寺的后山。

一片山野，郁郁葱葱，灌木林立，山桃杏花也开得正好。

楚宸站在密道的出口，眯了眯眼睛，看向江云弈："看来我们来晚了一步。"

江云弈点头，早先方远闭关暗室外的方案上，摆了一碗早饭几个素菜。显然，他离开不久，最多是昨日晚饭后，否则不会不被人发现。大昭寺闭关的规矩，是每日有人送饭时，顺便收拾前一天的碗筷。

显然，有人在他们来之前给方远递了消息，方远提前一步离开了。

"查！"楚宸摆手，"将这一片山都搜过来，再带一队人在山下搜查。"

他不信一个光头和尚这么短的时间能跑多远。

身边的人立即领命，搜查起来。

楚宸转回身，盯着住持："大昭寺真是让人刮目相看啊，是想谋反吗？"

住持白着脸说不出话来。

楚宸也懒得理住持，对江云弈低声说："派人回京告诉刑部和大理寺两位大人，这消息是从哪里走漏的，总不能是从你我身边。可别让天牢那两个人死了，那这案子可就难查下去了。"

"嗯。"江云弈颔首，叫过一人，吩咐了下去。

楚宸本以为方远提前得了消息逃出去后会藏在哪个犄角旮旯，要好生地费力气找一番，但没想到方远就在这大昭寺后山，很快就被找着了。大约是半夜跑出来的，黑灯瞎火的，走得急，脚下打滑，滚落了山坡，摔得鼻青脸肿不说，还昏迷不醒。

他忍不住气乐了："这和尚怎么这么笨？"

他当然不知道是顾轻衍命人提前劫了人，审问一番，如今又故意给扔下山坡。

他拿了人，也顺带大手一挥，指着住持和一众长老执事说："将他们也都带走，关押进刑部天牢，免得查出什么，还得一个个来抓人。"

住持终于受不住，晕死了过去，长老执事们无法反抗，也都被抓上了马。

京城内，没跟着前往大昭寺抓人的刑部侍郎和大理寺少卿正在审问忘梭，忘梭还是死活不松口。正在二人商量准备用刑时，听到江云弈打发人回来传话，二人连忙起身去听，这一听不要紧，齐齐变了脸。

无论是刑部还是大理寺有了内奸，这都是大事儿。

于是，先将程启和忘梭转移了牢房，又换了一批人手近身看管。

楚宸一边押着昏迷的方远进京，一边命人查方远。

楚宸自然是有两下子的，否则当年也不会险些戳破顾轻衍的背后身份，迫得他利用安华锦挡他。所以,他入京后,还没踏入皇宫,便查到了方远和诚太妃的秘密。

他惊得差点儿在宫门口晕倒,半天才回过魂儿,一把拽住一旁的江云弈:"我们算不算捅娄子了?"

"什么娄子?"江云弈与楚宸分工明确。楚宸负责查方远,他负责查大昭寺的住持和其余人,如今他这边没什么消息传来。

楚宸抖了一会儿嘴角,将手里查的证据递给江云弈。

江云弈看罢,也变了脸,皇室丑闻,凡是官员们查案,最怕查到的。他也太倒霉了。他憋了好一会儿,年轻的俊脸都憋红了:"小王爷,听说你向陛下要我帮着你查案?"

他一副挨了大坑的神色,用指控的眼神看着楚宸。

楚宸瞪眼:"我要的人是顾轻衍,看不得他闲着谈风谈月,陛下不同意,将你派给了我。"话落,他磨牙,"谁知道他命怎么那么好,这事儿不用自己推辞,陛下就给他推了!"

江云弈:"……"

原来是他自己倒霉。

他认命地问:"如今怎么办?"

"还能怎么办?如实禀告呗!反正证据在手。"楚宸一脸郁闷,但还是很有担当地说,"我好歹姓楚,我自己去见皇叔吧,你就别跟我去了。"

陛下肯定不乐意皇室丑闻被外人知道,这是毁人前途,就当他做好事儿了。

江云弈都快感动得流泪了,深深鞠躬:"多谢小王爷,我欠你一个人情。"

第十三章　交易

楚宸对于江云弈欠的人情欣然笑纳，揣着查来的证据，呕血地进了皇宫。

他还没走到南书房，迎面便遇到了诚太妃的车辇。他眨了眨眼睛，想着诚太妃进宫比较晚，所以如今还风韵犹存，也怪不得先皇去了之后她受不了孤寂，这偷和尚也就罢了，竟然还偷了一个笨死的，也是服了。

他乱七八糟地想了一通，忽然觉得不那么郁闷了，反而很是可乐，陛下一直敬重诚太妃，不知道若是知道了，脸色会有多难看。

反正人是陛下让他查的，如今查出这么一桩脏脏事儿，陛下也得受着。

诚太妃停下轿辇，温和慈爱地打招呼："哀家听说小王爷奉命查案，可还顺利？"

楚宸立马换了一副愁眉苦脸，拱手见礼："回太妃，这查案子没有我想的那么容易。我也就跟着刑部和大理寺的大人们长长见识，但即便如此，也累死我了，昨夜一晚上没睡，也没查出个大进展来。我这就去找皇叔，这事儿我不干了。"

他的确一夜未睡，从昨日折腾到现在，一副邋遢劳累样儿，昔日光鲜亮丽衣着华丽，浑身齐整干净的公子哥做派早不见了踪影，可见是累惨了。

诚太妃知道，每逢大案子，刑部和大理寺的人联手，几天几夜不睡觉。她立马就相信了楚宸的说辞，心想着楚宸从小到大在善亲王的庇护下，别说查案这么大的事儿，就是吃饭喝水穿衣服，他都要用人伺候，哪里是吃得了苦的人？

她心里有了谱，笑呵呵地说："查案是辛苦，尤其是大案，你是小王爷，将来要袭爵，做这么辛苦的差事儿做什么？让刑部和大理寺的大人们劳累去吧。"

"嗯，太妃说的对！"楚宸深以为然地点头，"我这不是觉得好玩吗？事情牵连了安华锦那小丫头，我就想插一手。"

提到安华锦，诚太妃的脸色一下子不好了，她看着楚宸，想起昨日二人拉拉扯扯，很是看不懂，试探地问："小王爷与安小郡主交情很好？"

"不好。"楚宸没了好脸色，果断地说，"她根本就不是个东西，只会欺负我。"

可不是嘛，她一心向着顾轻衍，哪怕他对她好，她也退避三舍跟看不见似的，还时不时地警告他别对她起心思，他心思都起了，难道让他收回来？是那么容易的吗？

他们是未婚夫妻，订有婚约，就了不起啊！

行吧，的确是了不起。至少他没有婚约。

诚太妃见楚宸一脸郁闷愤愤，又重新对昨日所见改观，所谓敌人的敌人就是朋友，她语重心长地说："小王爷，你姓楚，安小郡主再怎么横行霸道，她也姓安，这里是京城，又不是南阳王府，你还何愁收拾不了她？要懂得用策略。"

"我不太懂啊，要不太妃您教教我。"楚宸上前一步，摆出一副洗耳恭听的架势。

"如今不是说话之地，待哀家去一趟安家老宅，见完了安华锦，择日咱们再一起说说。"诚太妃很有心计地说。

楚宸心想着若是今日不说，你怕是没机会跟我说了，他急不可耐地说："太妃，您吃的盐比我走的路多，就多少告诉我点儿法子。我现在就想收拾那小丫头。"

诚太妃毕竟是过来人，瞧着楚宸乐了："你是不是对她有什么心思？"

楚宸立即否决："不可能！我就是想收拾她。"

诚太妃直笑，一副看破了的神色："你呀，哀家什么没见过？你这就是对她动了心思的模样。若你真恨她恨得不行，见了面你就恨不得拿大刀砍了她，只有恼，没有恨，还想着收拾人，这就是动了心思。"

楚宸的脸色忽红忽白，怕怕地说："不……不会吧？太妃您别开玩笑。"

"哀家可没跟你一个小辈开玩笑。"诚太妃精明地说，"这好办，你就先哄着她喜欢上你，让她退了顾七公子的亲事儿，然后你再把她弃了。折磨她一番，待她为你要死要活时，你随意收拾她，她岂不是任凭你搓扁捏圆。"

楚宸目瞪口呆："这……安华锦不是要死要活的人。"

"女人嘛，有几个不为情所困的？你别看那小丫头如今蹦跶得厉害，谁也不看在眼里。一旦她为情所困，那就是拴在了木桩子上，任你怎么磋磨，她都得受着。"

楚宸："……"

他敬佩地看着诚太妃，额头冒了汗："太妃，您好厉害！"

诚太妃见他一副受教了听进去的神色，心下似乎总算出了一口恶气，语气慈善地说："行了，哀家已经给你指了路了，你总该放哀家走了吧？"

楚宸站着不动，挡着路："您说要去安家老宅？是去找她？何必您屈尊降贵？派个人将她宣进宫就是了。她还能不给您面子？"

"哀家派个人去请，她自然会进宫，但可不会带厨子进宫。"诚太妃说，"哀家今日就去找她要那个厨子。"

楚宸了然："原来您不是不重口腹之欲，也喜欢那厨子！"

"哀家一把年纪了，口腹之欲事小，是看不得小丫头欺负人。"诚太妃这么多年从没被谁气得要死过，安华锦是第一个，她咽不下这口气。

楚宸让开路："那您快去吧！"又嘱咐："您多带些人，那小丫头混不吝的，可别闹起来伤着您。"

诚太妃一脸的不以为然："她敢将本宫如何！反了她了。"

楚宸目送诚太妃出宫，想着陛下去安家老宅拿人也好，在安家老宅拿下诚太妃，以后这天下谁还敢再惹那小丫头？三年前进京先是揍了他，如今进京没两天诚太妃找茬又在她那里出事儿，以后京中人人见了她，岂不是都得绕道走？

他抬步快速地向南书房走去。

皇帝听闻诚太妃出宫去了安家老宅，倒是没多在意，想着不让诚太妃闹一闹，她怕是会憋出病了。太后去得早，如今先皇的人在宫里安享晚年的就剩一个诚太妃了，他也不想诚太妃早早去了。

楚宸来到南书房，见了皇帝后，他欲言又止，最后也没憋出话来。

这和他平时见了他的模样不太一样，皇帝直觉不妙。

"说！查出什么为难的事儿了不成？"皇帝毕竟是皇帝，察言观色最擅长。

楚宸点点头，"噗通"一声跪到了地上："皇叔，我可能真的查出了一件要命的大事儿。这可不怪我，先说好了，我禀告给了您，您可不能迁怒我治我的罪。"

皇帝皱眉："好，朕答应你。"

楚宸立马站起身，将查出的证据呈递给了皇帝。

因顾轻衍答应要保那个十岁的无辜的孩子，提前一步抹平了那个孩子的一切痕迹，也将他转移去了别的地方，所以，楚宸这后一步查出的，自然只是诚太妃与方远的偷情证据。

皇帝看罢后，脸色一瞬间赤橙黄绿青蓝紫，手哆嗦起来，身子也气得发颤。

哪怕是先皇的妃子，宫里的太妃，但身为皇室的女人，出了这等丑闻，也跟他自己的女人偷情没区别。

皇帝好半天没说话。

楚宸偷偷看着皇帝脸色，心里欣赏个痛快，想着皇叔也是不容易。他有多敬重诚太妃，举朝皆知，也正是因此，才造就了诚太妃的胆大妄为。

照他看来，那和尚笨死了，还称之为高僧呢，不及诚太妃十分之一的精明。诚太妃眼光忒不好。

许久，皇帝"砰"的一声："放肆！"

楚宸立即垂下头，不敢偷看了。

皇帝愤怒地站起身，背着手来来回回在御书房内走了八圈，脸色依旧难看得要命，一时平静不下来："张德，诚太妃呢？"

张德立即弓着身子说："回陛下，刚刚不久前，太妃出宫去安家老宅了。"

皇帝双手攥拳："将她给朕……"他想着皇室丑闻，不可声张，压下怒火，"宣贺澜来。"

贺澜是禁卫军统领，不多时便来了。

皇帝沉怒地说："你带着人去安家老宅，赐诚太妃一盅毒酒。对外宣称，有人闯入安家老宅谋害安小郡主，太妃替小郡主挡了灾。"

贺澜一惊，领命："是！"

楚宸暗想着皇叔不愧是帝王，短短时间，便有了决断。干脆利落，不带半丝拖泥带水，也没有半丝商量的余地，也不给诚太妃求情的机会，不念旧恩地处决了。

这一刻，他比谁都体会得深：什么叫帝王。

"你去审方远！他的供词，除了你，先别给别人知道。"皇帝背转过身，盯着楚宸，"先拿给朕看，然后再让刑部和大理寺备案。"

"是！"

"还有，此事烂进肚子里，你爷爷那里也不准说。安华锦和顾轻衍那里，朕也会让他们闭紧嘴巴不外说。"皇帝警告，"若是被朕知道你宣扬出去，朕砍了你的脑袋。"

"侄儿不敢！"楚宸连忙跪地保证，委屈地说，"皇叔您别吓唬我，我胆子本就小，给我几个脑袋，也不敢啊。"

皇帝面色稍霁："行了，你去吧！"

楚宸乖巧地告退出了南书房。

皇帝在楚宸走后，砸了一盏茶盏："朕实在不想将她厚葬，污了皇陵，张德，你给朕出个主意。"

张德吓得脸都白了，求饶："陛下，这事儿老奴可不敢给您出主意啊，您就饶了老奴吧。"

皇帝气怒："狗东西，要你有什么用。"

张德不吭声。

皇帝烦闷："去请皇后来，对于后宫妃子安葬，皇后想必有一定的章程。朕问问她的意见。"

"是！"张德连忙站起身。

皇帝又叫住他："算了，摆驾，朕自己去凤栖宫。"

张德应是。

将近晌午，诚太妃的轿辇来到了安家老宅。因为她给楚宸出了主意，这一路上心情很好，甚至十分期待楚宸收拾磋磨安华锦的那一天到来，尚不知道楚宸手里攥了呈递给陛下能够要她命的证据。

安家老宅在东城，东城是一片权贵城，距离皇宫不远。安家老宅虽只有守宅的几个奴仆，但占地面积可一点儿都不小，是当年太祖建朝后，对于陪他打江山的人论功行赏封赐的。

诚太妃看着安家老宅，心里哼了又哼，这处宅子有多大多好管什么用？安家子孙一直镇守南阳，没享受过几天，如今更是子孙辈没个男嗣，只剩下安华锦一个毛丫头。老南阳王若是身故，安家无人能袭爵，这宅子总会被陛下收回来。

安家大门紧闭，门口两尊石狮子似乎都透着岁月的沧桑，与别的权贵之家相比，尤其显得冷清。

"去叩门！"诚太妃吩咐。

小太监连忙颠颠地上前，叩响门环。

门童探出脑袋，瞅了一眼，睁大了眼睛，这是宫里的人？谁啊？他不认识。

"瞎了你的狗眼，诚太妃驾到，还不快让小郡主出来接驾！"小太监见门童愣头愣脑的一副茫然相，怒喝。

门童彻底呆住，诚太妃？诚太妃来干什么？看这气势汹汹的模样，是来找小郡主的茬？据他所知，小郡主带回了大昭寺的主厨，貌似得罪了诚太妃……

他点点头，又"砰"一声关上了小门，立即去里面禀告。

小太监被关门声撞得耳朵嗡嗡，气得鼻子都歪了，岂有此理，安家的人都没规矩！

安华锦和顾轻衍正在等着午膳投喂，没想到午膳还没端上来，却等来了诚太妃。

安华锦听到门童的禀告，懒洋洋地连腰都没直起来，不愿意搭理地说："她来做什么？找我要回厨子？做什么白日梦呢，到我手里的人，是那么好要的吗？管她是谁，不给。"

孙伯在一旁劝说："小郡主，将诚太妃关在门外，传扬出去，不尊太妃，不太好吧？您就算不给，要不出去见见？"

安华锦看向顾轻衍:"你说呢?"

顾轻衍温声说:"楚宸已经抓住了方远,秘密带回京城了,诚太妃想必还没得到消息,若是得到消息,她就不会来找你要一个厨子了。想必楚宸如今已经进宫了,如此皇室丑闻,牵扯进案子里,他不可能瞒而不报替诚太妃描补。"

安华锦这回颇有精神地坐直身子:"陛下知道后,会怎么做?"

顾轻衍看着她:"陛下不可能让皇室丑闻公之于众,也不可能让诚太妃再活着。他会立即秘密处死诚太妃,再找个合理的对外说的理由。"

"原来大门外站着的是一个要死了的女人。"安华锦撇嘴,很没有同情心地挥手,"孙伯,你去打发了她,就说毒茶案后,我惊吓过度,病了,不见客。免得过了病气给太妃。"

孙伯见小郡主真是不想见,点点头,立即出去了。

诚太妃顶着日头等了半天,好不容易等来了安家老宅的管家,姿态虽然摆得挺低,但说出的话却是气死个人。

安华锦惊吓过度病了?骗鬼呢!

她就是故意不见她!

诚太妃气怒地下了轿辇,抬脚冲进了安家大门:"哀家倒要看看,小郡主是真的病了,还是故意装病不见哀家。"

孙伯惊了,没想到诚太妃硬往里冲,他立即追上:"太妃,我家小郡主的确是病了,真是病了……"

"滚开!"诚太妃猛地一摔衣袖,"竟然敢对哀家无礼,给哀家拿下他!"

跟随的人立即蜂拥而上,要拿下孙伯。

孙伯年轻的时候,那是跟随老南阳王上过战场的,后来伤了腿脚,才被老南阳王留在了安家老宅,一为看宅子,二为养老。这么多年,安家老宅虽没主子,但也没人硬闯进来不给脸面。诚太妃是第一个。

孙伯来了气,手里的拐棍当成了大刀,耍了起来,打飞了靠近的小太监们。

诚太妃猛地停住脚步:"放肆!"

孙伯绷着脸:"就算是太妃,也不能不讲道理。我家小郡主病了,不见客。太妃硬闯不说,还要拿下老奴。就算到了陛下面前,太妃也说不出理。"

"哀家一个长辈,过来看看小辈,哪有你一个刁奴拦着的道理。"诚太妃横眉怒目,对被打得七扭八歪的小太监们说,"你们躲开,护卫上!拿下他!"

孙伯年轻时也是个硬脾气，如今被人欺负，就算是太妃，他也不想受着。俗话说打狗还得看主人呢，就算他命贱为奴，那也是安家的奴才。诚太妃这一上门就找茬欺负耍威风，这是存心要给小郡主一个下马威。

若是他在自己家里被诚太妃的人拿了，泄了气，那就是给小郡主丢面子丢人。

尤其这里不是宫里，是安家！

他也暴喝一声："来人，给我打！"

安家老宅护卫的人虽少，但都是从战场上下来的。哪怕不使大刀长剑，使根木棍子做兵器，那也能耍出使大刀长剑的厉害劲儿。

哪怕诚太妃今日带来的人多，但也拿安家老宅的人没办法，不多时，便被打了个稀里哗啦。

诚太妃气得脸都青紫了，不停地说："放肆！混账！岂有此理！"

孙伯硬气地叉着腰："今日就算要了老奴这条贱命，也不能任太妃这般胡搅蛮缠，打上门来欺负我家小郡主！您别以为我们安家在京里没人，就可着劲儿地欺负人！我家小郡主不怕被人笑话，太妃若是不怕，那就只管闹起来！"

诚太妃几乎气吐血，捂住心口："狗奴才！"

孙伯也气个够呛，很想骂一句"贱女人"，但对方总归是太妃，他虽然敢打敢拦人，但还不敢骂，毕竟是先皇的女人。

安华锦和顾轻衍都是耳目极好的人，听到前院传来打斗的动静，对看一眼，安华锦先乐了："这是打起来了？孙伯脾气对自家人好，对外人其实不太好，不过他也不是高傲得摆谱、谁的面子都不给的人。诚太妃这是听说我不见她，发作孙伯了？"

"走，我们去看看。"顾轻衍笑着站起身，"诚太妃非要进来安家，看来今日这一桩私案，要在安家了了。"

安华锦懂了，皱着眉头说："她要脏了我家的地皮？不行！"

哪怕陛下要赐死她，这女人也不能脏了安家的地方。虽然安家有无数兵器镇宅，也有好几口水井净地，不怕脏。

二人一起出了内院，来到外院，果然见打得热闹，诚太妃人多，安家人虽少，但都不是吃素的，打了个半斤八两。

眼见安华锦出来，哪里有半点儿病容，看着十分精神，诚太妃暴怒："安华锦！你敢欺瞒糊弄哀家！"

安华锦背着手："我就算欺瞒糊弄太妃，没病又如何？反正……"

反正你也快要死了！

这话没等安华锦说出来，外面便来了一队禁卫军，领头的是禁卫军正统领。

这人安华锦认识，贺澜，也是年纪轻轻，就坐到了禁卫军正统领的职位，是三年前的秋考武状元。

他命人封锁了安家老宅，关闭了安家老宅敞开的大门。

安华锦看到了他手里拿了一个玉瓶，眼神闪了闪，对顾轻衍说："我们出来得晚了，这地皮还真得被她给脏了。"

顾轻衍点头，低声说："陛下在安家老宅处决诚太妃，自然会给个冠冕堂皇的理由。经过毒茶案，再来一杯毒酒案，真真假假，谁也分不清了。"

安华锦瞪眼："陛下就不怕你我泄露出去？提前连个招呼都不打，就来借用地盘，未免太霸道了。"

"普天之下，莫非王土，率土之滨，莫非王臣。"顾轻衍笑笑，"事后，陛下自会召见你我，为了给你压惊，大体会有赏赐补偿你。陛下的补偿，不会小，倒也划算。"

"什么补偿，封口费嘛！说得好听。"安华锦心理平衡了，"行吧，都是强硬的买卖，推不出去，就多洗洗地好了。"

换作别人，她素来看得开！从小到大唯一看不开的，就是三年前遇到顾轻衍。

她踱着步子走了几步，对贺澜笑："贺统领怎么来了？可是我犯了什么罪？劳动陛下的禁卫军？"

贺澜面无表情地上前，略过诚太妃，给安华锦和顾轻衍见礼："安小郡主，顾七公子，是陛下有令，卑职奉旨而来，借小郡主地方一用，办一桩秘事儿，若是小郡主不想安家老宅的人都被牵连，就请让他们都退下。"

贺澜本不必多说这么多，但如此提醒，是给安华锦面子！

安华锦上下打量了贺澜一眼，笑得无所谓："好说。"

"孙伯！带着人都下去！把地方腾给贺统领。"安华锦承了这个人情，摆手对孙伯吩咐。

孙伯见禁卫军来了，大吃一惊，他总归是活了一把年纪，见贺澜对诚太妃没请安见礼，便懂了这禁卫军是冲着谁来的了。他立即一挥手："所有人都退回内院。"安家老宅的门童、护卫、奴仆、小厮以及跑出来看热闹的厨娘等等，一下子都听话地退回了内院，前院霎时只剩下了禁卫军和诚太妃的人。

"要不要我们俩也回避？"安华锦问。

"小郡主和七公子不必回避。"贺澜摇头,"还请小郡主借一盏酒。"

安华锦心里啧啧一声,陛下赐死人毒酒,只带了毒药,连酒都没带。她点点头,利落地转身:"我去给你拿。"

诚太妃这时候觉出了不对劲,她心里有些慌地看着贺澜:"贺统领,你怎么来了?"

贺澜不说话。

诚太妃怒道:"哀家问你话呢!"

贺澜依旧不说话。

诚太妃又慌又气:"哀家去问问皇上,摆驾回宫!"

贺澜挥手,硬邦邦地说:"拦住太妃!"

禁卫军蜂拥上前,将诚太妃围住。

"大胆!放肆!"诚太妃毕竟是从深宫里走出来的人,经过了当今陛下登基的人,如今隐隐有些明白今日禁卫军来安家老宅,是冲着她了。她心里叫着不好,却无法撼动禁卫军。

但她从来不是轻易认输的性子,她猛地转头,看向顾轻衍:"七公子,哀家……"

顾轻衍抬眼,眼神凉薄冷淡:"太妃是最了解陛下的人。"

一句话,堵住了诚太妃的嘴。

是啊,她是最了解陛下的人,当年她舍了不争气的儿子,辅助陛下登基,才换得二十年的滋润生活。如今,顾轻衍即便没说什么,但她也忽然懂了,想必方远没跑掉,她的事情发了。

她一下子脸色发白,浑身哆嗦,站都站不住,跌倒在地。

安华锦取来一杯酒,递给贺澜,然后站在一旁旁观。

皇室丑闻,陛下这么快动手,就是不想更多的人知道,但是偏偏选在了安家老宅,不怕她和顾轻衍知道。想必以陛下的心思,也是想试试她和顾轻衍,是不是陛下做什么,他们都忠心耿耿,当做不知,也不问。

贺澜端着酒杯,将毒药倒进酒杯里,毒药很快就溶化了。距离得近,安华锦鼻子灵敏,眼睛毒辣,在那一瞬间的酒水变化里,她识出了这毒是鹤顶红。

"诚太妃,陛下命令,请上路吧!"贺澜端着毒酒站在诚太妃面前,依旧面无表情。

诚太妃浑身哆嗦,她没想到她今日气势汹汹来找安华锦的麻烦,最终自己却没嚣张得了,反而死在这安家老宅。她想反抗,但知道陛下连让她回宫都不能,就地在安家老宅赐死她,见也不见她,是半丝也不给她机会了。

她不甘心极了，她想到了她和方远那十岁的孩子，她死了，孩子也定活不成。

她忽然大叫一声："且慢！就算陛下赐死哀家，哀家认了，可否容我与安小郡主私下说两句话。"

贺澜一愣，看向安华锦。

安华锦也有点儿愣，这诚太妃是想让她帮她？闯入她的宅子要打她的人还要找她的茬，她不会是临死前昏头了觉得她多心软仁善吧？

"安小郡主，哀家只说两句话。"诚太妃慢慢地从地上站起身，咬牙说。

安华锦从她眼中看出了点儿意思，点头："贺统领，临上路前，给太妃一个面子？"

贺澜后退一步："小郡主请！"

诚太妃走去远处，安华锦跟她一起，来到没人处，诚太妃背过身子，压低声音说："安小郡主，我用一座金山，换你保我的孩子一命。有了那座金山，南阳军十年都有用不完的军饷，再不必年年求着陛下了。如何？"

安华锦眸光微动，也背着身子，漫不经心地说："太妃好本事啊，连金山都有。怪不得敢背着陛下和一个和尚生孩子。"

"你果然知道。"诚太妃攥紧手，"哀家知道今日命里该绝，若是小郡主答应，哀家现在就给你那座金矿的令牌和地址。另外，哀家这些年手里培养的势力，也可以给你。"

安华锦有点儿诧异："太妃这么相信我？咱们俩也算是仇家吧？你临死前和一个仇人做买卖，会不会有点儿太……没脑子了？"

诚太妃凄凉一笑："小郡主聪明绝顶，不是池中之物，哀家虽然眼瞎，但心却不瞎。只不过这二十年的好日子过久了，让哀家太张扬了，不懂得生存之道和谨小慎微了。哀家今日落得这个下场，也怨不得旁人。南阳王府一门守信重诺，只凭安姓这个字，哀家便相信你能言而有信，只要你答应了，哀家就相信你能做到。"

买卖如此有利，不答应是傻子，安华锦几乎想不出来不答应的理由。况且无论如何，孩子是无辜的，顾轻衍本是保那个孩子，她也就顺势而为好了。

于是，她痛快地点头："我答应你，那个十岁的孩子，我保了。只要我在一日，便让他平安一日。"

"不求富贵，不求他站得多高，只需他做一个寻常百姓。"诚太妃道。

"好！"这个容易。

那孩子的身份，将来本也不能去求什么高官厚禄。

诚太妃松了一口气，从袖中拿出一块圆形的玄铁牌子，递给安华锦："流沙滩前，黑风寨后，千秋岭最高的那座山，产黄金。哀家本来是打算将来贤妃的三皇子登基，用那座山换我儿一个能平平安安站于人前的机会，如今便宜你了。你拿着这块令牌，到京中的水墨坊，掌柜的会任你调遣。"

安华锦不客气地接过："你不算便宜我，因为三皇子根本就登不了基，毒茶案是他下的手，我不会饶了他。"

诚太妃一笑，眉目温软了下来，真正地慈和了："小姑娘家家的，这么厉害，本宫栽在你手里，也不亏。"话落，她状似不经意地扫了一眼远处，"知道你们二人都在，我却为何不找顾七公子做这笔交易吗？"

"因为他顾家不缺金山。"安华锦心想着你还不知道你儿子就在顾轻衍手里。

诚太妃摇头："顾家的人，什么都有，唯独没心，顾七公子更甚。哀家能知道你要什么，无非就是守着南阳和南阳军，但顾七公子，哀家看不透他人活一世想要什么，因为，他什么都有。"

安华锦"哈"地一笑："太妃说得对！"

诚太妃心事已了，痛快地喝了贺澜递到她手里的毒酒。

一杯鹤顶红喝完，她喷出一口血，染红了她的太妃服饰，鲜红得刺眼。

安华锦瞧着，想着虽然今日诚太妃来她这里来得巧，事发赶得巧，但陛下顺势而为，选在了安家老宅赐死她，这一幕，这也许就是陛下顺便想要她看到的。

至于她从这一幕中看到了什么，无非是皇权至上，君要臣死，一句话的事儿。哪怕对他有扶持之功的太妃，哪怕他一直敬重的太妃，犯了错，也必须这个下场，皇权凛凛不容人亵渎玷污侵犯。诚太妃最后看了安华锦一眼，安华锦对她微微地点了点头，她安心地闭了眼。跟随诚太妃侍候的人都吓傻了，太妃死了，被陛下赐死了，他们亲眼所见，他们还能活吗？

"保护太妃不利，所有人杖毙！"贺澜见诚太妃死透了，挥手下令。

禁卫军上前，两人按一个，捂了嘴，一杖一个，很快，上百人，便都杖毙而死，连求饶的声音都没发出。

安家老宅这是第一次见了这么多血。

安华锦目光怜悯，知道诚太妃偷情事发，侍候她的这些人，就算她与顾轻衍去求情，陛下也不会放过一个的，这情求不求都一样，何必多此一举。

顾轻衍面容平静，眸光清淡，对这个结果也早有预料，不惊不动。

事毕,贺澜拱手:"多谢小郡主与七公子,这些人卑职都带走了,至于脏了的地方,卑职会留下人帮着清洗干净。"

"也辛苦贺统领了。"安华锦摆手,"你忙去吧。"

贺澜将诚太妃单独装车,带着人装了这些尸首,留下了一部分人清扫院落后,离开了安家老宅,回皇宫复命。

安华锦站在台阶上,看着前院鲜血到处都是,这样的鲜血,按理对她来说,算不得什么,她是真的上过战场的人,见过战场上堆积成山的尸骨,血流成河的断臂残骨,但依旧觉得烈日也晒不化周身的寒冷。

真是有点儿冷得很!

顾轻衍伸手将她抱在怀里,轻轻拍她的后背,声音温和轻哄:"京城每年都要见几回血,见得多了,便会习惯。"

安华锦没推开他,嗤笑:"你当我是在怕?哄我呢!"

顾轻衍抱着她纤细温软的身子,她身上淡淡的香味似乎驱散了弥漫而来的血气,他笑:"我知道你不怕,上过战场的人,哪里会怕这个。就是想告诉你,天下安定,要付出的代价,不只是将士保家卫国染血,还有很多看不见的黑暗刀刃,也是同样鲜血淋漓的。"

"嗯,你说的对。"安华锦身子渐渐暖了,"你是不是该放开我?"

顾轻衍慢慢地撤回手,放开她:"走吧!吃过饭后,我们进宫去见陛下,就别等着陛下派人来请了。"

他们目睹了这么大的事儿,自然是要去表个忠心。

安华锦点头:"行,走吧!"

但愿她的晌午饭还能有胃口吃得下去!

孙伯与安家老宅的人躲在内院,虽没亲眼所见发生了什么事儿,但听着动静,也隐约明白,出了大事儿。血腥味弥漫安家老宅,让他们不少上了年纪的人都纷纷白了脸,年纪小的,更是直哆嗦。

安家老宅平静了太多太多年,无论南阳边关战场上打得多惨烈,安家老宅也没染过血。这是第一次。孙伯早先还生气得想诚太妃这个贱人怎么不去死,欺人太甚,如今人真的死了,他几乎快被吓死了。

见安华锦和顾轻衍无事儿人一样地回到后院,孙伯立即白着脸上前:"小郡主,七公子,这……"

安华锦伸手拍拍孙伯的肩膀："有贼人潜入安家，对我下毒，诚太妃正好在咱们府里做客，为我挡了毒酒。太妃真是好人，我们要谢谢她。"

孙伯一愣。

"就是这样！"安华锦撤回手，"您老告诉这宅子里的所有人，别出去胡言乱语，否则这血腥味，便是下场。"

孙伯心神一凛："是，小郡主说得极是，老奴知道了。"

禁卫军动作麻利，很快就将染红了的地面清洗了个干净，再没一点儿血渍。就如安家老宅这一桩私案从来没出现一般，安家老宅又恢复以往的平静。

看守安家老宅的人，十人有九人都上过战场，是从战场退下来的兵，便也没惊起什么恐慌。心惊了一会儿，都各就各位，该干什么干什么了。

午膳很丰盛，但安华锦还真没多少胃口，吃得极少，顾轻衍也没吃多。

"走吧，进宫！"安华锦撂下筷子，喝了一口茶，站起身。

顾轻衍点头。

二人一起出了安家老宅。

诚太妃出宫，前往安家老宅，闹出的动静不小，进了安家老宅后，也有打斗的动静传出。京中有心的人猜测诚太妃是去安家老宅找安华锦的麻烦了，但没想到，会惊动了陛下的禁卫军，都猜想着，禁卫军都出动了，不知这一回，诚太妃和安小郡主对上，陛下会怎么处理这一桩公案。结果很快就出来了，安家和宫里同时传出消息，有贼人潜入安家老宅毒害安小郡主，诚太妃倒霉，饮了毒酒，替小郡主挡了灾。诚太妃死了！消息一出，京城哗然，各大府邸都震惊了。

诚太妃是谁？陛下登基后，她屹立不倒二十年，可谓是要风得风要雨得雨，很得陛下尊敬看重。

就这么死了？

死了？

就在无数人都不太相信这个事实时，诚太妃真的死了，据说伺候诚太妃的人护主不力，都被杖毙了。陛下震怒，不只杖毙了跟随诚太妃去安家老宅的人，也封锁了诚太妃的奉慈宫，宫里剩余看宫门的人也都杖毙了个干净。

陛下雷厉风行，且给出一个冠冕堂皇的理由。奉慈宫混进了贼子，贼子借诚太妃之手，要谋害安小郡主，不小心害了太妃。所有人，都该死，都得给太妃陪葬。

嗅觉敏锐的人立马嗅出了这里面有内情，但既然是陛下的作为，谁敢打探内情到底是什么？自然是陛下说什么就是什么了。

皇帝早早就去了凤栖宫等着，当着凤栖宫人的面，借口自然是许久没有陪皇后用膳了，特意来凤栖宫用膳。

皇后心里纳闷，同时也听闻太妃出宫去安家老宅了，正在担心安华锦那个脾气别与太妃打起来，立马派人请楚砚去安家老宅瞧瞧情况，拦上一拦。楚砚却派人回话，说有顾轻衍在，没大事儿，让她放心。

皇后想想，顾轻衍是个聪明人，行事从来周全，便也放下了心。

不承想，陛下来了。

陛下还真是许久没来了，她迎出殿外，便见皇帝脸色很不好，她心里"咯噔"一下子，试探地问："陛下，可是出了什么事儿？"

"劫粮案的事儿有了眉目，你可听闻了？"皇帝问。

皇后点头："有所耳闻。"

皇帝揉揉眉心："十八年了，朕登基至今，时常气怒当年没能查出来，如今被揭出来，一定要追查到底。"

"陛下说的是，一定要水落石出。"皇后点头，当年南阳王府被猜忌，她这个皇后也没落了好。所以，这些年，她不敢越雷池一步，哪怕安家战功赫赫，哪怕他的兄长子侄战死沙场，哪怕她委屈，哪怕她心中又怒又恨，但她依旧要稳住，好好地坐稳皇后这个位置。她若是倒下，那她的儿子，她的父亲和南阳军，她的侄女，便也少了一层保护屏障。

"朕心中烦得很，只有你这里能让朕清净片刻，朕便来陪你用午膳。"皇帝握住皇后的手，时至今日，安家父子三人早已战死沙场，安家满门空荡，他还有什么不明白的。想必当年他登基，怀疑南阳王府监守自盗，怕是入了谁的圈套了。

"臣妾也好久没陪陛下用午膳了。"皇后微笑柔和，吩咐贺嬷嬷，"快让人摆午膳。"

虽然现在还没到用午膳的时辰，比每日提前了许多，但也没关系，陛下说是来用午膳的，那就是来用午膳的。

皇帝进了凤栖宫，宫人摆上午膳后，皇帝挥手遣退了所有侍候的人，包括张公公与贺嬷嬷。

皇后便知道皇帝有很重要的事儿要对她说了，心里顿时打起了十二分精神。

皇帝拿出那卷证据，甩给皇后："你瞧瞧。"

皇后慢慢地拿起，看罢后，惊得白了脸。这……这诚太妃……她怎么敢！

"证据确凿，朕也不想听她辩解，她也没什么可辩解的。别的事情朕都能饶恕她，唯独这一宗罪，朕也饶不了她。若是朕饶了她，便是对先皇大不敬。"皇帝沉声道。

皇后点头，是啊，即便陛下念着旧时恩情，但也不能饶恕诚太妃偷人。这是皇室丑闻，她终于明白为何皇帝脸色会这么难看了。

这么多年，后宫也不是没有这等龌龊肮脏事儿，皇帝处置不了的，都会借她的手处置。所以，她立马明白了今日这一桩事儿，陛下也是让她来善后了。

皇帝直言道："她污秽不堪，不配入皇陵，但所作所为，朕又不能公之于众。所以，借安家老宅，借那小丫头毒茶案之事，给她一个死去的名头。朕已派禁卫军去了安家赐毒酒，不过既保住了名声，朕就要厚葬她，但又不想她入皇陵脏了墓地。你给朕出个掩人耳目的主意，朕该怎么办？"

皇后压下心惊，想了好一会儿，才给出主意："跟随太妃侍候的人，都需杖毙吧？不如就换个清白的宫女，代替太妃，葬入皇陵。先皇在九泉之下，想必也不会怪罪陛下。"

皇帝觉得这个法子好，颔首："行，你是朕的皇后，统辖六宫，素来行事妥帖周密，此事就交给你了，一定别走漏风声。"

皇后领命："陛下放心！"

此事商议妥当，皇帝依旧没食欲，脸色还是很难看。

皇后脸色也不大好："陛下，您这般动作，怕是吓到了小安儿。安家老宅从来没有出过人命案。"

"那丫头连战场都上过，虽然不过是年龄小，偷穿着小兵的衣服去长见识，但毕竟战场就是战场，她不是没见识过。不会让朕这般吓一吓，就吓破了胆。"皇帝有自己的心思，诚如安华锦所想，他虽然顺势而为，但也不是没思量。

皇后叹了口气："话虽是这样说，但太医诊出她有惊梦之症，太医开了药方子，她每日都在服药。臣妾就是担心，别今日之事，令她的惊梦之症再加重了。"

"哦？"皇帝倒没关心过这个，"怎么会有惊梦之症？"

"臣妾也不知，有两三年了。"皇后摇头，"她到底年少，大约不知什么时候被吓住了，自己也不知道。总归是个小丫头，胆子再大，也是有限的。"

"也是！"皇帝倒没想到还有这一出，诚太妃与她带去安家老宅的人一个没活着出来，都死在了安家老宅。可以想象，鲜血染红了多大片的地方，一个个活人在她面前被杖毙，她亲眼看着。他给的震慑是有了，但后遗症，他忽略了。

皇帝咳嗽一声，也觉得不太厚道了，的确那小丫头还是一个小丫头，他想了想说：

"朕会补偿她的。"

皇后心中发冷,但面上不动声色,依旧端庄温柔:"臣妾只这么一个侄女,父亲只这么一个小孙女了,望陛下厚爱。"

皇帝点头,给出承诺:"关于大昭寺捐赠的军饷,待毒茶案审清楚后,朕就派重兵押送去南阳给南阳军。朕的私库中有不少好东西,今日她进宫,就给她挑好的带回去,她能现在用的,正好,不能用的,将来做嫁妆。"

皇后闻言总算满意了些。帝王的恩,得谢,她柔声说:"臣妾替小安儿先谢陛下。"

"你就不必谢了!也是朕考虑不周。这个小丫头片子,厉害得总让人忘了她还是个小姑娘。"皇帝笑道,"大昭寺十年供奉,五十万金,怎么能舍得捐出来?定然是她敲诈的。张口就是这么大的买卖,你说,朕今日利用她,能怪朕吗?"

皇后:"……"

是,她的侄女的确厉害,这话陛下玩笑着说,就是她今日占理,也反驳不得。

她只能也笑着说:"小姑娘若是不厉害点儿,也是不行的,毕竟南阳王府就剩她一个了。若是太软弱可欺立不起来,陛下也该犯愁了。"

"倒也是!"皇帝颔首,"真是各有利弊!"

帝后二人和睦地说了会儿话,午膳没吃两口,便等来了贺澜回宫复命。

贺澜这差事儿办得干脆利落,将经过详细地禀告了陛下,只隐藏了诚太妃死前与安华锦私聊了那么一会儿。这事儿重要也不重要。他不说,对陛下来说,就不重要。

"嗯,做得不错!"皇帝下令,"封了奉慈宫,里面的人都处置了,还是由你带着人亲自去。"

"是!"贺澜告退了去。

皇帝拍拍皇后的手:"朕从今日起,会病上三日,未来三日都会不上早朝。你为朕掩饰一二,其余的事儿就交给你了。"

皇后站起身:"陛下放心。"

第十四章　守灵

陛下敬重的诚太妃薨了，陛下自然要大病两日，伤心哀恸的，哪怕是做做样子，这样子也要做。

于是，在安华锦和顾轻衍进宫见了陛下，表了一番忠心。安华锦又委屈地露出真倒霉、真想哭，怎么什么破事儿都找上她的神色后，陛下给了她一大笔补偿。这笔补偿数目还真不小，丰厚得足够装两大车，她总算舒服了，乖乖地领了补偿，谢了恩。在她离开了皇宫后，陛下终于"病倒"了。

陛下给的补偿，有胭脂水粉，有绫罗绸缎，有奇珍异宝，还有无数好药，也算是给了个全。

安华锦虽然不怎么在意身外之物，但有好东西，又是陛下从私库里偷偷给的，不要白不要，还是很开心的。

出了皇宫后，她首次没张扬地骑马穿街而过，而是低调乖觉地与顾轻衍一起坐在马车里，感慨："陛下若是大方起来，其实也是蛮大方的。"

顾轻衍微笑："陛下这一回确实大方了，不过也是你该得的，谁家府邸都不愿意染了血腥。陛下也算是吓着了你，论起来，还是不太厚道的。"

安华锦无所谓："诚太妃以及伺候她的那些人的死，怨不到安家身上。宅子也成不了凶宅。陛下敢为，我也不怕不吉利。安家如今摆在老宅里的那些兵器，在战场上见过的血成千上万，若说凶，那些兵器更凶。"

顾轻衍点头："今夜……"

"不用你住我家陪着我。"安华锦截住他的话，"回你的顾家去。"

顾轻衍低咳一声："我是怕你半夜惊梦。"

"不会！"安华锦摇头，"就算惊梦，我也习惯了。"

顾轻衍作罢。

安华锦转了话题："你就不想知道诚太妃临死前，与我说了什么？"

顾轻衍眸光轻动："你若是想告诉我，我洗耳恭听，你若是不想说，我也不会问。"

安华锦撇撇嘴，也不隐瞒他："她用那个孩子的平安，与我做交易，让我保护那孩子，不求富贵，只求做个寻常百姓，拿她手里的一座金矿和势力跟我换。"

"赚了。"顾轻衍微笑。

可不是赚了？一个无辜的孩子，本来顾轻衍就保下了，这些东西，诚太妃是白送上门的。若是她给谁，那都是抬手震三震。

"要说诚太妃也是个厉害人物。"安华锦倒有些敬佩，"临死果断地给她儿子选了一条出路。若那孩子不是被你救了抚平了痕迹藏了起来，落在谁手里，我也得守信重诺地将他保出来护着，少不了要费些劲儿。"

"诚太妃本就有心计，自先皇驾崩后，又经营二十年。她的势力不小，你收了总比别人收了要好得多。"顾轻衍叮嘱，"只是说什么也不能让这些人知道那个孩子的下落，以免出乱子牵连你。陛下多疑，但有风吹草动，不是好事儿。"

"知道。那孩子我不管，就你管了。你管比我妥当周全，也不必告诉我他在哪里，只要活着寻常过得去就行。"安华锦放心地说，"我也省心了。"

顾轻衍淡笑："好！你信我就行。"

"自然！"

毒茶案之后，牵扯出了劫粮案，如今又出了毒酒案，一时间京中乌云罩顶。因诚太妃死，皇宫挂了白绫，搭建了灵棚，陛下病倒，为太妃哀恸，休朝三日。陛下有命，皇室宗室子弟轮流给太妃守灵。朝中四品以上的官员内眷可出入皇宫吊唁。京城虽压抑，但因此也十分罕见地热闹了起来。安华锦虽不是皇室宗室子嗣，但到底名声上是诚太妃为她挡灾而死，她也不能不表示哀恸，替陛下做好这出戏。于是，她在惊吓过度病倒了一日后，拖着病体，露着苍白的小脸，穿了一身雪白的素净衣裙，在这一日夜晚，也进了皇宫，为太妃去守灵了。

正巧，这一日守灵的人是楚宸和楚思妍。

善亲王府身份地位高，排在一众皇子公主之后，头一日是皇子公主们守灵，这第二日，轮到了善亲王府这一对兄妹。

楚思妍什么都不知道，只觉得诚太妃横死在安家老宅，实在太骇人，可见安华锦就是个煞星，谁沾染了她，谁就吃亏。这不，诚太妃就丢了命。

她见到安华锦，立马躲去了楚宸身后，探出脑袋，怕怕地质问："你……你来做什么？"

安华锦瞅了她一眼，无精打采地说："来给太妃守灵。"

楚思妍："……这里不用你守灵。"

安华锦看着她："你赶我？"

· 219 ·

楚思妍："……"

不，她不敢！

她拽了拽楚宸衣袖，小声说："哥，你撵她走。"

楚宸瞅了一眼没出息的妹妹，就知道欺负软和的柿子，遇到安华锦，她就成了碰了石头的鸡蛋了。他摆手："你回去吧！我自己守着。"

"这……成吗？皇叔有命……"楚思妍很想走，这灵堂里放着红漆棺木，摆着蜡烛，火盆，烧纸。风吹来，似乎看见了冥火幽幽，她胆子本就小，可受不了这场景。若非他哥哥在，她早就吓晕了。

更何况，她被安华锦那日吓得还没好，如今还心有余悸，走路都腿软呢。

"能成！皇叔宽厚，也能体谅你被惊吓后仍在病中。"楚宸吩咐，"来人，送小郡主回去。"

善亲王府伺候的人立即上前："小郡主，走吧。"

楚思妍二话不说，立马点头，既然哥哥说走了没事儿，那就没事儿。于是，她立即走了。

路过安华锦身边，她腿依旧软，但还是说："你……你别欺负我哥哥。"

安华锦："……"

她轻哼一声："这是太妃灵堂前，你当谁像你一般不知深浅不知所谓。"

楚思妍放心了，是啊，太妃灵堂前，安华锦即便想欺负她哥哥，也不敢。

灵堂白布随风舞动，没燃尽的烧纸火焰忽大忽小，棺木很好，规格很足，但安华锦知道，这里面躺的人，一定不是诚太妃。

她上前，往棺木前的火盆里扔了一叠烧纸："太妃好走！"

她脸上扑了太多的粉，在火光下，更是看起来惨白惨白的，弱得很，也瘆人得很。

楚宸在一旁瞧着，激灵灵地打了一个寒战，他比谁都清楚这一桩秘辛被掩埋的经过，但即便清楚，看了安华锦这个模样，也不得不心中感慨，这小丫头可是比陛下还能装。

她怎么就这么能装？

这副模样，谁见了，怕也是怀疑不起来了！

待她烧了纸，他凑近她，小声说："喂，你还好吧？"

不管怎么说，从安家老宅抬出的一具具尸体可是事实，她有没有被陛下的雷霆动作惊住？如今这模样，是不是也有被惊吓过度的成分在？

安华锦瞥了他一眼："离我远点儿。"

得，这个没良心的，白担心她了，这根本就是没被惊住。

楚宸腹诽，还是依言躲离了些，毕竟这里是皇宫，无数双眼睛看着呢。

安华锦拿出守灵人的模样来，立在灵堂前，一动不动，纤弱的身子骨，站出了军人之姿。

楚宸瞧着她，也不自觉地直了直腰板。

过了一会儿，他又忍不住了，压低声音说："顾轻衍呢？我还以为他会陪着你来。"

"他来做什么？"安华锦语气平静，"太妃又没为他挡灾。"

也……对！

楚宸盯着她理所当然的模样，想着虽然这话说的对，但也不对，她不会是舍不得让顾轻衍来陪着她受苦吧？

这心思一起，怎么也压不住了，他又压低声音说："你是他未婚妻，他不应该陪着你吗？"

安华锦眼皮不抬："你也说了是未婚妻，又不是真的妻，陪什么陪？"

楚宸："……"

这话听着让人莫名舒服。

他不多想了，小声说："小丫头，长夜漫漫，我们俩聊天吧？"

"聊什么？"安华锦这回倒没有不给面子，毕竟她也想聊，尤其是想知道天牢里关着的忘梭招了吗。楚宸昨日可是又跟着刑部、大理寺的人审了一日的案子。

楚宸眼珠子转了转，风花雪月自然不能在一个死人棺材前聊，不合适，他只能聊安华锦感兴趣的事儿："大昭寺那个主厨呢？还在安家老宅呢？你用他做饭了吗？"

安华锦对这个不感兴趣，不说话。

楚宸懂了，这是没聊对，立即又换了话题："昨日我与江云弈一起带着人抓了方远，这和尚笨死了，半夜逃走，自己滑坡，掉下山去摔了个昏迷不醒。大昭寺的住持说不知道他闭关的暗室有密道，哼！我才懒得一个个抓着审，将住持、长老和执事们都一股脑儿地抓了，关进了刑部天牢。"

安华锦无语片刻："做得好。"

不是那和尚笨，是他自己不知道顾轻衍的人动作快，故意让他捡了个现成的。

"那忘梭本来死活不说，但见着了方远和大昭寺的一众和尚，终于挺不住招了。"楚宸见她接话，显然对这个感兴趣，倒也不吝啬不保密地与她说起来。反正，这个事儿也没什么不可说的，案子审出来，早晚要公布出去。

"招了什么？"安华锦就想知道这个。

"他先说受方远指使，后来方远醒来对他臭骂了一顿，气得要杀他，他又改口，说是受了诚太妃指使，胡言乱语一通。到底对他用了刑，他才招了有用的。说出了自己的身份，是十八年前兵部尚书的孙子。"

安华锦点头。

当年劫粮案，除了押送粮草的人都被人杀了，也牵连了兵部。兵部尚书被推到了午门外斩首，兵部其余的一应官员被处决的，罢官的，下场都不好。兵部尚书家里的男丁被流放三千里，女眷没入掖庭。

据说，流放途中染了瘟疫，兵部尚书家的男丁都死绝了。没想到，还有活着的。

"当年流放时，陛下有明确旨意，在他有生之年，兵部尚书家的男丁永远不能从苦寒之地出来。也正是因此，他虽然待在京城，但只能藏在大昭寺，不敢暴露身份，但不知怎的，还是被人知道了他的身份。于是，他受人威胁，要他做事儿。"

"什么人威胁他？"

"他说出了一个人名，是三皇子的一名幕僚，叫许承。"楚宸道。

安华锦眯了眯眼睛："已经抓了那名幕僚？"

"我们去时，那名幕僚不在家中，也不在三皇子府，失踪了。但即便如此，三皇子也吓坏了，进宫对陛下声泪俱下地哭诉，说他没有指使人做这件事儿，那幕僚如今失踪，他也不知是怎么回事儿。请陛下彻查，他是被冤枉的。"

"陛下如何说？"安华锦笑笑。

"陛下让三皇子回府，下令封了三皇子府，任何人不得见三皇子。三皇子府内的任何人也不得外出，等候查清他的嫌疑。同时下令追查许承的踪迹。"

安华锦点头。

许承失踪，并不奇怪，顾轻衍既然先一步拿了方远，从他的口中早问出了许承的名字，就不会容许人捷足先登。要审，也是他暗中先审出个所以然来，然后再将人放出去。

所以，毫无疑问，这个人目前应该在顾轻衍的手里。

"那方远呢？交代了什么？"

"方远交代的可不少。他倒是痛快，大约是知道大势已去，所以，为了免受皮肉之苦，该说的都说了。"楚宸顿了一下，"他的供词，我先呈递给了陛下，陛下过目后，才给了刑部和大理寺记录在案。最有用的是，交代了他当年的身份，以及劫粮案的幕后，还有一点儿疑惑之处。陛下看了，也是雷霆大怒。这回是真的病倒了。"

安华锦懂了，无非是方远关于张宰辅那个猜疑，想必陛下也想起来了有这桩旧时事儿。亏他器重张宰辅，委任重职，高官厚禄，且也看重二皇子，如今可能心里在呕血。

哪怕没有确凿证据，但帝王怀疑的种子一旦埋下，那就危险了。

该知道的都从楚宸嘴里知道了之后，安华锦便佯装支持不住，晕倒了。

楚宸咋舌片刻，心里骂她会装，还以为她真要给诚太妃守一夜灵呢，原来都是骗人的。她就是特意前来跟他打探消息的，消息都听完了，灵自然也就不守了，装晕要回去睡觉了。

这是个什么坏丫头！

楚宸瞪了她半晌，憋着一口气上不来下不去好一会儿，才咬牙认命地说："来人，送小郡主去凤栖宫，让皇后娘娘赶紧请太医给小郡主瞧瞧身子，带病守灵，可别真病重了。"

最后一句话，他几乎是咬牙切齿地说出来的。

安华锦眼皮不抬，一动不动，装得很像很像，骗过了老远站着的宫人们，由人抬着，慌慌张张地送去了皇后的凤栖宫。

人被抬走了，楚宸泄气地孤独地继续守灵。

前一日，皇子公主们一大堆守灵人，如今轮到他倒好，只剩下他一个。他这命，也是不咋地。

他已经累了好几日，如今的天气哪怕夜晚也不冷，他干脆靠在棺木前，睡了过去。

也不是他故意对死人不敬，实在是诚太妃让她敬不起来，再说，这棺木里的人，哪里是什么诚太妃？如今诚太妃大约是被陛下将尸体扔去了乱葬岗。

凤栖宫内，皇后自然没睡，她知道安华锦进宫去守灵了，便打算若是那孩子真实心眼地守着，等到半夜的时候，她就让贺嬷嬷去请人。哪里知道没到半夜，她就被人抬回来了。

皇后也有几日没见着安华锦了，乍然一看到她昏迷不醒的模样，也吓坏了，真以为她是被陛下雷霆震怒，在安家老宅对诚太妃动手给吓着了，当真命人去请了太医。

皇后攥着安华锦的手，都快哭了："这孩子……这孩子也真是……"

她不能说倒霉，但心里对皇帝真是又生了怒，觉得多少补偿也不管用，吓着了就是吓着了。将人吓坏了，是多少补偿能管用的吗？

安华锦用手挠挠皇后手心，给她传递了一个信号。

皇后身子一僵，眼泪顿时憋了回去，镇定下来，她真是吓糊涂了。安家的人，岂能那么容易被吓坏？当年的她都不会，小安儿在军中长大上过战场就更不会了。

她用帕子抹抹憋回去的眼泪，对贺嬷嬷使了个眼色。

贺嬷嬷立即打发了殿内侍候的人："你们都下去吧！让人请太医院的陈太医，务必快些来。"

"是！"凤栖宫内侍候的人鱼贯而出，心想着小郡主看起来好可怜啊。

内殿除了贺嬷嬷，再没了人，看起来很可怜的安华锦立马坐了起来，小声喊了一声："姑姑。"

皇后又气又笑，伸手点她额头："你这做戏也太逼真了，本宫都被你吓着了。"

安华锦俏皮地吐吐舌头："不逼真怎么能骗得过人，帮陛下演戏，自然要卖力气点儿。"

皇后无奈摇头："你呀，顶着这一副惨白的脸，就别做鬼脸了。看着忒吓人。"

安华锦用帕子用力地擦了擦脸上的粉，顿时厚厚的粉扑扑地掉，她一时被呛得咳嗽："我也不想啊，这粉扑了八层，真是厚得我难受，我脸皮可从来没这么厚过。"

皇后"扑哧"一下子笑了："快继续躺着，陈太医来了，还要给你请脉的。"

安华锦点头，扔了帕子，重新躺回了床上。

不多时，陈太医就来了，他放下药箱，给安华锦隔着线绳把脉，完了之后，捋着胡须凝重地说："安小郡主惊吓太甚，辛劳太过，气血两亏，精神有损。下官给小郡主开一服方子，小郡主要养上七日，方能好转。"

因天气太热，诚太妃的棺木停灵七日，七日后，厚葬入皇陵。也就是说，安华锦这一病，连送葬都不必去了。这陈太医是七表兄的人还是顾轻衍的人？安华锦猜测着，大约是七表兄的人，毕竟那天是他请了陈太医去的安家老宅给她号脉，把出了惊梦之症。他要找太医，自然要找一个自己信得过的人。所以说，她的七表兄也不是真的冷心、冷血、冷肝、冷肺嘛！三年后七表兄转了性子，也还是帮着她这个表妹打掩护的。

皇后命贺嬷嬷给陈太医厚赏，陈太医谢了皇后赏，留了药方子离开了。

安华锦在陈太医离开后，又重新坐了起来，对皇后说："姑姑，我今日跟你睡行不行？"

皇后顿时乐了："自然行。不过你得给本宫好好洗洗，浑身的粉，洗个干净。"

"不睡凤床。"安华锦提条件。

"嗯，睡偏殿。"皇后明白。

安华锦满意了，她虽然不喜欢皇宫，更不喜欢在皇宫住，但今日只能将就了。总比楚宸睡在灵堂里要强许多，他才是有点儿可怜。

这一夜，姑侄俩说了不少悄悄话，直到三更鼓响起，方才一起睡了过去。

第二日，安华锦睡到了日上三竿才醒，睁开眼睛，神清气爽。皇后已不在身边，显然早起了，她伸手拉了拉床头的木铃。

不多时，贺嬷嬷推门进来，笑呵呵地说："小郡主，您总算睡醒了。顾七公子一早就进宫来接您，已经等了您两个时辰了。"

安华锦穿衣服的手一顿："他来接我做什么？"

贺嬷嬷笑道："七公子听说您昨日晕倒在太妃灵堂前，因深夜，不便进宫，今日一早便来了。"

安华锦点头。

贺嬷嬷亲自伺候安华锦梳洗："七殿下也一早就来了，知道您未醒，便与顾七公子下棋等着您醒来。"

安华锦净面后，坐在梳妆镜前："七表兄很闲？"

顾轻衍便罢了，一等半日，不像是楚砚的做派。

贺嬷嬷笑着摇头："七殿下很忙，今日想必是关心小郡主。"

安华锦心里想着未必，昨日陈太医诊脉故意说得那么严重，楚砚担心她才怪。大约是有什么话要和顾轻衍说，所以，借姑姑的凤栖宫一用了。她想着，拿起桌子上的粉往脸上扑，如今还在皇宫见人，还是要受点儿罪。

贺嬷嬷一把夺过来："小郡主，奴婢来，保证让您看起来气色不好，一副病弱之态，但粉却不必扑那么厚，否则您没办法吃饭的。"

安华锦本会易容术，但觉得麻烦，才用厚粉扑，如今闻言放心地交给了她。贺嬷嬷不愧在皇宫里陪着皇后待了二十多年，手上是有绝活的，想必皇后偶尔想偷懒，就靠她这一手绝活弄出个病容来应付。没用多少时间，贺嬷嬷便给安华锦收拾好了。

安华锦瞧着镜子里的自己，嗯，苍白、病弱、双眼红肿、没有精神气。只靠这些胭脂水粉便让她整个人换了一个模样，比易容术也不遑多让了，果然很厉害。

她自己很满意，所以当顶着这副模样出去见人时，看愣了外面的几个人也就不奇怪了。

外面除了楚砚与顾轻衍在报堂厅里下棋，还有一个衣着华贵做宫妃打扮与皇后年纪相当的女子，在与报堂厅隔开的画堂里与皇后说话。

那女子气色不好，眼泡红肿、面色被脂粉遮掩，勉强能掩饰住苍白。

一眼所见，安华锦觉得她这张脸跟自己这副妆容差不多。不过人家这是气色不好往好了掩饰，而她这明明好好的却要装成这模样。

安华锦先走到皇后身边，喊了一声"姑姑"，然后疑惑地看向那宫妃。

无论是三年前，还是如今，安华锦虽进宫数次，但遇到陛下的女人和儿子时候还真不多。哪怕三年前见过，没走心也不记得谁是谁了。

皇后伸手拉过安华锦的手，心疼地说："你这孩子，昨日吓死姑姑了，今日睡醒一觉，可觉得好些？"

"嗯，好些了。"安华锦垂眼，故作坚强，"姑姑，我没事儿，您别担心。"

"你呀，我怎么能不担心，你这才进京几日，便连着出了两次这么大的事儿。"皇后说着气怒道，"若是让本宫知道谁要害你，定不饶恕。"

"嗯，太妃为我挡灾而死，这事儿查出谁做的，一定让陛下杀了他。"安华锦也道。

皇后点点头，这才介绍："这位是贤妃，三年前，你见过的，不过你这孩子素来记性不好，想必忘了。"

噢，这位就是三皇子母妃，与诚太妃是本家姑侄。

"贤妃娘娘！"安华锦意思地见了礼，故意说，"您与太妃娘娘真像。"

谁乐意与一个死人像？

贤妃面上一僵，勉强一笑："昨日吓到小郡主了吧？真没想到太妃娘娘会在安家老宅……"

她不明白诚太妃怎么会为安华锦挡了毒酒？这事儿说得冠冕堂皇，但她才不信没有内情。不过她最关心的不是诚太妃之死的内幕，而是忘梭的招供，她的三皇子卷入了毒茶案。这事儿若是不能洗个清白，那她的三皇子可就完了。

贤妃今日是为三皇子而来，但她已在凤栖宫坐了许久，也没能从皇后嘴里套出什么有用的话来。皇后的口风很严，张口闭口都是诚太妃为她侄女挡灾，她以后每日三炷香，保佑太妃娘娘与先皇团聚如何如何。

谁想跟她说这个！

贤妃心中有气没处使，诚太妃人已经死了，她懒得管，她只想知道怎么才能救她的三皇子！

她看着安华锦，想看看能不能从安华锦这里找个突破口，于是，试探地开口。

安华锦一副很丧的德行，幽幽地叹了口气："昨日我梦见太妃娘娘了，太妃娘娘说不怪我，是她命数到了，但我这心里，总觉得不好过……"

安华锦巴拉巴拉一大堆，似乎憋狠了，吓坏了，终于找到能与她说话的人了。

贤妃："……"

她觉得她再待下去要被这对姑侄气死了。

但她为了儿子，还是坚挺地坐在那里说没用的："太妃既然说不怪你，小郡主不要太难过了，太妃能为你挡灾，想必在天之灵很宽慰。"

诚太妃心有不甘而被赐死，但死前能与她交易保住了她儿子，应该还算放心了吧？但怎么也不能称得上宽慰。

安华锦又幽幽地叹了口气："姑姑，我饿了。"

贤妃："……？"

"你昨日水米未进，晚上又为太妃守灵晕倒，也多亏你素来身子骨好，才禁得住这么折腾。也多亏了陈太医，否则你今日连床都下不来。"皇后伸手拍拍她手背，"顾七公子早上没用早膳便来了，本宫让他在本宫这里多少用点儿，他说吃不下。如今你饿了正好，本宫这就吩咐人传膳。"

"姑姑，我想吃素斋，还是回府让厨子给我做好了。"安华锦一副对宫里的饭菜没食欲的模样，"您与贤妃娘娘合得来，就留贤妃娘娘在这里吃饭吧。"

皇后闻言无不应允："好好好，你说吃什么，就吃什么，能吃得下就行。"话落，她吩咐，"贺嬷嬷，快去让人备轿子，送小郡主回安家老宅。"

"是！"贺嬷嬷立即去了。

安华锦转身走向报堂厅，说话似乎都没多大声气儿："顾轻衍，走不走？"

"走！"顾轻衍一推棋盘，站起身，看着她苍白虚弱的模样，关心地说，"回府后，今日还是得再让陈太医给你把把脉。"

"嗯。"安华锦点头。

楚砚也跟着站起身："我跟你们一起，也送表妹回去。"

安华锦没意见。

贺嬷嬷很快让人抬来了轿子，安华锦坐进了轿子里，三人一起离开了凤栖宫。

贤妃一口气憋在心口，脸色无论怎么掩饰也好不起来，她再也坐不住了，站起身："皇后娘娘也累了，妹妹就先回去了。"

"小安儿说让本宫留你在这里用午膳，你怎么能走？"皇后摇头，"都晌午了，就留下来吃午膳吧！"

贤妃哪里还吃得下，哪怕皇后十分诚心再三挽留，贤妃还是走了。

贤妃离开后，关上殿门，皇后忍不住笑起来，对贺嬷嬷问："嬷嬷，你瞧见了吗？贤妃那脸色难看的，这么多年，本宫也没见她的脸色比今日更难看。"

"瞧见了。"贺嬷嬷也笑，"小郡主真聪明，刚刚醒来，从您的三两句话中，就明白了您是怎么应付贤妃的，也跟您一样说话。贤妃听了一上午，忍着没发作，也是极厉害了。"

皇后擦着笑出来的眼泪，轻哼："她想不忍着呢，三皇子牵扯了毒茶案，她不夹起尾巴做人，敢在本宫面前说不着调的话，本宫就不管三皇子是真冤枉还是假冤枉，先踩一脚。"

贺嬷嬷点头："诚太妃薨了，贤妃少了一个后盾，三皇子如今又身陷囹圄，贤妃自然不敢如昔日一般张扬了。"

皇后收了笑："前朝后宫，后宫前朝，一夕间天就可能变，谁能想到诚太妃就这么死了，三皇子失去了一大助力不说，自己也被扯了进来。就算他是清白的，又能如何？就算本宫不踩，总有人会落井下石的。"

"据说今日户部尚书又早早来见陛下，陛下依旧没见。"

"户部尚书虽然不是吃素的，但奈何咱们这位陛下啊，生的皇子太多，哪一个拿出来，背靠的岳家都不是软茬。"皇后今日心情好，说起这个心情更好，"陛下头疼的时候且在后面呢！他不想立砚儿为太子，本宫就看看谁能给他长脸。"

"咱们七皇子德才兼备，心里有数，娘娘不必忧心。"贺嬷嬷道。

"本宫不忧心，只要安家在，砚儿就有依靠。陛下倒是想让安家换人，可是又有谁能替换得了安家的位置？陛下既要用安家，又防安家，既不想将太子之位给砚儿，又想用他牵制本宫和安家。"皇后笑得发冷，"这般矛盾，苦了他了。"

贺嬷嬷给皇后捶肩："就算老王爷老了，安家还有小郡主，小郡主聪明厉害，如今与七殿下和好了，自能互相扶持。"

皇后又笑起来："你说的对。"

"娘娘您也累了，用过午膳后歇歇吧！"贺嬷嬷劝说。

"怎么能歇着？太妃没安葬前，本宫歇不了。"皇后叹气，压低声音，"砚儿今日竟然与顾七公子在本宫这里下了半日棋。你可听到他们说了什么？"

贺嬷嬷摇头："什么也没说，只下棋了，顾七公子赢了两局，七殿下赢了一局。最后一局下了一半，小郡主醒来要回安家老宅用饭菜，棋局就作罢了。"

"本宫真是看不懂了，砚儿自小便心思深。"皇后摆手，"罢了，摆膳吧！"

软轿抬到宫门口，安华锦换乘了马车。

楚砚与顾轻衍一前一后跟着上了马车。帘幕落下，二人都看着安华锦。

安华锦没骨头一般地靠着车壁，不见外人，自然没必要装了，脸上的病容不见踪影，一腿平伸，一腿屈起，十分没正形。

楚砚皱眉："没规矩，坐直身子。"

安华锦不给面子："七表兄若是看不惯，别跟我坐一辆马车。或者，你也可以不用去安家，眼不见心不烦。"

楚砚绷起脸。

顾轻衍伸手从一旁的抽屉里拿出一盒糕点，递给安华锦："你起得这么晚，想必饿了，先垫垫。我已经让人提前回老宅给孙伯传话了，回府后就能立马用午膳。"

安华锦接过，果然没有对比就没有好坏，未婚夫比亲表兄要讨人喜欢多了。

楚砚转过头，看着顾轻衍："这几天，你都这般惯着她？"

顾轻衍微笑："小郡主也惯着我不少。"

楚砚："……"

安华锦吃了一块糕点，对着楚砚这张脸，食欲都能减半，索性直言："七表兄有什么事情找我，直说就行，你若真跟着我去了安家老宅，我怕多好的饭菜也吃着不香。"

楚砚恢复淡漠，面无表情："没事情找你，我知道有贤妃在，你定然不会留在母后处用午膳，就是想跟着你去安家老宅尝尝大昭寺主厨的手艺。"

安华锦："……"

他一本正经地摆着无趣的脸说出这话是故意气她的吧？

她一连又吃了两块糕点顺气。

"我看你在我面前吃得很香，不会没有食欲。"楚砚又道。

安华锦放下糕点，刚要辩驳，顾轻衍倒了一杯水递给她，她接过，捧着喝了起来，干脆不想说话了。

顾轻衍低笑，对楚砚说："七殿下与我下了半日棋，是想知道许承的下落？"

楚砚摆正脸："七公子果然知道他在哪里？"

顾轻衍点头："他在我手里。"

楚砚了然："我就说这京中谁还能先一步动手拿了人，猜想是你，果然没错。什么时候将人放出来？"

"明日。"顾轻衍给出时间，"他的嘴很硬，今日还没撬开。"

楚砚点头。

安华锦插话："七表兄是为了江云弈？所以，想先一步找到许承的下落给江云弈立功的机会？他如今的官职是……"她看向顾轻衍，"什么来着？"

"京兆尹参军执事，六品，若是立了功，擢升一级，立大功，擢升两级。"顾轻衍回答，"若是立功快出绩效的话，明后年能坐上京兆尹少尹，那就是四品，很得大用。"

安华锦笑看着楚砚，逮住机会报仇："七表兄三年前怕我知道你和江云弈的关系，故意让我在宫里迷路不管。江云弈的人情我前几日已经还在他妹妹身上了，七表兄如今想要人，不如先想想拿什么贿赂我。"

楚砚扬眉："人没在你手里。"

安华锦不要脸地说："在我未婚夫手里嘛，一样的。"

安华锦的不要脸劲儿让楚砚大开眼界，一时无言，却逗笑了顾轻衍。他似乎没觉得她说的有什么不对，神情看起来很是愉悦认同。

半晌，楚砚才问："你想要什么？"

这是承认且准备投其所好地贿赂她了。

安华锦心里得意，想着总算等来了我报仇的这一天："听说七表兄的手里有一株一人高的红珊瑚，就要这个。"

楚砚的脸顿时绷了起来。

"怎么？舍不得啊？"安华锦瞧着他，用很气人的语气说，"我与楚宸也算是不打不相交，若是将人给他，善亲王府多的是好东西，估计随便我选。他刚入朝，也是要功绩的，至于他心向着谁，那我就不管了。对比一心向着你的江云弈，若是不赶紧提升功绩，那得在六品的职位上待多久啊。"

楚砚抿唇："你知道我手里那一株红珊瑚是做什么用的吗？"

安华锦不屑："我管你做什么用的。"

楚砚气笑，斜睨了顾轻衍一眼，见他任安华锦欺负人，他淡声说："是我准备送你的大婚贺礼，给你添妆用的。"

安华锦："……"

她瞪着楚砚："我大婚不知道何年月去了，你别为了舍不得给我信口胡说。"

楚砚神色淡淡："你若不信，是不是我本就要给你的，可以去问母后。"顿了顿，又道，"我本以为，你会很快大婚的。"

安华锦："……"

她相信了,楚砚应该不会骗人,这种事情,他也没必要骗她。

她瘪瘪嘴,既然本来就是要给她的东西,那她还提前要个什么劲儿。看不出来他这表兄对她还挺好,一人高的红珊瑚价值连城不说,是真不好找的,要在深海里遇到且能够在不被鲨鱼吃掉的情况下人力挖出来才行。

她又开始琢磨还有什么东西能让楚砚吐血,但一时也想不出来,她之所以知道他有一株一人多高的红珊瑚还是她姑姑来信时说的,也不过提了一句而已。

就在她不知再拿什么报仇时,顾轻衍含笑温声道:"七殿下骑术好,箭法好,能够百步穿杨。去年冬猎了一只红火狐,那皮子没有丝毫破损之处,就要那个吧!"

楚砚偏头去看顾轻衍。

"去年,三公主讨要,七殿下没给。"顾轻衍又笑,"这个总不会是打算给你做大婚贺礼的。"

安华锦拍板:"就要这个。"

顾轻衍说好,那这皮子一定是极好的,否则顾家什么没有?也不至于让他看得上眼这么帮她。

楚砚气笑:"你们一唱一和,不赶紧大婚真是不该。"

安华锦一脸"你懂什么?"的神色:"你只说给不给吧!"

"给你。"楚砚松口。

安华锦满意了,对着顾轻衍说:"那许承明日就送去给江云弈?"

"嗯。"顾轻衍点头。

安华锦放下茶盏,开始赶人:"七表兄,你得了你要的,我得了我要的,你是不是该下车了?"

楚砚稳坐不动:"我说了去安家老宅吃素斋。"

安华锦:"……"

小瞧她这位七表兄的涵养和脸皮了!大约跟流着一点儿安家的血液有关?

回到安家老宅,安华锦到底还是一头扎进了房里将脸上的脂粉洗了。之后她清清爽爽地出来,与顾轻衍、楚砚,三人一起用了午膳。

用过午膳后,楚砚便走了。

安华锦昨日睡得足,本就没有午睡的习惯,自然更不困,她看着顾轻衍:"看来太妃殡葬之前,我只能在宅子里猫着了。"

早先说跟着他扮作小厮一起去翰林院看来是不行了。

顾轻衍看着她："你不是会易容术？"

"你听谁说的？"安华锦一愣。

自然是听老南阳王说的，他有一次来信时提了一句。说南阳来了一个怪疯子，很会一些邪门歪道的东西，暗中偷偷教安华锦，老南阳王担心孙女学坏，幸好不久那怪疯子就死了，他才放心下来。

顾轻衍眸光闪了闪，还是实话实说："安爷爷来信与我提了一句。"

"爷爷真是什么都告诉你。"安华锦不知道这些年她爷爷卖了她多少事儿，摇头，"最好的易容术是人皮面具，我可从来不使那玩意儿，其次是用药物，伤皮肤。"说着，她摸着自己的脸，"我可不想糟蹋我的脸，虽学了那东西，不到万不得已，我也懒得折腾。"

她不能辜负老天爷给了她这么一张美人脸，她爱惜得很。

顾轻衍微笑："七日而已，左右我陪着你，找点儿事情做，很容易打发时间的。"

安华锦只能点头。

傍晚，用过晚膳，顾轻衍出了安家老宅，去了八大街的暗室。

许承既没被捆着，也没被绑着，更没被吊着，只是被关在暗室里。虽然没有人钳制，但他也不敢自杀，他被抓来那一日，有人就告诉他，若是他死了，他一家老小也不必活了。

这威胁实在是管用，能掐住他的软肋。

他不知道是谁抓了他，只觉得抓他的人很厉害，毕竟他在做那件事情之前，已经将他的一家老小都偷偷安置好了。他自己感觉不妙时立马想逃，但被人抓住了，他一家老小也被人找到了，且拿着每个人随身佩戴的东西扔在了他面前，让他死都不敢。

有人审问他，但他留了个心眼，说要见他们的主子，只要见到了人，他就招。

他不能就这么招了，他就算死，也要给家人留个活命。

顾轻衍来时，天色已黑，他一身墨色织锦，似融入了夜色中，唯独腰间佩戴的吉祥结，成了他身上唯一的亮色。

暗室的门打开，许承立马转过头，当看到的人是顾轻衍，他跟见了鬼一样，猛地睁大了眼睛，不敢置信又恐慌。

第十五章　暗杀

顾七公子温和知礼，才华满腹，名扬天下，是走在阳光下如骄阳一般的人。谁能想到，在这暗无天日的地下室里，他缓缓地现了身。

许承也算是见过几次顾轻衍的面，但还是被他现在的模样震得许久没收回魂儿。直到顾轻衍坐下身，平淡地开口："许公说吧！我答应你若是招了，保你一家老小被送去无人打扰的地方过平安的日子。"

许承要的就是这个，顾轻衍知道。

许承攥了攥拳，压下心中的震撼与惧意："七公子说话算话？"

"自然！"

语气虽平淡，但给人只要他答应，你就不必怀疑，一定能做到的感觉。

许承相信了，咬牙说："六年前，科考舞弊案，我受人牵连，锒铛入狱。本以为此命休矣，但在狱中，却有人送信给我，告诉我，会救我免罪，只不过，我要答应他做一件事情。我那时本是等死之人，忽然有人给了我一线希望，不管是什么，我都先答应了下来。后来，那人果然把我救了出去，条件是让我自己去投身三皇子府上，做三皇子的幕僚。"

顾轻衍点头。

"我出了狱后，便按照那人所说，去了三皇子府上，三皇子正在招募幕僚，我本抱着试试看的心思，没想到，三皇子见了我后，便收了我，也同时安置了我的一家老小。我当初以为救我的人是三皇子，便一心给三皇子卖力，以报答他的解救之恩。却没想到月前，忽然有人找到我，说我这颗棋子安插在三皇子府这么久，用我的时候到了。我才知道，原来当年救我的另有其人。"

顾轻衍又点头。

许承深吸一口气："我对三皇子本抱着报恩之心，效忠许久，有了很深的感情，便说要是对三皇子不利，我不同意。那人说，要杀的人是安小郡主，让我放心做，与三皇子无关。那人给了我一包药，让我暗中给大昭寺伙食房的一个叫忘梭的小和尚，威胁他，让他给安小郡主投毒。那人又说，六年前能救了我，如今也能悄无声息地杀了我，哪怕三皇子也保不了我，我没得选择，也就答应了。"

"那人是谁？当年在狱中是怎么给你送的信，月前又是怎么联络的你？"

"当年在狱中，是一个狱卒给我传的话，我出狱后，那狱卒就死了。月前那人亲自找的我，在夜晚，闯进了我的房间，黑巾蒙面，只露一双眼睛，我不知他的身份。"许承道，"那人谨慎得很，找了我三次，前两次黑巾蒙面，后一次我根本就没见到他的面容，只是清晨我醒来发现床头枕边放着一包毒药，我没得选择，相信他真能悄无声息地杀了我与我全家老小。只能依照他的话去做。"

顾轻衍蹙眉："六年前那狱卒叫什么名字？月前找你的人除黑巾蒙面外，有什么特征？你既能做三皇子幕僚，也不是无能之辈，洞察力自然该有的。"

"那狱卒我后来打听了，叫徐三。月前找我的人身量精瘦，说话粗嘎，手掌心有茧。对了，身上的气味很杂，隐约有一种香火味，还有一种油烟味，亦有一种熏香味，我天生鼻子灵通，对人身上的气味很是敏感。"

顾轻衍扬眉，这才听到了最有用的。

顾轻衍从暗室出来，吩咐人明日将许承送去给江云弈，便又去了安家老宅。

安华锦正要歇下，听孙伯禀告顾七公子又来了，她卸发簪的手顿住，纳闷："他走了一个时辰了，如今又回来了，做什么？"

孙伯摇头，大晚上的，不比白天，他还是顾及小郡主的清誉，毕竟二人未大婚。他没直接将人请来内院，而是让顾轻衍在前院的报堂厅里等着："七公子一定有要事儿，否则也不会折返回来。"

安华锦点头，又将卸了的发簪插回去，起身去了前院。

顾轻衍正坐在报堂厅喝茶，里面掌着灯，昏黄的光线打在他的身上，姿态随意散漫，举止有一种闲适的风流。

看起来，他不像是出了多重要的大事儿。

安华锦迈步进了报堂厅，对他扬眉："什么事儿不能明日再说？"

"很重要的事儿。"顾轻衍抬眼瞅着她，"这件事儿可能有点儿麻烦。"

"嗯？"安华锦坐下身，"你没回家而是去了那个地方？又从那个地方回来？是审问许承去了？审问出来的事情看来事关我了？"

"聪明！"

安华锦撇嘴："我早就告诉你我鼻子异于常人，你没沐浴就来，我自然猜得到。"

"许承的鼻子与你差不多，似乎也能闻到常人闻不到的。"

"嗯？"安华锦好奇了，"他招了什么？"

"身量精瘦,说话粗嘎,手掌心有茧,身上的气味很杂,隐约有一种香火味,还有一种油烟味,亦有一种熏香味。"顾轻衍陈述,"这般话语,你想到了什么?"

安华锦猛地面色一沉。

顾轻衍轻叹:"看来,你知道了。"

安华锦抿唇,忽然冷笑一声:"看来这两日我没被毒死,是我命大。"

"可以这么说。"顾轻衍点头。

这种身上气味十分混杂的人,掌心有茧子的人,身量精瘦的人,除了声音粗嘎对不上外,其余的都吻合。许承说的蒙面黑巾人,安华锦在大昭寺见过,不只见过,还把他带回了安家老宅。

那个人是忘尘,顾轻衍帮他给改了名字,如今叫安平,大昭寺的主厨。

踏破铁鞋无觅处,他就在自己家里。

安华锦把自己给气笑了:"你说,我是不是傻子?"

顾轻衍也笑了:"不算,至少事发后,你心血来潮要了他,没给他逃跑的机会。"

"也是!"安华锦心里舒服了。

还有哪里比将人留在自己家里跑不了更好擒拿的?不过,她把害她的人要到了自己家里养了几日,也是没谁做得出来了。

她该感谢许承的洞察力,还有一个好鼻子。

掌心有茧子,可能是练剑磨的,也可以是颠勺颠的;声音粗嘎可以用药物变声,大昭寺常年有烟火气,熏着熏着,人身上就染上了;而有油烟味,正也是在厨房熏出来的;至于有熏香味,显然是为了拿熏香掩盖身上的气味。

一个少年,这么有心机,也是少见的了。

只是可惜,他找的许承,长了一个异于常人的鼻子。

安华锦站起身:"走,我们一起去找他。"

顾轻衍点头,跟着站起身。

安华锦将安平带回来后,孙伯也十分喜欢,并没有亏待他,将他安排在了落叶居。安家老宅的下人都很喜欢他,没人为难他,从他被安华锦带回来那一刻,就将他当做了自己人。

安平寡言少语,别人问一句答一句,不问的,绝不多言,不是多话的人,性子也沉稳。安家老宅没什么活计,他只负责在安华锦想吃素斋的时候下下厨房。

他喜好读书,所以孙伯知道后,命人给他的落叶居搬了不少书。

今日，安平也依旧在读书，并没有歇下。

顾轻衍和安华锦来时，便看到了窗前映出的少年读书的身影，看起来很是认真。脱下了僧袍，穿着一身普通的棉布青衫，看起来有着书院学子的影子。

安华锦脚步顿了一下，对顾轻衍说："安家虽是将门，但也喜欢读书人。"

顾轻衍没说话。

安华锦来到门口，门并未插着，她自己伸手推开门，这才似乎惊动里面看书看得入神的少年。

安平猛地站起身，见是安华锦和顾轻衍，立即放下书卷见礼："小郡主！顾七公子！"

安华锦没说话，来到桌前，拿起他放在桌案上的书看了一眼，语气漫不经心："安平，你很喜欢读书？"

安平点头，垂下眼："回小郡主，是的。"

安华锦浅笑："看来你以后读不了了。"

安平抬起头。

这一双眼睛，青黑纯澈，看着很是干净，不像是做坏事儿的人。

安华锦偏头对身后顾轻衍问："你看，他像不像你？"

顾轻衍："……"

"做了坏事儿，还是能够伪装成一副什么也没做的样子。"安华锦道。

顾轻衍失笑："你说像就像。"

安华锦回转头，坐在椅子上，跷着腿，盯着安平："知道我们为什么来找你吗？"

安平脸色平静，没说话。

"明明会武功，且武功很好，偏偏仿佛没有武功，待我闯进来才发现我们来了的惊讶模样。"安华锦想撕开他的伪装，"年纪轻轻，替谁卖命这么卖力？"

安平低下头，依旧没吭声。

"替人卖命，总有所求，你求的是什么？"安华锦语气漫不经心，"是为了活命，还是别的。是想一辈子靠着厨艺名扬天下，还是有朝一日以读书人的身份登天子堂？是求寻常日子，还是高官厚禄？总有所求，说说。"

安平依旧低头不语。

"哑巴了？"安华锦冷笑，"信不信我现在就能将你的舌头割下来，将你的眼睛挖出来，将你的手斩断，将你祖宗八代都查出来，将他们的坟都刨出来暴尸？看看你到底是嘴硬不说话，还是替谁如此效忠卖命，连祖宗都不要了。"

安平终于又抬起头。

"我的性子呢，不太好，你想必有所耳闻。我对自己人的耐心多点儿，对不是自己人的人，素来说砍棵白菜，绝对不砍萝卜。"安华锦眉眼冷清，"说吧！你就算不说，也能查出来，至于后果，我刚刚说了，你自己掂量。"

安平又垂下头，袖中的手攥起来，细微可见肩膀轻轻颤动。

顾轻衍走进来坐在安华锦身旁："据说张宰辅有一幼女，十五年前，爱上了一进京赶考的寒门书生。张宰辅不同意，阻了那书生的前程不说，还棒打鸳鸯，张小姐知道后，气愤之下，与那书生私奔了。张宰辅一气之下，将他的幼女逐出了家门，言从此张家再没这个人。"

安平猛地又抬起头，露出不敢置信的神色看着顾轻衍。

"书生的老家在淮河南岸，与张宰辅老家是一个地方。书生带着张小姐回了老家。书生不是死读书什么也不会的人，他家传一手厨艺，很是了得。但因张宰辅的关系，夫妻二人很是受当地父母官的'照顾'，哪怕一手厨艺，也没有人聘用他。日子过得十分凄惨。张小姐是个刚强的性子，哪怕日子过不下去了，也死活不回去。且很快给书生生了个儿子。这般过了三年，又怀了二胎，但因为一场风寒，无药可医，城中也没有大夫愿意给看，最终一尸两命。"

安平忽然剧烈地颤抖起来。

"书生用仅有的积蓄葬了张小姐，带着儿子无奈地离开了淮河老家，四处谋生。两年后，他儿子五岁时，遇到了一个怪人，人称怪疯子，看中了那孩子的资质，要收他为徒。书生那时穷困潦倒，且身子有病，恐怕自己时日无多，熬不下去了，咬咬牙，答应了。于是，那怪疯子就带着孩子走了。"

安华锦也有些吃惊地看着顾轻衍，怪疯子？是教她被爷爷说成邪门歪道的怪疯子？这天下可真小。

"七年后，少年找到了书生的下落，原来书生在当年他离开后便在京中大昭寺出了家。且一手厨艺被大昭寺所用，成了大昭寺的主厨，很受诚太妃称赞，也很得京中贵重府邸的夫人小姐们喜欢。他与父亲相认后，又去找怪疯子，才得知他死在了南阳。于是，为了孝顺父亲，便也留在了大昭寺。在他父亲死后，他本要离开，却被人钳制，继续做了大昭寺的主厨。"

顾轻衍说完，轻淡地笑："若是我没猜错，你的好外公拿你父母的坟墓威胁了你，让你为他做事儿。"

安华锦观察着安平的神色，便知道顾轻衍说对了。

她敬佩地看着顾轻衍，短短时间，便能查得这么清楚，真是厉害。

大约是她的神色太过敬佩，顾轻衍低笑，对她解释："本来我也不会这么快查到这桩事儿，但三年前，安爷爷给我来信，提到怪疯子，我便在好奇下查了查他，顺便查到了他的徒弟和别的事情。当年，我以为张宰辅不过是恨那书生拐走他的女儿，才钳制了书生的儿子继续留在大昭寺，一辈子困在那里做厨子，便没怎么理会。毕竟这种事情，说起来也是张宰辅的家务事。你我今日说起易容术，你提到怪疯子，许承口中描述出了他的模样后，我便想起三年前我曾让人查过的事儿，前后一联想，便明白了，也是巧合。"

安华锦无言片刻，不知道该夸顾轻衍聪明，还是该夸她爷爷在这中间起了大作用，或者顺便也夸夸她自己？

她看着安平："你就不恨张宰辅吗？还替他瞒着什么？若非他顽固不化，不同意你娘低嫁，又黑心黑肺地让淮河当地的官员特意'照拂'你父母，你娘也不至于一场病就一尸两命，你父子二人也不至于分隔多年。如今他不认你这个外孙不说，还利用你爹娘的安身之地威胁你，也太不是人了。"

"恨！"安平红了眼睛，声音发颤，"但我又能怎么办？只能受他威胁。我一人也保不住我爹娘葬在一起的坟墓不被他破坏。"

"我保你！"安华锦看着他，"我既能保你爹娘的阴宅，也能保你一命，如何？条件是你揭发张宰辅。"

"好！"安平答应得痛快，跪在地上，为安华锦叩了三个头，"只要小郡主能让他身败名裂，能保住我爹娘不被叨扰，我这条命，就是您的！"

"我虽与怪疯子没拜师，但也算是相交一场，保你一命，也不算什么。另外张宰辅要毒杀我，所谓敌人的敌人就是朋友，我与你也算是同仇敌忾。"安华锦站起身，"张宰辅估计正想办法要除掉你杀人灭口，你安生在府里待着，哪里也别去。等该你出现的时候，我让你直达天听。"

"好，全凭小郡主做主。"安平定了心。

安华锦和顾轻衍不再多留，一起出了落叶居。

安平看着二人离开，愤怒又惊慌的心一下子平静下来。

他一直恨自己命不好，亲外公害死了他娘不够，还要拿他爹娘的阴宅来威胁他。

他相信他那样的人，连亲生女儿都能逼死，更何况死人的墓穴了，他若是真不听他威胁，他还真敢动。他本以为，他这一辈子怕是报不了仇了，没想到被安小郡主在事发后将他要来了安家，如今才有了报仇的机会。安小郡主又说能保他这一条命，就算不保，能报仇，也值了。

回到报堂厅，安华锦恨恨地骂："张宰辅真是黑了心肝，亲生女儿都逐出家门了，还紧追着不放，虽不是亲手杀死的，但也差不多。亲外孙爱读书，有武功，是个有才华的人，说不定能凭借自己本事有朝一日前途无量，偏偏被他这般利用，真不是人。"

"命不好，没投好胎。"顾轻衍道。

安华锦转过头，气不消地说："也是，若都像你这般会投胎就好了。"

顾轻衍失笑："你也很会投胎。"

她？还行吧！

安华锦没心情笑："他是扳倒张宰辅的关键人物，也确实亲手牵扯了毒茶案，从中对我动了手。你说，我若是保他一命，事后直接求陛下饶他一命，陛下会恩准吗？"

顾轻衍想了想："此事若是事发，陛下一定雷霆震怒，相干人员，都会治罪。最轻者，也不会只是打板子，流放都是轻的，或者斩首示众，这还只是毒茶案；若是劫粮案真有张宰辅牵扯，陛下凌迟处死他都不过分，张家怕是会被诛九族，而这九族，也包括他外孙。你若是保他一命，陛下因劫粮案怀疑安家本就愧疚，而毒茶案你又是受害人，也许就恩准了，但若是求除了保他一命外别的事，怕是够呛。"

"我是爱才惜才。"安华锦把玩着手腕上的翠玉镯子转圈圈，"你指的是，将来有朝一日，他入朝求个功名啥的，陛下一定不准了？"

"没错。"顾轻衍颔首，"重大罪责，三代之内，不准入朝。"

"那可惜了！"安华锦琢磨着，"若只是作为南阳王府的人呢？不入朝，只在南阳王府里就没关系了吧？"

"应该可以。"

安华锦松了一口气："那就行，本来我保他，也不是要将他送入朝为别人卖命的。因为我爷爷顽固，怕我学坏，从中阻挠，我与怪疯子学得不多。他既是怪疯子真正的徒弟，又跟了他那么多年，没学十成，想必八九成是有的，正道的东西有时候看着好看，却不中用，被称之为歪门邪道的东西，也不见得全是坏的。端看怎么用，我看安平的眼睛不浑浊，心也还算澄澈，留着大有可用。"

"嗯，你若是看准了，那就留下他。"顾轻衍不反对，杀一人容易，保一人用起来，虽然难了些，但也不是不可为，只要这个人值得保就行。

安华锦不相信别的，但十分相信自己的眼光。

于是，此事就这么定了。

因楚砚提前让人跟江云弈打过招呼，所以，江云弈便安心等着顾轻衍将许承送上门。

第二日，果然顾轻衍如约命人将许承送给了江云弈。

江云弈得了人，立即押着去了刑部。

楚宸、刑部、大理寺得到消息后，惊异于江云弈的本事，但各人自有各人的门路，谁也没想着问出到底这人是怎么找着的，总之人找着就行了。

于是，三方会审。

许承招得痛快，因为他的家人老小都被顾轻衍给择保了出去，没了后顾之忧，所以，前因后果，招得不含糊。

供词很快就出炉，虽供词上没说是三皇子指使，看着似乎与三皇子无关，但也没说那指使的人到底是谁，只说了个大概模样，所以，众人又是一番思索和彻查。

常年有香火的地方，大昭寺无疑，但还有一处，就是诚太妃的宫里。虽不是日日燃香，但也是隔三差五烧一炷，因诚太妃死了，宫里的人也都绝了，所以，目光就落在了大昭寺。

大昭寺的住持长老执事们都齐刷刷地排排蹲在牢里，这帮和尚，其实没吃过什么苦。一个个被大昭寺香火供奉得金尊玉贵的，枕席一应所用都是好的，大昭寺的茅房都比天牢干净，所以，刚被关进天牢不两日，便接连病倒了好几个。

住持坚挺地咬着牙挺着，这时候反而一点儿也不愤怒安华锦敲诈了十年供奉了，只祈祷期盼安小郡主和皇上念着大昭寺捐赠的诚意，能网开一面。

楚宸也是个聪明人，琢磨来琢磨去，便想起了被安华锦带进了安家的主厨。

于是，他拍拍江云弈肩膀："走，去安家老宅。"

自从安华锦回京，江云弈还没见过她，只听说了毒茶案那天，善亲王府小郡主招惹了安华锦时，他妹妹也在，但毫发无伤，回府后不等他问，他妹妹便如实说了经过。

江云弈回想着三年前在宫里见到安华锦时的情形，如今依旧十分鲜明。安小郡主自小生活在南阳，也许是因为南阳民风本就不拘谨，也许是她自小长在军营的原因。小姑娘没穿着繁琐的绫罗绸缎，而是一身利落简单的衣着打扮，看起来十分爽利，容貌极好，一双眼睛尤其清澈明亮，看人的时候，直接又坦然。

他将人带出冷宫，小郡主也没问他别的，只问了他名字，他如实以告后，她干脆地说记住了他的人情。

他彼时刚投靠七皇子，也没太在意。只想着七皇子先走了一步，定然也是遇到她了，但知道后面有他，想必才没管，免得与安小郡主一起去凤栖宫被人盘问，让人发现与他的关系。

后来安小郡主果然与七殿下记了仇，七殿下面上虽不表现出来，但私下里其实也挺郁闷的。毕竟是他唯一的亲表妹。

江云弈想了一通，点点头，跟着楚宸去了安家老宅。

安华锦没想到楚宸与江云弈来得这么快，本以为顾轻衍将许承交给江云弈，送去刑部大牢，就算供词很快呈上去，要想查出指使许承的人，还需等个几日。

毕竟，许承的描述，还是模模糊糊的，连个人的样貌都没有说出来。

她以为，安平能在安家老宅待几日。

孙伯前来禀告宸小王爷与江大人上门时，她看向一旁坐着的顾轻衍，嘟囔："真是小看了楚宸！"

顾轻衍微笑："他聪明得很。善亲王知道他自小聪明，大约是特意将他养成了人们眼中跋扈的小王爷。"

毕竟他姓楚，又出身王府，若聪明绝顶又有才华没任何缺点，名声赛过一众皇子的话，那可不美好。善亲王虽然看不出多聪明，但是真不傻。

安华锦坐直腰板："不行，暂且不能将他们将安平带走。"

顾轻衍看向她："你的想法是，等着张宰辅的人来杀安平？抓个现行？"

"嗯，有这个意思。"安华锦点头，"对于张宰辅来说，官居高位多年，门生遍布朝野，诚太妃都能将人安插进刑部，更遑论张宰辅？刑部大牢若是不安全，安平去了就是死路一条。"

顾轻衍点头。

安华锦又说："更何况，如今宫里诚太妃停灵，陛下又在装病，不能立马出来料理这件事情。这案子哪怕有安平出去呈上告发张宰辅的供词，总要压下两天，这两天，谁也难保没有变数。就算是你，也不能将手伸去刑部上下护个周全吧？"

"嗯。"顾轻衍颔首。

"所幸来的只有楚宸和江云弈，他们二人比较好说，让他们先不拿人。"安华锦考虑完，"你说呢？"

"可。"顾轻衍同意。

于是,在孙伯将楚宸和江云弈请进安家老宅后,安华锦和顾轻衍与二人在报堂厅见面。问明来意后,见果然是冲着安平来的,安华锦便直接给推挡了,让他们过了诚太妃的葬礼后再来抓人。

楚宸大为不解:"小丫头,为何不让我拿人?他有很大的嫌疑,你很危险。"

安华锦瞥他一眼:"若是有危险,我早就被他毒死了。不至于等到现在。"

"理由。"楚宸盯着她,"那你总得给我个理由吧?"

"没吃够他做的饭菜。你等几天再来,那时我估计吃腻了。"安华锦给出理由。

楚宸:"……"

他憋了一口气,一脸的无语:"你可真不怕被毒死!还吃呢。"

他发现,最近他特丧,只要面对安华锦,就能被她给气着,这混蛋气人得很。且气了人后还很心安理得。

他不傻,绷着脸说:"你少糊弄我,我不信。你若不给我一个真正的理由,我有皇命在身,今日非要拿人不可。"

软的不吃,他也会来硬的好不好。

安华锦见他动了真格,大概真是最近被她堵了太多次,气着了。她也是个能屈能伸的,当即也不糊弄了,诚实地说:"他招供出的人物太大,如今陛下身体欠安,怕是你押他去了刑部保不住他的命。我想留他一命,所以,你等几日。"

是糊弄人还是说实话楚宸自然分辨得出来,他气来得快也消得快:"你早实在点儿说不就得了?"

安华锦也瞪眼:"我被毒茶案和毒酒案以及诚太妃之死吓着了,心情不好。"

心情不好对他的态度也不好?怎么就不见她对顾轻衍态度不好?

楚宸翻了个白眼:"行,答应你。"

他既然答应,江云弈自然也没意见,转了别话:"多谢小郡主那日对舍妹网开一面。"

"那是还你人情,更何况你妹妹也没做什么。"安华锦摆手。

楚宸在一旁没了话,他妹妹对比江云弈的妹妹,还真是没法比,冲动没脑子还娇气爱耍横,仗着身份欺负人的事儿没少干,碰了安华锦这颗钉子果然老实多了。江云弈道谢,其实他也该跟安华锦道谢,至少她没真杀了楚思妍,但他不想跟她道谢,免得再听她噎一句回来。

四个人坐在一起聊了会儿，快到午时，安华锦索性就留了一起用饭。

饭后，二人离开了安家老宅。

二人前脚离开，长公主便来了，是为探望安华锦。

若说这京中有几个关心安华锦的人，长公主还真算一个，除了她是顾家拜托的安顾联姻的媒人外，还是安华锦娘的昔日好友。虽不算多么铁的手帕交，但交情也算极好的。

孙伯前来禀告时，安华锦对顾轻衍摆手："你去歇着午睡吧！长公主你就不必见了。"

"我不太困，可以陪你见见。"

安华锦想起那日在千顷桃花园，他背着她与长公主说的话干的事儿依旧气不顺。若是让长公主看见他与她如今和睦相处，指不定怎么想呢，再跑去陛下那里说点儿什么，那就是给她捣乱。

她不留情面地赶他："不行，你必须去午睡。"

顾轻衍无奈，只能依了她，含笑起身去了。

安华锦这才吩咐孙伯将长公主迎进来。

长公主不是空手来的，而是将那日在桃花园给安华锦准备的衣服、首饰、胭脂水粉等，一起让人装了车送了来。

她一进门，一把抱住安华锦："小安儿，你还好吧？"

安华锦被她的热情弄得愣了一下，长公主可不是一个喜欢往人身上扑的人。她一日三沐浴的洁癖在，尤其是夏天，更是与人时刻保持距离。曾经安华锦怀疑她跟驸马平日该怎么相处，晚上在床上怎么受得了，也没想出个所以然来。

"还好，公主放心。"安华锦伸手拍拍她的后背。

长公主这才想起来，身子一僵，立马松开了她："那就好，真是吓死个人。不知哪个藏在暗处想要你的命，陛下查出来，一定饶不了他。"

"嗯，那是肯定的。"安华锦不觉得张宰辅还能继续再逍遥下去。

二人一边说着话，一边进了报堂厅。坐下后，长公主又将安华锦上上下下好好打量了一遍，才压低声音说："毒茶案也就罢了，你跟我说，毒酒案是不是另有内情？"

安华锦亲手给她斟了一盏茶水："我不太清楚，当日迷糊得很。您若是想知道，去问问陛下？若不是陛下派了禁卫军来，我都蒙得不知道怎么办了。"

长公主瞪了她一眼："我哪里敢问陛下？你不能说就算了，我也不是非要知道。"

说着,她叹了口气,"只是感慨世事无常罢了,威风凛凛的诚太妃,在京中享福了二十年,就这么突然去了。真是想不到。"

安华锦也想不到,谁让诚太妃不干好事儿,坏事儿做了就没有不败露的一天。

"顾七公子呢?他不是一直在安家老宅陪着你,怎么不见人?"长公主最关心这个,所以今日才势必要来瞧瞧二人怎么相处。

"他呀,吓着了。我说不用陪了,他偏不,这不撑不住了,孙伯给他找了个院子去歇着了。"安华锦语气要多漫不经心有多漫不经心。

长公主不相信:"顾七公子不是个会被这等事儿吓住的人吧?"

"怎么不会?"安华锦扬眉,开始胡说八道起来,"那是您没瞧见,那天鲜血铺满了前院,差点儿把这宅子给淹了。"

长公主忽然想起诚太妃带出宫的人,包括诚太妃自己,一个都没走出安家老宅,哪怕她是公主,自小生活在宫里见惯了生死,想想也不由得哆嗦了一下。

"顾家门风清正,诗礼传家,他又是那么个温雅玉华的性子,从小到大,哪里见过这种事儿,吓着了很稀奇吗?"

"也对,也不稀奇。"长公主觉得有理。

安华锦继续抹黑顾轻衍:"要我说,就该把他带去南阳军中练练,他就不会见着点儿血腥就脸白得跟什么似的了。军中任意一个士兵拿出来,都比他胆子大。"

长公主:"……"

她怎么觉得这话听着不太妙,完美近十分的顾七公子,怎么到她这里,就被嫌弃得跟什么似的了?这……她还怎么继续热心地给他们保媒?

虽然目前毒茶案、毒酒案、劫粮案查得热火朝天,再加上诚太妃殡葬,这个不太重要了,但这些事儿过去之后呢?总不能半途而废吧?

直到长公主离开,这话题也没能继续下去。

孙伯在长公主离开后,看着安华锦,欲言又止。

"有话就说,别藏着噎着。"安华锦看着孙伯,一把年纪了,别憋坏了。

孙伯压低声音:"小郡主,您在长公主面前抹黑顾七公子不太好吧?"

安华锦乐了:"一报还一报,谁让他在长公主面前坑了我呢?"

孙伯:"……"

"顾七公子挺好的,待人和善,对您又好,凡事都顺着您,老奴真没见过比他更好的人了。"

"是挺好的。"安华锦还算有点儿良心,"今晚让厨房做他爱吃的饭菜吧。"

补偿一下。

孙伯咳嗽:"七公子爱吃的饭菜,您似乎更爱吃。"

"那不是正好了吗?我们俩口味一样,免得谁将就谁。"安华锦转身走了。

孙伯看着自家小郡主轻松的背影,有点儿一言难尽。自家小郡主对不住七公子,他只能从别的地方找补回来了。于是,对顾轻衍就只有更好、更恭敬、更处处尽心了,本来是半个主子,如今打算将他当做安家老宅的另一个主子伺候了。

顾轻衍这一日明显感觉到孙伯待他更好了,一日三问七公子这个好不好用,那个合不合心意云云,他微笑着问孙伯:"出了什么事儿吗?您实话告诉我。"

若是换作别人,孙伯是无论如何都不说的,但这个人是顾轻衍,孙伯多少愧疚地提了提,之后替安华锦描补,说小郡主还是贪玩的性子,以后老奴会多劝她。

顾轻衍听了轻笑:"无碍,由着她高兴就好。"

孙伯对他更喜欢了,瞧瞧,这就是老王爷给小郡主选的最好的未婚夫,果然是天下最好,再没有比这个更好的了。脾气好,性子好,包容小郡主,什么都好。

接下来,一连几日,孙伯面对顾轻衍都好得过分,过分到安华锦都嫉妒了。

她想把顾轻衍赶走,不过还没等她赶,这一日夜晚,安家老宅闯进了一批黑衣人。黑衣人既是为了杀安平而来,也是为了杀安华锦而来。

虽然已是半夜,但也算是明目张胆了,毕竟,鲜少有人在京城直接闯入高门贵府作案。

安华锦早有准备,安平也有心理准备,顾轻衍将自己的暗卫派了一批到安家老宅暗中守着,所以,也算得上是守株待兔。

虽然布置严密,只等着人来投网,但安华锦还是没想到这血本下得这么大,足足来了三百人。

而顾轻衍的暗卫,给她的也不少,有一百人。安华锦本来以为足够了,没想到,张宰辅这么豁得出去。既要杀人灭口,又要杀她以绝后患。

安华锦也动了手,一看这形势,当机立断:"孙伯,你去找七表兄和楚宸,借人来。"

"是。小郡主您要小心。"孙伯也不耽搁,飞奔出了府。

来了三百杀手,若都被顾轻衍的人给杀了,陛下多疑,知道后,估计对顾轻衍也防范上了。若是她调暗卫,陛下又该怀疑南阳王府在京中有势力,不安好心。所以,如今只能挺住，等着救兵来。

楚宸自那日与江云弈一起来了安家老宅没带走人后，便聪明地多个心眼，派人密切注意安家老宅动静。他总觉得，也许安华锦留着人是要做什么大事儿，还有她口中牵扯的大人物一定非同一般，否则不会让她不敢将安平交给刑部天牢。

暗中盯着的人谨遵小王爷的吩咐，时刻尽职尽责，亲眼看着黑压压的黑衣人杀进了安家老宅，他惊了个够呛，连忙飞奔回了善亲王府禀告。

而江云弈那日出了安家老宅后，也暗中给楚砚过了话。楚砚与楚宸想的相差无几，不过他相信安华锦和顾轻衍应该可以妥善处理，倒没派人盯着，只说有什么消息，让他及时向他禀告。

江云弈琢磨之下，还是派了人，也暗中盯着，所以，暗卫也惊得赶紧回去禀告了。

孙伯怕大半夜的进不去善亲王府的门，没那么快见到楚宸，耽误时间，所以，他先去了七皇子府。

正好，楚砚还没睡，听到门童禀告安家老宅的老管家心急火燎地来了，他立马知道怕是发生了大事儿，赶紧冲出了书房，亲自去了大门口。

孙伯见了楚砚，白着脸说："七殿下，快！有大批的杀手杀进安家老宅，小郡主跟着府中的护卫抵挡着呢！老奴是从暗道跑出来的，小郡主请您快派人前去援救！"

楚砚一听脸色都变了，当即吩咐："竹影，带着所有人，立马去安家老宅，必须保证小郡主安然无恙。"

"是！"

竹影带着所有暗卫立即去了。

楚砚不放心，又吩咐："来人，点齐所有府兵，跟我去安家老宅。"

孙伯闻言放心了："小郡主还说去请宸小王爷。"

"嗯，你去请他吧。"楚砚点头。危急关头，安华锦说请他与楚宸带人去，必有道理。

孙伯立马去了善亲王府。

孙伯来到善亲王府，善亲王府内正灯火通明，门童见了他，待孙伯说要见楚宸，他睁大了眼睛："小王爷不知怎地，带了暗卫与一半府卫，就在一刻前，匆匆冲出了府。"

孙伯暗想着，难道是宸小王爷半夜得到了安家老宅出事儿的消息？他连忙道了别，立马折返回安家老宅。

顾轻衍估算着明日诚太妃就出殡了,张宰辅忍了这几日,估计也忍到头了。不是今日动手,就是明日动手,今日动手的可能性大点儿。

本来陛下打算病个两三日,谁知被方远的供词气着了,真病到至今。张宰辅为官多年,自是有门路知道陛下是真病还是假病。

因为明日陛下哪怕病着,太妃出殡,总要出来送太妃一程。送完了太妃,也该病好上朝了。

陛下还算是个勤勉的皇帝,不可能因病一直拖着朝事儿。他一旦上朝,就会给刑部、大理寺施加压力,审案子的力度怕是更会加大。更何况,张宰辅不傻,安平就在安家老宅,他怕夜长梦多安平供出他。

所以,他也到了忍不住动手的时候。

顾轻衍算着时辰,估摸着时候差不多了,打算深夜去安家老宅一次,刚要动身,便听暗卫禀告:"公子,安家老宅方向有青墨公子的信号。"

顾轻衍心神一凛:"你先带上人去看看。"

暗卫应是,立即又点了一批人去了。

顾轻衍犹豫了一下,还是脱了夜行衣,穿着寻常的衣服,带了护卫,骑马随后去了安家老宅。

几方人马,齐齐奔赴安家老宅,因高门贵府都在东城贵地,所以,相隔得都不太远。到的时间都差不多。

顾轻衍给的一百暗卫,八十都放在了安平的院子里,只有青墨带着二十人留在了安华锦院子外。安华锦没想到张宰辅还铁了心要杀她,这么大的手笔。所以,面对来势汹汹的大批杀手,人数少还真不占优势,哪怕她和青墨的武功都好,也都使出十二分的劲儿来拼杀。

这时候,她跟怪疯子学的歪门邪道就派上了用场,她能识毒辨毒,也就能下毒,所以,她眼看着青墨都受伤了后,大喝一声:"青墨,你带着人躲开。"

青墨不敢躲开:"小郡主……"

"躲开!"安华锦轻喝一声,不容拒绝。

青墨犹豫了一下,一挥手,还是带着人躲开了。小郡主总不能拿自己的安危开玩笑吧?

安华锦见青墨带着人躲开,面前黑压压的都剩下黑衣杀手,她不再客气,衣袖一抖,一片粉末伴随着清风,撒向了面前的黑衣杀手们。

这毒，可分毫不次于阎王死，只要稍微闻入口鼻，就能立马让人躺倒。

于是，转瞬间，一片黑衣人，大概有数十人之多，都扔了刀剑，倒在了地上。

青墨亲眼所见，捂着手臂，惊呆了！

他激灵灵地打了个寒战，不合时宜地想着安小郡主对他家公子和他真是手下留情了，就这本事，他在她面前，也就打一个照面的事儿。

这是毒！

江湖上的用毒高手，也就这样，弹指一挥间，就能毒死一片。

而他家公子不会用毒，他也不会。他觉得以后万万不能得罪小郡主。

安华锦倒没有想那么多，没觉得她这一下对青墨还有震慑效果。她一招得手后，立即杀出重围，向安平的落叶居而去。她想着安平既然师承怪疯子，应该也会用毒，但还是怕他真出事儿，不管怎样，先去瞧瞧。

第十六章 活口

安平住的落叶居与安华锦住的枫红苑同样，杀手来势汹汹。

比枫红苑好些的是落叶居守护的暗卫多些，虽也处于下风，但安华锦到时，安平没受伤，依旧好好的。

大概是因为顾忌有所保留，安平并没有如安华锦一样用毒，依旧被围困。

安华锦松了一口气，加入了战局。

护着她随后来的青墨带着人也一起加入了战局。

正在双方打得难舍难分，安华锦这边明显处于劣势时，楚宸带着人闯进了安家老宅。随后，竹影奉楚砚之命也来到了安家老宅，楚砚随后带着府卫也来了，紧接着，便是顾轻衍也带着人来了。

区区三百杀手，自然抵不过多方暗卫和府卫围剿，半个时辰后，悉数被拿下。

三百杀手横陈，血腥味弥漫，血流成河。

安华锦没多留活口，只拣了一个看起来像是头目首领的人。不等着他服毒，她先一步用毒将他迷晕了过去，然后轻而易举地没收了他身上的毒药，抠出了他含在嘴里还没来得及咬破的剧毒，将人五花大绑起来。

楚宸迈过地上的尸首来到了安华锦身边，紧张地问："小丫头，你没事儿吧？"

"没事儿。"安华锦绑完人，拍拍手，"幸好你们来得及时。"

楚砚也走过来，上上下下打量了安华锦一眼，目光落在她胸前大片的血迹上，皱眉："真没事儿？哪里受伤了？"

"我没受伤，这是别人的血。"安华锦摇头，扫了一眼安静地站在一旁的安平，"安平，可有受伤？"

安平摇摇头："回小郡主，我没受伤，顾七公子的暗卫为了护着我折了几人。"

安华锦点头，这么大的暗杀，折几个人是在所难免的。

"如今怎么办？你可知道是谁对你下这么大的杀手？"楚宸来了之后也惊住了，他从小到大，也没见过这么大的血腥的暗杀场面。

"连夜进宫。"安华锦沉声说，"出了这么大的事儿，怎么能不惊扰陛下？不如我就带着人进宫，让陛下来定夺。"

"也好。"楚宸看向楚砚。

楚砚颔首，脸色也十分地沉冷："天子脚下，京城贵府，养这么多的杀手，着实可恨。如今有活口在，自然该送去父皇面前。"

"那就走吧。既然没受伤，衣服也不必换了。"顾轻衍来到，正巧听到了这番话，点头同意。

"将这个领头的带上。"安华锦吩咐，"安平，你也跟我去。"

安平点头。

楚宸看着安平，想问什么，又吞了回去，如今不是多问的时候，事不宜迟，该赶紧进宫。

楚砚沉思："用不用先让人守好京城四门，任何人不得深夜出城？"

"不如七殿下派些人去四城门守着，任何人不得放出去，也免有人得了消息深夜仰仗身份出城，还要费人力海捕。"顾轻衍温声道。

"嗯。"楚砚颔首，当即吩咐竹影，"你带着人去，不需太多人，一个城门三五人就行，免得引起四处恐慌被人猜忌。"

竹影应是，立即点了人去了。

安华锦吩咐孙伯："府中先不必收拾，等陛下旨意。"

孙伯应是。

于是，顾轻衍、安华锦、楚砚、楚宸和安平五人以及被绑了昏迷的杀手头领出了安家老宅。在门口，遇到了得到消息晚一步赶来的江云弈，也跟着一起进了宫。

这个时辰，陛下自然歇下了，不过也没睡踏实。自从那日看了方远的供词，在心里埋了对张宰辅的猜疑病倒后，便琢磨着怎么在不惊动张宰辅的情况下查他，但这些年，他太过器重张宰辅。张宰辅的权力太大，即便他是个帝王，要想查他，也怕是不能做到神不知鬼不觉。

他头疼得很又呕心得很，这颗猜疑的种子越发地大，埋在他心口，成了一颗毒瘤。让他恨不得一下子拔除了。

可是，他必须忍。

帝王也有许多该辛苦忍耐的事儿。

他想着，明日殡葬了诚太妃，他就给刑部和大理寺施压，让他们查，然后借着他们查个热闹时，他再派人暗中查，就不信查不出来。他甚至都想好了查出来张宰辅真是劫粮案的罪魁祸首的话，就诛他九族。

安华锦和顾轻衍觉得以陛下的疑心，这几日怕是十分不好受，所以，今日也算是陛下瞌睡他们来给他送枕头。让他不费吹灰之力就能解决很多事儿。

安家老宅刚过了诚太妃的事儿，如今又出如此大的暗杀事儿，陛下大约需要再动用他私库的好东西来安抚她一番吧？最好是她在京城期间，能把陛下的私库掏空。否则，她不要，他也拿着养后宫的女人了，不要白不要。

楚宸见安华锦一路上思索的样子，对她问："小丫头，你在想什么？"

安华锦自然不会说她惦记着陛下的私库，一本正经地说："今日我吓着了，一会儿见着陛下，你多描述点儿我是如何危险的。"

楚宸看着她身前都是血，在夜里也泛着血光，衣袖都被剑划破了："不用我多描述，瞅见你这样，陛下就知道有多凶险。"

"是凶险得很，陛下让我保护你，我留在你宅子里的人太少了，早知道把府卫也调去些。"顾轻衍有些后悔，当初暗中安排人，是他与安华锦商量的，觉得这个数应该够了，被陛下知道，也不会反感防备。哪里知道张宰辅如此豁得出。

"你人不够早说啊，我有人借给你啊。"楚宸抓住机会踩顾轻衍，"这般一看，你还是对小安儿不尽心。"

顾轻衍瞥向楚宸："我身边的人是不够多，下次借小王爷的人。"

他承认得这般干脆，不怕被踩，分毫不反驳，楚宸没话了。

楚砚若有所思地看了楚宸一眼，又看了安华锦和顾轻衍一眼，心里有点儿讶异。

一行人来到皇宫，递了牌子，让人赶紧去通禀，就说有急事儿觐见陛下。

看守宫门的人一看大半夜来的这几人，不敢怠慢，连忙匆匆去禀告皇帝。

张公公得了禀告，暗叫一声怕是出大事儿了，也顾不得皇帝睡着，赶紧将人喊醒了。

皇帝忽地坐起身："可问出了什么事情吗？"

"说是见了陛下之后容禀。"

"宣！"皇帝吩咐。

张公公连忙将旨意传了出去。

不多时，一行人来到皇帝寝宫外，灯火通明下，张公公瞧见了安华锦身前的大片血迹，"哎哟"了一声："小郡主，您这是受伤了？"

"没有，别人的血。"安华锦倒不糊弄人，实话实说。

张公公松了一口气，也顾不得安华锦穿着染血的衣服来冲撞陛下了，立马将人都送了进去。

进了内殿，众人见礼，皇帝也惊了一跳，说了免礼后目光落在了安华锦身上。

安华锦一脸惊魂未定的模样，又委屈又气愤："陛下，有人派了三百杀手，夜闯安家老宅，幸好顾轻衍早先听您的话为了保护我，给了我一百护卫，但根本不够。我临时让管家去请了七表兄和小王爷来相助，才收拾了那些人。我进京才几日，京中就这么危险，白天敢下毒，晚上敢闯入府杀人。幸好我自己有自保能力，才没被丢了命。这么下去，谁受得了？您一定要给我做主。否则我明日就回南阳，这京城不敢待下去了。"

皇帝腾地站起身："你说什么？是什么人派了三百杀手闯入安家老宅夜杀你？"

"我猜是张宰辅。"安华锦直截了当气愤地说，"我手里有个人证，指认他指使人给我下毒，毒茶案的幕后黑手就是他。不过这人证我也是刚知道，还没送去刑部天牢，今日便遇到了这事儿。那些杀手明显是冲着我和人证一起来的，想把我们俩都杀了灭口以绝后患。"

皇帝倏地沉下脸："小安儿，人证可还活着？"

"不只活着，我还抓了那些杀手中的一个带头首领。如今将人都带来了，陛下审问就是。不过陛下一定要让心腹之人审问，否则被人灭口就什么也问不出来了。"安华锦既细心又好心地建议。

皇帝没说话，看向顾轻衍、楚砚、楚宸、江云弈："此事当真？"

楚砚、楚宸、江云弈三人自然不知道安平人证这回事儿，也不知道背后那人原来是张宰辅，一时间也跟着惊了够呛。

张宰辅，百官之首。

顾轻衍温声说："回陛下，此事当真。证人是安平，他是十五年前张宰辅与人私奔逐出家门的幼女所生之子。如今他就在外面，可以让他面见陛下。"

皇帝颔首，脸色沉冷："宣他进来。"

安平从外面走进来，跪在地上，给皇帝叩头后，平静地呈上了供词。

从他爹娘的身份说起，又简略地说了多年以来一家三口承受张宰辅的"照顾"，最后说了张宰辅是如何威胁他对安小郡主动手，给她下毒的，他找了什么人，中间经过如何，细枝末节说得都十分详细。

皇帝听罢，雷霆震怒："好个张宰辅！"

他真是气死了，真是没想到，张宰辅竟然要杀安华锦。他身为帝王，能想到他为什么要杀，无非是为了他的外孙二皇子。他对二皇子的确有些厚待和厚望。有一部分原因，是他娘受宠，还有一部分原因就是器重张宰辅，最后一部分原因是二皇子比其他皇子都得他喜爱那么一分，心自然会偏些。

若非因为皇后好好地坐镇中宫，若非安家百万兵权轻易不可动摇，若非七皇子的嫡子身份摆在前面，他还真有立二皇子的心思。

如今儿子们大了，储君之位悬空，也是他一直拿不定主意。不想给七皇子，又不敢给二皇子，其他皇子也还不错，才让他一直拖着为难着。

但即便他再为难，也不代表张宰辅能这时候对安华锦动手，尤其还是在京城。

他以为，当真是南齐和南梁的奸细动的手，没想到，是张宰辅，最先沉不住气的竟然是他。他想干什么？祸乱大楚？杀了安华锦，老南阳王受不住撒手归西，那南阳军谁来接管？岂不是自此就乱了？

皇帝气得一佛出世二佛升天，咬牙盯着安平："你说的都是真的？"

安平叩头："小人说的千真万确，半丝不敢作假。"

安华锦在一旁接过话："陛下，我在南阳有个忘年交，叫做怪疯子，会五花八门的毒术，我会识毒辨毒是他教的，他是安平的师父。否则，我哪里能闻一下就知道给我下的毒茶是阎王死？因有这个缘故，我又答应替他上达天听，揭发张宰辅，保他父母阴宅不被挖掘破坏，同时保他一命，他才同意，不会说假。"

"保他一命？"皇帝抓住了重点。

安华锦点头："他主动认罪，又是受张宰辅威胁才做的这等事儿，怪疯子对我有教导之恩。我爷爷告诉我，对我有恩的人，我该报恩，不能做忘恩负义之人。所以，此一事与害我之事，恩过大体能相抵了。陛下要如何治罪张宰辅，我自然都没意见，但这个安平，我请陛下留他一命，将人给我，他的一手厨艺，我才吃了几天，还没吃够呢。"

皇帝不语。

安华锦红了眼眶："陛下，今日凶险，若非安平也会武，在刀剑砍下来时，帮我挡了，救兵没来之前，我可就被人杀了。在我手里，我以后会好好看着他，不再让他帮人作恶，您就将人给我留一命呗。"

皇帝面色缓了缓："既然你如此说，这个人朕就给你，不过死罪可免，活罪难饶，打三十大板，没入奴籍，赐给你为奴。"

安华锦点头："行。"

她虽然惜才爱才，也知道安平戴罪之身是入不了朝堂的。留在南阳王府，做个家奴还能进亲卫军或者在南阳王府做内编制的文职，总归，都是南阳王府的人。

"谢陛下恩典。"安平谢恩。

"拖出去，现在就打！"皇帝心中有气，先拿安平出出气，再清算张宰辅。

张公公挥手，将人拖了出去。

安华锦瞅着张公公，眼神里透出放水的意思。宫里打板子，门道可多了，三十板子下去能打死人，但也能打得轻，弄个皮肉伤，端看怎么打了。

张公公会意，给了安华锦一个安心的眼神，带着人出去交代了。

皇帝拿了安平签字画押的供词，放在桌案上，喊："郑九恭！"

大内侍卫统领郑九恭走了进来，二十五六的年纪，一身黑衣大内侍卫服饰，袍角绣着只鹰，周身隐着丝丝肃杀。

"将那个活口交给他，让他来审。"皇帝对安华锦说。

安华锦点头："就在外面绑着呢，辛苦郑统领了，您可别把人在没吐口供前先审死，一定要审出有价值的东西来。目前我怀疑是张宰辅，他狗急跳墙。"

"小郡主放心！"郑九恭面无表情地看了安华锦一眼，领陛下命去了。

皇帝心中已觉得十有八九今日之事就是张宰辅所为。在京城，谁能一下子派出三百杀手？且谁有动机杀安华锦与安平？张宰辅的嫌疑最大也最不可脱卸。他一边命郑九恭审，一边下了决定："楚砚、楚宸，朕给你们三千御林军去张府，拿下张宰辅及其家眷，先打入天牢。"

楚砚和楚宸对看一眼："是！"

"江云弈，你去传朕命令，从今日起，京中四门戒严，没有朕的命令，任何人不得出入皇城。"

"是！"江云弈领命。

三人退下离开，皇帝看着殿中的安华锦和顾轻衍，想了想，对安华锦说："朕派人先送你回去休息，也让人帮你清理安家老宅，怀安留下来与朕商议事情。你别怕，朕就不信朕堂堂天子，还护不住你安稳地待在京城。"

安华锦点头："行，听陛下的。"

皇帝派人喊来禁卫军统领贺澜，吩咐他跟着安华锦去安家老宅处理事宜。

安华锦出了内殿，张公公已带着人打完了安平，小声说："小郡主，没下死手，都是皮肉伤，卧床休息七八天，就能好全了。您是现在将人带走？"

"嗯，现在带走。"安华锦好不容易趁机救下的人，自然不会将之留在宫里。

"老奴派几个人将他抬了给您送回去。"张公公十分尽心。

安华锦没意见，道了谢，知道这面子都是从顾轻衍那里得的，很是领情。

不多时，安平便被抬了来，他虽受了三十板子，没入了奴籍，但对比这么大的毒茶案的直接牵扯人，这罪真是轻的了。他亲口揭发张宰辅，报了父母之仇，面上笼着的沉郁之色都散开了，眉眼也有了彻底轻松的色泽，整个人虽躺在担架上，但也浑身透着摆脱了负荷的轻松。

安华锦瞧着他，心里啧啧了一声，没太注意，这安平脸色苍白却浑身轻松的模样还挺俊俏。

安平轻声说："多谢小郡主，以后奴才这条命，就是您的。"

安华锦回头瞅了一眼，已走出离皇帝寝宫远了，她不在意地说："你虽是没入了奴籍，但也不用在我面前称奴才，自称就行。从今以后，你只需记得，你是南阳王府的人，别做对不起我，对不起南阳王府的事儿就行。我一是爱才惜才，二是因为你师父，才救的你。"

安平点点头："我记下了。"

大概是半夜顾轻衍、楚宸、楚砚、江云弈急匆匆带着人出府，马蹄声一阵接一阵，惊动了东城的街坊四邻。人们都纷纷掌了灯，起身查看，所以，从皇宫回到东城，安华锦注意到好多家府邸都灯火通明，外出打探消息。

今夜，对多家府邸来说，可谓是夜半惊魂了。

安华锦想着楚宸、楚砚带着三千御林军去了张宰辅家，二皇子府得到消息的话，不知道作何态度。张宰辅做的事儿，二皇子是知道还是不知道？若是不知道还好，外家犯事儿，虽对他不太好，但也不会一棍子将他打趴下，跟着遭殃，还是能做着好好的二皇子的；若是知道，那他可就也跟着完了。

陛下今日没提二皇子，也没人上赶着跟他提，但她觉得等拿下了张宰辅，陛下总会想想二皇子的事儿。

回到安家老宅，浓郁的血腥味依旧闻着令人作呕，安华锦倒也不在乎，对贺澜道："劳烦贺统领了，没想到这么短的时间，就让你两次来帮我收拾烂摊子。"

贺澜拱手："小郡主客气，既然陛下有命，这是卑职分内之事。小郡主只管去歇着，事情都交给卑职就好。"

"嗯，那就交给你了。"安华锦打了个哈欠，对孙伯说，"将安平送回落叶居，再找个大夫给他看看，府中之事，配合贺统领就是。"

孙伯点点头，对安华锦心疼得不行："小郡主快去沐浴休息吧，有老奴在，您放心。"

安华锦如今将张宰辅推去了陛下面前，解决了这件大事儿，别的不用她再操心了，自然放心地去睡了。

皇帝留下顾轻衍后，又吩咐张德连夜召几位朝中老臣入宫议事。

张宰辅门生遍布朝野，今夜动了他，难免不会引起朝野动乱。如何对张宰辅治罪？如何稳住朝局？如何查当年的劫粮案是否与他有关？这案子一时半会儿结不了，总要拿出个章程和应对之法来。

被皇帝深夜叫进宫的几位老臣都琢磨今日是出大事儿了，但具体是什么大事儿，他们如今还不太清楚。直到见了皇帝，瞧见了方远、许承、安平的供词，以及听说了安家老宅进了大批杀手，拿了活口正在审问时，头顶上才都纷纷地冒了汗，又惊又震。

张宰辅十几年来，一直是朝中一棵不可撼动的大树，不少人因为觉得撼动不了，都只能盼着他告老，好把位子腾出来，可是没想到，张宰辅有不能全身而退的那天。

"别说你们想不到，朕也想不到。"皇帝压着怒气，"这些年，不知他还欺瞒了朕多少事儿？"

几位老臣对看一眼，都没接话。

张宰辅是陛下一手提拔的，又是二皇子外家。这些年，不是没有人颇有微词，但是陛下睁一只眼闭一只眼，很是纵容，但有微词的人都不需要张宰辅亲自动手，就有人帮他收拾了。一来二去，不少人都吃了亏，还有谁再敢对付张宰辅？

说白了，都是陛下自己纵的，怪谁？

"朕让你们来，不是让你们来充哑巴的。"皇帝也知道自己理亏，但身为帝王，他拉下脸来，如今就想听他们怎么说。

"谋害安小郡主的毒茶案，证据确凿，是张宰辅背后指使的无疑了，此为一罪，不容张宰辅辩驳。陛下先将他与其家眷打入天牢，也合情理。至于今夜派杀手闯入安家老宅要杀小郡主，若真是张宰辅所为，性质比毒茶案更为恶劣，此为罪上加罪。足以问斩抄家，若是劫粮案也与张宰辅有关，那此为最重之罪，抄家灭族亦不为过。"一位老臣斟酌着开口。

皇帝点头："他的罪明白，朕喊你们来，主要是针对他的门生，可有什么章程？"

"陛下，张宰辅门生遍布朝野，但有亲有疏，依老臣看，就查他最亲近的人，为免朝局动荡，不宜所有的都掀出来。"

"拔出萝卜带出泥，此事需仔细把控。老臣觉得还是先主查张宰辅，看看他所作所为，恶到哪一步。"

……

几人都各有建议地说了一通，皇帝觉得都有道理，点点头，问向一旁一直没开口的顾轻衍："怀安，你说说。"

顾轻衍温声说："张宰辅事发，明日一定会引起轩然大波。不如陛下明日先下安民告示，先告知百姓张宰辅其罪，安抚住京中百姓，免得因纷纷猜测沸沸扬扬引起恐慌。其次，可以再设检举认罪制，有检举张宰辅，事情证据属实者，可重赏，有跟着张宰辅为虎作伥主动认罪者，可从轻处罚。朝野上下，推行下去，也免得投入人力大查。再次，找几名德高望重为官清廉者，把控此案，稳住朝局。虽引起一时动荡，但只要不伤了根本，便不怕社稷受重害。"

"嗯，说得好。"皇帝赞赏顾轻衍一番话都说到了具体的实处，"明日，就由几位爱卿加上怀安，你们一起审理此案吧。"

几位老臣对看一眼，齐齐应是。

顾轻衍犹豫了一下："陛下，有几位老大人掌控，一定出不了错。小郡主来京不过几日，便接连出了这么多事儿，受了这么大的迫害，臣怕她心情抑郁，我还是陪着她吧！毕竟小郡主若是想不开，怕是不太好。"

几位老臣闻言都齐齐一愣。

张宰辅铁定完了，接下来，朝局要重新洗牌一次，趁机拉拢朝臣，提拔自己人，是再好不过的机会。就算不拉拢朝臣，此案办好了，那也是好处不少，升官是一定的，尤其是顾轻衍这么年轻，大有可为，没想到他会拒绝。

皇帝闻言确实难得暴怒的心情中多出了几分高兴，欣慰地说："怀安最懂朕，小安儿的确十分重要，既然这样，你还如早先一样，好好地陪着她，也保护好她吧！别的事情就不必管了。"

顾轻衍颔首："是！"

楚宸与楚砚动作很快，到了张府后，命人围住了张府，砸开了大门，带着人闯进了张府。

张宰辅并没有入睡，而是在书房等消息。那三百杀手的确是他派往安家老宅的，他等了许久，没等到人回来报信，心一点点地往下沉。

管家听到外面的动静，前来禀告："老爷，外面不知怎地，似乎有些乱，都是马蹄声。"

张宰辅的心更沉了，下了决定："去告诉夫人，让他们带着人赶紧走。就走密道。"

管家一惊："老爷……"

"快去！"

管家见张宰辅疾言厉色，不敢再多说，连忙抖着腿去了。

张夫人得到消息，白着脸连忙招来大儿子儿媳，让他们带着人赶紧走。老爷不走，她也不走，她留下来陪老爷。

张宰辅的长子张鸰劝说了娘一通，无奈娘不走，便带着媳妇儿和兄弟姐妹一起从密道离开。

内眷们前脚刚走，外面楚宸和楚砚便带着御林军来了，楚宸带着人去内院，楚砚带着人去了张宰辅的书房。

楚砚在张宰辅的书房拿下了张宰辅，楚宸在内院只拿下了张夫人。其余内眷，全无踪影。

楚宸抓了张府的管家逼问，那管家很是忠心，一头撞柱子上死了。楚宸又抓了张夫人身边的婆子追问，那婆子也紧接着要撞墙，不过没成功，被楚宸用了刑，那婆子咬牙挺了半个时辰也没招，楚宸让人将那婆子早就藏好的小孙子找出抱来，那婆子才含泪招了，说大公子带着人走了密道。

张宰辅家的密道，直通城外，张宰辅多年前打造的，大约就是为了防今天，还真是派上了用场。

张宰辅纵横朝堂一生，从没败过，他做了最坏的打算，但没想到是最坏的结果。他没想到他派出的三百杀手，一个都没回来，连个报信的都没逃出来。

若是早知道，他早就将所有的子女都送走了，也不必等着今日。因为，他根本就没想过杀不了安华锦，且还这么快就招来了上门的御林军。

"你派个人进宫禀告陛下，我带着人去追人。"楚宸对楚砚道。

楚砚颔首："你小心些。"

楚宸点点头，带着人找到了张家的密道，带着人追了去。

楚砚派了个人进宫禀告皇帝，皇帝听闻后，怒气冲天，他本来只下了拿人的旨意，没下抄家的旨意，如今盛怒之下，下了抄家的旨意。

如今哪怕张宰辅别的犯罪的证据还没被查出来，只看着他府中的人都跑了，那就是心虚一定有重罪，否则，人不会跑，必要力辩一番。

楚砚很快就得了皇帝下的抄家旨意，带着人抄没张府。

五更时分，得到确切消息的二皇子一脸天塌下来的神色骑马进了宫，跪在皇帝面前，询问张宰辅犯了什么罪，怎么半夜拿人抄家了？

皇帝劈头盖脸将二皇子臭骂了一顿，暴跳如雷地历数张宰辅的罪过，然后将几份证词砸到了他脸上，一下子似乎将二皇子砸蒙了，喃喃地说不可能。

看他那模样，像是三魂丢了七魄一般。

皇帝瞅着他，不像是作假，对他怒问："你真不知道？"

二皇子呆呆怔怔，快哭了："父皇，是不是弄错了……"

皇帝恨不得抬脚踢死他，命人将二皇子赶了出去，让他从今日起，闭门反省，没有旨意，不准出来跳腾。

这意思也就是，不管他清不清白，皇帝先不问他的罪了，但也不让他救张宰辅。如今的皇帝，恨死张宰辅了。

郑九恭审问了大半夜，各种刑具用尽，才从那活口头目的嘴里撬出了供词，那三百杀手的确是张宰辅养的死士，已豢养了多年，这一次用在了安华锦身上，就是想杀了她，害死老南阳王，再趁机夺南阳军的军权。

对于南阳军的军权，张宰辅惦记太久了。三年前，安华锦进京，他就想动手，但因为安华锦没在京城多待，揍了楚宸后，连面都没露，直接回了南阳，没给他机会。如今又来了机会，他就想着赶紧让安华锦死，他已经等不及了。

淑贵妃一夜之间天也塌了，她在得到消息后，白着脸跪在了皇帝寝宫外。

皇帝后宫三千粉黛，让他爱的真不少，最疼爱的便是淑贵妃了，淑贵妃不仅长得美，且媚，身段妖娆，十分娇艳。哪怕至今，仍旧是后宫最特别的那个女人。

皇帝恼恨愤怒张宰辅为恶，背着他做了不知多少事儿，对张府既抄家又拿人，但依旧舍不得将淑贵妃赐白绫毒酒让她死。他给自己找理由，想着贵妃嫁入了皇家，就是他的女人，跟张府没关系。

于是，皇帝挣扎了好一会儿，吩咐张公公："派人将贵妃送回去，传朕旨意，收了她协助皇后掌理六宫之权，没有朕的旨意，不准出霓裳宫。"

淑贵妃擅长霓裳舞，据说当年一舞动天下，很是惊艳了年轻的帝王，自此虽不说是专宠，但也是风头一时无两。将她所住的宫殿赐名为霓裳宫。

张公公应是，吩咐人将淑贵妃请回了霓裳宫，命人关了霓裳宫的大门，相当于软禁了起来。

发生了这么大的事儿,凤栖宫自然不可能得不到消息。皇后听闻三百杀手闯入安家老宅杀安华锦,差点儿吓晕过去。还是楚砚抽空及时派人给她往回传了个话,说表妹无事儿,一点儿也没伤着,有事儿的人是张宰辅,不让她着急,她才踏实放心。

心踏实下来后,她便不可避免地从张宰辅的身上想到了淑贵妃和二皇子。

当今陛下是个多情种,后宫佳丽三千,他没说都睡了,但也睡了一大半,最喜欢新鲜劲儿。除每月初一十五来凤栖宫外,其余时候每日都有不同妃嫔侍寝,最受宠的淑贵妃,也就每月与皇后一般得两三日,皇后是例行,她是被陛下惦记翻两天的牌子。

许承总归是三皇子府的,三皇子自然会受了牵连,如今张宰辅倒了,这么大的案子,二皇子也得不了好。一下子两位皇子,也就都没希望了。

皇后虽心疼侄女接连被迫害,但也不得不承认,因为她,也算是一下扳倒了两位对大位有竞争力的皇子,也算铲除了挡住楚砚路的二人。

这二人一倒,楚砚总会轻松些。

贺嬷嬷派了得力的小太监出去打探消息,很快小太监就打探回来了,说了陛下对淑贵妃的发落。

皇后听后嘲弄地掀起嘴角,冷笑:"嬷嬷,你听听,陛下到了如今,还舍不得美人呢,只夺了她协理六宫之权而已。看来,陛下是不打算将她怎么着了。"

贺嬷嬷叹了口气,小声说:"娘娘,淑贵妃多年来受宠,有自身原因,但大部分也是靠的娘家与二皇子。如今张宰辅犯了大案,刚抄家入狱,还没定罪,这刚第一步,淑贵妃没了支持,陛下留不留人,也没那么打紧了。"

"也是!她再难翻身了。"皇后长舒一口气,"本宫坐在这个位置上,从进宫第一日忍到如今,无非就是一为安家,让陛下对安家放心;二为我儿子,多年都忍了,就不信本宫忍不到砚儿荣登大宝那一日。"

贺嬷嬷点头:"娘娘想开就好,后宫的花儿千万朵,唯您才是永开不败。"

"不愧是父亲亲自教导的小安儿,本宫看来真不必担心她了。"

"小郡主厉害得很。"

一夜的兵荒马乱,没有几个人意识到安华锦的厉害,更多的人只是又惊又震——张宰辅一夜之间倒了。

这一日,早就被选好殡葬诚太妃的日子,生生地因为张宰辅大案搁置了,皇帝一脸怒气地上了早朝,张公公手里捧了毒茶案和昨夜谋杀案的罪证,公之于朝堂。

虽然百官都在夜里得到了消息,但还是一下子哗然了。

张党人人脸色惨白，跟着张宰辅，背着皇帝干了不少不干净大事儿的人都吓得几乎晕过去，张宰辅完了，他们也要跟着完。

皇帝采纳了顾轻衍的建议，发了安民告示，同时，在朝堂上推出检举认罪制。

此法一出，果然奏效，当堂就有人跪趴在地，将该交代的都交代了，该认罪的都认罪了。

有软骨头的就好说，一人趴下，打开了头，陆陆续续有人揭发张宰辅罪证，有人认罪。一下子，朝堂文武百官，有一少半人都受了牵连。

皇帝虽然有心理准备，还是气得脸色铁青，只朝堂上就这么多人，真不敢相信外面各州郡县的官场上，那该有多少张宰辅的人。

皇帝手边没打人的东西，一把夺过了张公公的拂尘，扔了出去，打中两人，但仍没解气，当堂将犯罪极重的几个人推出了午门外斩首，其余的人当朝罢了官，押入了刑部天牢。

获罪极重的人斩首后，又命人去抄家，但这还算是从轻发落的，因为依据他们犯的罪，合该诛九族。皇帝没牵连九族，这是仁慈了。

若是都牵连九族，那京城内外，怕是血流成河。

于是，这一日，楚宸带着人追捕张宰辅的家眷，早朝上，皇帝拿下了一小半人，从重罪到轻罪，当朝发落。重罪斩首、抄家、男丁发配、女眷没入掖庭，轻罪，罢官、免职、贬黜，最轻者，不累及家眷亲朋。

满满当当的朝堂，一日下去，空了一小半。

有人觉得天塌了哭死，有人觉得庆幸没与张宰辅同流合污，还有一部分人看到了机会，这空出的一小半位置，得赶紧提拔自己的人上来添补上。

朝堂最不缺的就是能挤上来的人。

贺澜带着人一夜之间将安家老宅里外外清洗收拾了个干净，再看不到一丝血迹，也闻不到一丝血腥味。因那活口已招供，这些尸体都直接焚了，也没落下什么痕迹。

清早，安华锦睡醒后，打开房门，闻到外面的空气都是清新的，心情很好。

她倚着门框，看着院外一株株红枫，如今刚四月，距离秋天还远，枝叶一片葱绿。她想着不知等到秋天时，是否自己已经回南阳了。

顾轻衍来时，便见安华锦倚着门框若有所思的模样，素缎衣裙，少女脸庞白皙，安静得很，如一幅画一般。

他脚步停住，站在门口瞧着她。

人人提起安小郡主,都是嚣张厉害的性子,就是他所见,也是活泼好动的模样,可是她也有娴静的时候,比如现在。

清早刚冒头的阳光斜斜照下,打在她身上,浅淡安宁,他脑中一下子跳出"美好"这个词。

安华锦若有所觉,转头,便看到顾轻衍站在院门口,他一身天青锦缎,如玉竹而立,迎着朝霞,落下斑斑点点光华。不知想到了什么,他嘴角含笑,眉眼温柔。她扬了扬眉,没说话。

顾轻衍打住心思,缓步走近,来到屋檐下,笑问:"昨日回来睡得可还好?"

"嗯,好。"安华锦也觉得奇了怪了,自从入京,她还真就没再惊梦,惊梦之症似乎好了。

也许是陈太医的药方子管了用,也许她真是因为身边有了解铃人。

"一夜没睡?"安华锦瞧着他眉眼隐约透着几分疲惫。

"睡了片刻。"顾轻衍跟着安华锦进了画堂,简略地将昨夜她离开皇宫后,陛下召了几名老臣与他一起商议之事说了,又说他婉拒了陛下的旨意,出宫后私下去做了些事情。天刚亮时,稍微休息了片刻,便来陪她用早膳了。

"陛下让你与朝中重臣一起管张宰辅的案子,对你来说,是好事儿。为何推拒?"安华锦猜测,"你说出宫后私下去做了些事情,是与这个有关?难道是明面上婉拒了陛下的旨意,是想暗中动手,在不被人关注的情形下往空出的位置上推你的人?"

"嗯。"顾轻衍微笑,"我本身已够让人瞩目,太过锋芒毕露,不是好事儿。"

他的家世才华,且已任翰林院与吏部双职,足够行走都带个太阳,锋芒再过,的确容易烤焦自己。

安华锦盯着顾轻衍,目光犀利起来:"顾家素来秉承明哲保身,安稳立世,不结党营私,也不背后谋求什么。你如今与顾家行事作风截然相反,是想求什么?"

若不是以图谋反,那有什么是让顾七公子背后做这许多谋算的?

顾轻衍的不简单,安华锦一直以来就知道,且比别人知道的多得多。

不说八大街红粉巷的势力,单说他本身,就深不可测。

她承认她是不想嫁给他,但又舍不得他这个人和这桩婚约,不甘心把他给别人,所以,挣扎着总想找个平衡点,拖着这桩婚事儿,不成也不悔。

想要剖析自己的心并不难,安华锦素来糊涂的时候少,明白的时候多。她不算是个好人,但也不能说自己是个坏人。对比顾轻衍,她觉得自己好多了。

顾轻衍闻言目光深邃，语气不深不浅，不轻不重："若我说为了救出大皇子，让陛下下旨，改造军器监，保护好你和南阳军，你信不信？"

二人进了画堂后本是对坐，此时闻言，安华锦身子往后一仰，靠实了椅背："保护好我和南阳军，这是你三年前的想法，还是如今的想法？"

顾轻衍垂眸："如今的想法。"

"那三年前的想法呢？"

顾轻衍抬眼："推大皇子改造军器监，为南阳军提供好的条件，护大楚安稳，让外敌不再敢侵犯大楚，再不发生第二个玉雪岭之战，免使忠臣良将埋骨沙场。"

"三年前的计划没我，所以，你才毫不手软喂我'百杀散'，三年后，把我也列入其中，我还荣幸了。"安华锦似笑非笑，又坐直身子，倾身往前一凑，靠近顾轻衍，盯着他清泉般的眸子，直直地问，"你真喜欢上了我？"

顾轻衍眨眨眼睛，眼底有什么划过，没说话。

安华锦倏地又撤回身子，对外喊："孙伯，早膳好了没？"

"好了好了，小郡主稍等，厨房这就送过来。"孙伯跟着贺澜忙了一夜，依旧很精神，声如洪钟。

"南阳王府这么多年，代代以来，不在京中安插势力，不与朝中百官私下往来，是达到了避嫌的效果没错。但为何十八年前陛下怀疑南阳监守自盗，朝中却没有一个人为南阳王府说话？玉雪岭一战，南阳王府损失惨重，不过也就得了些慰问金，究其原因，朝中无人是南阳王府的依仗。只皇后一人，手伸不到前朝。如今多了个七殿下，但在陛下眼皮子底下，也不敢过于向着南阳王府。而安家既然有你在，哪怕老王爷百年之后，若我猜的不错，你也不会想将南阳军交给别人。我来做南阳军和你的后盾，将朝中的网结起来。"顾轻衍声音平静。

安华锦微跷着腿，把玩着一早拿在手里的流苏扇柄，又恢复漫不经心的神色："爷爷百年之后的事儿，我想得不多，若是南阳军有合适的人接手，我也不会死抓着。毕竟大楚建朝以来，还没有哪个女儿家与男人平起平坐参评政事军事。"

"你不同。"顾轻衍摇头，"若安爷爷百年之后，以如今的情形看，南阳军也离不了你，你是南阳军的魂。你是安家剩下的最后一人，哪怕是女儿家，你也躲不开。陛下心里也明白。"

"对啊，就是因为陛下明白，才怕我死了，才给我找了顾家做靠山，无非是防着爷爷百年之后，南阳军乱。"安华锦将流苏打乱转着圈，"其实，陛下何必找上顾家？直接让我嫁给哪位皇子不就行了？他立个太子，娶了我，趁机也收了南阳王府的军权，彻底归于皇家，所有问题迎刃而解，何乐而不为？何必兜转着操这么大的心？"

顾轻衍垂下眼睫："能娶你的人，陛下不想立，想立的人，怕是安爷爷和你都不会答应。所以，只能折中选了我了。顾家可以让陛下一直放心。"

安华锦嗤笑："我七表兄哪里不好？就因为身上流着一半安家的血液？就被他排除在外？"

"你这是为七殿下不平？"顾轻衍语气忽然有了丝情绪。

安华锦眨眨眼睛，瞬间福至心灵，评价："七表兄寡淡无趣，也就托生在我姑姑的肚子里吧！否则谁爱搭理他啊。"

顾轻衍面上又重新带了笑。

厨房的人端来早膳，二人都不再说话，安静地用早膳。

自从顾轻衍来安家老宅陪着且在这里用一日三餐后，安华锦的一日三餐都丰盛又好吃，吃得精细不粗糙且顺口，眼前又有个养眼的人，她每日都觉得心情好。

用过早膳，安华锦也不想做别的事情，顾轻衍便陪着她，什么也不做。外面动静闹得大，二人便拿外面传回来的各种消息消磨时间。